果麦文学

月族 ③

星际救援

marissa meyer

[美] 玛丽莎·梅尔 / 著

崔容圃 / 译

北京联合出版公司

Beijing United Publishing Co.,Ltd.

献给乔罗、梅根和塔玛拉，

大家击个掌吧。

目 录

Contents

第三部

第四部

六秒，五秒。一个滑步，她收拾起所有掉在地上的袜子、发圈，放进抽屉里。

四秒，三秒。她把桌上唯一的碗、唯一的汤匙、唯一的玻璃杯，以及少数几支手写笔，放进柜子。

两秒。最后一个回旋，审视她的工作。

一秒。她高兴地舒了一口气，以一个优雅的鞠躬作结。

"女主人已经到来，"小月牙儿说道，"她要求两船对接。"

舞台、暗影、音乐都离开月牙儿的脑袋，只剩下唇边例行的微笑。

"当然。"她小声说道，缓步移向主要登船舷梯。

她的卫星有两个舷梯，但只用过一个，她甚至不知道另一个到底开不开得了。朝向甲板舱口的金属门打开，后面便是太空。

但此刻，有一艘小飞船在那里，是女主人的小飞船。

月牙儿按下控制键，屏幕出现一个影像，一个夹具伸出，她听到砰一声，两艘宇宙飞船连接，周围的墙壁摇晃了一会儿。她知道接下来的每一个动作、每一个会听到的熟悉响动：小飞行器关掉时的呼呼响声，舱口相接，小飞船密封，氧气输入，蜂鸣器嗡嗡响起，确认两个模块安全连接，飞行器打开，脚步声出现在走道上，卫星入口发出嘶嘶声。

曾经一度，月牙儿希望从她的女主人那儿得到一点温情和友善，也许希碧尔会看着她说："亲爱的，我的甜心，新月，你赢得了女王陛下的信任和尊重，欢迎你和我一起回到月球，重新被我们所接纳。"

但那种时刻早就过去了，即使希碧尔眸中寒光阵阵，月牙儿

　　她整整瞪了他五秒钟，然后趴到地上。数到十一下的时候，她听到索恩走过来。

　　"你知道，当我还是个孩子时，老是幻想公主戴着皇冠，主持午茶派对，现在碰到一个真正的公主，我必须说，我有点失望。"

　　她不知道他是不是在嘲弄她，但这些天，每次听到公主这个字眼都让欣黛紧张。

　　她吐一口气，按照野狼所说的去做。专心让她轻易地感知到索恩从她身边走过，预估到驾驶舱的能量。

　　当做到第十四下俯卧撑时，她迫使索恩停下脚步。

　　"搞什——"

　　欣黛提起身子，一条腿向前画半圈，她的脚踝撞在索恩的小腿后面。他大叫一声，仰面躺倒，哎哟哎哟地叫着。欣黛有些得意，抬头看看野狼，希望他露出赞许的表情，但他和斯嘉丽哈哈大笑。她甚至能看见他锋利的犬齿，平日他很小心不露出来的。

　　欣黛站起来，拉了索恩一把。虽然他在笑，但揉着屁股时，有点愁眉苦脸。

　　"我们拯救这个世界以后，我答应你，让你帮我挑一顶皇冠。"

第四章

斯嘉丽把棉球敷在野狼的嘴角，摇摇头，"也许她不会每次都命中，但是一旦命中，威力就不可小觑。"

尽管下巴都青紫了，野狼还是笑嘻嘻的，在医疗舱灯光的照耀下，他的眼睛十分明亮。"你有没有看到她转身时怎么绊到我的脚的？我没看出来。"他的手很快地在大腿上搓了搓，踢了检查台一脚，"我想我们会有一定成绩的。"

"嗯，我很高兴你为她感到骄傲，但我希望她下次打你的时候，最好不要用那只金属手臂。"斯嘉丽把棉球拿开，伤口还在流血，野狼的嘴唇被他的上犬齿咬破了，但不像以前那么糟。她拿起一管药膏，"可能会留下一道新的疤痕，不过似乎和你另外这一边的相配合，至少看起来挺对称的。"

"我不介意疤痕。"他耸耸肩，眼睛露出调皮的神色，"至少这些疤痕的记忆是美好的。"

斯嘉丽的指尖抹了点药膏，野狼低头看着自己指关节突出的手，脸颊微微地红了。不一会儿，她也觉得自己浑身热腾腾的，想起他们偷扒上悬浮列车的那一夜，她的手指怎么抚摩他手臂上到一个角落里。

"一号屏幕。"她低语，把头发甩到一边肩膀，手指心不在焉地卷着咬湿的辫梢。下了五步，她在六号屏幕上的胜利已经被遗忘，这一回小月牙儿要赢了。

她叹了口气，尽可能把这一子下好，但紧接着小月牙儿的国王移到全息迷宫的中央，拿了黄金圣杯。一个嘻嘻笑的小丑出现，把整个游戏的板子吞掉。

月牙儿叹了口气，把头发从脖子上拉开，等待那个小时候的她给出一个随机的任务。

"我赢了。"小月牙儿说道，全息影像消失进屏幕里，其他游戏自动锁定。"现在你要跳十分钟西部乡村舞，跟着底下的影像做，然后是三十个交互蹲跳。开始吧！"

月牙儿翻了个白眼，当她记录下这个声音时，真不该那么神气的，但她还是乖乖照做，下了床。屏幕上出现一个戴着大帽子的男人，大拇指钩住他腰带的扣环。

几年前，意识到自己住的地方没有太多机会活动，月牙儿便开始她的健身计划。她在所有的游戏后配置了各种运动软件，每一次她输了，便得做一种运动。虽然她经常后悔自己为什么选这些运动，但这确实可以让她不一直黏在椅子上。她喜欢跳舞和瑜伽，但讨厌交互蹲跳。

就在一串吉他和弦宣布舞蹈开始时，一个响亮的叮声推迟了她的动作，月牙儿的大拇指假装钩住腰带的扣环，扫了四周的屏幕一眼。

"小月牙儿，这是怎么——"

红发女孩靠在椅背上，人不在屏幕前，但月牙儿还是听得到她的声音，"不管我们做什么，拉维娜都会追杀我们。"

"而且，"欣黛说道，和她的同伴交换了一个眼神，"我们不会希望一个知道如何追踪我们宇宙飞船的人，待在拉维娜身边吧？"

缠绕的头发让月牙儿的手指发麻，但她几乎没有注意到。

索恩歪着头，通过屏幕盯着她，"好吧，姑娘，把你的坐标发过来吧。"

他的胃开始下沉。只有这件事，他甚至不能和他最信任的顾问谈。每一次，他听到她的名字，便充满恐慌，担心欣黛被发现了，她被抓起来了，或者已经被杀害了。其实他应该对逮捕国家最首要的通缉逃犯感到高兴，但这么想令他难受。

"她怎么了？"他说，把毛巾扔回托盘，坐在沙发扶手上。

"我可能推断出为什么她会现身法国的里厄了。"

他的担忧倏忽而来，倏忽而去，头有些疼。凯铎揉了揉自己的鼻根，令他宽慰的是，一个小时一个小时过去，欣黛依旧下落不明。这意味着她仍然安全。

"法国里厄。"他说，重新振作自己。每个人都知道，欣黛的宇宙飞船终究要返回地球，补充燃料和维修。她选择一个小镇，任何一个小镇，他都不会怀疑。"继续。"

"当初林欣黛把我当机的直接通信芯片取出时，得到了有关米歇尔·伯努瓦的消息。"

"那个飞行员？"事实上，南希所收集到的每一个有关赛琳公主的消息，即使再微不足道，凯铎也都记得。米歇尔·伯努瓦是最有可能窝藏公主的嫌疑人。

"是的，陛下。林欣黛已经知道她的名字，以及她以前隶属欧洲军队。"

"所以呢？"

"退役后，米歇尔·伯努瓦买了一座农场，那座农场在法国里厄，而且那艘偷来的宇宙飞船便在那里降落。"

"因此，欣黛到那里，因为……你觉得她要去找赛琳公主？"

"那是我的推测，陛下。"

他猛地站了起来，开始踱步。"有人和米歇尔·伯努瓦谈过话了吗？她被审讯了？她见到欣黛，跟她谈过话了？"

"我很抱歉，陛下，但米歇尔·伯努瓦四个星期前失踪了。"

他愣住了，"失踪？"

"她的孙女，斯嘉丽·伯努瓦，也失踪了，我们只知道她登上从法国图卢兹开出的悬浮列车，前往巴黎。"

"我们不能追踪他们吗？"

"米歇尔·伯努瓦的身份芯片在失踪那天便留在她家，斯嘉丽·伯努瓦的则被读取出来，销毁了。"

凯铎心一沉，另一个死胡同。

"但，欣黛为什么去那里？她为什么在乎找不找得到公主……"他犹豫了一下，"除非她想帮我。"

"我不明白，陛下。"

他又面向南希，"也许她想帮我，欣黛知道：如果她找到公主，也许可以结束拉维娜的统治，我就不会娶她，虽然她很可能因为叛国罪而被处决。欣黛冒着生命危险去那座农场，她这样做……她可能是为了我。"

他听到南希的风扇呼呼地响着，然后她说道，"我猜测林欣黛动机的另一种解释是她想找到公主，献给拉维娜，用她来交换自己的自由，陛下。"

他的脸有些涨红，看着脚下的手工编织地毯，"是的，也许是。"

但他仍然觉得欣黛的目的不只是自保。毕竟，她跑到舞会来警告他，让他不要娶拉维娜女王，这么做几乎害死她自己。

"你认为她发现了什么吗，关于公主的下落？"

"我没办法得到相关的信息。"

他在他的办公桌旁踱步，凝视着午后窗外那个庞大的城市，若有所思，玻璃和钢材在阳光下闪耀。"继续追查这个米歇尔·伯努瓦。也许欣黛已经有消息了，也许赛琳公主还活着。"

凯铎的内心又升起照亮一切的希望，几个星期前他便停止寻找公主，他生活已经变得过于动荡，每天只想到如何防止战争，安抚拉维娜女王，准备和她一起生活，成为她的丈夫……如果够幸运的话，他才不会在结婚周年被杀死。

他心烦意乱，忘了当初他为什么一直试图寻找赛琳公主。

如果她还活着，她会是月族王位的合法继承人，她可以终结拉维娜的统治。

她可以拯救他们所有人。

第七章

　　米特里·厄兰博士坐在小旅馆他那张床的边缘，一条旧棉毯围住他的脚踝，他所有的注意力都在墙上那个破旧的网络屏幕上，时不时就没有声音，重要的时刻画面还会一闪一闪的。和上一次来到地球不一样，这一次月族代表得到国际瞩目，不必隐藏来访目的。

　　女王陛下已经得到她想要的东西，将要成为皇后。

　　虽然拉维娜女王自己要到接近典礼的日子才会到来，她最亲近的一个走狗……呃，顾问……爱米瑞法师已经提早来了，拿出对东方联邦和地球老百姓的"善意"，并且确保婚礼所有事宜都能符合陛下的喜好。

　　闪闪发光的白色飞船装饰着符文，十五分钟前降落在新京皇宫的发射台，还没有要打开舱门的迹象。背后非洲联盟的一个记者报道着婚礼和加冕的琐碎细节：皇后的王冠上有多少钻石，过道的长度，预期的客人人数，当然，还有卡敏总理被选为典礼的主持人。

　　这个婚礼至少有一个结果是值得高兴的，那些大肆宣传将媒体的关注从欣黛小姐的身上移开。他希望她很快能够意识到这点，趁此机会来找他，但没有。他越来越着急，有点担心这个女孩，但他无能为力，只能耐心等待，在这片无人的沙漠里，继续计划和研究，期待有一天，他所有辛勤的工作终于能达到目的。

无聊的广播越来越多，厄兰博士摘下他的眼镜，用嘴巴吹了好一会儿，拿他的上衣擦了擦。

一场皇室婚礼，似乎就能让地球人消除自己的偏见。或许他们只是害怕公开谈论月族和他们的暴政，特别是狼族特种部队的攻击，令所有人记忆犹新。再加上，自从宣布订婚以后，至少有两家跨全球的媒体表示联姻是皇家错误的决定。一个来自布加勒斯特的网络集团管理者，一个来自布宜诺斯艾利斯的新闻编辑，自杀了。

厄兰博士怀疑所谓的自杀是一个外交说辞，意思是"被月族谋杀了"，但有谁能证明呢？

每个人都在想着同样的事情，不管他们有没有说出来：拉维娜女王是凶手，一个暴君，这件婚事会毁了他们。但他所有的愤怒都因为意识到自己是一个伪君子而消退。

拉维娜是凶手？好吧，他帮她成为凶手。

好多年来，似乎是一辈子以前的事了，他一直是月族基因工程研究团队的顶尖科学家，他曾经带领小组做出一些最伟大的突破。当时珊娜蕊是女王，拉维娜还没有统治，他的月牙儿还没有被杀害，赛琳公主也没有被偷偷送到地球。

他第一次成功地将北极狼的基因和一个十岁男孩的基因整合，让他不仅有更好的体能，也有着野兽般的野蛮本能。某些晚上，在黑暗中，他仍然会梦见男孩的嚎叫。

厄兰打了个哆嗦，拉起毯子盖住他的腿，转头看新闻。

终于，飞船的门打开，在举世瞩目下，舷梯下到平台上。

月球的贵族们鱼贯而出，一个个珠光宝气，华丽的丝绸和薄纱，头饰上接着面纱。永远垂着面纱的头饰，在珊娜蕊女王统治时期已经成为一种时尚和潮流，就像她妹妹一样，她也不肯在公众面前展现她的真实面目。

厄兰发现自己更靠近屏幕了，想看清繁复的衣饰及幻觉背后的面孔，认出过往的同僚。

一个也认不出，过了太多年，那些他所记得的细节很有可能都被法术所掩盖。在一群自恋的月族皇室中，他也会利用幻象让别人觉得自己高一些。

接下来是侍卫们，跟在五个三级法师后面，穿着一身黑色刺绣大衣。为了迎合女王的喜好，即使没有法术，他们本身也都十分俊美，虽然他还是怀疑他们之中只有少数人是天生的。博士有许多月族同事替法师以及皇家侍卫候选人做整容，调整褪黑激素及重建体格，都得到丰厚的收入。事实上，他一直听到谣传，希碧尔·米拉的颧骨是用再生水管做出来的。

爱米瑞法师最后一个下来，一如既往地一派轻松，踌躇满志，穿着深红色外衣，配合他黝黑的皮肤。他走近等待的凯铎皇帝和他的几个顾问及执行总裁那儿，他们彼此恭敬地鞠躬行礼。

厄兰博士摇摇头。可怜的小皇帝凯铎，继位这么短时间，他就像被扔进狮子群中，不是吗？

一个畏怯的敲门声，厄兰博士吓了一跳。

看看自己到底在做什么？浪费时间看月族和皇室这些为了联姻弄出来的排场；如果幸运的话，也许根本不会举行，倘若林欣黛不继续在太空和地球闲逛，而依照指示行动的话。

他站起来，关掉网络屏幕，担心得简直要得溃疡。

走廊里是一个古怪的男孩，不超过十二三岁，深色头发，剪得短短的，有些参差不齐；短裤超过膝盖，边缘磨破了；穿着凉鞋的脚上满是细沙，这个镇上永远是沙尘满布。

他站得直挺挺的，像是试图给人们一个"他，一点也不紧张"的印象。

"我有一匹骆驼要卖，听说你可能感兴趣？"最后几个字，他的声音有些颤抖。

厄兰博士把眼镜架在鼻尖上。男孩的确骨瘦如柴，但并没有营养不良的样子，他黝黑的皮肤看起来很健康，眼睛明亮而警觉，再过一年，他就会比自己高。

"一个驼峰还是两个？"他问。

"两个，"男孩深吸一口气，"它从来不吐。"

厄兰歪着头，即使对方的暗号说对了，他也得小心。消息似乎传得很快，甚至散播到邻近的绿洲城镇，大家都听说了，一个疯狂的老博士愿意付钱，寻找月族参与一些实验。

当然，他颇有名气，是东方联邦的要犯，但对他而言没有太大妨碍，他认为很多来敲他们门的人只是出于好奇，想看看这个渗透进地球一座宫殿里工作的月族的庐山真面目。况且他还帮助大名鼎鼎的林欣黛从监狱逃跑了。

他宁愿隐姓埋名、保持低调，而这么做似乎是一个有效的方法，可以找到新的实验对象，如果他想要复制月族科学家发现的蓝热病解药。

"进来吧。"他说，退到房间里，不管男孩有没有跟进来。他打开那个已经变成小型实验室的衣柜，小瓶子、试管、培养皿、注射器、扫描仪、分类好的化学药品，都整齐地贴着标签。

"我没办法付你国际币，"他拿起一副乳胶手套，"只能以物易物。你要什么？食物、清水、衣服，或者你愿意等到我连续拿到六个样本后付款，我可以安排一张单程票让你进到欧洲，不用文件。"他打开一个抽屉，从消毒液中拿出一个针头。

"药呢？"

他回头望了一眼，男孩进到屋里不超过两步。

"把门关上，免得苍蝇飞进来。"他说，男孩照他的话做，但他的注意力在针头上。

"你为什么要吃药？你生病了吗？"

"是给我弟弟的。"

"也是月族？"

男孩的眼睛睁大，厄兰博士这么轻易把月族二字说出口，总是引起人们的诧异，但他不懂为什么。他只要月族，只有月族可以来敲他的门。

"不要一副大惊小怪的样子。"厄兰博士喃喃道，"你一定知道我也是一个月族。"他很快地用一个法术证明，很容易的一个，让男孩看见一个年轻的自己，但只有一会儿。

虽然来到非洲以后，他可以比较自由地操控生物电，但他发现这越来越耗费他的心神。他的心智没有过去那么强大了，一定是因为太多年没有练习的缘故。

　　不管如何，这个小小的花招奏效了。男孩放松了一些，现在他确定厄兰博士不会把他和他的家人送回月球处决，但他依然没有太靠近。

　　"是的，"他说，"我弟弟是一个月族，但他是一个贝壳。"

　　这次，换厄兰的眼睛睁大。

　　一个贝壳！现在这个男孩真的有价值了。虽然很多月族来到地球是为了保护自己没有天赋的孩子，但要找到这些孩子比厄兰想象的难许多。他们实在隐藏得太好，丝毫不放弃自己的伪装，他怀疑有一半的人知道自己真正的来历。

　　"他多大了？"他说，把注射器放在柜台上，"我可以付两倍价钱取他的血液样本。"

　　厄兰突然那么积极，男孩后退一步。"七岁，"他说，"但他生病了。"

　　"什么病？我有止痛药、抗凝血药、抗生素……"

　　"他得了传染病，先生，你有解药吗？"

　　厄兰皱着眉头，"蓝热病？不，不，这是不可能的。告诉我，他的症状。我们先搞清楚他到底怎么回事。"

　　说他搞错了，让男孩有点懊恼，但他还是抱着一丝希望。"昨天下午，他开始长疹子，手臂上有青紫，就像打过架一样，但他没有打架。今天早上醒来的时候，他有点发热，却不停地说很冷，即使是这种热天。我妈妈检查了一下，他指甲底下的皮肤变成了蓝色，就像传染病那样。"

　　厄兰举起一只手，"你说昨天他身上出现疹子，今天早上手指就变蓝色了？"

男孩点点头，"而且，我来这里之前，那些疹子都起水泡了，像血疱。"他难受地说道。

博士在脑海里搜寻各种可能的解释。最初的症状听起来的确像蓝热病，但他从来没有听说过会这么快就发展到第四期。疹子变成血疱……他也从来没有见过。

他不愿意去想这种可能性，但这也是他等待多年预期会发生的。他预期，但又害怕。

如果这个男孩说的是真的，如果他的弟弟得了蓝热病，那么这可能意味着病毒发生了变异。

如果连一个月族都出现症状……

厄兰从桌子上拿起他的帽子，戴在秃顶的脑袋上，"带我去见他。"

第八章

月牙儿几乎感觉不到热水浇在她的脑袋上。浴室外面，第二纪的歌剧从每一个屏幕中响起，女人有力的嗓音灌进她的耳朵，压过淋浴的哗哗声。

月牙儿是一个明星，一个姑娘，宇宙的中心。她忘我地跟着唱，偶尔会停下来，准备高潮的时候大声一起唱。

她记不起来歌词完整的翻译，但字句背后的感情是明确的。

心碎，悲剧，爱情。

她打了个寒战，虽然蒸汽热腾腾的。她一只手按住胸膛，情绪满溢。

痛苦，寂寞，爱情。

总结到最后便是爱，不只是自由，不只是接受，而是爱，真爱，就像第二纪的歌手所唱的那样，可以满足一个人的灵魂，会有戏剧性的手势和牺牲，无可抗拒。

女人的声音配合着小提琴和竖琴，忽然拔高，来到一段高潮。热水从头淋下。月牙儿唱到那个高音，拉长，感受歌中的情感和力量。

一口气吐尽，她一下子头晕目眩，气喘吁吁，贴在浴室墙上。

高潮过去，形成一个简单、渴望的结局，就像水往外溅出。月牙儿每次洗澡都是计时的，确保在女主人希碧尔来之前供水不会短缺。

月牙儿蹲下来，手臂抱住膝盖。她知道自己的脸颊上有泪水，她捂住脸，笑了起来。

她太戏剧化了，但应该这样。

因为就是今天，风铃草来找她了，越来越接近。

四小时前他们同意解救她，到现在都没有偏离路线，地球时间的一个小时十五分钟，风铃草会通过她卫星的轨道。

她会得到自由、友谊，她会达到目的：和他在一起。

隔壁房间里，歌剧独唱又开始了，小声、缓慢，有一丝向往。

"谢谢大家。"月牙儿小声地对假想中发出如雷般掌声的观众说道，她想象自己捧着一束红玫瑰，闻了闻，即使她不知道玫瑰是什么味道。

一念及此，幻想破灭了。

她叹了口气，在头发被吸进排水管之前，离开莲蓬头底下。

她的头发沉重地压着她的头皮，当她沉浸在感染力这么强大的独唱中时，很容易忽略这件事，但现在这个重量几乎要让她翻倒，她的头也隐隐作痛。

今天不应该头痛的。

她一只手举起发梢，以减轻头顶的压力，花了几分钟时间，将头发一把一把拧干，从浴室走出来，抓住灰色毛巾；这毛巾用了很多年，已经破旧了，边角有洞。

"音量放低！"她朝房间大叫，歌剧退成一个背景声，最后几滴水滴到地板上。

月牙儿听到叮的一声。

她又把头发拧干一些，然后用毛巾把自己包起来。头发还是很沉重，但感觉可以承受了。

除了直接通信那个屏幕，其他的都是剧场镜头，是一个女人的脸部特写，化着浓妆，画了眉，狮子鬃毛似的一头红发戴着金冠。

直接通信屏幕上有一条新信息。

传讯者：机械师，六十八分钟后到达。

月牙儿的心跳几乎要停了。真的发生了，他们真的要救她。

她把毛巾丢在地上，抓起以前穿过的一件皱巴巴的洋装。这件衣服太紧也太短，是希碧尔在她十三岁的时候带来的，也因为旧了，所以特别柔软。这是月牙儿最喜欢的衣服，当然，她也没有太多件。

她把衣服往脑袋上一套，然后冲回浴室，开始梳理她那一头需要花很多时间的湿答答的棕褐色长发，她希望自己看起来像样一点。

不，她希望自己看起来不可抗拒，但这几乎不可能，没有化妆品，没有珠宝首饰，没有香水，没有适合的衣服，只有最基本的日常必需品，她苍白得跟月亮似的，头发又干又毛糙，怎么小心梳都没有用。

她盯着镜子里的自己一会儿，决定绑辫子，至少可以整齐一点。

她刚刚把头发在颈后分成三股，小月牙儿尖叫："大姐姐！"

月牙儿一怔，看见镜子里自己睁大的眼睛，"什么事？"

"看到女主人的船了，预计二十二秒后到达。"

"不，不，不，今天不行。"她发出嘘声。

她放下湿答答的头发，冲进房间。这次，她的几件衣物和随身用品没有胡乱摆在地板和桌面上，而是都被整齐地收进一个拉出来的抽屉里，放在她的床上。洋装、袜子、内衣叠得整整齐齐，旁边是梳子和发夹，以及上回希碧尔带来剩下的食物，她甚至把她最喜欢的枕头和毛毯放在上头。

所有证据表明，她要离家出走。

"哦，天啊。"她上前用双手将抽屉翻倒，从床上拿走，把毯子和枕头扔在床垫上，拖着沉重的抽屉收进桌子里。

十四秒，十三秒，十二秒。小月牙儿念着，她把抽屉推回去，关不上。

月牙儿蹲在旁边，盯着抽屉两侧的轨道，花了七秒钟，设法关上抽屉。汗或者水从湿漉漉的头发滴到她的脖子后面，她把被抽屉夹住的一绺头发揪出来，急忙把床摆直。

"女主人已经来到，她正在要求延伸对接夹具。"

"我马上过去。"月牙儿回答，飞快走向控制登船舷梯的屏幕，输入密码。她转身回到房间，看到夹具从墙上伸出，和希碧尔的船相接，氧气充填整个空间。

歌剧中的那个歌手还在屏幕上，女主人会生气月牙儿在浪费时间，但至少这不是——

她倒抽一口气，目光落到一个不同的屏幕上，黑色的背景上是一条光亮的绿色信息。

传讯者：机械师，六十八分钟后到达。

她听到希碧尔的脚步声接近，穿过房间。就在卫星门打开时，她关掉屏幕。

心跳到喉咙口，月牙儿转身，微笑。

门口的希碧尔看着她，瞪着眼睛，但月牙儿感觉她看到自己露出笑容时，眼睛眯起来了。

"女主人！太惊讶了。我刚洗好澡，在……听一些……歌剧。"她吞了口口水，喉头干涩。

希碧尔面目阴沉，她扫视房间四周，屏幕依然悄声地播着歌剧，演唱者全神贯注唱她的歌。希碧尔冷笑道："地球音乐。"

月牙儿咬咬她的下唇，她知道月球宫廷也有戏剧和各种娱乐，但很少记录下来，月牙儿没有看过。月族普遍不喜欢让自己真正的面貌通过网络被银河系的人看到，所以他们更喜欢现场表演，因为可以改变观众的感知。

"所有的屏幕，静音。"她低声说，试着不要发抖。沉默中，希碧尔走了进去，门在她身后关上。

月牙儿指着希碧尔手上那个熟悉的金属箱子。"我还不需要任何补给品，女主人，这时应该抽另一个血液样本了吗？"她问，心里其实知道不是。

希碧尔把箱子放在床上，反感地看了皱巴巴的毯子一眼，"我来是要给你一个新的任务，月牙儿，我相信你注意到我们在新京宫殿的一个监视设备坏了。"

月牙儿希望自己的表情自然一点，镇定，别那么紧张，"是的，皇帝办公室里的窃听器？"

"女王陛下发现窃听是很有用的，她希望再写一个程序，立即安装。"她打开一个盒子，里面是一组芯片和录音装置。"和上次一样，这个信号得无法追查，我们不希望引起任何人注意。"

月牙儿热切地点了点头，也许太热切了。"当然，女主人，不会花太长时间，明天就可以完成，我很肯定。把它放在一个灯具里，就像上次那样？"

"不，这么做得冒险替很多维修工人洗脑，要找一个更容易隐藏的地方，比如，可以挂在墙壁上的东西。我们另一个法师打算下次去的时候，自己装上去。"

月牙儿的头还在点着，"是的，是的，当然，没有问题。"

希碧尔皱眉，可能感觉到月牙儿附和得过头了。

她停止点头，但脑中的时钟一直嘀嘀嗒嗒走着。如果欣黛和其他人发现月球小飞船连接在她的卫星上，他们会认为月牙儿给他们设下了陷阱。

但女主人希碧尔从来没有待过太久时间。当然，一个小时内她一定会离开。

"还有别的什么事吗，女主人？"

"你有什么地球上的消息要汇报的？"月牙儿紧张地回忆过去几天有没有什么消息，她在网络上的侦察技巧要高过研究和黑进地球的影像和数据库，或者编写侦察程序，策略性地安装在各高级官员的住宅和办公室里。监测这些影像和报告也是她的工作之一，然后向希碧尔和女王陛下报告。

这是她工作中最具偷窥性质的一部分，也是她最讨厌的一部分，但如果希碧尔要求她做这件事，至少意味着她和女王最近顾不得自己监看这些影像。

"每个人的注意力都集中在婚礼上，"月牙儿说道，"一直谈及行程安排、外交调度等事宜，许多人来到新京。"她迟疑了一会儿，继续说道，"一些地球人质疑凯铎皇帝联姻的决定，会不会真正结束攻击。欧洲联盟最近一个武器制造商接到很大一笔订单，他们似乎准备开战。我……我可以找到订单的细项，如果你要的话。"

"不要浪费你的时间，我们知道他们的能力到了什么地步。还有别的吗？"

月牙儿搜寻她的记忆，她想告诉女主人希碧尔，一个英国的代表，布里斯托尔什么的，发出政治声明，拒绝受邀参加王室婚礼，但她认为他的决定也许还会改变。她很了解女王陛下，她会对这个人采取行动，杀鸡儆猴。月牙儿不愿深想女王会对他或他的家人做什么。

"没有了，女主人，就这些。"

"那个生化机器人的下落呢，有什么进展吗？"

她撒了太多次谎，简直不假思索便脱口而出，"我很抱歉，女主人，我还没有发现任何新的东西。"

"月牙儿，你认为她有能力躲过搜查，是因为得到了类似我们用来掩蔽自己宇宙飞船的技术？"

月牙儿把滴水的头发从脖子上拿开，"也许。我知道她是一个很有才华的机械师，她的专长可能包括软件干扰。"

"如果是这样的话，你侦察得到吗？"

月牙儿张嘴，但犹豫了一下，她想说应该可以，但这么告诉希碧尔就大错特错，希碧尔会责怪月牙儿为什么没有早点这么做。"应该不能，女主人，但我会试一下，看看我能做什么。"

"看看你能做什么，我厌烦替你找借口了。"

月牙儿表现出一副很遗憾的样子，她的手指因为松了口气而发麻。希碧尔要走的时候老是说这几句话。

"当然，女主人。谢谢你给我这个新工作，女主人。"

一个"叮"声响起，月牙儿打了个寒战，但立即改变表情，假装不介意。只是一个"叮"声，没有什么好怀疑的，那只是月牙儿的嗜好，希碧尔没有理由怀疑它。

但希碧尔注意到那个黑暗的屏幕，一个新的信息出现。

机械师传来信息：将在四十一分钟后到达，需要最后的坐标。

月牙儿脚下的卫星一晃。哦，不，摇晃的人是她。

"这是什么？"希碧尔靠近屏幕问道。

"是……是我和计算机在玩的一个游戏。"她的声音拔尖，脸热辣辣的，但一下子因为湿答答的头发贴着她的脸颊而变得冰凉。

一段长时间的沉默。

月牙儿假作轻松，"就是一个无聊的游戏，想象计算机是一个真正的人……你知道我很有想象力，也很寂寞，有时候有人可以聊聊真的很高兴，即使——"

希碧尔握住月牙儿的下巴，将她推到可以望向蓝色星球的窗口。

"是她吗？"希碧尔说道，"你在跟我撒谎？"

月牙儿说不出话来，她的舌头因为恐惧而变得僵硬，仿佛被法术给定住了。但，这不是法术，是一个够强大、够愤怒，可以把月牙儿撕裂，用桌角把她的头颅敲碎的女人把她吓得。

"你最好别对我说谎，月牙儿。你联系上她多久了？"

她的嘴唇颤抖着，"从……从昨天起，"她抽泣着，"我正在试图赢得她的信任，我打算有一点确实的结果后，再告诉您，而且——"

一巴掌让月牙儿的世界天旋地转，她的脸颊烧起来；好长一段时间，她才觉得脑子里的脑浆不晃了。

"你希望她来解救你。"希碧尔说道。

"不，不，女主人。"

"我为你做了这些，当你的父母把你交出来时，我救了你。"

"我知道，女主人，我会把她交给你，女主人，我想帮忙。"

"我甚至允许你去看网络上那些恶心的地球影片，但你却这样报答我？"希碧尔盯着屏幕，那条信息还在上面。"但最终你还是做了一点有用的事。"

月牙儿打了一个寒战。她大脑里的卜意识告诉她要跑，要逃，她拔起脚，但被自己的头发绊倒，脑袋撞在坚硬的门框上。她的手指摸着小小的键盘，按下指令，门打开了。她没有等待希碧尔的反应，"关门。"

月牙儿奔向走廊，她的肺在燃烧。她不能呼吸，她快要歇斯底里了，她必须离开。

另一扇门在她面前，旁边是相同的开关，她冲过去，"打开。"

门打开，她跌跌撞撞地前进，肚子撞在一道栏杆上，"哎哟"了一声，她撑起自己，翻身过去，直接进到驾驶舱。

她站在那里气喘吁吁，瞪大眼睛看着小小的小飞船内部，灯光和闪烁的面板以及屏幕都在闪烁，窗户形成一堵玻璃墙，分开了她和那片星海。

但有一个人。他的头发像金黄色的稻草，身体十分强壮，有着宽阔的肩膀，穿着皇家制服。看起来很具威胁感，但那一刻他似乎只是惊讶。

他从驾驶员座位站起来，两人呆呆地四目相对。月牙儿一直在脑海里搜寻可以说的话。

希碧尔不是自己来的，希碧尔是飞行员带来的。

另一个人知道月牙儿的存在。不，另一个月族知道月牙儿的存在。

"救我。"她低语，无法把话说清楚，"拜托，请救我。"

他嘴巴紧闭，月牙儿抓住衣服的手抖动，"求求你？"她的声音岔开来。

男子弯曲他的手指，她心想——还是她的幻觉——他的目光似乎变得柔和，因为同情。

或者评估。

他的手移向控制键。这个键是用来关门的？从卫星脱离，载她飞离这个监牢？

"你不会把她杀了吧？"他问。这句话听起来似乎很不相干，他用激动的语气说的，只是一个简单的问题。希望一个简单的答案。

把她杀了？把她杀了？她还没来得及回答，侍卫的眼睛掠过她。希碧尔抓住月牙儿的一大把头发，拽住她的背朝向走廊。月牙儿尖叫着倒在地上。

"杰新，我们就要有同伴了。"希碧尔说道，不理会月牙儿的啜泣。"脱离这个卫星，但留在附近，尽量不要引起怀疑。当一艘地球的飞船靠拢时，他们可能会放出一个小飞船。等到驾驶员登上这个卫星，从另一个舱门再接上卫星，我会把对接夹具伸出去。"

月牙儿浑身颤抖，嘴里喃喃地说着一些没有意义的恳求字句。

男人的同情和惊讶都不见了，消失得仿佛从来不曾存在。也许真的从来不曾存在过。

他猛地一点头，毫无疑问，他也没想到违抗。

虽然月牙儿尖叫又踢脚，希碧尔还是把她带回卫星的房间，把她像一袋子破碎的机器人零件般扔在地上。

门在他们身后关上，隔开了出口，隔开了自由，一个熟悉的"砰"声响起。

她永远不会得到自由了，希碧尔就要杀了她，就像她就要杀了林欣黛和卡斯威尔·索恩。

月牙儿把乱七八糟的头发拢到身后，号啕大哭。

希碧尔在微笑。

"我想，我应该感谢你。林欣黛就要落到我手上，我们的女王一定会非常高兴。"希碧尔弯下腰来，用爪子一样的手握住月牙儿的下巴。

"不幸的是，我不认为你会活得够久，获取你的报酬。"

第九章

欣黛呻吟着，这么摔一下，她的脊椎简直都要移位了，货舱的天花板在旋转和摇晃，"有必要这样吗？"

野狼和斯嘉丽出现在她身前。

"真的很不好意思，"野狼说道，"我以为你可以控制，没事吧？"

"沮丧又疼痛，但，是的，我没事。"她强迫自己把手伸给野狼，他和斯嘉丽两个人把她拉起来。"你说得对，我不够专注，我感觉到你的能量脱出我的控制，就像一个橡皮筋飞出。"

野狼捉住她的手腕、把她摔过肩之前，她整整制住他六秒。

她揉揉自己的屁股，"我需要休息一会儿。"

"也许今天就到此为止，"斯嘉丽说道，"我们快到卫星了。"

艾蔻搭腔，"预计抵达时间为九分钟三十四秒，我估计欣黛有足够时间再摔七次。"

欣黛瞪了天花板一眼，"或者有足够时间可以卸掉你的影像装置。"

"既然我们还有几分钟，"斯嘉丽说道，"也许我们应该谈谈要如何安置这个女孩，假使她真的在一个卫星住了七年，没有人可以说话，除了一个月族法师，她可能……在人际上会有点生疏，我想大家都应该尽力给她一点欢迎和支持……尽量不要吓着她。"

驾驶舱传来笑声，索恩出现在门口，腰上系了一个枪套。"你要求一个生化机器人逃犯和野蛮的动物表现出欢迎和热诚，太可爱了。"

斯嘉丽手叉腰，"我是说我们应该理解她的经历，敏锐一点，体谅一点。对于她，这七年可不是一件容易的事。"

索恩耸耸肩，"住过卫星那么长一段时间，风铃草就像一个五星级酒店。她会适应的。"

"我会对她好的！"艾蔻说道，"我可以带她上网购物，她可以帮我挑一个有设计感的躯壳。看，我找的这个定做护卫机器人的商店，有最好的配件和打折的模块。如果我有一头橘色头发，你们觉得怎么样？"

墙上的网络屏幕切换到护卫机器人的销售列表上，一个模块的影像慢慢转动，展示机器人的完美比例，桃色的皮肤和优雅的体态。她有紫色的瞳孔，修剪得很漂亮的橘色头发，一个老式的旋转木马文身围绕她的脚踝。

欣黛把眼睛闭上，"艾蔻，这和那个卫星女孩有什么关系？"

"我马上就要给你看了。"

屏幕上目录滚动，有发饰，几十个图标打开来，里面从雷鬼头假发到猫耳头带，以及水钻发夹都有。"想想，她有多少头发呀！"

"看到了吧？"索恩说道，推了一下斯嘉丽的肩膀，"艾蔻和这个被监禁、缺乏社交的卫星女孩会成为最好的朋友。现在，我关心的是，事情结束后，我们要如何来分奖金，因为这艘飞船真的挺拥挤了，我不知道你们这一伙人这样来占我的便宜，我开不开心哩。"

"什么奖金？"斯嘉丽问道。

"欣黛当上女王后，要拿月族国库的钱来奖励我们。"

欣黛翻了个白眼，"我就知道你要瞎说了。"

"这还只是开始。这次冒险行动结束，全世界的人都会把我们当成英雄。想象一下名利双收的滋味，赞助商会找我们，广告商会找我们，我们的故事会搬上屏幕，还有各种代言和版权。我认为我们应该早点讨论分成问题，因为我考虑六十、十、十、十、十分账。"

"我是第四个百分之十？"艾蔻说道，"还是卫星女孩？如果你们认为是卫星女孩的话，我要罢工。"

"我们以后再讨论这些想象中的钱吧。"欣黛说道。

"好像真的有这笔钱可以讨论似的。"斯嘉丽说道，"再说，你不是还要准备小飞船？"

"是，小姐。"行了一个军礼，索恩从存储箱里拿起一把手枪，把它放到皮套里。

斯嘉丽歪着头，"你确定不用我跟你去吗？得需要很精确的动作才能连接到对接夹具，欣黛告诉我你的飞行技术……"

"你是什么意思？欣黛怎么说我的飞行技术？"

斯嘉丽和欣黛交换了一个眼神，"她告诉我你当然是一个了不起的飞行员。"斯嘉丽说道，从一个箱子上抓起她的红色连帽外套，虽然在巴黎几乎被撕烂了，但她尽可能把它缝好，"技术绝对一流。"

"我认为她在练习她的嘲讽技巧。"艾蔻说道。

索恩瞪了一眼，但欣黛只是耸耸肩。

"我只是说，"斯嘉丽继续说道，手臂穿过衣袖，"这可能不容易，你得慢慢对接，不能留一点缝隙，直到你确定卫星系统能配合，才有安全的连接。"

"我没问题。"索恩说道，眨了眨眼。他伸出手，拧了拧斯嘉丽的鼻子，不理会野狼在她身后气呼呼的，"但你太周到了，这么关心我。"

索恩第二次尝试对接，成功。他从来没有停靠在卫星前，这样的表现够好了，希望斯嘉丽在看，她显然怀疑他的能力。

他检查连接系统，让小飞船进到怠速模式，然后解开安全带。

透过窗户，他可以看到卫星弯曲的侧面，以及圆形的螺旋桨，卫星正慢慢地在太空中运行，目前他只能看到对接舱口，但显然没问题，他的仪器告诉他，压力和氧含量可以让他安全地离开他的飞船。

他把衣领拉开，他不是一个天生偏执的人，但和月族打交道让他变得迟疑，虽然是蛮可爱的年轻人。再年轻、再可爱的人，也会被多年的孤独逼疯。

索恩拉开小飞船的门，卷门往上，露出一个舷梯，有两个台阶，两旁有栏杆。后面是一条狭窄走廊。因为压力的变化，他突然耳鸣。卫星的主要入口仍然紧闭，走近后他听到嘶嘶声，门打开，滑进墙壁缝里。

他认出直接通信芯片里看到的那个房间，有几十个清晰的平板屏幕，头顶的位置有储物柜，一张乱七八糟的床和破旧的毯子，内置的固定设备发出蓝白光，通往左边的一道门后应该是洗手间，他的正对面有另一道门通向舱口，可以接到第二艘小飞船。

女孩坐在床沿上，手放在腿上，她的头发乱糟糟地垂向双肩。她面带微笑，闭着嘴，很礼貌的表情，和直接通信芯片里有点神经质的反应完全不同。但是，当她看到他时，笑容一闪而逝。

"哦，是你呀，"她说，脑袋歪向一边，"我还以为是生化机器人呢。"

"没必要这么失望吧。"索恩的手插进口袋里，"欣黛会修船，但不会开，今天是我来接你。卡斯威尔·索恩船长，为你服务。"他向她歪了歪脑袋。

女孩没有如他所预期地昏厥或扇动她的睫毛，只是扭过头去，怒视其中一个屏幕。

索恩咳嗽一声，后退一步。他还以为没有和人交往过的女孩要容易讨好哩。

"你都收拾好了吗？我们不想在一个地方待太久。"

她的眼睛眨了眨，有些恼怒。"无所谓，"她喃喃道，"杰新和我自己去找她。"

索恩皱着眉头，有点后悔刚才的故作潇洒，哪怕只是脑袋歪了歪。孤独真的快把她逼疯了吗？"杰新？"

她站起来，头发在脚踝边摆动，他刚刚没注意到她多高，但现在看来没有超过五英尺，他觉得放心了。不管疯了没有，她不会是个麻烦。

也许。

"杰新是我的护卫。"

"哦，叫你的朋友杰新过来，我们就可以走了吧？"

"噢，我想你们走不了太远。"

她走向他，然后样子变了，乱糟糟的头发渐渐变黑，柔滑得像乌鸦的翅膀。她的眼睛从天蓝色变成石板的灰色，苍白的皮肤色泽深了，身体往上长，高大优雅，衣衫从一件普通日常的洋装变成鸽子白的长袖外套。

索恩很快地掩藏他的惊讶。

那是一个法师，他一下子就明白了。他肩膀一挺，很快地评估整个情况。这是一个陷阱，女孩是一个诱饵，或者从头至尾就是这个法师在作怪。对这种事，他通常有更好的直觉。

他又偷瞄了房间四周一眼，没有女孩的踪影。第二个舱口有些响动，卫星一晃。有希望了，他的同伴一定感觉到不对劲，所以搭第二艘小飞船过来了。

他露出一个最老练也最迷人的笑容，伸手去拿他的枪。他觉得有一丝骄傲，自己竟然还能把枪从皮套里拔出来。然后，他的手臂不能动了。

索恩没被控制的那侧肩耸了耸，"你不能怪我，总是要试一下的。"

法师嘻嘻一笑，索恩的手指松开，枪当一声掉在地上。

"卡斯威尔·索恩船长，是吗？"

"没错。"

"恐怕这个头衔用不了太久了。我打算征召你的风铃草给女王。"

"真遗憾。"

"此外，我猜你知道帮助一个要犯，比如林欣黛，在月球是一种犯罪行为，将会被判处死刑，而且会立即执行。"

"真有效率，令人敬佩。"

她身后的第二道门打开，索恩试图给他的同伴一个无言的警告：这是一个陷阱！做好准备！

但那不是欣黛、斯嘉丽或野狼，站在第二舱口门的是一个月族侍卫，索恩的希望幻灭。

"杰新，我们用他们的小飞船登上风铃草。"

"啊，你是杰新，"索恩说道，"我还以为是她编出来的。

他们不理他，但他已经习惯了。

"我把这里的事处理完，你就准备好将它断开。"

侍卫恭敬地低下头，遵照她的指令离开。

"小心一点，"索恩说道，"对接可不容易，动作得十分精确，要不要我跟你一起去，免得你搞砸了？"

侍卫走过去时，得意地看了他一眼，不是刚刚出现时那种空洞的眼神，但他不发一语地经过走廊，走向索恩的小飞船。

法师从床上抓起一条毯子扔给索恩，他下意识地接过来，但这根本不必要，他的手自动地做了接下来的事，很快地他发现自己的手腕被毯子捆起来，还用牙齿打了一个复杂的结。

"我期待驾着你的飞船回到月球，传递这个好消息，林欣黛不会再是皇室的一个威胁。"

他的眉毛抽动了一下，"有任何地方我可以为女王陛下服务的吗？"

法师大步走到舱门旁的屏幕，输入指令，那是一个安保密码，后面跟着一连串复杂的设定。"我本来要关闭维生系统，让你和新月在氧气用光后，试试看窒息的滋味。但是，这可能要拖太长的时间，我可不愿意让你有机会松开自己跑去求援。而且，我是十分仁慈的。"说罢，她举起长袖子。

"这一切很快就会结束，你不觉得自己很幸运？"

她的目光变得冷硬如铁，索恩发现自己走向一道打开的门，通向洗手间。当他走近时，他看到那个女孩，床单缚住她的双手、膝盖和脚踝，一个布条绑住她的嘴，眼泪布满她脏兮兮的脸，头发乱糟糟地散在地面四周，揪成一团。

索恩的五脏六腑一紧，他一直相信是她背叛了他们，但此刻她颤抖的身子和惊恐的表情告诉他，其实不是。他的膝盖一软，摔在地上，"哎哟"一声。

女孩紧紧闭上眼睛。

索恩深吸一口气，瞪着法师，"有必要这样吗？你吓到这个可怜的女孩了。"

"新月没有理由受惊，因为她的背叛，我们才会有这一刻。"

"是，是，但把一个才五英尺高的女孩绑起来，塞住嘴巴，关在洗手间，怎么也太过分了。"

"而且，"法师继续说道，好像他的话是耳旁风，"我会完成新月最大的心愿，我打算送她到地球。"

她拿起一个闪闪发光的小芯片，和欣黛一直随身携带的直接通信芯片一模一样。"我相信新月不会介意我拿走这个，毕竟这是女王陛下的财产。"

她离开时，衣袖一翻，索恩听到她高跟鞋咚咚地一路走向对接舱口，门在她身后关上。他的小飞船引擎发出响声，断开时他觉得有点震动。

直到此刻，他第一次感到无助。那个巫婆要拿走他的飞船，但风铃草有第二艘小飞船，他的船员还是可以回来找他们的。

但随后，他感觉到变化。一个轻微的拉力，些许转动。女孩呜咽着。

卫星的轨迹已改变。重力加速度拉下他们，离开自己的轨道。

卫星坠向地球。

第十章

"他连接上了。"斯嘉丽说道，通过驾驶舱的观察窗看到索恩的小飞船，"没有太差嘛。"

欣黛的身子倚在门框上，"希望他动作快一点，我们不知道这个女孩有没有受到监视。"

"你不信任她？"野狼说道。

"我不信任她的老板。"

"等一下，那是另一艘船吗？"斯嘉丽猛地向前，升起一个雷达，搜索她手边的屏幕，"我们的扫描仪没看到它。"

野狼和欣黛围在她身后，盯着一艘小飞船，比索恩的略大一些，就在卫星旁边。欣黛的心跳开始加快。"月族。"

"一定是，"斯嘉丽说道，"他们可以封锁住信号。"

"不，你们看，那个徽记。"

野狼咒骂了几句："那是皇家的船，可能是一个法师。"

"她背叛我们。"欣黛说道，不敢置信地摇摇头，"我不相信。"

"我们要逃跑吗？"斯嘉丽问道。

"不管索恩？"

从这个窗口，可以看到月族的小飞船和卫星的第二夹具连接。欣黛的手指抓了抓头发，思绪纷乱。"和他们联系，联机直接通信，我们得搞清楚是怎么回事。"

"不，"野狼说道，"有可能他们还不知道我们在这里，也许她没有背叛我们。如果他们的雷达搜寻不到我们的飞船，应该就还没看到我们。"

"他们知道索恩的小飞船一定得从哪里来呀！"

"也许他有能力脱身。"艾蔻插嘴，但并不太有信心。

"对抗一个法师？你难道没看到巴黎那一幕？"

"那么，我们该怎么办？"斯嘉丽说道，"我们不能和他们通信，没办法连接……"

"我们应该逃走，"野狼说道，"接下来他们会来追捕我们。"

他们忽然都望向欣黛，她意识到两人希望她来主导，但这不是一个容易的决定。索恩在那里，他掉入陷阱，这都是因为欣黛，她不能把他扔下。

她抓住椅子的手开始颤抖。优柔寡断即使一秒钟，都是在浪费时间。

"欣黛，"斯嘉丽的手放在她的手臂上，这只让她把椅子抓得更紧，"我们得——"

"逃，我们得逃。"

斯嘉丽点点头。她转头面对控制键，"艾蔻，准备推进器。"

"等等，"野狼说道，"看。"

驾驶舱窗口外，一个小飞船从卫星断开。是索恩的小飞船。

"发生了什么事？"艾蔻问道。

欣黛发出嘘声，"索恩的船回来了，和他联系。"

斯嘉丽打开通信屏幕，"索恩，回报，底下怎么回事？"

屏幕静悄悄的，欣黛咬了咬下唇。过了片刻，出现一行简单的文字通信。

摄影机坏了，我们受了伤，打开甲板。

欣黛又读一遍信息，直到这些字在眼前变得模糊。

"这是一个陷阱。"野狼说道。

"也可能不是。"她回答。

"是。"

"我们不能肯定！他很鬼灵精怪的。"

"欣黛——"

"他也许还活着。"

"或者，这是一个陷阱。"斯嘉丽喃喃自语。

"欣黛，"艾蔻拉高音调，"我应该怎么办？"

她用力吞了口口水，猛地离开椅子。"打开甲板，你们两个留在这儿。"

"不可以。"野狼站到她身边，她可以看出他的战斗姿势：肩膀耸起靠近耳朵，双手握拳，脚步快速坚定。

"野狼，"欣黛的金属拳头贴着他的胸骨，"待在这里，如果船上是法师，只有艾蔻和我不会受到控制。"

斯嘉丽握住他的手肘，"她说得对，你出去有百害而无一利。"

欣黛没有等到斯嘉丽说服他，已经走向通往底舱的梯子。在小飞船甲板和引擎室中间的走廊，她停下来倾听：甲板大门关上的声音，维生系统把氧气送回空间。

"甲板是安全的，"艾蔻的声音说道，"维生系统稳定，入口安全。"

欣黛的视网膜显示器透露出她的恐慌，当她很紧张或很害怕，红色诊断文字会出现在她的视觉接收器上，表示警告：血压过高，心率过速，系统过热，自动冷却初始化。

"艾蔻，你在那里发现什么了吗？"

"我发现我们需要在船上安装摄影机，"她回答，"我的传感器确认小飞船已停靠，检测到有两个生命体在里面，但还没有人走下来。"

也许他们伤得太严重，下不了船。也许里面是一个法师，不愿离开航天器，因为艾蔻仍然有机会重新打开甲板门，把里面的一切吸出太空。

欣黛打开她左手食指的顶端，放进一支飞镖，虽然她已经在巴黎用光所有的麻醉飞镖，但她自己可以制造一些武器，用焊钉制成的飞镖。

"我们刚刚接到另一艘船上的通信，"艾蔻说道，"它说：'救救我们。'"欣黛脑袋里面满是这个字眼：陷阱，陷阱，陷阱。

但如果是索恩……如果索恩在船里，受伤或死去……

　　她甩开自己的想法，伸出手，按下进入甲板的密码，然后拉下手动操作杆。解锁的机件"咔嗒"一声，欣黛举起她的左手，像持着手枪。

　　索恩的小飞船停在第二艘小飞船及一盘电线和固定在厚镶板上的机械中间，那是用来装卸货物、替设备加油的工具，如千斤顶、空气压缩机、气动线圈等。

　　她朝船只走过去。

　　"索恩？"她说，扭头看到驾驶员座位有人，正弓着身子。

　　她颤抖着打开门，然后倒退几步，用武器瞄准这个人。他的上衣浸在血泊中。

　　"索恩！"她伸手往前，把他拖出来。"怎么——"

　　视觉接收器上，一道橙光亮起，这是她的机械视力在提醒她，她的眼睛有弱点。

　　她倒抽一口气，抽回手。然后他上前，一只手抓住她的手腕，另一只手掐紧她的脖子，动作如此之快，欣黛倒在地上。

　　有那么一会儿，压在她身上的是索恩，蓝色眼睛令人惊讶地平静，他把她定在地上。

　　然后，他开始改变。他的眼神变得冷酷晶莹，头发变短，衣裳变成月族皇家卫队的制服。

　　她的本能比她的眼睛早一步认出他来，同样燃烧着暴力和仇恨，他不是别的月族侍卫，正是舞会时捉住她的那个人，就在拉维娜嘲笑她，而且威胁凯铎，威胁大家的时候。

　　但他——

空中传来一声媚笑，欣黛看着日光灯，眯起眼睛，一个女人从小飞船中出现。

是的，他是希碧尔·米拉法师的私人侍卫。

"我对银河系的头号要犯原来还期待更多哩。"

她看着欣黛的另一只手压住侍卫的下巴，奋力推开他。法师微微一笑，看起来像一头饥饿的猫在玩一个新玩具，欣黛眼冒金星。

"我应该在这里杀了你，还是把你带回去给我的女王——"

她闭上嘴巴，灰色的眼睛瞟向门口。一声嚎叫，野狼扑向法师，把她往小飞船撞去。

侍卫松手，脸上一阵迟疑，他瞟了他的女主人一眼，欣黛一拳打在他的下巴上。她听到"嘎吱"声，他人往后，注意力回到她身上。

欣黛抬起膝盖，趁机把他踢开，她站了起来。野狼抓住法师，让女人的身子往后一仰，他的嘴张开，露出植入的獠牙。

侍卫的手伸向他腰间的皮套，吸引了欣黛的注意力。见他拔出枪来，欣黛举起自己的手。

两人同时射击。

侍卫的子弹射中野狼的肩胛骨，他发出疼痛的嚎叫。侍卫哼了一声，欣黛的飞镖刺进他的腰际。欣黛一个侧身，瞄准法师的心脏，但野狼在她们中间，上衣血迹斑斑。

希碧尔的脸因为愤怒而扭曲，她的一只手掌贴在野狼的胸前，咆哮道："好了！"她发出嘘声，"我来提醒你，你到底是哪一边的。"

野狼闭上嘴巴，然后从喉咙发出一串长长的咆哮。他转向欣黛，目光嗜血。

"哦，天啊。"她喃喃道，后退，直到整个人贴在第二艘小飞船上。她稳住自己的手，但野狼横在中间，她不可能打中希碧尔，尤其此刻他在法师的控制下。

她深吸一口气，利用心智的力量，抓住野狼那股熟悉的电波，有着他自己签名的生物电，但发现有某种残酷和野蛮的东西笼罩着他。

野狼扑向她。

欣黛改变目标，转向侍卫，很自然地，只有半秒钟时间，她控制了他的意志，强迫他采取行动。一眨眼，侍卫蹿到他们中间，他举起枪，但速度太慢了，野狼反手一掌使他倒向船只的起落架，枪当一声掉在一排柜子前。

欣黛绕到小飞船的船头，他们四目相对，野狼犹豫了一下，他露出獠牙。欣黛的内部警告系统来得如此之快，文字模糊成一团，她的心跳太快，肾上腺素喷涌。她不理会，野狼来回前后蹿跃，她得专注地让小飞船挡在她和野狼中间。

但随后野狼的整个身子瑟缩，他转身奔向希碧尔。此时一声枪响，传遍整个甲板，野狼扑倒在法师面前，子弹击中他的胸口。

门口的斯嘉丽大叫一声，一把枪在她颤抖的双手中。

气喘吁吁，欣黛在寻找一把武器，设想一个办法。法师退到墙角，野狼像盾牌一样挡在她的身前，月族侍卫蜷缩在最近的小飞船底下，希望他失去了意识。

斯嘉丽放下枪，法师一下子便控制了她。

但，法师的表情有些疑虑，脸色严峻，她额头的一条静脉在跳，缩在野狼身后。

欣黛忽然间明白了，希碧尔和她一样难以控制野狼，只要她在控制他，就不能控制其他人；但她一放开野狼，他就会转向她，这场作战就结束了。

除非……除非她杀了野狼，让他完全从这个棋局中退出。

血从子弹射进的两个伤口中汩汩流出，欣黛不知道他可以支撑多久。

"野狼！"斯嘉丽的声音颤抖，枪还瞄准着希碧尔，但野狼依旧挡在她们之间。

另一声枪击让欣黛吓了一跳，声音弹在墙壁间，希碧尔痛苦地大叫。

那个侍卫并没有失去意识，他射杀了法师。

希碧尔发出嘶声，她的鼻孔翕动，单膝跪地，一手压住自己的大腿，已经都是血了。

侍卫跪下来，攥着枪，欣黛看不到他的脸，但他说话的时候很紧张，"她控制了我，生化机器人——"

欣黛的测谎仪一闪，虽然并不必要。她并没有控制他，当然，她刚刚有这样想过……

希碧尔把野狼推向侍卫，房间里的能量波动着，生物电环绕着他们。希碧尔已经放开野狼，那一枪削弱了她，她再也无法控制他。

野狼跌向侍卫，他们都瘫倒在地上。侍卫趁机牢牢握住枪，他猛地把野狼推开，脸色苍白、不停颤抖的野狼甚至不能还手。他们身边形成一片血泊，在地上漫开。

"野狼？"斯嘉丽举起枪再次瞄准法师，但希碧尔已经爬了起来，一瘸一拐躲到最近的一艘小飞船后。

欣黛伏身向野狼走去，抱住他的双胁，拖着他远离侍卫。他摆动腿，脚在血中滑着，完全没办法自己移动。

侍卫蹲起身子，气喘吁吁，满身是血，他的腰侧被欣黛的飞镖打伤。他仍然有枪。

欣黛盯着他，她看到选择。

在侍卫拿起枪把自己杀了前，先控制他。

控制野狼，给他所需要的力量，在他因失血过多而死去之前，离开甲板。

侍卫深深地看了她一眼，然后站起来跑向他的女主人。

欣黛没有看他是要杀了她还是保护她，她握紧拳头，把周遭的一切挡在外面，专注在野狼以及笼罩在他身边的生物电上。他很虚弱，这和在模拟战斗时控制他不一样，她发现她的意志很容易便联结上他，虽然他的身体抗议，但她还是让他的双腿用力，只要能支撑住他大部分的体重，只要能让她扶住他，一跛一跛地进到走廊。

她让野狼靠在墙上，手掌沾着血。

"发生了什么事？"艾蔻通过扬声器大叫。

"盯着这条走廊,"欣黛说道,"当我们三个人都安全地离开甲板,关上门,然后打开舱口。"

汗水滴进她的眼睛,她回到甲板,她只需要再找到斯嘉丽,便可以让艾蔻打开舱门,让太空的真空状态来完成其余的工作。

她先看到了法师,在她前面十步远处。

她可以清楚地瞄准。她神经紧绷,肾上腺素分泌加速,抬起手,准备好飞镖,瞄准。

斯嘉丽跃向她,双臂张开成一个 T 字。她的表情茫然,心智被法师控制。

欣黛几乎因为松了一口气而瘫软,她没有犹豫,一手揽住斯嘉丽的腰,举起另一只手朝法师射了一镖,只是为了让她别动,没有期待能造成任何伤害。最后她的焊钉击中金属墙壁,欣黛跟跟跄跄回到走廊。

她尖叫的同时注意到眼角的橙光一闪,"艾蔻,快!"

走廊的门关上了,她看见希碧尔跑向最近的小飞船,瞥见一双脚在小飞船的另一侧。

侍卫的脚。

但是……蓝色牛仔裤和网球鞋?

欣黛推开斯嘉丽,发出一声尖叫,法术伴随着视觉接收器的橙色光芒消失,斯嘉丽的红色连帽衫一晃,变成月族制服,侍卫呻吟了一声滚开。他的腰际在流血。

她抓的是侍卫。希碧尔骗了她,这意味着——

"不!斯嘉丽!艾蔻!"她扑向控制面板,按下密码想把门打开，但觉得不对。

另一侧，对接舱门被打开。

一声令人战栗的尖叫回荡在走廊上，欣黛几乎没有意识到那是她自己发出来的。

"欣黛！发生了什么事——"

"斯嘉丽在那里……她……"

她的指甲用力抠着气密紧闭的门，没办法甩开脑中斯嘉丽被吸进真空的想象。

"欣黛，小飞船！"艾蔻说道，"她开走小飞船了，里面有两个生物体。"

"什么？"欣黛抬眼看着控制键，房间的扫描仪显示只有一艘小飞船在甲板上。

法师逃走了，她带走了斯嘉丽。

第十一章

"她捉走斯嘉丽了,"欣黛说道,"快关上舱口!我要去开另一艘小飞船,我要追上他们。"

她迟疑了,心里不断想着。她不会驾驶小飞船,但她会搞清楚的,她可以下载一些指令,可以……必须这样做……

"你的朋友快死了。"

她转过身,全然忘了月族侍卫,他的手按在自己的腰际,欣黛的飞镖还插在那里,但他的注意力在野狼身上。野狼失去了意识,浸在血泊中。

"哦,不、哦,不。"她伸出手指里的刀子,割开覆在野狼伤口周围血迹斑斑的前襟,"索恩,我们需要去接索恩,然后我们可以去找斯嘉丽,我……我要替野狼包扎,还有——"

她瞟了侍卫一眼。"上衣。"她坚定地说道,虽然这道指令其实是她自己的想法,没有利用法力控制的意思。不一会儿,侍卫开始按照她的话去做,拿下空的枪套,脱下自己沾血的上衣。

她看到他底下还有另一件内衣,真庆幸,她有预感他们会需要很多"绷带",用来替野狼止血。最后他们还要把他带到医疗舱，但她绝对没办法拖动他的，特别是还要上那个梯子。

她不理会脑海里那些琐碎的想法，这样做是不够的，医疗舱里的绷带是不够的。

她夺下侍卫的上衣，缚在野狼的胸膛上，至少这颗子弹没打中他的心脏，希望另一颗没伤了他什么重要的器官。

她的想法是模糊的，在她的脑袋里一遍又一遍重复，他们必须去接索恩，他们必须去找斯嘉丽，他们必须救野狼的性命……

她没办法完成这一切！

"索恩，"她的声音有些变调，"索恩在哪里？"她一只手压在野狼的伤口上，另一只手伸向侍卫，抓住他的衣领，把他拉向她，"你们对索恩做了什么？"

"你那个登上卫星的朋友，是吧？"他说，是一个问句，也是一个陈述，脸上有一个遗憾的表情，但不够。"他死了。"

她尖叫，把他扔到墙上，"你在说谎！"

他瑟缩一下，但没有护卫自己，其实她已经不再专注，无法再控制他，因为她是如此心烦意乱，脑袋尽是这一连串的灾难和不幸。

"女主人希碧尔改变了卫星的轨道，让它掉进了地球，它会燃烧起来，可能现在已经毁了，你无能为力。"

"不，"她摇摇头，浑身颤抖，"她不会连自己的程序员也牺牲的。"

但她的视觉接收器没有出现橙光，他没有撒谎。

侍卫的头贴在墙上，上上下下打量她，好像在查看一个特殊的物种。"为了捉到你，她可以牺牲任何人，女王似乎认为你很具威胁。"

欣黛狠狠地咬着牙，几乎觉得下巴就要碎了。是了，一个简单清楚的事实。

是她的错，全都是她的错，他们是来找她的。

"你的另一件上衣。"她低语，这次，她没有费劲去控制他，他毫无异议地把内衣给脱了下来，欣黛看到她的飞镖插在他身上，就在肋骨的位置。

别过头，她把第二件上衣压在野狼背上的伤口上。

"替他翻身。"

"什么？"

"给他翻个身，这样可以打开呼吸道，帮助他呼吸。"

欣黛瞪着他，花了四秒钟搜索网络，发现他的建议是对的。她尽可能轻轻地给野狼翻身，让他侧躺，把他的腿摆成脑中的医疗图像那样。侍卫并没有帮她，但欣黛这样做时，他赞许地点了点头。

"欣黛？"

是艾蔻，她的声音怯怯的。宇宙飞船暗下来，只有紧急照明灯和默认系统在运作中。艾蔻和欣黛一样，焦虑会影响她的功能。

"我们该怎么办？"

欣黛挣扎着吸了一口气，头痛欲裂。一切的重量都压向她，她很想伏在野狼的身上放弃算了。

她帮不了他们，她不能拯救世界，她也救不了任何人。

"我不知道，"她低声说道，"我不知道。"

"先找个地方躲起来。"侍卫说道。然后是撕裂的声音，他从裤子的下摆撕下一条布，接着将飞镖拔出，扔在走廊上，眉头皱着，将布条缚在伤口上。

这是第一次，她注意到他腰上还佩着一把大猎刀。她没有反应，他抬头看着她，目光锐利得像冰锥。

"也许你的朋友可以在某个地方得到帮助，暂时只能这样想。"

她摇摇头，"我没办法，我们刚刚失去了两个驾驶员，我不会开宇宙飞船……我不知道该怎么……"

"我可以开。"

"但斯嘉丽……"

"听着，米拉法师会联系月球，派人增援，女王的舰队比你想象的来得快，会有一支军队来追捕你。"

"但是……"

"没有但是。你不能帮另一个女孩，当作她已经死了，也许这样还能置之死地而后生。"

欣黛张着嘴，这样两难的决定简直要将她撕成两半。他的话是合理的，她承认，但她怎么能放弃？放弃斯嘉丽，做出这样的牺牲，她很难忍受。每拖一秒钟，她就多一分失去野狼的可能。她低头，野狼的脸因为痛苦而揪成一团，眉头聚着汗水。

"宇宙飞船，"侍卫说道，"计算我们的位置以及和地球的相对轨迹。哪里是我们能够到的最近地方，不要太多人的？"

艾蔻犹豫了一会儿，"我？"

他眯起眼睛望向天花板，"是啊，你。"

"对不起，好吧。开始计算。"灯光亮了。"根据目前的位置，最自然的降落地点是非洲中央或稍北方，约十七分钟后，方圆千里，可以到欧洲的地中海，东方联邦的西侧。"

"他需要医院。"欣黛喃喃说道，但心里也很清楚，地球上没有任何一所医院不会认出他是女王旗下一个与狼杂交的特种兵，她要冒险暴露自己，而且风铃草又是多么容易被认出。

哪里才是他们的庇护所？没有任何一个地方是安全的。

身旁的野狼呻吟着，他的胸口剧烈起伏。他需要住院，或者……医生。

非洲，厄兰博士。

她凝视着侍卫，第一次疑惑为什么他要这样做。为什么他不把他们杀了？为什么他要帮助他们？

"你替女王工作，"她说，"我为什么要信任你？"

他的一边嘴角上扬，好像她说了一个笑话，但他的眼睛很快变得冷硬，"我只替我的公主工作，不替其他任何人。"

地板好像一直在往下掉落。公主，他的公主。

他知道了。

她等了几秒钟，等测谎仪拆穿他。但没有，他说的是实话。

"非洲，"她说，"艾蔻，带我们去非洲，到那个蓝热病疫情最初爆发的地方。"

第十二章

原本是速度缓慢的、一点一点地坠落，然后卫星轨道的拉力渐渐被地球引力取代。

索恩卷起裤管，用脚趾挣开左边的靴子。他藏在那里的刀子"哐当"一声掉在地板上。他抓住它，笨拙地扭着刀尖试着把绑住他手腕的毯子割开。

女孩的嘴巴被破布绑住，嘟哝了句什么，移向他。她身上被缚得更牢，也更复杂。法师只让索恩将自己的双手绑在身前，但女孩全身都被捆住了，双手还缚在身后，嘴巴捂着。

他没办法把刀尖插进打牢的结里，朝女孩点点头。

"你能不能转过来？"

她笨拙地移动，侧着身子一滚，脚在墙上一抵，手朝向他。索恩伏在她身前，把陷进她手臂的床单割断，她的皮肤上出现一条条红色印子。

她把嘴上的破布解开，随它挂在脖子上，打结的头发缠着布条。"我的脚！"

"你能松开我的手吗？"

她没有说话，从他身上夺过刀子，她的手在颤抖，歪着刀尖割掉膝盖上的布。索恩心想，也许让她自己来最好。

割开绳索时，她看起来像一个疯女人，眉头紧紧锁着，头发打结，整个脸脏兮兮、湿答答的，绑在嘴巴上的布在她的脸颊上留下了红色痕迹，但肾上腺素让她动作迅速，不久她解开了自己。

"我的手。"索恩说道，但是她已经抓住水槽，颤抖着双腿站了起来。

"对不起，得启动进入地球程序。"她说，跌跌撞撞地进到屋里。

索恩抓起刀子，卫星突然一个翻转，他脚一歪，人一滑，撞上浴室的门。地球的引力让他们迅速下降。

索恩扶住墙，冲进房间。女孩也摔倒了，她很快地爬到床上。

"我们要上另一艘小飞船，然后和卫星断开，"索恩说道，"你得把我解开！"

她摇摇头，人贴在墙上，上头有一个小屏幕，那个屏幕被法师动过。她的头发粘在脸上。

"她在飞船上可以控制安全模块，但我更了解卫星。哦，不，不，不！"她尖叫，手指飞快地在屏幕上按着，"她改了密码。"

"你在做什么？"

"启动进入地球程序。隔离层可以让我们安全通过地球大气层，但如果我启动不了降落伞，这个东西会撞个粉碎的。"

卫星又转了一会儿，他们栽了跟头。索恩倒在床垫上，刀子从手中飞落，弹到床尾；女孩绊倒，单膝跪地。他们四周围的墙壁因为擦过地球大气层不断颤抖。笼罩这些小窗户的一片黑暗，现在变成燃烧的白光。保护他们的隔离层已经被烧掉。

不同于风铃草，这个卫星的设计只能降落地球一次。

"好吧。"索恩不理会手上的绳索，滚到床的另一边，把女孩拖起来。"把降落伞弄好。"

她还在颤抖，他们移向屏幕，他用两手绕过她的头，环住她。她比他想象的更矮，她的脑袋甚至没到他的锁骨。

她的手指在屏幕上拼命按着。索恩打开双脚，打直膝盖，尽量支撑自己，卫星在他脚底下震动摇晃。他弓着身子，希望保持平衡，护住她。无数的密码和命令，在屏幕上闪现滚动。

他的注意力移到最近的窗口，还是炽热的白色。一旦卫星深入地球大气层，自动重力将关闭，他们就会像赌徒拳头里的骰子。

"进入系统了！"她喊道。索恩弯曲他没有穿鞋的脚趾抓住地毯，他听到身后有碰撞声，回头看见其中一个屏幕从桌上掉下来。他深吸一口气，任何不牢固的东西都会砸死他们。

"要多久才……"

"可以了。"

索恩卷住她，滚到床垫上。"钻到床底下！"他拖着她滚落。头顶的橱柜打开，索恩躲开朝他们哐啷哐啷飞来的罐头食品和盘子。他伏在女孩身上，不让她被击中。"快！"

她爬向前，离开他的怀抱，躲进阴影里，尽可能背对着墙，双手拉住床架，不让身子移动。

索恩离开地毯，抓住最近的柱子，让自己往前。

摇晃停止，变成一种快速的下降。窗户的白热变成带着阳光的蓝。索恩的胃一紧，他觉得自己好像被吸到真空中。

他听到她的尖叫声，脑袋因为疼痛和明亮而炸开，然后世界变成了黑色。

第二部

巫婆剪断她金色的长发，
把她赶到一片大沙漠里。

第十三章

　　如果不是因为卡斯威尔·索恩就躺在她的怀里，月牙儿真有点不敢相信。她用力把他拖到床下，让昏迷不醒的他身子贴在墙上。

　　电线、屏幕、插头和盘子以及食物纷纷掉落，乱堆在这方寸之地。卫星发出碎裂声，她紧闭双眼，尽量不去担忧高温和摩擦会如何熔蚀螺丝和焊缝，不去猜测这个未经测试的卫星到底稳不稳定，不去想象它撞向地球上的山脉、海洋、冰川或森林的样子，或一个从太空坠落的卫星，粉碎成十几亿个细小碎片的场面。

　　她拼命地、拼命地在做一份令人不敢想象的可怕工作。

　　还在持续坠落，她的小小世界要解体了。她失败了。降落伞现在便应该打开，她应该感觉到它张开来，感受到它阻止他们下降，他们会慢慢落到地球上。但他们往下坠落的速度却越来越快，卫星越来越热。

　　也许她弄错了，也许降落伞损坏了，甚至根本没什么降落伞，程序出问题了，她知道希碧尔更动了卫星。女主人当然绝不会让月牙儿安全降落在蓝色星球上。

　　希碧尔成功了，他们就要死了。

月牙儿抱住卡斯威尔·索恩，脸埋进他的头发里。至少经历这一切时，他是没有意识的。至少他不害怕。

然后，一阵抖动。不同于轰然的坠落，她听到尼龙绳子的嘶嘶声，忽然间一个拉力，他们似乎往上回到天空。她大叫一声，用力抓住卡斯威尔·索恩，肩膀撞到床垫底下那一面。掉落变成一种下沉，月牙儿呜咽着，如释重负。她捏了捏索恩俯卧的身子，不断抽泣和哽咽。

像是经历了一个世纪，那个强烈的撞击终于到来，一个颠簸将月牙儿撞到床角。卫星翻滚震荡，他们掉到一个坚硬的东西上面，也许是小丘或山腰。月牙儿咬紧牙关，不让自己尖叫，一只手扶着支撑他们的墙，一只手保护索恩。她原来预期会落到水面上，而不是这种坚固的东西上面，因为地球表面有那么多水。

几番滚动后，终于砰的停下来，墙壁一阵晃动。月牙儿的肺因为用力吸气而烧灼着，身上的每块肌肉因为肾上腺素、紧绷和撞击而疼痛。但是她的脑袋里没有感知这种疼痛。

他们还活着。他们在地球上，他们还活着。她震惊且感恩地哭了起来，拥抱索恩，开心地依偎着他的颈窝哭着，但他没有回应她的拥抱，这减少了她的喜悦，她几乎忘了他的脑袋撞上床架，身子横过地板，不自然地瘫在角落里。当她把他拉到床底下时，他没有任何动静的样子。

她稍稍推开他，浑身是汗，头发缠结在两人身上，几乎像希碧尔的床单一样把他们给绑牢。

"卡斯威尔？"她发出嘘声，这样喊他的名字有一种奇怪的感觉，好像自己跟他还没那么熟。她舔舔嘴唇，用沙哑的声音又喊了第二次，"索恩先生？"她用手指压住他的颈动脉，松了口气。他的心跳得很有力。

往下坠落的这段时间，她不确定他还有没有呼吸，但现在一切都静止了，她能感觉到他嘴里呼出的气息。也许他脑震荡了，月牙儿读过一些数据，提到人们脑袋受到撞击以后会造成脑震荡，她不记得到底会有什么情况，但她知道这很严重。

"醒醒吧，拜托。我们还活着，我们成功了。"她的一个手掌放在他的脸颊上，十分惊讶摸起来竟是粗糙的，和自己光洁的面容一点也不像。

是了，这是胡子。不知为什么，她从来没有想象过一张脸上会有这样扎人的毛，以后她可以想象了。她摇摇头，很惭愧自己这样胡思乱想，卡斯威尔·索恩受了这样的伤，她却什么也不能做——

他抽搐了一下。

月牙儿深吸一口气，想把他的头摆好，让他不要扭得太厉害。"索恩先生？醒醒，我们没事。请你醒过来。"

一个低低的、痛苦的呻吟，但他的呼吸变得平稳了。月牙儿拨开脸上的发丝，头发又滑下来，黏住她满是汗水的皮肤。一缕缕青丝纠缠着。他又呻吟了一声。

"卡……卡斯威尔？"

他的手肘一歪，像是想举起手，但手腕还绑着。他的睫毛翻扬。"怎……哇？"

"没事了，我在这里，我们安全了。"

索恩伸出舌头舔舔嘴唇，然后又闭上眼睛。"索恩，"他哼了一声，"大多数人叫我索恩，或者船长。"

她的心一跳，"当然，索……船长，你很疼吗？"

他痛苦地动了动，发现他的手还被绑着。"我以为自己的脑浆就要从耳朵里流出去了，但除此之外，感觉好极了。"

月牙儿用手指检查了一下他的后脑勺，没有潮湿，所以至少他没有流血。"你的脑袋撞得很严重。"

他"嗯"了一声，想挣脱手上那条打了结的绳子。

"慢着，有把刀……"她没把话说完，在附近胡乱翻找着，满地狼藉。

"它掉到了床下。"索恩说道。

"是的，我看到了……这里！"她看到一个摔下来的屏幕压住刀柄，伸手去拿，但她的头发缠住她和索恩，把她拽回来。她大叫，揉着自己的头皮。

他又睁开眼睛，皱着眉头，"我不记得我们什么时候被绑成这样了。"

"我很抱歉，我的头发乱七八糟的，到处都是。如果你可以……翻到另外一面的话。"

她抓住他的手肘，让他翻了个身。他皱着眉，按照她所说的去做，让她能够去拿那把刀子。

"你确定你知道……"索恩开口，但她已经到他旁边，把绳子割开，"呵呵，你的记忆力很好。"

"嗯？"她低声说道，专注于手上锋利的刀尖，它一下子就割断了绳子。

索恩舒了一口气，揉揉手腕，然后手伸向自己的脑袋。月牙儿的头发缠住他，他使劲一扯。

月牙儿大叫，撞在索恩的胸前，他似乎没有注意到，手指摸着自己的后脑勺。"哇，疼。"他嘟哝着。

"是呀。"她附和道。

"肿了好大一个包，恐怕要好久才会消。这里，摸摸看。"

"什么？"

他抓起她的手，摸他的后脑勺。"这里肿了好大一个包，难怪头好痛。"

他的头上真的有个好大的肿块，但月牙儿只感觉到他柔软的头发，她差不多就躺在他身上，她脸红了。

"是呀，没错，你应该，嗯……"她不知道他应该做什么。

吻她，她想。人们大难不死后，不都是这样的吗？她很确定这不是一个适当的提议，但这样亲近，她满脑子只想到这些。她渴望再靠近他一些，能把鼻子贴在他的衣服上，深深吸一口气。她不希望他觉得她很怪，在这一刻，他受伤了，和她待在这个被毁了的卫星上，和他的朋友分开，却是她一生中最完美的时刻。

他的眉头紧锁，握着缠住上臂的一缕头发。"我们需要弄好你的头发。"

"是，是！"她移开，但她的头皮很痛，因为她的头发被压在他们的身子底下。她开始解开自己的头发，轻轻地，一缕一缕。"也许开灯会好一点？"她停下动作，"灯？"

"可以声控吗？如果计算机系统在掉落的过程中……哦，现在一定是深夜。有掌上屏幕或什么的可以打开吗？"

月牙儿歪着头，"我……我不明白。"

有那么一会儿，他似乎很懊恼，"如果我们看得见就好了。"

他的眼睛张开，茫然地望着月牙儿身后，拨开缠在他手腕上的发丝，然后在面前胡乱挥了挥，"我从来没有看过这么黑的夜，我们一定在一个什么乡下……今天有上弦月吗？"他的眉头皱得更紧了，她看得出他在回想地球上现在农历是什么日子。"不对呀，真的好暗。"

"船长？不暗呀，我什么都看得见。"

他疑惑地皱着眉头，片刻后，开始担心了，他的下巴往后缩，"请告诉我，你只是说笑。"

"我说笑？我为什么要说笑？"

摇摇头，他紧闭双眼，打开来，迅速地眨了眨。该死。月牙儿捂住自己的嘴巴，手指伸出，在他的面前来回晃动，他没有反应。

"到底发生了什么事？"他说，"我最后的记忆是想躲到床底下。"

"你的头撞到了床架，很大力，我把你拖到这底下来，然后我们落到地面上，有一点摇晃，但……只有这样，你撞到脑袋了。"

"这会造成失明吗？"

"可能是某种脑外伤，也许是暂时的，也许……你受到太大的惊吓？"他躺到地上，不再说话。

月牙儿咬着她的下唇。

终于，他又说话了，声音里有一种带着决心的紧绷。"我们需要弄一下你的头发。刀子放在哪儿了？"

她没有问一个看不见的人要刀子做什么，便将它塞进他的手里。索恩另一只手伸到她的背后，拿起她的一把长发。他的碰触让她打了个哆嗦。

"对不起，但头发会长回来的。"他说，但语气里其实没有一点对不起的意思。他开始割断她的长发，一次一把。掀起，割断，放开。月牙儿一动不动。不是因为怕被割伤，而是因为那是索恩，是卡斯威尔·索恩船长，他拿刀的手很稳，尽管失明了。

索恩很小心地不让刀尖碰到她的脖子，他的手穿过她的头发，粗糙的下巴距离她的嘴唇只有几英寸，眉头因为专注而紧锁。

就在他温柔的手指沿着她的脖子检查还有没有未剪断的发丝，一阵快感让她眩晕。

他发现左耳下还有几根，于是利落地一刀斩断。"我想应该可以了。"他把刀子压在腿边，以便一会儿可以随时找到，双手埋在那变短、非常轻盈的头发上，解开剩下的一些打结，脸上浮起一个满意的笑容。"尾端有点参差不齐，但好多了。"

月牙儿的手伸到脖子后面，重量不见了。她的指甲搔搔自己的头皮，好奇怪的感觉，她心里有一股油然而生的喜悦，就好像从她头上移走了二十磅的东西，现在她才意识到一种肌肉的紧绷感消失了。

"谢谢你。"

"不客气。"他说，拨掉身上的头发。

"我很难过……你看不见。"

"不是你的错。"

"可以算是我的错。如果我没有要你们来救我，而且如果我……"

"不是你的错，"他又说一遍，口气不容置疑，"你和欣黛一样，老是为一些傻事责备自己，这场战争不是她的错，斯嘉丽奶奶的死也不是她的错，我猜如果可以，她也想要为这场传染病负责。"

他拿起刀子，从床底下钻出来，伸长手臂，把所有乱七八糟的东西全都推开。然后站在床垫的边缘。他的动作很慢，像是不相信自己似的，一次只敢走动几寸。月牙儿在他身后，踢开他脚边的一些东西，另一只手还在抚摸着自己的头发。

"重点是，那个老巫婆想杀了我们，但我们活下来了。"索恩说道，"我们会想出办法联系风铃草，他们会来找我们，我们不会有事的。"他试图说服自己，但月牙儿并不需要任何说服。他是对的，他们还活着，而且还在一起，他们不会有事的。

"我只是需要一点时间来想想，"索恩说道，"接下来我们该怎么办。"

月牙儿点点头，退后一步。好长一段时间，索恩似乎陷入沉思，他的双手紧握放在腿上。一分钟后，月牙儿意识到他的手在颤抖。终于，索恩朝她歪了歪头，将涣散的目光望向墙上。他深吸一口气，呼出来，然后笑了。

"让我们从头开始，好好介绍一下彼此。我听说你的名字叫新月？"

"请叫我月牙儿。"

他向她伸出一只手，她也伸出手，他把她拉近，低下头，在她的指关节亲了一下。月牙儿浑身一僵，有些眩晕，她的膝盖发软。

"卡斯威尔·索恩船长为你服务。"

第十四章

欣黛的视网膜显示器追踪风铃草的行进情况，她屏住呼吸。他们进入地球了，穿过非洲北部的大气层，朝向法拉法拉，一片小小的绿洲，曾经是商队往来于中非和地中海的一个贸易站，十年前因为传染病的爆发，陷入贫困，贸易商旅往东迁移。

她一直没有离开野狼的身边，她用侍卫从上层船舱扔下的绷带及药膏替他护理伤口，已经换了一次绷带，仍然被血浸湿。他的脸色苍白，冰冷，心跳越来越弱，挣扎着在呼吸。

拜托，拜托，厄兰博士，你得在那里呀。

至少，到目前为止，侍卫证实是值得信赖的。他直线飞行，速度很快，非常快，欣黛如释重负。进入地球轨道要冒极大的风险，但却是必要的。但愿这个绿洲如博士所认为的那样，是一个安全天堂。

"欣黛，"艾蔻说道，"这个月族人在问，要在哪里降落。"

她打了一个哆嗦，事实上，她一直在思索这个问题，一定要是最安全、最隐秘的地方，要在镇外；也不能在无情的沙漠里。但这样一来她没办法将野狼送去接受医疗，他们没有隐秘的资格。

"告诉他，降落在主要道路，从地图上看起来只有一条，通向城市广场。告诉他不用考虑隐秘。"

如果他们不能隐秘，那么干脆就尽可能引起人们注意，也许可以把厄兰博士从藏身处引来。她希望所有百姓会因为他们的明目张胆而分心，一下子忘了要通知警方，直到他们找到出路。

这不是一个很好的计划，但是没有时间想出一个更好的了。

飞船下降，通常这是降落过程中最安静的一段，引擎动力切换到悬浮状态，但侍卫似乎打算手动操作。也许因为这个小镇太偏僻，他们没有悬浮道路。

终于，飞船嘎嘎作响，虽然这是一个轻巧着陆，船身震动仍然让欣黛吓了一跳。野狼呻吟着。

欣黛俯身面向他，双手捧着他的脸，"野狼，我会去求援的，你要坚强一点，要撑住，好吗？"

她站起来，键入小飞船甲板的密码。

甲板真的是一片狼藉，到处是鲜血和打斗痕迹，但她走过留下来的小飞船，试图专心致志。

"艾蔻，打开舱门。"

门才打开一条缝，她便穿身而过，一跃而下，到了街头。

脚落地，尘沙飞扬。周围的建筑大多是一层楼，是用石头、水泥或者浅色砖头造的。一些屋子的百叶窗涂成蓝色或粉红色，钢制的路牌立在每个路口，只是颜色早已因太阳照射和无情风沙侵蚀褪尽。

这条路通向欣黛右手边几个街区的那座绿洲湖泊，两边栽着茂密的棕榈树，枝叶翠绿到好像不属于这么一个荒凉的小镇。左边几个街区有一道石墙，有着更多的树木，墙后是红色的高地隐入沙丘中。

人们从街角、从房子里走出来，老老少少，大多数人穿着短裤和轻便上衣，来对抗沙漠的酷热，但也有一些人穿着遮蔽的长袍以抵挡炽烈的太阳。

许多百姓捂住自己的嘴和鼻子。一开始，欣黛以为他们是担心传染病，后来才意识到，他们只是气恼飞船扬起太多沙子，沙子被吹进一条小巷子里。

欣黛看着他们，寻找一张布满皱纹的脸和一顶熟悉的灰帽。厄兰博士会比大多数乡民皮肤白皙，虽然他的肤色介于深棕色与蜜褐色之间。不过，她猜一个有着蔚蓝眸子的小老头，过去几周绝对引起了人们的注意。

她张开手，显示她没有武器，朝众人上前一步。所有人看到她的机械手臂，全都愣愣地盯着她。她又上前一步，但没有人后退。

"我很抱歉扬起那么多灰尘。"她指着一团烟雾，"但是，这是一个紧急事件，我需要找一个人，一个男人，这么高，年纪很大，戴着眼镜和一顶帽子。你们——"

"我先看到她的。"一个女孩尖叫，她从人群中跑出来，拖鞋啪嗒啪嗒地在沙地上打着，然后抓住欣黛的手臂。欣黛吓了一跳，想抽出手，但女孩抓得很牢。

接着是两个男孩，不超过九岁或十岁，也从人群中跑出来，争论着谁先看见飞船从天而降，谁先见到它落地，谁先看到甲板的门打开，谁先看到生化机器人。

"离林小姐远一点，你们这些贪心的小秃鹰。"

欣黛猛地转过身。

厄兰博士大步走向他们，虽然一开始她并没有认出他来。他赤着脚，没戴帽子，穿了一条卡其色短裤，一件因为扣子扣错而歪斜的条纹上衣，花白的头发沿着秃顶竖起，好像刚刚触电了似的。

无所谓，她找到他了。

"好了，你们一起分这些奖品，虽然我的条件是把她带来，而不是让我顶着大太阳跑这一趟。"他从口袋里拿出一包软糖，高举在孩子们的头顶，强迫他们答应彼此分享，才交出袋子。他们抢走了袋子，尖叫着跑开。

其他的乡民还待在原地。厄兰博士双手叉腰，瞪着欣黛，"你得好好解释一下了。你知道我等了你多久，看——"

"我需要你帮忙！"她跟跟跄跄走向他说。"我的朋友……他快死了……他需要一个医生……我不知道该怎么办。"

他皱了皱眉，然后注意力转向欣黛身后。月族侍卫出现在船边，没有穿上衣，浑身是血，使劲抱住野狼的身子。

"怎么……他是……"

"月族侍卫，"欣黛说道，"野狼是女王的一名士兵。说来话长，我一会儿再解释，但你能救他吗？他中了两枪，流了很多血……"

厄兰博士扬起一边眉毛，欣黛看得出来他对她的两个同伴很冷淡。

"哼"了一声，他向围观者一指，叫了几个名字，三名男子上前。"把他带到旅店，轻点。"他叹了口气，重新把衬衫上的纽扣扣好。"跟我来吧，林小姐，你可以帮忙准备手术工具。"

第十五章

"我猜我们恰巧降落在一个城市或村庄的机会，应该太渺茫吧。"索恩说道，他的头歪向一侧。

月牙儿走过脚下那一片狼藉，到最近的一处窗口。"我认为还是避开人烟要好一点。你是全球通缉的罪犯，是地球上最容易被辨识出来的人之一。"

"我很出名，是不是？"他咧嘴一笑，朝她挥了挥手，"我们希望怎样并不重要，你看到了什么？"

月牙儿踮着脚尖，凝视窗外的一片明亮。她睁大眼睛，一方面适应那种光亮，一方面贪婪地想把一切尽收眼底。突然，她有了强烈的感觉，她在地球上，真的在地球上了。

她看过照片，成千上万的照片和影像，城市和湖泊，森林和山脉，每一个景观都在她的想象中，但她从来不知道天空竟然是这样不可思议的蓝色，或者说，土地可以这么金光闪耀，像钻石一样晶亮，滚动饱满，像活生生的一样。

有那么一会儿，眼前的一切让她心情愉悦。

"月牙儿？"

"这里好美。"

他呆了一呆，然后道："你能描述得更具体点吗？"

"天空这般灿烂，是一种极强烈的蓝色。"她的手指压在玻璃上，划着地平线上起伏的丘陵。

"哦，太好了，你还真的把范围缩小了呢。"

"对不起，只是……"她试着压抑强烈的感情，"我认为我们在沙漠里。"

"有仙人掌和风滚草？"

"不，只有沙子。橘黄带金的那种颜色，有一点红，地面上浮着沙尘，像……像烟。"

"笼罩在山丘上？"

"是的，没错！而且好美。"索恩嗯了一声，"如果你对沙漠有这种感觉，我倒很想看看你见到一棵真正的树的样子了。你的头会炸开的。"

她对外面的世界一笑。树。

"就是沙漠，所以才会这么热。"索恩说道。

月牙儿穿着薄薄的棉裙，一直没有注意到，但温度似乎真的在不断上升，坠落的时候控制键一定重设过，或者根本坏掉了。

"我可不喜欢沙漠，你看见什么有用的东西了吗？棕榈树，水源，骆驼出来闲逛？"

她又看了一遍，注意到这一片景色是绵延而重复的。"不，什么都没有。"

"好吧，我需要你做一点事。"索恩伸出手指，"首先，想办法联系风铃草，我们得尽快回到我的船上；其次，看看能不能打开那扇门，温度继续这样升高，我们要活活被烤焦了。"

月牙儿看着掉落在地板上的屏幕和电线，"这个卫星没办法和外界通信，我们只能借由直接通信芯片和你的船员们联络了，但希碧尔把它拿走了。即使我们可以和他们联系，除非卫星定位系统正常，否则也无法得到确切的坐标。就算是这样——"

索恩举起一只手，"一件事、一件事慢慢来，我们先得让他们知道我们没有死，也要看看他们的情况，我是认为他们能够应付两个微不足道的月族，但总归要确定一下才能让我放心。"他耸耸肩，"一旦他们知道要来找我们，也许欣黛可以利用什么巨大的金属探测仪之类的。"

月牙儿扫视眼前的残骸，"我不知道什么东西还可以用，屏幕都坏了，温度调节按扭不灵了，恐怕发电机也是。哦，不，小月牙儿。"

她哭叫道，奔向主要调制解调器，里面储存着小时候的她。它的一边完全粉碎，电线和塑料在壳子外晃来晃去。

"哦，小月牙儿……"

"嘿，谁是小月牙儿？"

她吸了吸鼻子，"我。十岁的我，她住在计算机里，一直陪着我，现在她死了。"她把调制解调器贴在自己的胸前，"我可怜又可爱的小月牙儿。"

两人不发一语，好一段时间，索恩清了清嗓子，"斯嘉丽提醒过会有这样的事。我们要先把小月牙儿埋起来再做其他事吗？或者要我为她说几句话？"

月牙儿抬起头，虽然他摆出一副很同情的样子，但她认为他应该是在嘲笑她。"我不是神经病，我知道她只是计算机，不过……她是我自己写出来的程序，也是我唯一的朋友，如此而已。"

"嘿，我没有在批评你，我很熟悉那种和人工智能的感情，等你见到我的飞船就明白了，她的感情多丰富呀。"他的表情变得若有所思，"说到飞船，另一艘小飞船呢？金发侍卫开来的那艘？"

"哦，我差点忘了！"她把调制解调器塞在倾斜的桌子下，跑到另一个入口。卫星歪成一个角度，第二个出口靠近一处斜坡底端，她必须清理掉许多摔烂的设备和塑料碎片，才能碰到控制屏幕。

屏幕也掉下来了，没有电源。她打开面板，有手动控制锁，在门边的墙缝里装置了齿轮和手柄，好几年前月牙儿就知道装在那里，只是从来没有关心过。

多年来没有使用，这个装置卡住了，她使尽吃奶的力气拉动手柄，脚踩在墙上当作杠杆，最后"啪嗒"一声，门打开，露出一道缝。

听到她用力扳扯，索恩站起来，慢慢走向她，小心踢开脚下挡路的碎片。他伸出手，碰到了她，他们一起拉开门。

对接舱口变形得比卫星更厉害，几乎整面墙都裂掉了，沙子已经从裂口吹进来，电线和夹具在破碎的墙板上摇晃，月牙儿可以闻到烟味和塑料燃烧的臭味。小飞船被推到走廊上，在舱口边像手风琴似的歪七扭八，对接的夹具已经插进宇宙飞船的驾驶舱控制面板，玻璃上裂出一道道缝。

"请告诉我情况不像闻起来那么糟。"索恩说道，倚在门框上。

"恐怕真有那么糟。船只全毁了，看起来所有的仪器也是。"月牙儿爬下去，扶住墙。她试了一些按钮，想发动船只，但没有用。

"好吧，下一步计划，"索恩揉了揉眼睛，"我们没办法联系风铃草，他们不知道我们还活着。在这儿久留应该也没什么用处，不会有人经过的。我们得去找一个村子什么的。"

她用双臂环住自己，一方面是因为紧张，一方面是胃也沉甸甸的。

她要离开这个卫星了。

"太阳好像是要下山了。"她说，"所以，至少我们不会觉得太酷热。"

索恩抿着嘴沉思："不管我们降落在哪个半球，每年的这个时候，晚上都不会太冷。我们带上所有的补给品，你还有毯子吗？你需要一件外套。"

月牙儿的手摸了摸自己身上薄薄的衣衫。"我没有外套，我不需要。"

索恩叹了口气："了解。"

"我有另一件洋装，没这件这么旧。"

"裤子会更好。"

她低头看看光着的脚丫，她从来没有穿过裤子。"这些衣服都是希碧尔给我带来的。我……也没有鞋子。"

"没有鞋子？"索恩揉了一下眉头，"好吧，好吧。我在军队受过生存训练，我会想出办法来的。"

"我有几个瓶子，可以装满水，还有一些食物。"

"算是一个好的开始。水是我们最重要的东西，脱水要比饥饿威胁更大。你有毛巾吗？"

"有几条。"

"好，带上，再找一些可以用来当绳子的东西。"他抬起左脚，"收拾的时候，找一下我的另一只靴子，好吗？"

"你确定不要我来？"

索恩皱着眉头，他空洞的目光落在她的膝盖附近。"我也许暂时失明了，但也不是一无是处。我可以打好一个结。"

月牙儿抓了抓她的耳朵，没有再坚持。她坐在床边，把铰断的长发编成绳子。索恩跪在她的身边，神情专注，用一条毛巾包住她的脚，用"绳子"缠绕她的脚踝和足弓，固定好后打了一个牢靠的结。

"我们希望绑好也绑牢。太松的话，毛巾会一直摩擦你的皮肤，容易起水泡。感觉怎么样？"

她扭动脚趾。"很好。"她说，等待索恩帮她绑好另一只脚。再悄悄调整一下折到的地方，让它们更舒适些。

当她站起来时，感觉很奇怪，就像走在凹凸不平的枕头上，但索恩似乎认为一旦走进沙漠，她会很感激有这双临时的鞋子。

他们一起把另一条毯子绑成一个小小的包袱，装了水、食物、床单，和一个小小的、月牙儿很少用到的药箱。刀子安全地插在索恩的靴子里，他们拆开一部分床架，给索恩做了一根拐杖。他们都尽可能多喝水。

月牙儿最后一次查看，卫星里已经没有别的东西值得带走，她走到对接舱口，拉下手动解锁杆。

咔嗒一声，门的内部装置松开，液压系统发出嘶嘶声，金属门打开一道缝，索恩可以把手伸进去，将门推进墙隙中。

一阵干风吹进卫星，这是月牙儿从来没有闻过的气息，不同于卫星里机械的气味或希碧尔的香水味。

她想，这就是地球，或者说是沙漠的气息，她要记住它。索恩抢起捆好的临时行李，甩到身后，把脚边的杂物踢开，将手伸给月牙儿。"带路。"他的手握住她的手，她希望留住那一刻的滋味、感动以及温暖，以及完美的自由，但索恩轻轻将她一推。

对接舱口的尽头是一个小小的栏杆，中间只有两个台阶，通向小飞船一般连接的地方，但现在只有沙子。薰衣草色的沙子如夜的魅影蹑手蹑脚地前进，已经吹到第二阶，月牙儿看到卫星渐渐被埋了进去，有一天将永远消失在沙漠中。

然后她往外远眺，在栏杆和沙丘之后，在滚动的地平线上，天空一团紫云，但渐渐退去，变成蓝色和黑色的。还有星星，她看了一辈子的星星，但现在它像一张毯子笼罩着她，整个天空和整个世界准备将她吞噬。

月牙儿觉得脑袋发晕，头重脚轻。她踉跄后退，撞到索恩。

"怎么了？怎么回事？"

她试图压抑自己内心逐渐上升的恐慌，那种觉得自己渺小且微不足道的感觉。她就像脚边的那一粒细沙。

有一个整体的世界，一整个地球，她却困在其中，远离一切，没有围墙，没有界限，没有地方可以躲藏。她打了个寒战，裸露的手臂起了鸡皮疙瘩。

"月牙儿，发生了什么事？你看到了什么？"索恩的手指紧握她的双臂，她意识到自己在发抖。

她强迫自己把纷乱的思绪抛开，结结巴巴地说："好……好大。"

"什么好大？"

"一切，地球、天空，从太空中看起来没有这么大。"

她的脉搏击鼓似的跳着，她几乎无法呼吸，捂住脸，转过身去，吸一口气。虽然这样，她无助的感觉依旧强烈。

突然，她哭了，不知道什么时候眼泪开始涌出。

索恩的手扶住她的手肘，很温柔很温柔，有那么一刻，她以为自己会靠进他的怀里，靠在那温暖且安全的胸口，她如此渴望。

但后来，他只是摇晃她，很用力。

"停！"

月牙儿愣愣的。

"知道人们在沙漠里死去最可能的原因是什么？"

她眨了眨眼，另一滴热泪滑落她的脸颊。"什……什么？"

"在沙漠里死去最可能的原因是什么？"

"脱……脱水？"她说，回想起他们在装水时，他的生存讲座。

"哭会造成什么？"

过了片刻，"脱水？"

"没错。"他的手指放松，"内心受到惊吓没关系，我明白到目前为止，你的活动范围没有超过两百平方米。事实上，你的表现要比我预期的理智许多。"

她吸了吸鼻子，不确定他是在恭维她还是侮辱她。"但我需要你振作起来，你可能已经注意到我的状况并不太好，现在，我得依靠你敏锐的观察，帮助我们找到出路，因为如果我们不……我不了解你，但我不想困在这里，被秃鹰活生生吞掉。所以，我必须仰赖你。为了我们，镇定下来？"

"是的。"她低声说道，虽然满心疑虑，几乎要让她崩溃。索恩眯起眼睛，她不认为他信任她。

"我猜你并没有完全掌握我们目前的情况，月牙儿。我们会被秃鹰活生生地吃掉。你可以想象一下？"

"是，是的。秃鹰。我明白。"

"很好，因为我需要你，我不想每天都说这些话。现在，你好一点了吗？"

"是的，只要给我……我只需要一点时间。"

这一次，她深深吸一口气，闭上眼睛，开始遐想，随意遐想……

"我是一个探险家，"她低声说道，"勇敢地来到一片荒漠。"这样的白日梦，是她从来没有做过的，但想象包围着她，她有一种熟悉的安慰。

她是一位考古学家、科学家，一个寻宝猎人，一位陆地和海洋方面的专家。

"我的生活是一个冒险。"她说，变得越来越有信心，再次睁开眼睛，"我再也不会被困在这颗卫星里了。"

索恩歪着头，等了好一会儿，一只手握住她的手。

"我不懂你在说什么，但我们尽力吧。"

第十六章

　　索恩把那根临时拐杖换到另一只手上，他可以扶住月牙儿的手肘，走进沙漠里。她低着头，谨慎地迈出每一步，她也害怕如果她仰望着天空，她的腿会停下来，然后再也迈不开任何一步。

　　他们安全地走了一段距离，月牙儿稍稍抬起头，前面还是一样的景观，天色越来越暗。

　　她回头望向卫星，叹了口气。

　　索恩捏了捏她的手肘。

　　"有山。"她说，呆呆地看着地平线锯齿状的山峰。

　　他眯起眼睛，"山脉，还是只是低丘？"

　　她想了一下，比较网络上的照片和眼前的景象，有很多不同高度的尖角隐入黑色夜空。

　　"我想……是真的山脉。"她说，"但天黑了，我看不到顶上有任何白色的东西，山上总是有雪的吗？"

　　"不一定。距离多远？"

　　"嗯……"似乎很近，但中间的山麓和沙丘可能会造成错觉，她从来也没有判断过距离。

"没关系。"索恩的手杖敲着地面。他一直没有放开她的手臂，让她的内心有一种奇妙的感觉，也许他也像她一样喜欢这种相依为命的滋味。"在什么方向？"

她拉着他的手，往前一指。她的心脏不规律地跳着，觉得自己被困在得意与恐惧之间。即使从这个距离，她也可以看出这座山是巨大的，像一字排开的笨重古老的野兽，像一堵无法凿开的墙，分割这片荒原。

但至少那是一种实物，具体有形、可以看到的，打破了沙漠的单调，在某种程度上让她平静，甚至令她更加感觉自己的渺小。

"所以是……南边，对不对？"他指向另一个方向，"太阳在那个方向？"

她跟着他的手势，一抹绿光依然在滚动的沙丘上，然后迅速消失，"是的。"她说，唇边浮起一个哆哆嗦嗦的笑。

她看到了第一个真正的夕阳，她从来不知道日落可能是绿色的，不知道夜幕来得如此之快，她的脑袋里千思万绪，试图把每一分钟的细节收集起来，将这一刻安全地保存在她永远永远不会忘记的地方，不只是沙漠上光线如何变得暗淡朦胧，不只是星星如何从夜空中钻出，不只是她下意识地不敢望向太空所压抑住的恐慌。

"你看不到任何植物？除了沙子和山脉？"

"这里看不到，但现在我几乎看不到什么……"就在他们说话的时候，天全黑了，一度呈金色的沙漠成了她脚下的阴影。"我们的降落伞在那里。"她补充说道，注意到一团扁长的白布在一座沙丘上展开，有一部分已经被沙子吞噬，卫星撞上的地方在沙丘上形成一道沟槽。

"我们应该去割一块下来，"索恩说道，"可能会有用，尤其布还是防水的。"

当月牙儿领着他走上沙丘时，他们很少说话，地面不平，这段路不好走。索恩用拐杖笨拙地探路，怕杖尖一下子插得太深，又怕另一头戳到自己。终于，他们走到降落伞附近，割了一大片下来当作防水布。

"我们朝山那边走，"索恩说道，"我们会一直往东方走去，运气好的话，会找到一个庇护所，甚至有水。"

月牙儿认为这听起来像是一个很不错的计划，但第一次她注意到索恩的语气有一丝不安，他只是瞎猜，他不知道他们在哪里，或者往什么方向走会找到村子，他们可能越来越走向危险。

但必须有人做出决定。

他们一起爬上另一座沙丘。气温下降了，温和的微风将沙子覆在她的皮肤上。他们到达沙丘顶端，她发现面前是无垠沙子形成的海洋，夜已经到来，她甚至辨认不出山脉，但星星渐渐亮了。月牙儿适应了光线，意识到前路并非伸手不见五指，而是洒着淡淡的银光。

索恩绊倒了，他大叫一声，趴在地上，临时拐杖插在沙地里，差一点刺穿他。

月牙儿倒抽一口气，跪到他身边，一只手抚着他的背，"你没事吧？"

索恩有些粗暴地甩开她，爬起来，坐在自己的脚跟上。在昏暗的光线下，月牙儿看到他下巴的线条绷紧，双手握拳。

"船长？"

"我没事。"他说，口气僵硬。

月牙儿犹豫了一会儿，手指在他的肩膀上迟疑着。

她看到他深深地、颤抖地吸了一口气，胸膛挺起。

"我，"他开口，慢慢地说道，"这一连串的事让我沮丧。"

月牙儿咬了咬下唇，十分同情，"我可以为你做什么？"

索恩心烦意乱地瞪着山头，摇摇脑袋，"没什么。"他垂下肩膀，手臂碰到那根手杖，手指握牢它，"我可以的，只是需要想一想。"

他站起来，猛地把手杖从沙子里拔出。

"当我们登上一座小丘或者要往下走时，如果你稍稍提醒我，我会好一些。"

"当然，我们快到顶端了……"她拖长声音，目光从索恩的脸上移开，抬头往上一望，看到月亮。一弯新月升到地平线上，十分耀眼。

她垂下目光，她又想躲到桌子或床底下，希望月亮看不到她，但没有桌子或床底下可以躲了。而且当最初的惊讶过去，她发觉看着月亮没那么恐怖了。从地球上看，它似乎变得很遥远。她叹了口气，"……快到沙丘顶端了。"

索恩转过头来，"怎么了？"

"没什么。我只是……看到月亮，如此而已。"

她的目光离开月亮，望向整个夜空，先是小心翼翼地、担心地看着天空，起伏的情绪又要压倒她，但她很快就发现，看到同样的银河系，现在给了她安慰。一生中一直伴着她的同样的星星，只是现在通过一个新的视角来看。

她身体的紧张一点一滴释放出来。这是她所熟悉的，是安全的。宇宙中的气体形成淡淡的旋涡，发出紫色和蓝色的光芒；成千上万的星星多如沙粒，不停闪耀，就像从卫星窗口看到太阳从地球后方升起时一样令人屏息。

她的心一跳，"等一等，星座。"她说着，转了一个圆圈。

索恩拍掉膝盖上的沙，"什么？"

"那里是飞马和双鱼座，还有，哦，仙女座！"

"你在说什么……哦，"索恩把手杖插进沙地里，人倚在杖上，"找寻方位。"他揉揉下巴，"这些都是北半球的星座，至少排除澳洲。"

"等一下，给我一分钟，我能看出来。"月牙儿的手指捧住自己的脸颊，回忆自己无数次从她卫星窗户望向这些相同的星座。她专注地看着仙女座，眼前最大最清楚的，它的 α 星亮得像遥远地平线上的一盏明灯，当她在卫星里从这个角度看到这颗星，相对于地球的哪个位置呢？

不一会儿，这些星座开始像一幅全息图一样在她的脑海里展开，就像她看到了闪闪发光的地球在她面前慢慢旋转，被太空中的卫星和恒星包围。星星，星星……

"我认为我们在非洲北部，"她说，转身望向星海中的其他星座，"也有可能在东方联邦的一个西部省份。"

索恩的眉头揪在一起。"可能是撒哈拉。"他的肩膀垮下，没有一丝兴奋。月牙儿一下子便明白了，他认为他们在什么半球、什么国家并没有区别，这里仍然是一片沙漠，他们仍然受困。

"我们不能一整夜站在这里观测星象。"他弯腰捡起他们的补给用品，重新背在肩上，"我们继续走向那条山脉。"

月牙儿把自己的手臂伸给他，但索恩只是握了握便放开，"这会影响我的平衡。"他说，测试一下手杖的长度，这样他就不会再把它插进地面。"我没事。"

月牙儿压抑她的失望，继续往上爬。他们到达顶端时，她提醒了同伴，便往下走。

第十七章

斯嘉丽驾驶着小飞船，她不记得自己飞了多久，之前到底在哪里，她是怎么坐到这个驾驶座的，但她很明白自己为什么在这里。

因为她想要。

因为她必须要。

她如果表现得很好，就会得到奖励，这个想法让她感到快乐、渴望、乐意。

于是她飞得很快很稳，她让这艘小小的宇宙飞船变成自己的一个延伸，双手握住操纵杆，手指在按键上跳舞。自从奶奶教她开飞船运送蔬菜到农场附近的村镇以后，她从来没有飞得这么好过。

她记得刚开始，因为不熟练，宇宙飞船老是发出怪声，在半空中也一直摇摇晃晃、忽高忽低。起落架划过刚刚耕种的农田，但奶奶很有耐性地一步步教她；忽然有一天，宇宙飞船便奇迹般地奔向天空。

这些回忆倏忽即来，倏忽即去。然后她的心神回到小飞船上，忘了刚刚所想的一切，一心只想着飞行；这一刻，是她的责任。

她没有留意星星从四面八方向她奔来又迅速退开，没有想到地球离她越来越远。

宇宙飞船的后座，一个女人发出嘶嘶声，高声咒骂，捂住自己的伤口，她很生气。这让斯嘉丽困扰，因为她希望这个女人高兴。

终于，这个女人不再愤怒地喃喃自语，她开始说话。斯嘉丽的心怦怦乱跳，直到她意识到女人不是在对自己说话。她在通信。其中四个字让斯嘉丽心里一阵恐慌：女王陛下。

她在和女王说话。

斯嘉丽以为这段对话应该让她害怕的，但她想不起来为什么。相反地，她觉得偷听到这段谈话让她不好意思。她不应该好奇，她试图忽略这段谈话，让自己的心志飘移。她在脑海里念起小时候唱的儿歌，好多年她都不曾想起了。

大多数时候这个方法很有用，只是当一个名字钻进她的耳朵、她的意识里时，好奇心战胜了她。

林欣黛。

"不，我没有捉到她，我的属下背叛了我。很抱歉，陛下，我让你失望了。是的，我已经把最后的坐标发送给皇家卫队，还捉到一个人质，陛下，林欣黛的一个帮凶。也许她知道林欣黛下一站会去哪里，或者她的计划是什么。我知道这远远不够，陛下。我会将功赎罪的，陛下。我会找到她。"

谈话结束，斯嘉丽因为偷听，耳根子红了，她感到羞愧，她应该受到惩罚。

为了弥补她的过错，她将注意力集中在眼前的任务上，尽量飞行得平稳快速，胜过任何飞行员。她只想到要飞得好，只想到要让女主人为她骄傲。

当她飞近那个巨大、充满环形山、有着闪闪发光的白色表面、熠熠闪光的圆顶城市的月球，她不觉得产生了敬畏。城市里住着无数的陌生人。

他的家乡，曾经是……

这个念头让她畏缩，她不知道这是什么意思。她不记得这个他是谁。

但他从这里来……

她压抑住那股迷惑，女主人会感觉到她的慌乱，她不希望如此。不要迷惑。

她很清楚自己要去哪里，很清楚她要为谁服务。

当月亮逐渐变得更巨大、更清晰，占满玻璃窗时，斯嘉丽不觉得有些恐惧。

她没有注意到热泪滚下她的面颊，无声地滴到她的腿上。

第十八章

月牙儿和索恩很快陷入一种固定的模式。索恩能够顺利地在沙地中行走,对手中的拐杖更能掌握自如,他变得自信了。他们的速度提高了,走过三座沙丘,五座,十座。

没多久,月牙儿意识到,如果能走在山丘之间的平地,可以少花一点力气,于是她开始绕道,选择移动得慢一点,但不那么累人的路线。

她走的过程中,包住她脚的毛巾开始松了,沙子跑进去,粘住她的脚趾,尽管索恩用头发结成的绳子绑得很牢。她的脚底开始灼烧,左脚的脚趾因为不断在不平的沙地上走着,抓紧、放开,快抽筋了,她的腿也疼痛难忍。

当他们爬上另一座沙丘时,月牙儿的身体开始不听使唤;再爬上另一座,她的大腿简直要断掉了。到后来下坡时,她的小腿也受不了了,在卫星上的那种健身简直一点用也没有。

不过,她没有抱怨。她大口大口喘气,抹掉鬓边的汗水,咬紧牙关,直到下巴生疼,依然没有抱怨。

她提醒自己,至少她看得到,至少她不需要负重。她听到索恩一直把肩上的包袱从一边肩膀换到另一边，他也没有抱怨。

有时，他们来到平地，她会闭上眼睛，看看自己能走多久，坚持多久，她几乎一下子便眩晕了，内心涌起一股恐慌，但她坚持到确定自己下一步便会碰到一个大石头或者一座沙丘，会一头栽进沙子里，她才睁开眼睛。

第四次这么做时，索恩问她为什么他们一直放缓速度，她睁开眼睛。

"你需要休息吗？"几个小时后，索恩问道。

"不……不用。"她大声说道，其实她的大腿快抬不起来了。"我们几乎快到这个沙丘顶端了。"

"是吗？没有必要把自己累坏。"

到了顶端，她如释重负，但很快便害怕起来，她不知道自己为什么会认为这座沙丘和他们爬过的十几座沙丘不同，不知道为什么她会以为这里将是沙漠的尽头。她知道自己再也走不动了。

但这里不是尽头，整个世界是无尽的沙丘，无尽的沙子，无尽的虚无。

"真的，我们需要休息一下。"索恩说道，放下包袱，把手杖插在地上。他花了一点时间揉揉肩膀上的筋节，弯身打开包袱。他递给月牙儿一瓶水，自己也拿了一瓶。

"我们应该配给一下，不是吗？"她问。

他摇摇头，"渴的时候就喝水，只要尽量保持别出汗，尽量，我们的身体才能维持住水分，即使我们没有水了。我们先不要吃东西，直到找到另外的水源。消化也要耗掉大量的水分。"

"没关系，我不饿。"这倒是真的，燥热让她没有胃口。

月牙儿尽可能多喝水，然后把瓶子交还给索恩，想就这样倒在沙地上睡去。但她不敢，怕再也爬不起来。当索恩拿起包袱，她没有二话，下了沙丘。

"你觉得你的船现在怎么样了？"他们走下缓坡时，月牙儿问道。这个问题她想了好几个小时，但喝了水，她终于能开口说话了，"你觉得女主人希碧尔……"

"他们不会有事。"索恩说道，有着不屈不挠的信心。"谁去惹野狼，谁就倒霉，欣黛也比人们想的更强悍。"一个停顿后，爽朗的笑声在寂静的沙漠中回荡，"真的，不骗你。"

"野狼，船上另一个男人？"

"是的，斯嘉丽是他的……嗯，真的不知道他们怎么称呼他们间的关系，但他为她痴狂。斯嘉丽的枪法不坏，你的法师不知道自己面对的什么样的敌人。"

月牙儿希望他是对的，女主人希碧尔是因为她才发现他们的，内疚感和身上的疼痛一样令人难以承担。

"一个生在月球、住在卫星的女孩，为什么会同情地球人？"她皱了皱鼻子，"嗯，当年我的父母发现我是一个贝壳，他们把我交出去，因为杀婴法律，我就要被行刑了，但女主人救了我。她把我和其他获救的贝壳一起养大，理由是希望我们进行某种实验，但女主人从来没有真正把实验内容解释给我听。

"我们一直住在熔岩洞改造的宿舍里，被连接月族通信系统的摄影机监控。宿舍有点局促，但不是太糟糕，我们还有掌上屏幕和网络屏幕，所以并没有完全与外界隔绝。

"经过一段时间的摸索和学习，我变得很善于侵入通信系统，当然黑进的都是一些愚蠢的东西。我们都对学校好奇，所以我经常侵入月族的学校，下载学习指南之类的。"

月牙儿眯着眼看月亮，现在看起来是那么远，很难想象她是从那里来的。

"后来有一天，有个年龄大一点的男孩朱利安问我，能不能找出他的父母。过了几天，我找到了，知道他的父母住在一座圆顶木屋里，他们都还活着，他有一个弟弟一个妹妹。接下来，我们想办法向他们发送消息，告诉他们，他还活着。他以为如果父母亲知道自己没有被杀害，会来找他。我们好兴奋，心想我们都可以联系自己的家人了，我们全都会被救出去。"

她叹了一口气，"实在很天真。然后，第二天，女主人来了，把朱利安带走，接着一些技术人员拆除所有屏幕及设备，所以我们无法再连接网络。我再也没有见过朱利安，我想……我想他的父母接到他的通信，一定联络了当局，我想他可能已经被杀害，强调杀婴法律是认真的。"

她心不在焉地用手指拨着头发，惊讶一下子下滑到尽头。

"在那之后，女主人希碧尔开始关注我，有时她会带我离开洞穴，进到圆顶之下，给我不同的任务。改变广播系统的密码，侵入网络连接，编写智能软件，利用具体语言线索，转移信息到单独的通信账户。

起初我很喜欢这么做。女主人对我很好，我可以离开熔岩洞，到这个城市看看。我觉得我要变成她最喜欢的人了，而且如果我按照她的吩咐去做，最终我不必再在乎我是一个贝壳，我可以去上学，像任何正常的月族一样。

有一天，希碧尔要我黑进一些欧洲外交官彼此的通信，我告诉她，信号太弱了，我需要更接近地球，有更好的网络连接，以及先进的软件……"

月牙儿摇摇头，想起自己是怎么向希碧尔说明的，于是希碧尔替年轻的神童打造了一个卫星。事实上，月牙儿为自己设计了一座监狱。

"几个月后，女主人来接我，告诉我，我们要去旅行。我们登上小飞船，我好兴奋好兴奋，以为她要带我去阿尔特伊米西亚，去见女王，请她原谅我出生是一个贝壳，现在想起来真的好傻。

"我们飞离月球，当我发觉我们在朝地球的方向前进时，我以为那是我们的目的地。我想，好吧，也许月族真的没办法接受我，但女主人知道地球人会，所以她让我去地球。

"这次的行程花了几个小时，我好激动，以至浑身哆嗦。我的脑袋里一直在构想整个故事：女主人打算把我交给一对和善的地球夫妇，他们会把我当成自己的孩子一样抚养，他们住在一座巨大的树屋里。我不知道为什么会这样想，但由于某种原因，那是我所期待的。我的意思是，我从来没有见过一棵真正的树，"她皱起了眉头，"直到现在还没有。"

一阵短暂的沉默后，索恩说道："其实她是把你带到卫星里，从此以后，你成为女王的程序员。"

"程序员，黑客，间谍……随便吧。我一直相信，如果我很听话，完成她要我做的一切，有一天，他们会放我走。"

"多久以后你决定，你要尝试拯救地球人，而不只是窥探他们？"

"我不知道，我一直着迷于地球的一切，花了很多时间阅读地球的新闻，看他们的电视剧，开始觉得和那底下的人有联系……和那底下的人，很紧密的，甚至超过月族。"她扭着自己的手。"不久，我甚至假装自己是一个秘密的守护者，我的工作是保护地球和那里的人民不被拉维娜伤害。"

索恩没有笑，很长一段时间他没有说话。月牙儿不知道对这种沉默是该感到欣慰还是尴尬，也许他认为她的幻想太孩子气。

半晌，索恩终于开口了，"如果我处在你的位置，只有一个直接通信芯片，可以用它与地球通信，我会找一个炙手可热的飞船驾驶员，挖出他的隐私丑闻，胁迫他把我带离卫星，而不会试图营救皇帝。"

虽然他神情严肃，月牙儿却忍不住笑了。"不，你不会的。你会做和我同样的事情，因为你知道拉维娜对地球构成的威胁，比你或我……比我们任何人都重要得多。"

船长摇了摇头，"你说得很好，月牙儿。但请相信我，我会威胁别人。"

第十九章

凯铎把头发从眉前拨开，盯着投射在会议桌上的全息影像，既恐惧又敬畏。他忽然有点想笑，不是因为很有趣，而是因为不知道该如何有更好的反应。

全息影像上是地球，以及数以百计环绕着它的小黄灯，大多聚集在地球人口最多的城市上空。

数百艘小型飞船，全都围绕着地球。

"他们都是月族？"他说，"确定吗？"

"毫无疑问。"欧盟总理布伦斯泰德说道，他的脸和地球其他联盟领导人并排出现在大型网络屏幕上，"最令人不安的是，我们完全不知道他们接近，像是……一下子突然出现，距离我们头顶一万千米处。"

"或者说，"英国女王卡米拉说道，"他们一直都在，但我们从来没有侦测到他们。这许多年来不是都有一种说法，月族宇宙飞船有办法躲过巡航舰，悄悄溜进我们的大气层？"

"他们到底在那里多久了，当初是怎么到的，很重要吗？"美洲共和国总统瓦戈斯问道，"此刻他们显然在那里了，这是一种威胁。"

凯铎闭上眼睛，"但为什么？她已经得到她所想要的，为什么还要威胁我们？又为什么要把她的意图展示给我们？"

"也许是为了确保联邦不会在最后一分钟撤销联姻？"布伦斯泰德猜测。

"她绝对没有理由。"凯铎十分愤怒，他的手放下来，搁在他的椅背上……那原本是他父亲的椅子，他太不安，无法坐下，轮流看了他的内阁成员和顾问、国家里受过最高等教育的专家们一眼，每个人都跟他一样困惑，"你们觉得这是怎么一回事？"

专家们彼此交换一个眼神国家安全局局长赫依手指在桌上点着，"这应该是在向我们暗示些什么。"

"或者是对婚礼的一种回复形式。"澳洲总督威廉姆斯低语。

"也许我们应该问问他们。"孔托林说道，手指掐着额头。"如果拉维娜希望和地球成为和平的盟友，我们不妨先展开沟通。"

"是哦。"非洲总理卡敏说道。凯铎可以想见她翻了翻她的白眼。"过去他们可真开诚布公呀。"

"你有更好的主意？"

"我倒是有，"威廉姆斯说道，"这可是我们报复最近这次入侵行动绝佳的机会。我们应该召集各国，大举进攻，尽可能派出舰艇，让月族知道他们不能在每次拉维娜不高兴时便威胁我们。如果他们想作战，我们就应战。"

"战争，"总理卡敏说道，"你是在暗示我们将发动一场战争。"

"他们挑起一场战争，我建议由我们结束它。"

卡敏吸了吸鼻子。"你觉得我们的军队已经准备好向月族的太空舰队发动攻击？我们甚至完全不知道他们拥有什么武器，而且近期的袭击事件说明，他们不会使用任何我们熟悉的战略。他们是不可预测的，而且我承认，杀伤力也是十分强大的。我们经历了太长时间的和平，军队人数不足，没有足够的人接受过太空作战训练——"

"我同意澳洲领导人的意见，"卡米拉女王插嘴，"这也许是唯一一次我们可以出其不意的机会。"

"出其不意？"瓦戈斯总统大声说道，"他们包围了我们。难道不会预期我们出兵攻击？或许什么联姻不过是一个幌子，只不过是希望地球在他们备战时分心？"

凯铎压住椅背的指节发白，"联姻不是幌子，没有人会发动战争。"

卡米拉笑笑，"哦，是的，我忘了小皇帝十分熟悉对月球的外交事务。"他的血液开始沸腾，"全息影像显示，这些船只也许环绕地球，但的确还在领空范围之外，不是吗？"

"目前还是。"威廉姆斯总督说道。

"那就对了。这意味着，目前，这些船只没有违反我们和月族之间签订的任何条约。我不是说拉维娜不会玩弄或威胁我们，但是没有想出任何对策便鲁莽行事，就太愚蠢了。"

威廉姆斯摇了摇头，"我们还在进行沙盘推演的过程中，恐怕就莫名其妙地被消灭了。"

"好吧，"凯铎说道，挺了挺肩膀，"《不来梅条约》规定：要对抗任何一个政治实体，需要大多数国家同意。想对月族宇宙飞船发动攻击的，说赞成。"

"赞成。"威廉姆斯和卡米拉异口同声说道。其他三个领导人保持沉默，但凯铎从他们紧绷的表情中看得出来，没有人对现在的局势放心。

"投票未通过。"

"那你建议我们该怎么做？"卡米拉女王问道。

"月族有一个代表留在宫中。"凯铎低首垂眉，"我会跟他谈谈，看看能不能问出什么。联盟谈判由月族和东方联邦双方举行，所以让我来处理吧。"

在其他领导人表达不赞同的意见，或者看出他有多沮丧之前，他切断了通信。

他不知道拉维娜到底在想什么，或下一步准备做什么，令他挫败；他终于接受了她的条件，她还要耍种种花样，没有什么明显的意图，只想激怒其他国家，令他挫败；如果他对自己诚实的话，他很想同意对这些船只发动攻击，他认为这是最好的做法，这种心态也让他挫败。但，如果战争爆发，他们没有机会实现和平联盟，这意味着也没有希望得到蓝热病的解药。

他望向坐在全息影像旁的男男女女。"谢谢你们。"他的声音几乎是平静的。"就这样吧。"专家们鱼贯而出，南希进到会议室。"陛下，六分钟后，你要和塔须敏开会。"

他忍住呻吟，"让我猜猜，今天我们要讨论桌布？"

"我相信是和宴会相关的事务，陛下。"

"啊，是呀，我真的得把时间用在这上头。"他把掌上屏幕别到腰际，"告诉她我在路上了。"

"感谢你同意在这里和我碰面，"塔须敏·帕莱雅说道，鞠了一个躬，"我认为新鲜空气可以帮助你集中精神对仪式做出最后的决定。"

凯铎苦笑，"这是一种很外交的辞令，指责我不太把这个婚礼当一回事。不过，你指责得并没有错。"他把手插进口袋里，清风吹拂在脸上的感觉竟如此舒畅，让他十分惊讶。和各国领导人开会，让他太不开心。"出来透透气始终是好的，我想这一整个月我都没有离开过办公室。"

"我想这里应该有安保监视器。"

他们通过一个锦鲤池，四边是垂柳，有一处花园，最近才整理过，预备种上秋季的花。闻到新鲜的泥土，凯铎心想，这个宫殿的日子依旧持续着，整个城市、整个联邦和地球的生活还是日复一日进行着，没有因为他把自己关在那个办公室，绞尽脑汁想方设法来保护他们而停下。

"陛下？"

他吓了一跳。"是的，我很抱歉。"他指着一个简易的石头板凳，"我们坐吧。"帕莱雅理了理她的纱丽，坐了下来。金色和橙色的小鱼聚集到池塘的岩石边，希望有人喂食。

"我想和你谈谈，我打算请厂商来协助婚礼的事宜，不过月族可能不会同意。然而，我认为应该由你定夺。"

"请厂商？"

"外烩，侍应生，引座员，花店，等等。"凯铎调整了一下衬衫的袖口，"哦，好吧，继续。"

"我认为同时雇用人类和机器人，可能是比较审慎的做法。"

他摇摇头，"拉维娜绝对不能接受。"

"是的，这就是为什么我建议我们使用护卫机器人，她认不出来。"

他愣愣的，"护卫？"

"我们只用最接近现实人类的模块，甚至可以要求定制最具人性的。肤色有点瑕疵，自然的头发和眼睛的颜色，各种不同的体形和骨架。总之找到那种不会引人注意的机器人。"

凯铎张开嘴想反驳，然后，又闭上嘴巴。护卫机器人大多数设计用来和人类做伴，如果拉维娜意识到她的婚礼由它们服务，这可是一个最强烈的侮辱。

但……

"他们不会被洗脑。"

帕莱雅沉默片刻，才又继续说下去，"我们还可以利用它们来记录整个程序，以防女王陛下或她的客人打算引起任何……麻烦。"

"拉维娜不是坚持不能有摄影机？"

女王讨厌被摄影。年度舞会上，她成为特邀嘉宾时，便要求不能有任何录像设备。

"不，陛下，女王明白这个事件的重要性，必须对全球做报道，她没有在这件事上坚持。"

他松了一口气。"可以这么说，有了机器人，可以保证，我们的眼睛将无处不在。"她耸耸肩，"希望这个预防措施是不必要的。"

凯铎不断摆弄着他的袖子。这是一个聪明的做法，地球上最具权势的男人和女人，将会出现在这个典礼上，拉维娜肯定会滥用她操控心智的力量，有一批不会受到影响的最忠诚的员工，是一个有效的做法，可以对抗全球性的政治灾难。但拉维娜讨厌机器人，如果她发现了，她会大怒。他希望避免刺激女王。

"谢谢你的建议，"他说，"需要什么时候决定？"

"这个星期结束，如果我们来得及定制。"

"我会让你知道。"

"谢谢你，陛下。另外，我要告诉你，早上我想到转播婚礼许多好处中的一个。"

"是什么？"

"整个婚礼和加冕仪式中，女王陛下拒绝在任何录像设备前取下她的面纱，"她上前，拍了拍他的手腕，"这意味着你不必吻她。"

他忍不住扑哧一笑，这的确不会让他对婚礼感到那么恐惧，但也提醒他的痛苦，他终究还是要吻她。这个想法让他难受。

"谢谢你，塔须敏小姐。这样想就没那么厌烦了。"她整张脸变得柔和，"我可以坦白说吗，陛下？"

"当然。"

她缩回手，手指交叠摆在腿上。"我没有要冒犯的意思，但我有一个儿子，你知道，他大约比你大一岁。"

凯铎吸了一口气，有点惊讶，有点内疚。他从来没有想过这个女人离开皇宫后过着什么样的生活，也没有费心去想象她和她的家人。

"最近，我想过，如果这一切发生在他身上，他会怎么样。"帕莱雅继续说道，凝视着下垂的树枝，柳条已经转变为金黄，偶尔一阵微风会吹落一些枝叶，掉到池塘里。"要给予什么样的回报，才能让一个年轻人担负起这些责任，强迫他做这些决定。"她深吸一口气，仿佛有些后悔说出这样的话。"身为一个母亲，我很担心你。"

他看着她，心突然一跳。

"谢谢你，"他说，"你不用担心，我会尽力的。"

她轻轻一笑，"哦，我知道你会。但是，陛下，我筹划这个婚礼用了十二天，你却像成长了许多岁。想到婚礼过后，情势会变得多么严峻，我便感到心痛。"

"我还有托林、阁员，以及省代表……我不是孤军奋战。"

就在他说出这些话的同时，便感觉到这是个谎言。

他不是孤军奋战，真的吗？

他多么焦虑……他当然不是孤军奋战，他有一整个国家在他身后，还有全宫殿的人，还有……

没有。没有人能真正了解他冒着什么样的危险，聪明的托林当然明白，但每一天结束的时候，他仍然要回自己的家。

而且凯铎也没有向他吐露他和南希又开始寻找赛琳公主。他更不会告诉托林，他其实希望欣黛是安全的；也不会告诉任何一个人，他是多么害怕，每一天每一刻，他如何担心自己做了错误的决定。

"对不起，陛下，"帕莱雅说道，"如果我没有太逾矩的话，我希望从母亲的角度提供一些意见。"

他的指尖按在清凉的石头板凳上，"说吧，也许我可以采用。"

帕莱雅调整肩上的纱丽，黄金刺绣散发出醒目的光泽，"尽量找一些能让你快乐的事，当拉维娜成为你的妻子，你的日子不会更好受，如果你有一件小小的事情，可以带给你幸福或者希望，认为情势有一天会好转，那么也许就能够让你坚持下去，否则，我担心女王恐怕一下子便赢了。"

"你有什么建议？"

帕莱雅耸耸肩，"也许这个花园会是一个好的开始？"

跟着她手指的方向，凯铎看到一丛丛的竹子弯在石壁上，无数百合花在长长的夏天结束后开始褪色，鲜艳的鱼儿成群地聚集，小小池塘里无感于世界的风暴，它是美丽的，但……

"你不同意？"帕莱雅说道。

他强作欢颜，"这是很好的建议，我只是不知道现在我还有没有力气去感受幸福，感受任何事。"

他的回答似乎让帕莱雅很难过，虽然并不意外。"请你想想吧，你应该有一个喘息的机会。我们都要有，但你更需要。"

他耸耸肩，只是没有任何热情。"我会记在心里。"

"我只能这样请求。"帕莱雅站起来，凯铎也站了起来，"谢谢你抽出时间，让我知道你对护卫机器人做的决定。"

凯铎一直等她回到皇宫里，才坐回板凳上。一片修长的金色叶子飘到他的腿上，他把它捡起来，用手指捻着。

帕莱雅的建议是有道理的。一点点幸福，一点点希望，便可以让他保持理智。但说得容易，做起来难。

他确实有一点小小的幸福期待，看到拉维娜在《不来梅条约》上签字，把解药给他，消灭可怕的瘟疫。

但这些胜利必须伴随着一生让拉维娜在他的身边出席庆祝舞会，每一次，欣黛都不会再出现，来分散他的注意力。虽然他也承认，这所谓的一生将要比他想象的短许多，这是一个病态的想法，但早亡的他至少可以不用跳太多痛苦的舞蹈。

想到欣黛，他叹了口气。这些天他老是想起她，也许是因为她的名字在每份报告的顶端、每天新闻的头条出现。那个他邀请到舞会的女孩，跟他跳舞的女孩。

他想起看到她站在楼梯顶端的那一刻，她的头发和衣服被雨淋湿，注意到她戴着他给她的手套，他露出微笑。也许帕莱雅所谓的幸福，最没有希望的一种幸福，是他与欣黛的感情，如果有所谓的感情，但那也是短暂的，是如此充满酸甜苦辣。

也许，情势会有所变化；也许，他不必娶拉维娜；也许，他能有机会问欣黛许多一直困扰他的问题：这一切是骗局吗？她有没有想过告诉他真相？

也许他可以想象未来，他们可以重新开始。但这个婚约是非常真实的，而欣黛却是……

欣黛却是……

他猛地向前，拳头几乎揉碎叶子。

欣黛正在寻找赛琳公主，甚至已经找到了她。

光是这件事就让他有无数疑问，欣黛的动机是什么，她现在在干什么？赛琳公主回来了，月族会有什么反应？公主到底变成什么样的人了？她会想要回到她的王座吗？

尽管有疑虑，他认为赛琳依然活着，他认为她是月族王座真正的继承人，最终可以结束拉维娜的统治。他相信欣黛是有活力而且足智多谋的，她会找到公主，保护她的安全，向全世界揭示她的身份。

这是一个渺茫的希望，但现在，是他所拥有的最好希望。

第二十章

月牙儿醒来时有一种头晕目眩的感觉，她的腿抽痛，脚底发酸，用来保暖的沙子，沉甸甸地压着她，从脖子到脚趾。她的头皮仍然因为一下子变得轻盈而觉得怪怪的，皮肤干燥发痒，嘴唇脱皮。

她身边的索恩动了动，慢慢地，免得把用来挡住脸的那块降落伞布拉开，但月牙儿耳朵和鼻子里的沙子证明，这块方形的布并没有起太大作用。她浑身上下都被沙子盖住，指甲里有沙，嘴角有沙，头发和耳垂上的皱褶有沙，想揉揉困倦的眼睛都很困难，很刺痛。

"别动。"索恩说道，手掌放在她的手臂上，"布上可能有一些露水，别浪费。"

"露水？"

"清晨时地面会有一点水。"

她知道什么是露水，但在这样的地界里会有露水，也太稀奇了吧。但空气似乎真的是潮湿的，因此，当索恩要她捏住布的一个角，抬高一些，把水集中在中央时，她没有争辩。

的确有一点水，但可能连喝一口也不够，布上又覆了一整夜的风沙，水很浑浊。她把情况描述给索恩，他失望地皱着眉头，但很快就改变神色，耸耸肩。"至少卫星里带来的水还有一些。"最后的两瓶。

月牙儿望向明亮的地平线，几乎走了一整个晚上，月牙儿怀疑他们只睡了几个小时，她的脚软得简直无法再走一步，抬起头来看到那一座山还在同样的远方，好像这一整个晚上都没有进展似的，她很沮丧。

"你的眼睛怎么样？"她问。

"我的眼睛呀，有人说很有魅力，你觉得呢？"

她脸红了，转头看他。索恩的双臂交叉在胸前，脸上是一个迷死人的笑容，但掩饰不住他的焦虑。她意识到，他语气中的那种轻快也是装出来的，试图用一种桀骜不驯的态度遮掩挫败。

"我十分同意。"她低声说道。虽然一说完她便想躲进降落伞布下方，藏住自己的尴尬，但看到索恩的笑容真实一些了，又觉得值得。

他们收拾了一下，喝了些水，又把月牙儿脚踝上的毛巾重新系好。那些可笑的露水蒸发掉了，温度慢慢升高。把包袱绑好之前，索恩拿出床单，让月牙儿像袍子一样披上，然后也摆弄了一下自己的，把它变成一件连帽斗篷，遮住自己的前额。

"你蒙着头了吗？"他问，脚在地面划了一圈，找到他用来当手杖的金属棒子。月牙儿学他的样子弄好床单才应了一声。"很好，你的皮肤很快会像腊肉一样烤干，这样会有一点帮助。"

月牙儿领着索恩爬上一个斜坡，累赘的床单让她行动困难，她还是好累，手酸腿麻。才走过四座沙丘，月牙儿脚下一个趔趄，跪了下来。索恩的脚后跟用力踩在沙地上，才保持平衡，"月牙儿？"

"我没事。"她说，站了起来，拍掉小腿上的沙子。"就是有点累，我还不习惯这种操练。"

索恩的双手伸出，像是要把她拉起来，但她没有留意，所以，两个人都跌倒了。"你还能支持下去吗？"

"是的。只是需要习惯这种节奏。"她希望自己说的是真的，她的腿不会晃荡得像松脱的电线。

"我们再走一会儿，天太热了，我们就休息。不要耗掉太多精力，尤其是在大太阳底下。"

月牙儿又走下沙丘，算着自己的脚步来消磨时间。十步……二十五步……五十步……

沙子逐渐变热，透过毛巾烧灼她的脚底，太阳升高了。

她在脑中想象浪漫的故事，做任何可以让自己分心的事情：她在第二纪里，遭遇海难；她是一个运动员，正在受跨国的长跑训练；她是一个机器人，不知道什么是疲倦，可以一直走，一直走……但白日梦越来越短暂，被疼痛、不适和口渴赶到一边。

她开始希望索恩能让他们停下来休息，但他没有。他们拖着沉重的脚步一直走，索恩让她披上床单是对的，稍稍隔开了无情的太阳。她也很感谢淋漓的汗水让她凉快一些，当汗水滴下她的后膝，她又开始数数。虽然她觉得这个想法很可怕，很恶毒，但她真的有点高兴索恩看不见她这个样子。

他的状况也好不到哪里去，脸上红彤彤的，头发被这个随便折出来的帽子弄得乱七八糟，两颊变得脏污，胡楂长了。

越来越热，索恩要月牙儿喝光早上才打开的那瓶水，她迫不及待喝了，才注意到索恩并没有喝自己的那一瓶。她还是渴，但还有漫长的一天，他们只剩下一瓶水了。虽然索恩告诉她，他们不应该实行配给，但她不能要求再喝，如果他不喝的话。

她开始唱歌打发时间，哼着她在卫星里听来的所有动听的曲子，希望熟悉的旋律让她分心。这样一来，走路似乎变得容易一些。

"很棒。"

她停顿了一会儿，明白索恩是在说她哼的曲子；又过了一会儿，她才记起是哪一首。

"谢谢。"她不确定地说道。

她从来没有在任何人面前唱过歌，从来没有人评价过她的歌声。

"这是一首月族很流行的摇篮曲。我想我的名字是从这里来的，当时，我还不知道'新月'是一个词汇。"她又把第一段唱了一遍："甜蜜的新月，高挂在天上，太阳西沉以后，你就开始动人的歌唱……"

她回头瞟了索恩一眼，他的唇边有一个淡淡的笑容，"你妈妈唱了很多摇篮曲给你听吗？"

"哦，没有，我一出生，他们就看出我是一个贝壳，所以才几天，我的父母就把我交出去了，我不记得他们。"

他的笑容消失了，长时间沉默后，他说："我想起来了，你其实不应该唱歌，你会流失水分的。"

"哦哦。"她紧紧地闭上嘴巴,手指放在索恩的手臂上,提醒他开始下坡,两人继续走。虽然披了单,但她的皮肤还是越来越滚烫。她猜就要中午了,中午是一天中最热的时候,索恩答应过要休息的。

"好了,"索恩终于说道,好像那些字句是从他的喉咙爬上来的,"够了,我们休息,一直到气温下降。"

月牙儿松了口气,如果他要求她,她会走一整天,但她是多么高兴他没有这样要求。

"你看到阴影了吗?有某个地方看起来像是太阳要下降那样有一点阴影?"

月牙儿眯起眼睛望向沙丘,顶端有一些影子,正午时分不应该有的。他们仍然要爬上一处大丘,那儿会有一些阴影,他们可以在那里休息。

"往这里来吧。"她说,要休息了,让她精神稍微振作。

当他们又爬过一座沙丘,她看到远方有东西,倒吸一口冷气,抓住索恩的手臂。

"那是什么?"

她目瞪口呆地凝视着那美丽的景象,不知道该用什么字句来形容,蓝色以及绿色,和橙色的沙子形成强烈对比。"水,还有……树!"

"绿洲?"

"是的!一定是!"

她如释重负,简直要颤抖了。阴影,水和休息。

"走吧,就在不远处。"她说完,很快地走着,仿佛有了新的力气。

"月牙儿，月牙儿，等等！保留你的力气。"

"但是，我们快到了。"

"月牙儿！"她几乎听不到他说话了，她可以想象冰凉的水滑下她的喉咙，棕榈树扬起清风，也许会有吃的东西，地球热带地区奇异的食物，她从来没有吃过的，多汁、清脆、爽口……

但她最想的是躺在一个舒适的阴影底下，骄阳再也没办法烧灼她，清凉宜人，睡到半夜，天更凉了，满天星星。

索恩跟着她，放弃叫她停下，她意识到自己太残忍了，要他走那么快。她放慢脚步，眼睛却一直盯着沙丘底下的一面湖。

"月牙儿，你确定吗？"他吸了口气问道。

"当然，我很确定，它在那儿。"

"但……月牙儿。"

她的步伐更慢了，"怎么吗？你受伤了吗？"

他摇摇头，"没有，只是……好吧，好吧，我跟上你，我们到那片绿洲去。"

她笑了，抓住他的另一只手，领着他穿过如波浪般起伏的沙地，她又开始幻想了，不再那么疲乏，毛巾摩擦她的脚底、她的小腿，床单没有遮住的地方晒伤了，脑子一直想着好渴、好渴，但他们接近了，接近了。

然而，当她沿着粉状的沙子下滑，绿洲似乎并没有更近一些，它老是在地平线上，那些青翠的树木仿佛在倒退。她绝望地继续走着。距离是骗人的，很快，他们就要到了，只要不停地走。一步一步，再一步。

"月牙儿？"

"船长，"她气喘吁吁地说道，"这……就在不远处。"

"月牙儿，有更近些吗？"

她迷迷糊糊的，步伐放缓许多，然后她停下来，喘着粗气。"船长？"

"你看到它越来越近，树木有比较大吗？"

她眯起眼睛，水、树、那么美的景象，她用袖子擦了擦脸。她好热，但衣服上没有一滴汗。

事实是如此可怕，她几乎没有力气说出来。"没、没有，但是，这……怎么可能……"

索恩叹了口气，但不是因为失望，而是理解。"这是海市蜃楼，月牙儿，光线造成你的错觉。"

"但是……我真的看到了。有湖，湖上甚至有岛屿，还有树木。"

"我知道。海市蜃楼都是很真实的，你会看到你想看到的。这只是高温玩出来的一个花样，月牙儿。它不存在。"

水上的波纹让她如醉如痴，树叶在风中微微抖动，一切是如此真实，如此清晰。她几乎可以闻到它，几乎可以感觉清风向她吹来。

月牙儿没办法站稳了，她怕自己就要被热沙烤焦。

"没关系，很多人都会在沙漠中看到海市蜃楼。"

"可是……我不知道。我应该知道的，我听过这样的故事，但我没……没想到看起来会如此真实。"

索恩的手指从床单中伸出，找到她的手。

"你不会哭，是吧？"他的语气既温柔又严厉。不可以哭，在水如此珍贵的时候。

"不。"她低声说道，她是认真的。并不是她不想哭，但她不知道她的身体有没有足够的水可以化为眼泪。

"很好，来吧，我们找一个沙丘底下坐一会儿。"

月牙儿的注意力从那个令人痛苦的景象转移开，望向最近的沙丘，她领着他走向一个向阳的缓坡。一过了顶端，像是扯住她。让她站直的一根线断了。月牙儿发出痛苦的呻吟，倒在沙地上。

索恩把毯子和降落伞从包袱里拿出来摊开，他们坐下，然后拉起角落遮在头顶上，像一个檐篷，挡住骄阳。他的手臂放在月牙儿的肩膀上，把她拉过来。她觉得自己很愚蠢，自己遭到背叛，被沙漠、阳光和自己的眼睛背叛，现在事实摆在她面前。

没有水、没有树，只有无尽的沙地，无尽的阳光，不停地走路。

他们也许永远都走不出去，他们不可能持续地走下去，她怀疑她能够再这样走一天，谁知道需要多长时间才能走到沙漠尽头。一个沙丘后是同样的三个沙丘，朝向山脉的每一步都让他们还有更远的距离要走，他们甚至不知道一旦他们到了，大山会给他们什么。

"我们不会死在这里的。"索恩说道，他的声音如此柔和，如此令人欣慰，像是他早就知道她在想什么。"我经历过比这个更糟糕的，还是活下来了。"

"是吗？"

他张开嘴，但又闭上。"嗯……我在监狱待了很长一段时间，那可不是野餐那么有趣。"

她调整自己脚下的毛巾，头发开始刺着她的皮肤。

"现在想想，军队也不好玩。"

"你只在里面待了五个月，"她低声说道，"大部分时间都在做飞行训练。"

索恩歪着脑袋，"你怎么知道？"

"做过研究。"她没有告诉他，她花了多少时间研究他的过去，他也没有问。

"嗯，所以，这也许是我所经历过最糟糕的事了。但不会改变一个事实，我们会活下来。我们会找到村子，会联系上风铃草，它会来帮我们。然后我们会推翻拉维娜，我会得到很多奖金，东方联邦会赦免我的罪行，我们每个人都会过上幸福快乐的日子。"

月牙儿依偎在索恩的身边，试着相信他。

"但首先，我们必须走出这片沙漠。"他揉了揉她的肩膀，那种抚摸会让她充满眩晕和渴望，如果她不是太累了，什么都想不起来的话。"你要相信我，月牙儿，我会让我们离开这里。"

第二十一章

"好了，"厄兰博士剪断缝线的一头，"我只能为他做到这一步。"

欣黛舔湿嘴唇，发现已经干燥得脱皮。"然后呢？他会……他会……"

"我们得等待和观察。他很幸运，子弹没有刺穿他的肺叶，否则他支持不了这么久，但他失了很多血。这一两天我会监测麻醉状况，得让他保持镇定。拉维娜的士兵原先便是设计来作为一次性武器的，当他们身体健康时，会非常有效率，但基因变异让他们很难停下、很难休息，即使是受伤极需要时间来恢复。"

她低头看着野狼，用深蓝色线缝好的伤口形成一个难看的突起和锯齿边缘，裸露的胸膛还有许多其他伤疤，如今早已痊愈，但显然，他经历了很多痛苦。所以这次的伤当然也不会夺走他的性命，不是吗？

她旁边的桌子上有一个托盘，放着两颗厄兰取下的小小子弹。这么小，看起来不像会造成这么大的伤害。

"我不能再把谁害死了。"她低语。

清洗手术工具的博士抬头看她，"他们对女王而言，不过是可动用的资产，但他们也容易复原。"他把手术刀和镊子放进蓝色液体中，"如果适当地休息，他可能会完全康复。"

"可能。"她默默地重复，这是不够的。

她颓然倒在野狼床边的一把椅子上，一只手握住了他的手，希望他喜欢这种碰触，即使她不是斯嘉丽。

她闭上眼睛，悔恨的浪潮淹没了她。野狼醒来会多么愤怒，愤怒到要毁掉这个世界。

"也许你现在没心情告诉我，你怎么会和一个月族士兵以及月族皇家侍卫有瓜葛，这是最不可能成为盟友的两类人。"

欣黛叹了口气，花了好一段时间整理思绪，不知道该从何讲起。最后，她告诉他自己去追查米歇尔·伯努瓦，希望能找到这个为了维护她的秘密不惜一死的女人。

她一直在寻找有关她过去的线索，谁把她带到地球，为什么有人对一个孩子这么有信心。当时只有三岁的她，在女王企图谋杀而不成后，一直在垂死边缘挣扎。

她解释他们是如何追踪线索到了巴黎，在那里，她得知米歇尔·伯努瓦已经死了，但她找到了米歇尔的孙女儿斯嘉丽……和野狼。他们变成盟友。野狼又如何训练她，用她的精神力量来作战。

她告诉他风铃草上的一场打斗，希碧尔·米拉带走了斯嘉丽，现在只剩下她和野狼……还有这个侍卫，她希望能信任他，她需要信任他，可是她甚至不知道他的名字。

"他说他为他的公主效忠。"欣黛说道，声音像蚊子一样细，"他知道我的事。"

厄兰揉揉卷曲的头发，"也许他偷听了米拉法师说的话，或者女王谈到了你。我们很幸运，他效忠真正的王位继承人；许多拉维娜的爪牙只想尽快杀了你，得到报酬，而不愿你登上王位。"

"我想也是。"

他冷笑，像是有点不高兴必须承认侍卫毕竟可能是盟友的事实。"提到让你真正登上王座……"

她缩在自己的椅子上，捏了捏野狼的手。

"林小姐，我花了几年时间计划，一直等待找到你的那一刻，你应该立刻到我这里来。"

欣黛皱着鼻子，"所以我才不愿意。"

"什么意思？"

"你跑来我的牢房，把什么公主的事一股脑儿倒给了我……我应该怎么反应？我忽然间从一个无名小卒变成了一个失踪已久的皇室成员，你希望我跳起来接受你为我安排的命运，你有没有考虑过，这也许不是我想要的生活？我从来就没有打算成为一个公主或领导人。我需要一些时间来搞清楚……我是谁，我从哪里来。我想，也许这些问题的答案在法国。"

"结果呢？"

她耸耸肩，想起那个他们在伯努瓦农场发现的地下实验室，有一个保温箱，她曾经睡在那里，半死不活地，长达八年的时间。一些不知名的、没有脸孔的人给了她一个新的名字、新的历史、新的金属四肢。

"的确得到了某些答案。"

"现在呢？你准备好接受你的命运，抑或你还要继续寻找？"

她皱起眉头，"我知道，我的确是你所提到的那个人，我必须出面阻止拉维娜，如果这个人一定是我，嗯……是的，我会接受，我准备好了。"她低头看了看野狼，思索她接下来要说的话。"至少，我认为准备好了，虽然我很担心自己会毁了一切。"

"很好，"博士说道，"是我们该设想出一个计划的时候了，不能再让拉维娜女王统治下去，当然更不能让她接管地球。"

"我知道，我同意。我有一个计划，事实上，我们有一个计划。"

他扬起一边眉毛。

"我们打算趁婚礼举行时，尤其是所有的媒体都会在那里，突破宫殿的安保。仪式进行时，我会潜入，而且……阻止它。"

"阻止婚礼？"厄兰说道，听起来不以为然。

"是的，我要告诉大家我是谁，在所有摄影机和媒体面前，以及全世界的瞩目下，我会坚持凯铎不能娶她，向地球人透露拉维娜计划入侵所有国家，让其他领袖拒绝接受她成为一个世界领导人。然后我会要求拉维娜退位，把王位还给……我。"

她放开野狼的手，觉得自己的手热乎乎的，她紧张地在裤管上擦了擦。

厄兰博士的表情变得阴沉，他伸手向前，用力握住欣黛的手肘。

"哇，嘿。"

"唉，有那么一会儿，我以为你一定是我的另一个幻觉，否则，你的计划不可能会那么愚蠢。"

"这不愚蠢，消息会在几分钟内传开，拉维娜没办法阻止。"

"的确，消息会传开。每个人都会很诧异见证一个疯狂的生化机器人长篇大论、滔滔不绝地说自己是一个公主。"

"他们可以测试我的血液，就像你一样。我可以被世人证明。"

"毫无疑问，女王陛下会很有耐心站在一旁看你做什么鬼血液测试。"他叹了口气，好像在跟一个小孩子说话。"拉维娜女王在联邦有多少爪牙啊，你还没说完公主这个字眼，便已经死得不能再死了。你的凯铎皇帝会做任何事情来安抚她，就为了确保战争不会再度爆发，拿到蓝热病的解药。他不会冒险激怒她，只为了验证一个十六岁国家通缉犯女孩的鬼话。"

她的双臂抱在胸前，"也许他会。"

他挑了挑眉毛看着她，她在椅子上生闷气。

"很好，"欣黛说道，"你有什么好的建议？你很了解什么政治呀革命之类的东西，所以请你赐教，老头。"

厄兰博士从一个小桌子上拿起他的帽子，戴到头上。"你可以从学习一些礼仪开始，否则没有人会相信你是一个皇族。"

"是呀。我很肯定，礼仪不佳是大多数革命失败的头号原因。"

"你说完了？"

"还没有。"

他生气地瞪着她，她也瞪回去。

最后，欣黛翻了个白眼，"是的，我说完了。"

"很好。因为我们有很多事要讨论，就从怎么把你送回月球开始吧。"

"月球？"

"是的，月球，你注定要统治悬浮在天空的岩石。我相信你很熟吧？”

“你希望我去月球？”

“不是现在，但最终，是的，你浪费时间在介入婚礼和传染病事件当中。月族不在乎地球人的想法，在这里宣布你的身份，说服不了他们反抗自己的君主，或者让你登上王位。”

“他们当然会，我是合法的继承人。”

她往后一缩，被她自己的话惊呆了。她没有想到她会对自己的身份这样投入，并且还要宣示她的权利。这是一种奇怪的感觉，近乎骄傲。

“你是合法的继承人，”博士说道，“但你得说服月族，而不是地球上的人。你必须告诉月族你还活着，只有他们站在你这边，才有成功公开你身份的可能。当然，拉维娜不会轻易放弃。”

她揉着自己的脖子，等待肾上腺素退去。“好吧，也许你是对的，这是唯一途径。我们怎么到月球？所有的入境口都在地下，不是吗？而且，受到严密的监控，对吧？”

“这正是我的观点，我们必须找到一种方法让你偷渡回去。显然，不能用你的宇宙飞船……”他拖长音调，抹了抹他的脸颊。“这得从长计议。”

“哦，太好了，从长计议，我最喜欢从长计议了。”

“在这段时间，我建议你不要冒险离开小镇太远，尽可能待在宇宙飞船里。这儿不是那么安全。”

欣黛横了他一眼，“你是不是没有注意到呀，大家都已经看见我了。我无处可躲藏了。”

“我不是这个意思。这个地区比地球上其他任何地区发生了更多起蓝热病传染病。虽然这一年多来，再也没有过太严重的爆发，但我们不能放松警惕。尤其是你。"

"呃……我是免疫的，还记得吗？就因为发现了这一点，才会有后续这一连串事件，记得吗？"

他叹了口气，长而缓慢。他忧虑的表情让她开始担心了。

"博士？"

"有证据显示这个病发生了变异，"厄兰博士说道，"我认为月族可能不再免疫，至少，不是所有人。"

她起了一阵鸡皮疙瘩，过去所有的恐惧都回来了。无畏于地球最无情的杀手不过几周，所有的威胁都回来了，她的免疫力可能遭到破坏。

她在非洲，这一切开始的地方。

一阵敲门声惊吓到了两人，侍卫站在走廊里，刚刚洗了澡，湿淋淋的，穿着从风铃草找到的地球人军服。虽然看不见他的伤口了，欣黛注意到他的姿势还是有点僵硬，歪向没有受伤的那一侧。

他手上的一个托盘中，是有着浓浓大蒜味的大饼。

"听到你们在说话，我想手术可能完成了。"他说，"你的朋友怎么样了？"

欣黛扫了野狼一眼，他十分虚弱。

忽然间她意识到这个房间里的每个人都是月族，如果厄兰博士是对的，那么他们现在都很脆弱。

欣黛吞了口口水，润一下嗓子。"他还活着。"离开野狼的身边，她的一只手伸向侍卫。"顺便说一下，我是欣黛。"

他眯起眼睛，"我知道你是谁。"

"是的，但我想正式介绍一下还是好的，现在我们是同一阵线的。"

"你决定了吗？"

欣黛皱着眉头，还没来得及反应，他把大饼放在另一只手上，握住她的手。

"杰新·克雷，认识你是我的荣幸。"

她不能确定他是什么口气，听起来差不多像嘲讽似的。欣黛抽回自己的手，望向博士，他的手指压在野狼的手腕上。显然，他没有心思也来自我介绍一番。

欣黛的手在她的裤子上擦了擦，看着托盘。"哦，是吗？你会用枪，开飞船，还会做饭？"

"这是几个孩子带来的。"他把托盘交给欣黛，"他们说是给你的，但我告诉他们你不想被打扰。"

她笨拙地接过来，"给我的？"

"特意给'生化机器人'的，除了你，恐怕没有第二个。"

"真不知道为什么。"

"我猜这不是你从法拉法拉的老百姓手上收到的第一份礼物。"厄兰博士说道。

"为什么？这些人并不认识我。"

"他们当然认识，或者至少，他们知道有你这个人。这里没有你想的那么与世隔绝，即使我刚到，都小有名声。"

她把托盘放在桌子上，"他们没有向警方通报你？有很高的悬赏，不是吗？而且你还是一个月族，对吧？他们不在乎？"

厄兰博士没有回答，他看着杰新，如雕像般靠在门边。当他站得直直的，又不太说话时，很容易忘了他的存在。毫无疑问，他作为侍卫，受过严格训练，他也习惯被忽视。

欣黛选择相信他，但从博士的表情可以看得出，他不以为然。

"好了，"杰新说道，离开墙边，"我回去查看你的船，确定没有人松开螺丝，拿一些纪念品走。"他头也不回地离开旅店房间，有点一跛一跛的，没那么昂首阔步了。

"我知道，他似乎有点……让人讨厌。"他一走，欣黛说道，"但他知道我是谁，又救了我的性命，还有野狼的，我们应该把他当作一个盟友。"

"你可以选择透露你所有的秘密，林小姐，但并不意味着我应该透露我的，以及这个镇上所有人的秘密。"

"你是什么意思？"

"这里的人不在乎我们是月族，因为我们不是唯一的。我估计法拉法拉至少有百分之十五的人口都是，其他相邻绿洲也是月族或者有着月族血统的人建立的。这就是为什么我们很多人逃亡以后，选择来这里，从珊娜蕊女王时代，也许甚至更早，他们就移民到这里来。"

"百分之十五？"她问，"地球人知道吗？"

"没有被公开讨论过，但似乎是众所皆知。他们向来和睦相处，传染病来袭，许多月族担任起照顾病患的工作，也埋葬死者，因为他们自己没有染病。当然，没人知道他们是带原者。在这个理论提出以前，两个种族的人相处得很融洽，他们通力合作，互相帮助以求生存。"

"但窝藏月族逃犯是非法的，拉维娜会大怒。"

"是的，然而谁会告诉她呢？没有人会关心撒哈拉一个贫穷患病的小镇。"

思绪万千，她拿起一块面包，闪着金黄色的油，上面还撒了点药草，当她咬开时，里面还热腾腾的。

这是一份礼物……来自月族……来自她自己的人民。

她的眼睛睁大，目瞪口呆地望着博士，"他们知道我的身份？"

他吸了吸鼻子。"他们知道你对抗女王，他们知道你一直在违背她。"欣黛来到这里以后，第一次发现博士恼怒的表情下有一丝笑意。"我暗示他们，有一天，你会刺杀她。"

"什么？刺杀她？"

"很有用，"他没有一丝歉意，耸耸肩说道，"这些人民会追随你。"

第二十二章

"这是月族法师爱米瑞·帕克，陛下。"

凯铎和托林站在那里。法师越过南希，进到凯铎的办公室。虽然爱米瑞站在办公桌的对面，恭敬地向凯铎鞠躬，头垂得低低的，他的栗色外衣袖子几乎碰到地毯，但那种无法掩饰的不屑神色让凯铎神经紧绷，他从来不能精确地描述出那是一种什么样的感觉，也许是因为他的嘴角总是挂着一抹淡淡的笑，或许当他想用自己的天赋来操纵一个人时，那种笑意只在他的眼睛里。

"谢谢你的光临。"凯铎说道，指着他对面的椅子，"请随意。"

"我很荣幸，"爱米瑞说道，优雅地坐进椅子里，"为月族未来的国王服务。"

这个称谓让凯铎不安，他很容易忘记自己也会像拉维娜一样，有一个新的头衔。不同的是月族有着严格法律，来规定及限制这个头衔，而地球则松散得多。他会是有着配偶身份的国王，意思是有名无实，几乎没有任何权力。

不幸的是，东方联邦在这件事上没有相同的保障。凯铎的高祖父，是国家的第一个皇帝，他一定是相信后代子孙对他们的配偶能做出正确的决定。

"我想和你谈谈最近地球联盟的一个发现。"凯铎说道,向托林点点头。

他的顾问走近桌子,放了一个掌上屏幕在正中央,点击一下,桌子上出现地球和环绕它的三百二十七艘飞船的全息影像。

凯铎密切地注视着法师,但这个人没有表现出一点点特殊的反应,即使有几百个黄色的小灯如萤火虫似的映在他黑色眼睛里。

"这是地球及周边太空的实时影像,"凯铎说道,"这些黄灯已被证实是月族的宇宙飞船。"

爱米瑞的脸颊似乎抽搐了一下,仿佛要笑了,但他的声音依然像焦糖似的顺滑,"这个情景的确令人瞩目,陛下,谢谢你和我分享。"

凯铎咬着牙,坐进椅子里,他很想站着,展现自己的力量,但他太常和月族打交道了,知道这样的心理游戏不会有什么作用,至少坐下来,他可以装作很舒服,装作他不曾一整天都在害怕这次谈话。

"不用客气,"凯铎面无表情地说道,"现在,也许你可以向我解释为什么它们会在那里。"

"娱乐。"爱米瑞靠在椅背上,悠闲地交叉着双腿,"月族有许多富裕的家族喜欢搭太空游船到银河系度假,我可以告诉你这种行程让人很放松。"

凯铎眯起眼睛,"这些度假的游船经常会来到离地球一万千米处?然后在那里待上几天?"

"我确信这个位置的景观一定很美。"爱米瑞的一边嘴角上扬,

"我听说有令人叹为观止的日出。"

"有趣，因为这三百二十七艘宇宙飞船都有月族官方的徽记。事实上我认为这是皇家舰队，不是在对地球进行监视，便是做宣战准备。"

爱米瑞的表情保持中立，"我错了，也许我应该说，我们皇家舰队里有许多富裕的家族喜欢偶尔出来享受一下假期。"

他们彼此凝视好一会儿，全息影像中的海洋在太阳底下闪闪发光，白云盘旋在大气层中。

"我不知道为什么拉维娜女王要选择在这样的时间，用这种方式威胁我们，"凯铎终于说道，"但这是一种不必要的武力炫耀，是对我们努力完成和平谈判的一种打击。我希望这些宇宙飞船在二十四小时内回到月球。"

"如果女王陛下拒绝呢？"凯铎的手指抽搐了一下，但他迫使自己放松，"那么我不能对其他国家即将采取的行动负责，在月族攻击了地球上的六大联盟国家后，我的盟友们有权利对这种战争的公然威胁采取一定的反击。"

"原谅我，陛下，之前你并没有说这些月族宇宙飞船侵入了地球联盟的领土边界。当然，如果女王陛下知道，我们侵入了地球的领空，她会让它们立刻撤回。"他倾身向前，露出闪亮的白色牙齿，"你在暗示月族宇宙飞船已经擅自闯入贵国法律规定的领地了，是吗？"

这个时候，凯铎不能不把握成拳的手放到桌子底下。"此刻，它们还在边界之外。但是，这不代表——"

"所以你是说月族其实并没有违犯地球联盟的法律？那怎么可

以说这些飞船是在进行武力炫耀？"

"我们不会再接受你们的任何要求，"凯铎说道，"女王陛下必须知道，她正走在一道很细的钢索上。我已经渐渐失去耐心，而联盟也厌倦屈从于拉维娜的无理行事，一次又一次没有道理地展示她的权力。"

"拉维娜女王不会有再多的要求，"法师说道，"东方联邦一直非常配合我们。我很遗憾，你把这些和平的月族宇宙飞船当作威胁。"

"如果它们不是为了传达一种负面的消息，那么它们到底在那里做什么呢？"

爱米瑞耸耸肩，"也许他们正在等待月族和东方联邦签订和平协议。一旦女王陛下签署《不来梅条约》，我们两国之间的和平旅行将成为可能，甚至得到鼓励。"他嘻嘻一笑，"这个季节的东方联邦真的是太美了。"

凯铎的胃开始翻腾，法师伸直双腿站起来，"就这样了，陛下，"他的手伸进红色的宽袖里，"除非你还要商讨喜宴当中要听什么交响乐。"

凯铎涨红了脸，站起来，关掉全息影像，"我们没有得到任何结论。"

爱米瑞礼貌地点了点头，"如果你坚持的话，陛下，我会通知我的女王，你希望在适当的时候讨论此事。也许等待仪式结束后会比较审慎？因为现在她有点分心。"他鞠躬，站得高高的，脸上出现一个嘲讽的笑容，"下回和我的女王见面时，我一定会向她传达你的爱意。"

爱米瑞大步走出他的办公室，凯铎愤怒得发抖。月族为什么没有用心智的力量来对付他？为什么每次和他们说话，都几乎要把他逼疯？

他突然有一种扔东西的冲动，但他手上拿着的掌上屏幕是托林的，所以他亲切地把它还给他的顾问。"谢谢你的帮忙。"他喃喃道。

托林在会议期间没有说过一句话，松了松他的领带，"你并不需要我的帮忙，陛下。我也没办法比你表达得更明确。"他叹了口气，把掌上屏幕放进腰际。"不幸的是，帕克法师论点严明。着眼现行的星际法律，月族尚未构成犯罪，至少，目前这些舰艇没有。"

"也许星际法律需要被重新检视。"

"也许，陛下。"凯铎坐倒在他的椅子上，"你觉得他们只是想吓唬我，或者一旦联姻成功，这些宇宙飞船就会侵入东方联邦？我一直假设拉维娜只是想当皇后，安居乐业，她不会把大军带到这里来。"这些话大声说出来后，凯铎才明白自己有多天真。他低声诅咒："你知道，我开始认为这个婚约决定得有点草率了。"

"在那样的时刻，你做了最好的决定。"

凯铎搓着双手，想抹去法师出现后带给他的挫败感。"托林，"他看着顾问，"如果有一个方法可以避免这场婚姻，又可以不必打仗，并且得到解药……你会同意，这将是最好的行动方针，不是吗？"

托林在法师刚刚离开的位子上慢慢坐下来，"我不敢想有这个方法，陛下。"

凯铎清了清喉咙，传唤南希来。一秒钟后，一个矮矮的、白色光泽的机器人出现在门口。

"南希，你发现什么新线索了吗？"

她走近桌子，传感器一闪，先是照向他，然后是托林。"请求解除对孔托林顾问的权限限制。"

托林扬起眉毛，但凯铎不理会。"解除限制。"

南希走到桌子旁边停下来，"我完成了一个关于米歇尔·伯努瓦的完整报告，包括她活动的详细时间表，职业、成就和兵役，以及生平。有十一个人和她十分接近，这些信息值得关注，我的数据检索系统扩大到了第三纪八十五年以后的邻居和熟人。"

"谁是米歇尔·伯努瓦？"托林问道，用一种其实并不真的想知道答案的语气。

"米歇尔·伯努瓦出生在第三纪五十六年，"南希表示，"最值得注意的是，有二十八年时间在欧洲联盟军队服务，二十年担任飞行指挥官，第三纪八十五年出访月球，得到杰出服务奖章，这个任务包括——"

"我认为她可能和赛琳公主有关。"凯铎打断她，很快地在办公桌上的网络屏幕输入指令。片刻后，法国南部农场的一个卫星照片就出现在屏幕上，"她拥有这座农场，"他指着一个黑暗的地方，地面最近烧焦了，"欣黛第一次回到地球便降落在这里，就在攻击事件发生前。因此，我推论欣黛也认为米歇尔·伯努瓦和公主有关。"

托林的脸色阴沉，但他似乎在忍着什么，直到凯铎说完。

"我知道了。"

"南希，有没有发现什么相关的资料？"

"相关什么？"托林说道，"你在找什么？"

"赛琳公主。"

托林叹了口气，"又在找了？"

"是的，又在找了。"凯铎说道，他指了指天空，"你不是告诉我，我们必须打起精神对抗拉维娜吗？"

"我没有要你去找一个鬼魂来帮忙。"

"但请你仔细想想，她是月族王位真正的继承人。你真的不认为找到她会对我们有帮助？"托林的嘴抿成一条细线，但令凯铎欣慰的是，他似乎在思索这个问题。"我不希望你从那些真正重要的事情上分心。"

凯铎"哼"了一声，"有什么重要的事情，比如餐桌上要摆什么玉石？我婚礼上的腰带应该绣蝙蝠还是一对仙鹤？"

"这不是一个玩笑。"

"显然。"

揉着额头，托林注视南希好一会儿，然后把目光投向天花板，"陛下，林欣黛警告过你，倘若你试图寻找公主的下落，拉维娜女王会杀了你。现在你一直不肯罢手，她又会采取什么手段报复？"

"无所谓，她已经打算杀了我，还能怎么样？杀第二次？第三次？赛琳公主是真正的继承人，她的存在将威胁拉维娜的地位。"托林肩膀垮下，"你认为找到这个女孩就有用？她几岁了？十五岁？"

"十六。"

"一个十六岁的女孩，你认为找到她是东方联邦目前最重要的事？"

凯铎叹了口气，但他回答得很坚定，"是的。"

托林仰靠在椅背上，深吸一口气，"好吧，好吧，我不会劝阻你，"他再次打量南希，这次的目光中带着不信任，仿佛这一切都是机器人的错。"请继续。"

南希继续她的报告，"八月十一日米歇尔·伯努瓦从农场失踪。她的身份芯片被从手腕取下，留在家中，没有办法得知中间有没有挣扎的过程。两个星期后，她的孙女，和伯努瓦住在一起十一年的斯嘉丽，离开了里厄，前往法国巴黎，记录显示她在巴黎待了两天，然后便无法再侦测到她的身份芯片。

"据推测，芯片被移除并破坏。交叉对照时间，她的身份芯片最后一次在巴黎歌剧院附近被侦测到，同一时间附近的一架扫描仪发现一架风铃草在那里着陆并且起飞，但卫星却没有记载当时那个位置有这样一艘宇宙飞船。有充分理由可以推断，这艘宇宙飞船上藏了林欣黛，斯嘉丽·伯努瓦也在这个时候登船。"

凯铎皱着眉头，托林脸上现出好奇的表情，让他感到高兴。

"欣黛专程到巴黎找这个女孩？"

"我的逻辑推断这是一种可能性。"

"我们还查到了什么，关于这个叫……斯嘉丽的？"

"根据她的身份记录，第三纪一百一十五年，她和米歇尔·伯努瓦一起住。两年后，出现赛琳公主的死亡记载。她的出生日期显示她十八岁，然而医院没有斯嘉丽·伯努瓦的出生记录，一直到四岁以后才有相关数据，所以我们不能肯定她的出生年月日。"

"你把我搞迷糊了。"

"斯嘉丽·伯努瓦没有在医院出生，她的父亲，吕克·阿曼·伯努瓦也没有，我们应以更审慎的态度来对待他们的出生信息。有可能我们所了解的有关斯嘉丽·伯努瓦的一切，都是假的。"

凯铎的手指压住桌子，"你是说这个女孩有可能是，这个斯嘉丽·伯努瓦……是真正的赛琳公主？"

"现在还没有充分的证据来证实或推翻。"

凯铎大大地喘了一口气，感觉自己好几个星期都没有完整地呼吸过。"但欣黛知道了，她查出来了……现在……她找到她了。欣黛找到了公主。"

"陛下，"托林说道，"你的结论下得太快了。"

"但这很合理，不是吗？"托林皱着眉头，"我对此采取保留的看法，直到我们有更确实的信息，而不只是推断。"

"机器人的推断，"凯铎指着南希说道，"要比一般人的推断可靠。"

他站了起来，在大窗前走来走去。赛琳公主还活着。他刚刚知道这个消息。

欣黛已经找到了她。

他差点要笑了。

"我很惊讶你会对这件事这么兴奋，这么开心，陛下，"托林说道，"我还以为你会吓坏了呢。"

"为什么？她还活着！"

"如果这个女孩真是失踪的公主，那么目前她正被一个危险的重罪犯挟持，陛下。"

"什……欣黛不危险。"出乎意料地，托林似乎十分愤怒，他也站了起来，"你忘了她是月族？一个可以渗透这个宫殿的月族。她欺骗你这个国家最该受保护的人，邀请她来到我们的年度舞会，我只能假设，她的目的是挑衅拉维娜女王。她还能从一座配有最高安全警卫设施的监狱逃走，躲过我们整个军队的搜捕，最终导致数千个地球人死亡的杀戮事件，怎么能说她没有危险？"

凯铎挺直脊背，"袭击我们的是拉维娜，不是欣黛。"

托林叹了口气，揉了揉自己的太阳穴。好长一段时间，凯铎没有看到顾问对他露出这种他认为凯铎是个白痴的表情。

凯铎内心有股愤怒在燃烧。"我告诉你吧，她拒绝了我的邀请，她参加舞会，只是来警告我。还有厄兰博士……"他犹豫了一下，还是弄不清楚她和厄兰博士的关系，"拉维娜要杀了她，我们没有给她太多选择，除了逃，她别无办法。"

"陛下，我担心你……你对她的感情，你对这个女孩有了特别的看法，这会影响你的判断。"

凯铎的脸热起来了。他表现得这么明显吗？

"我还在努力找她，不是吗？我们还有一半的军力花在搜捕她上。"

"但你是要找她，还是找到公主？"

他指了指南希，"如果她们在一起，有差别吗？我们可以找到她们两个。"

"然后你会给月族一个新的女王，林欣黛将被赦免？"

"我不知道，也许吧。难道不可以期待这种事发生吗？"

"她依然是他们中的一个。你自己说过，她所有事都欺骗你了。你有多了解她？她偷走了一个死去女孩手腕上的身份芯片，帮助一个小偷从监狱逃逸。我还要再说下去吗？"

凯铎闭上眼睛，面对窗户，双臂固执地环抱在胸前。他很遗憾，托林说的每一个字都是事实，而南希给他的每一个希望都是模糊的观察和朦胧的猜测。

"我能理解，你觉得自己要对她的受刑负责，"托林的语气越来温和，"但你必须停止过度崇拜她。"

"崇拜？"凯铎再次面对他，"我没有崇拜她。"

托林意味深长地看了他一眼，凯铎开始不安。

"有时候，我的确佩服她，但是，即使你也不得不承认，她的所作所为令人印象深刻。此外，她在舞会上公然反抗拉维娜，你难道没有一点佩服她？哪怕只是一点点？"

托林扣上他的西装外套。"我的意思是，陛下，你似乎对一个完全不了解的女孩有太多信心，而她却给我们带来太多麻烦。"

凯铎皱起眉头。托林是对的。当然，他不了解欣黛，尽管他认为自己也许有一些了解。

但他是皇帝，他有资源，他可能不是很了解欣黛，但如果她能找到失踪的月族公主，就可以查出她更多的事。而且，他已经知道从哪里开始查。

第二十三章

这一次月牙儿醒来，身上没有盖满沙子。虽然还是很多，但只有手臂。索恩把她拉到身边，她能感觉到他胸膛的起伏，他呼吸的热气喷在她的颈后，她昏沉沉地张开眼睛。

夜幕降临，月亮出来了，比前一天晚上更大，环绕着一片星海，每一颗星星都闪耀地眨着。

她渴死了，但已经没有口水可以湿润她焦灼的舌头，她开始发抖，尽管床单、毯子和降落伞布让她的皮肤更加灼热，尽管索恩温暖的身子圈住了她。

她牙齿打战，尽可能依偎在他怀里，他紧紧地搂住她。

她抬起头来，星星在移动，在她的头顶上像一个旋涡似的旋动，想把整个地球吸到里面，星星们在笑她。

她闭上眼睛，看到希碧尔残酷的笑容。新闻头条出现在她的脑海，一个孩子童稚的声音念道：十四个城市受到攻击……第三纪最大规模的屠杀……一万六千个人死亡……

"月牙儿，月牙儿，醒醒。"

她吓了一跳，还在发抖。索恩俯身对着他，他的眼睛被月光照亮。

他摸索她的脸，手掌贴着她的额头，低声诅咒："你发烧了。"

"我好冷。"

他揉了揉她的手臂，"对不起，我知道你不想，但我们得起来，我们得继续前进。"

这是他说过最残酷的话，她是这么虚弱，整个身体似乎是用沙子做的，一阵风就能把她吹散了。

"月牙儿，你会一直在我身边，是吗？"他的双手捧着她的脸颊，他的皮肤很清凉，很舒服。

"我没办法了。"说话时，她的舌头粘在上颌。

"不，你可以的。晚上走要比白天走好一些，天气凉多了。你明白的，是吧？"

"我的脚很疼……头好晕……"

索恩的脸揪起来，她很想将手指穿进他的头发，她看过他所有的照片，包括入狱的那一张，他一直是那么潇洒、那么整齐。虽然现在他一团糟，下巴上都是胡楂，头发里有沙子，但依然是那么帅。

"我知道你不想继续走下去，"他说，"我知道你应该休息，但如果我们一直躺在这里，你可能再也起不来了。"

她觉得这话听起来也没那么可怕了，沙子在她身体底下滑动，她的手靠在他的胸口，想感觉那稳定的心跳。摸到时，她幸福地叹了口气，她的身体开始融化，小小的沙子散开来……

"船长，"她低声说道，"我想我爱上你了。"

他扬起一边眉毛，她数了他六次心跳。突然，他笑了。

"别告诉我整整两天你才爱上我，我一定失去魅力了。"

她的指尖弯起来，"你知道？"

"你是那么孤独，而我又是如此不可抗拒，不是吗？是呀，我知道，来吧，月牙儿，你得起来。"

她的脑袋埋进沙子里，好想睡觉，如果他就这样躺在她身边，抱住她，她就永远不必再爬起来。

"月牙儿，哎，别再睡了，我需要你。记住，秃鹫，月牙儿，秃鹰。"

"你不需要我，如果不是我，你就不会在这里。"

"这不是事实。嗯……只有一部分是事实，但我们熬过来了。"

她打了一个寒战，"你恨我吗？"

"当然不会。不要说这些愚蠢的事情，这会浪费你的精力。"他一只手扶起她的肩膀，让她坐直。

她抓住他的手腕，"你觉得你会爱我吗？"

"月牙儿，你的话很甜蜜，但我是你遇见的第一个男人，对吧？起来。"

她转过头去，恐惧笼罩着她。他不相信她。他不明白她内心强烈的感觉。

"哦，我的妈呀，我的天啊，"他呻吟着，"你不会又在哭吧？"

"不，不。"她咬了咬嘴唇，她没有说谎，她当然想哭，但她的眼睛干涸了。

索恩用一只手拨了拨头发，拨下许多沙子。"好了，"他坚定地说道，"我们是灵魂伴侣。现在，站起来，求求你。"

"你可能告诉过很多女孩，说你爱她们。"

"嗯，是的，但是如果我知道你会在这个时候追究的话，我会重新考虑的。"

她的心里一阵苦涩，离开他的怀抱，头晕目眩。"我就要死了，"她低声说道，很确定地，"我就要死了，但从来没有人吻过我。"

"月牙儿，月牙儿，你不会死。"

"我们本来也会有激情与浪漫的爱，就像戏里演的那样。但是，不，我就要孤独地死去，没有被亲吻过，一次也没有。"

他叹了口气，不过是出于无奈，而不是因为心碎。

"听着，月牙儿，我不愿意你的幻想破灭，但我浑身是汗，痒得要命，两天没有刷牙，这不是一个浪漫的好时机。"

她嘤地叫了一声，把头夹在膝盖之间，希望世界不要旋转得这么快。绝望把她压垮了，沙漠永远没有止境，他们永远走不出去，索恩永远不会爱她。

"月牙儿，看着我，你在看我吗？"

"嗯，嗯。"她喃喃道。

索恩犹豫了，"我不相信。"

叹了口气，她抬起头，从散在脸上的发丝中间望着他，"我在看着你。"

他蹲下来，靠近她，摸她的脸，"我承诺，我不会让你死去前没有被人亲吻过。"

"我现在快死了。"

"你不会死的。"

"但是——"

"我会判断你是不是要死了，在那个时刻，我保证你会得到一个值得期待的吻。但现在，你必须起来。"

她盯着他看了好一会儿，眼睛令人意想不到的清澈，几乎像能看到自己的影子。在她的怀疑与沉默中，他没有退缩，也没有满不在乎地咧嘴一笑，或戏谑几句。他只是等待着。

她没办法，将注意力移向他的嘴唇，感觉到有什么东西在身体里面翻搅——决心。

"你保证。"

他点点头，"我保证。"

等待在面前的痛苦让她颤抖，她支撑自己，把手伸给他。当他把她拉起来，使劲歪向一边，她颠颠倒倒的，索恩抱着她，直到她站稳。饥饿折磨着她的胃，脚疼得不得了，疼痛从腿延伸到脊椎。她的整张脸都扭曲了，但她尽量不去理会，索恩帮她把床单绑在头上。

"你的脚流血了吗？"

黑暗中，她几乎看不到自己的脚，它们仍然裹在毛巾里。"我不知道，很痛，痛得不得了。"

"你发烧可能是因为感染。"他递给她最后的半瓶水，"也许你脱水了。把它喝光。"

她不动，水瓶已经放到她的嘴边。她喝了，很小心地，以免流下一滴。这是一种诱人的滋味。她仍然很渴，可以喝光，但……

"喝光。"索恩说道。

她喝着，直到喉咙不会干得一直想要再喝。"你怎么办？"

"我还有。"

她知道他在说谎，但她没有办法，很快地听从他的要求，把所有的水都喝光了。她摇摇晃晃站在那里，把瓶子举高，希望水能再滴一滴到她的嘴里，然后她确信里面什么都没有了。

她快晕倒了，把空瓶子扔进索恩肩上的包袱里。她凝视地平线，看到山底下的阴影，还是那么遥远。

索恩拿起他的拐杖，她强迫自己深呼吸三次，希望可以得到一点勇气。她算了一下到下一个沙丘要走几步，然后开始数数。一步接着一步，温热的空气吸进，温热的空气排出。身为一个勇敢探险家的想象早已幻灭，但她仍然告诉自己，索恩要依靠她。

她走上沙丘，牙齿又开始打战。她步履更加不稳，试图编织一个令人欣慰的白日梦。一张柔软的床，一张破旧的毯子，睡到日上三竿，房间里灯光柔和，窗台上有鲜花。她在索恩的怀里醒来，他的手指抚摩着她额前的头发，嘴在她的鬓边亲了一下，向她道早安。

但她不能集中精神去想，她从来不知道有那样一个房间，来之不易的幻想很快被痛苦淹没。

一个沙丘来了，又过了，她已经气喘吁吁。

两个沙丘，山脉嘲弄地徘徊在远处。

每次他们爬上一座，她便专注于下一座：我们爬到那一座沙丘的顶端，我就坐一分钟，只要一分钟……

但当目标达到，她没有让自己休息，选择继续往下走。

当她脚下一滑、跪倒在地时，索恩不发一语，他只是把她扶起来，让她站好。她的步伐慢得像爬似的，他也没有说话，只要他们没有停下来，他表现得真的很好，从来没有不耐烦，从来没有苛刻。

在沙漠里这样胡乱麻木地走着，她觉得自己的四肢都要掉落了，东方的天空开始发亮。月牙儿发现景观正在改变，沙丘变矮、变低了，不远处，似乎结束了，连接着一片红壤平原，点缀着稀疏多刺的灌木，他们快到山脚下了。

她瞟了索恩一眼，惊讶地发现疲惫蚀刻了他的五官。当他们停下脚步，他的脸色变得坚定。

她尽可能地描述眼前的景象。

"你估算得出要多久才能走到灌木那里？"

她计算着，非常担心这是另一次错觉，每向前一步，沙子会再度无尽地退后和延伸。

"猜不出。"

他点点头，"没关系，在天气变得太热前，我们尽量赶到那里。或许能够在枝丫上找到一些露水。"

露水，水。哪怕只是舔一舔，只是尝一尝……再多的沙子在里头，她也会喝下去。

她又开始走，前几步，她的腿痛得不得了，然后渐渐麻木。

她看见一个东西，很大，白色的。她一僵，停下脚步。

索恩跌倒在她身上，如果不是索恩扶住她的肩膀，她会往前摔倒。

"怎么了？"

"有……一只动物。"她低声说道，怕惊吓了站在沙丘顶端的动物。

它看到他们了，一双眼睛安详地望着月牙儿。她试图把它和自己认识的地球野生动物联想在一起。一种山羊？羚羊？它有修长白皙的双腿，巨大的蹄，圆形腹部，看得到肋骨的边缘，宁静的脸上有一大片黑和白，像在眼下戴了一个面具。两支高高的螺旋犄角从头上伸出，让它变得更巨大。

这是她所见到的第一个地球动物，如此美丽尊贵而又神秘，一双深色的眸子一眨不眨地看着她。

有那么一刻，她幻想可以用她的心智和它说话，请它引领他们到一个安全的地方。它会看出她内心的善良，充满同情，也许是一个古老的动物女神派它来指引她走向她的命运。

"动物？"索恩说道，她明白他在等她进一步描述。

"它有长长的腿和角……它很美。"

"哦，太好了，又是美。"她能听出他语气中的笑意，但她不敢把目光从动物身上移开，担心它变成一个空中楼阁。

"可能意味着附近有水源，"索恩若有所思地说道，"我们应该继续往前走。"

月牙儿试着往前走一步，更敏锐地感觉到沙子的滑动，意识到她和索恩多么笨拙，跌跌撞撞地走着，而那个动物却如此优雅而冷静地站在那里。

动物歪着脑袋，一动不动，月牙儿渐渐走近。

她并没有意识到自己屏住呼吸，直到动物的眼皮一个眨动，它的头转向沙丘的另一边。一声枪响横越沙漠。

第二十四章

动物的身躯一僵，然后滚下沙丘，血从肚子上的伤口冒出。月牙儿大叫一声，向后倒退。索恩把她拉倒，伏在沙地上。

"月牙儿！你没事吧？"

她浑身哆嗦，看到动物摔下，倒到另一边，沙子在它的腹部黏成一团。她想尖叫，但发不出一点声音来，她的脑子里空洞洞的，只觉得那个动物本来想对她说什么，但现在世界颠倒过来，褪了色。她要吐了，沙子上都是血，她不知道发生了什么事，然后——

"月牙儿！月牙儿！"

索恩的双手在她身上摸索着，她隐约觉得他以为她中枪了。她抓住他的手腕，握得很牢，试图通过她的手告诉他情况，因为她一句话也说不出来。

"我……我很……"

她闭嘴，两个人都听到了，喘息声，以及脚步声。

月牙儿缩着身子，贴在索恩的怀里，十分惊恐。一个人出现在沙丘顶端，手上拿着猎枪。

他先看见动物，垂死或者已经死去，然后眼角瞥见月牙儿和索恩。他大叫一声，差点摔倒，目瞪口呆地看着他们。

他的眉毛被头饰的薄纱遮住，她只看见他一双棕色的眼睛和他的鼻梁，其余部分都被长及脚踝的长袍遮住，裹得严严实实的才不会被沙漠中恶劣的条件所伤害。长袍下方是牛仔裤还有靴子，因为长期的曝晒变白了，上头粘着沙子。

他审慎地观察月牙儿和索恩，放下枪。他开始说话，好一会儿，月牙儿以为太阳和疲惫把她逼疯了，她听不懂他说的任何一个字。

索恩握紧她的手臂。

好一段时间，男人沉默地盯着他们。然后他动了一下，眉毛垂低，露出几茎灰丝。

"说通用语，是吧？"他说，口音依然十分浓重，很难明白。他看着他们褴褛的衣衫和床单，"你们不是这里的人。"

"是的，先生，"索恩说道，语调僵硬，"我们需要帮助，我的……我的妻子和我两天前遭遇袭击，被抢劫了，我们没有水，请你帮我们，好吗？"

男人眯起眼睛，"你的眼睛怎么了？"

索恩抿了抿嘴唇，他一直想隐瞒自己失明，但视线空洞，没有聚焦。"强盗在我的脑袋上狠狠敲了一记，然后我就看不见了，我的妻子在发烧。"

那人点点头。"当然。我……"他有点不知道该用哪个字词，"我的朋友们在不远的地方，附近的一个绿洲，我们有一个……一个营区。"

月牙儿快晕倒了。绿洲，营区。

"我必须把动物扛回去，"那人说道，朝那个倒下的东西歪了歪脑袋，"你们能走吗？差不多……十分钟？"

索恩握住月牙儿的手臂，"我们可以走。"

十分钟对月牙儿而言就像一个小时，他们跟着这个男人穿越最后一段沙漠。动物的尸体被拖动，留下一道痕迹，月牙儿试着不去看那个可怜的家伙，一心只想着快安全了。

她终于看到绿洲，就像天堂在他们面前，内心一阵狂喜。

他们成功了。

"跟我描述一下。"索恩低声说道，握住她的手肘。

"有一个湖。"她说，知道这一个是真实的，她不明白自己怎么会把那种模糊的海市蜃楼和眼前这么清晰又鲜活的景象搞混，"像天空那么湛蓝，周围有青草，有几十棵树……棕榈树，我想，又高又细而且——"

"人，月牙儿，形容人。"

"哦，"她数着，"我看到七个人……从这里看不出是男是女，每人都穿着浅色长袍，盖住自己的头。还有，我想，是骆驼？绑在水边。还有火。有人在放置垫子，搭帐篷，还有好多树荫！"

男人站在斜坡底下。

"那个人在等我们。"月牙儿说道。

索恩俯下身子，在她的颊上亲吻了一下，月牙儿一怔。"看来我们成功了，小姐。"

他们走近营地，人们站在那里，其中两个人走到沙地上来迎接他们。虽然他们的长袍盖在头上，但把覆在脸上的面纱拉到下巴上，月牙儿发现其中一个是女人。猎人用自己的语言跟他们说话，陌生人的脸上浮起同情和好奇，但不能没有一丝怀疑。

虽然女人的目光是这群人当中最锐利的，但她也是第一个露出微笑的。"你们受苦了吧。"她说，口音不像猎人那么重，"我叫吉娜，这是我的丈夫，尼尔斯，欢迎来到我们的车队。来吧，我们有充足的食物和水。尼尔斯，帮这个人拿他的袋子。"

她的丈夫站出来，取下索恩肩上的包袱。虽然袋子因为水喝光了而变得很轻，但索恩真的是如释重负。"我们有一些食物在里面，"他说，"大多数都是罐头，不多，送给你们，谢谢你们帮忙。"

"谢谢你的好意，"吉娜说道，"你不需要交换，年轻人。我们会帮忙的。"

月牙儿庆幸她和索恩走向火堆后，没有人再提出问题，人们只是转头好奇地看着他们，然后将厚厚的编织垫子挪出点位置。猎人离开他们，把动物的尸体拖到营地一角。

"那是什么？"月牙儿问道，眼睛盯着看。

"沙漠羚羊。"尼尔斯说着，递给她和索恩一人一个水袋，里面装满了水。

"很美丽。"

"也很美味，喝口水吧。"她想替羚羊哀悼一下，但实在太渴了。她看着自己的水袋，仰头喝起来，大口大口，直到胃胀满。

人们保持沉默，月牙儿感受到他们的好奇，所有眼睛都在上上下下打量着她。她没有迎视任何人的目光，而是不自觉地贴近索恩。最后，他只能用一只手臂环住她。

"我们真的非常感谢各位。"他说，对众人露出一个微笑。

"你们真的很幸运遇到了我们，或者说坤德遇到了你们。"吉娜说道，"沙漠不是一个好待的地界，你们一定有幸运之星护佑。"

月牙儿扯动唇角，露出笑容。

"你们很年轻。"这句话听在月牙儿的耳朵里，有那么一点指控的意味，但女人的脸色很和善，"结婚多久了？"

"新婚宴尔，"索恩搂了搂月牙儿，"现在应该是我们的蜜月，真的很幸运，我想。"

"而且我不像我看起来那么年轻。"月牙儿补充说道，感觉她得说一点什么来增强说服力，但她的声音尖细，话一出口便后悔了。

吉娜眨了眨眼，"有一天你会很感激自己曾经这么年轻。"

月牙儿又垂下目光。这时一支大勺子和一碗热气腾腾的食物放在她面前，闻起来很奇特，辛辣且香浓，她开心极了。

她犹豫了一下，爹着胆子斜睨了把东西递给她的女人一眼，不知道她应该跟人分着吃，抑或把它传给下个人，还是慢慢地吃。

不过不一会儿，围着火堆的每个人都津津有味地吃着自己的东西。月牙儿忍住饥饿，把碗放到腿上，慢慢地、小口地吃着，想——辨识出地球的食物。青豆是最容易的，月球上也有，但也有一些她不认得的蔬菜，夹在大米和浓浓的芳香酱汁里。

她舀出一个黄黄的、硬硬的东西，咬了一口，发现它很嫩，里面热气蒸腾的。"你们来的地方有马铃薯吗？"

月牙儿猛地抬起头，看见吉娜正好奇地看着她。她深吸一口气，"这个酱……"她小声地说道，希望吉娜不会注意到她在回避问题。当然有马铃薯，月族的马铃薯颜色深一些，质地脆一点。"叫什么？"

"就是单纯的咖喱，你喜欢吗？"她热情地点头，"非常喜欢，谢谢你。"

注意到所有的目光又转向她，她急忙将剩下的马铃薯放进嘴里，辛辣的香料让她的脸颊现出红晕。她一边在吃的时候，有人将一盘肉干递给她，她没有问是什么肉。再来是一碗多汁的橙色水果和绿色甜坚果，充满各种口味，比起希碧尔成天给她带来的蛋白坚果丰富得多。

"你们是商人？"索恩问道，拿着月牙儿放进他掌心的一把带壳坚果。

"是。"吉娜说道，"我们一年出来跑四趟。盗贼猖獗，让我很苦恼，很久没有这样骚乱了。"

"绝望的年代。"索恩耸耸肩说道，"如果不介意的话，想请问你们为什么骑骆驼？这种交通方式似乎非常……第二纪。"

"不介意。我们在撒哈拉的一些小村子里做买卖，有许多地方甚至没有悬浮轨道，更何况村子和村子之间。"

月牙儿注意到索恩的手牢牢地捧着他的碗。撒哈拉大沙漠，所以她利用星象做出的判断是正确的。但他的表情没有改变，她勉强自己不能流露出任何情绪。

"为什么不用车子呢？"

"偶尔也会，"其中一个男人说道，"在特殊的情况下。但机器也很难在沙漠中行走，它们没有骆驼可靠。"

吉娜拿起几片甜甜的水果，把它们放到咖喱上头，"这可能不是一种豪华的生活方式，但我们一直挺忙的，我们的城镇依靠我们。"

月牙儿认真听着，但也留心她的食物。现在他们安全了，有一个庇护所，有食物，她的心里渐渐涌生一股新的恐惧。下一刻，这些男人或女人可能会看穿她，发觉她的不同……和地球人不一样。

或者说，他们会认出索恩，这个星球最重要的一个逃犯。

每当她爹着胆子抬头，便发现他们一直关注自己和索恩。她的脸几乎埋在碗里，抵挡他们窥伺的眼神，希望不要有人跟她说话。她很肯定，不管说任何一句话，都会表现出她的与众不同；即使只是对视一眼，她都会暴露自己。

"没有多少游客来这儿，"吉娜的丈夫尼尔斯说道，"所有的外国人来这里通常是为了采矿或考古。沙漠中的这一角，在传染病爆发后被彻底遗忘了。"

"我们听说疫情没有想象的严重。"索恩说道，随口的谎言，让月牙儿十分惊讶。

"你的消息不正确。疫情十分严重，比传闻更糟糕。"

"你们要到哪一个城镇去？"吉娜问道。

"哦，任何一个你们要去的地方。"索恩立即说道，"我们不希望增添你们的负担，我们可以留在任何一个有网络屏幕的城镇。呃……你们不会碰巧手中有掌上屏幕吧？"

"有的。"一个年纪最长的女人说道，五十多岁。"但是这里的网络不稳定，信号要到库夫拉才会好。"

"库夫拉？"

"下一个贸易小镇，"尼尔斯说道，"距离这里一天的行程，到那里应该就能找到你们所需要的了。"

"我们今天会休息到晚上，明天上路。"吉娜说道，"你们需要恢复一下体力，我们也要避免日晒太厉害。"

索恩闪过一个感激的微笑，"不知道要怎么感谢你们。"

一阵眩晕迫使月牙儿放下碗。

"你的脸色不太好。"有人说道，她不知道是谁。

"刚刚我的妻子很不舒服。"

"你应该早点说的，她可能中暑了。"吉娜站起来，把她的食物放到一边。"过来，你不应该这么靠近火。今晚你可以使用坤德的帐篷，但睡前要多喝点水。阿迈勒，给我们拿湿毛巾来。"

月牙儿让吉娜扶着她站起来，她转头看索恩，鼓起勇气，想给他的面颊一个小小的、不戏剧化的亲吻，但她一弯身向他，血立刻涌进她的脑袋，世界翻转过来，她眼冒金星，倒在沙地上。

第二十五章

欣黛拉起帘子，进到店里，替杰新扶住窗帘，一边看着身边的架子。瓶瓶罐罐里都是各种药草和液体，上面用一种她不认得的语言做标记，不过只要她一直盯着它们，她的网络会开始搜寻翻译。

这些奇特的成分分散在东方联邦药局里的各种药物和药丸里，还有成捆的纱布和绷带、药膏，用来处理各种必要数据的掌上屏幕软件，此外还有按摩油、蜡烛、解剖模块。

从肮脏的窗户透进的光线反射出灰尘，一架风扇在角落里懒洋洋地转着，稍稍吹走空气中的一点干热。

在她的视网膜显示器一角，偶尔会出现一个全息影像，显示腹部伤口的出血状况。

杰新慢慢走向店的后面，还是有点轻微地跛行。

"有人吗？"欣黛叫道，另一个帘子挂在对面墙的门口，旁边有一面老旧的镜子和立式洗手台，上面垂着盆栽。

帘子发出嗖嗖声，一个女人低头走出来，穿着一条普通的牛仔裤、围着围裙，上身是一件有着明亮图案的上衣。"来了，来了。"看到欣黛，她睁大眼睛，然后展开一个灿烂的笑容，拉掉身后的围裙带子。"欢迎！"她操着欣黛逐渐熟悉的浓重口音。

"嗨，谢谢你。"欣黛把一个掌上屏幕放在柜台上，点出厄兰博士给她的一张清单。"我来买一些药品。有人告诉我，你们有这些东西？"

"林欣黛。"

她抬起头，那个女人还是笑嘻嘻的。"什么事？"

"你既勇敢又美丽。"

她很紧张，感觉女人比较像在威胁她而不是赞美她。她在等待自己的测谎仪亮起来，但没有。勇敢，也许。至少，她能理解为什么人们在听完舞会的事情后会这么说。

但美丽？

女子还在微笑。

"嗯，谢谢你。"她轻轻把掌上屏幕推过去，"我的朋友给了我这张清单。"

女子抓住她的手，用力一握。欣黛倒抽一口气，不仅是被这个突如其来的动作吓了一跳，还因为这位女人摸到她的金属手没有退缩。

杰新斜靠在柜台，把掌上屏幕突然推向女人，她不得不放掉欣黛的手来抓住它，"我们需要这些东西。"他说，指着屏幕。

女人的目光扫过杰新，笑容消失。他穿着他的侍卫制服，洗干净，也补好了，栗色布料上几乎看不出血迹。

"我的儿子也被拉维娜征召成为侍卫，"她眯起眼睛，"但他没有这么粗鲁。"

杰新耸耸肩，"我们有事要做。"

"等等，"欣黛说道，"你是月族？"

当她又专心看着欣黛时，表情变得柔和。

"是的，和你一样。"

她压抑住这样公开身份的不安。"你的儿子是皇家侍卫？"

"不，不，他宁可自杀，也不愿成为她的傀儡。"她望了杰新一眼，站得挺直一点。

"哦，我很抱歉。"欣黛说道。

杰新翻了个白眼，"我猜他不太在乎你。"

欣黛倒吸一口冷气，"杰新！"

他摇摇头，从女人手上拿回掌上屏幕。"我来找吧。"他走过欣黛身旁，"为什么你不问她接下来发生了什么事？"

欣黛瞪着他的背影，直到他消失在另一个走道。"对不起，"她说，想找一点理由，"他是……你知道的，也是月族。"

"他是她的手下。"

欣黛转头看那个女人，杰新的话让她不开心。"现在不是了。"

那个女人嘟哝几句，转身调整一下风扇，能吹到欣黛。"勇气有许多形式。你知道的。"女人的脸上流露出一丝骄傲。

"我想也是。"

"也许你的朋友有足够的勇气加入她的卫队，我的儿子有足够的勇敢拒绝。"欣黛心不在焉地靠在柜台上，揉她的手腕。"之后发生了什么事吗？"

"是的。"她的脸上依然带着骄傲，再加上愤怒以及悲伤。"我的儿子死后三天，有两名男子来到我们家，他们把我的丈夫拖到街上，强迫他哀求女王赦免，养出这种不忠的孩子，然后他们还是杀了他作为惩罚，也是对那些受到征召的人一个警告，谁也别想违抗王室。"

她的眼睛湿润了，浮起一个痛苦的笑容。"我花了近四年时间，找到一艘要到地球来的太空船，接受我成为一个偷渡者。四年来我假装自己不恨她，假装自己是一个最忠诚的公民。"

欣黛叹了口气，"我很抱歉。"

女人伸手向前，捧住欣黛的脸颊，"谢谢你用一种我从来不敢的方式来违抗她，"她的语气变得冷硬，"我希望你杀了她。"

"你这儿有芬太尼？"杰新问道，拿了三个小箱子返回柜台。

女人抿着嘴唇，夺过掌上屏幕。"我去找。"她绕过柜台，朝店门口角落走去。

"我就希望这样。"他喃喃道。

欣黛的下巴支在她的金属拳头上，盯着他，"我不知道皇家卫队是强制性的征召。"

"不是对每一个人，很多人其实都希望被选中，在月球这是一个很大的荣耀。"

"对你而言呢？"

他的目光朝向她，"不，我一直想成为一名医生。"

他的语气有着嘲讽意味，但欣黛的机械装置没有把它当成一个谎言。她交叉双臂，"所以你保护的是谁？"

"你是什么意思？"

有东西刮在地板上的声音。店主人在拖动满是灰尘的箱子。

"当你被征召为皇家卫队时，倘使拒绝了，谁会被拉维娜杀害？"

他淡色的眸子转过来，绕过柜台，把风扇对着自己。"没关系，反正他们到最后都会死。"

欣黛扭过头，因为他选择效忠自己，他的亲人可能受到连累。

"也许不会，"她说，"拉维娜不知道你背叛了她，她可能以为我对你施了法术，我强迫你帮助我们。"

"而你认为这会有不同的结果？"

"可能。"她看着店主人在一个箱子里翻找。一只苍蝇嗡嗡嗡靠近欣黛的脑袋，她挥手把它赶开。"怎样的人会被选作皇家侍卫？"

"他们找的人有一定的特点。"

"忠诚度不是其中的一个要件？"

"何必？她可以伪造出所谓的忠诚。就像你那个特殊的朋友，他有最快的反应，良好的直觉和一定的常识。配合一个法师，便可以将他变成野兽，他想什么或要什么都不再是问题。他只要按照指示去做。"

"我见过野狼对抗。"欣黛说道，感觉得替他护卫，因为斯嘉丽不在，不能做这件事。欣黛第一次看见野狼的时候，他浑身是血，伏在斯嘉丽身上，十分吓人，但斯嘉丽坚信他不会伤害她，因为他和其他人不一样，更为强大。

当然，斯嘉丽被绑架之前，野狼曾经替一个法师挡过一颗子弹。

"这显然不是件容易的事，"她修正自己的话，"但他们可能会对抗所谓的精神控制。"

"看看他的下场。"

欣黛垂着下巴，金属手臂贴着她的脖子，让自己凉快一点。"他宁愿战斗，输了，也不愿变成她的走卒。我们都可以。"

"很好，不是每个人都有机会做出选择。"

她注意到他的手随意地放在贴住大腿的刀鞘上。"显然拉维娜不喜欢多话的人。除此以外呢？什么特质让你成为一个很好的侍卫？"

那一副得意开心的神情回来了，好像他要告诉她一个秘密笑话似的。"我的脸蛋漂亮，"他说，"你看不出来吗？"

她"哼"了一声，"你的口气听起来简直像索……索恩了。"提到他的名字，她支吾了。索恩，再也不会吹嘘自己多有魅力了。

杰新似乎没有注意到，"很悲哀，但却是事实。"

欣黛压抑自己突然而来的自责情绪。"拉维娜选择侍卫的依据，是谁更令她赏心悦目？我突然感觉我们的机会没那么渺茫了。"

"除此以外，我们的意志力非常薄弱。"

"你在开玩笑。"

"没有，如果我有很高的天赋，我会成为法师。但女王希望她的侍卫很容易控制，我们就像木偶被她牵制。如果我们对她的控制有丝毫反抗，可能意味着在生死存亡之际我们会临阵叛逃。"

欣黛想到舞会时，她有枪，打算射杀拉维娜，那个红发侍卫毫不犹豫地跳起来挡住子弹，她一直以为他善尽自己的职责保护女王，这样做是甘心情愿的，但现在她想起他的动作实在太生涩，太不自然了。而女王甚至不曾稍稍退缩。

她一直在控制他。杰新说得没错，他就像一个木偶。

"但你在宇宙飞船上却能够抗拒控制。"

"因为米拉法师忙于对付你的士兵，否则，我会像一个没有头脑的玩偶。"他用自嘲的语气，但欣黛可以听出言外的苦涩。没有人喜欢被控制，她不认为有人会喜欢。

"你认为他们不曾怀疑过你……"

"会成为一个叛徒？"

"如果你真的是。"他的拇指摸着刀柄，"我的天赋没有价值，我甚至没办法控制一个地球人，更不要说一个技艺高明的月族，我永远不能像你这样，但我待在法师或女王身边时很善于把脑子放空，对他们来说，我的脑力和意志力简直和树桩差不多，完全没有威胁。"

店门口附近的女人开始咕哝着欣黛的药品清单。

"你现在就在这样做，是不是？"欣黛交叉自己的双臂，"让你的脑子放空。"

"这是一种习惯。"

欣黛闭上眼睛，她的心智感觉到他，他的确存在，但似有若无，她知道，她可以不费吹灰之力控制他，他整个人空洞洞的，没有情感，有的意见，像融入了背景。

"嘿，我还以为这是受训练的结果呢。"

"只是一种下意识的自我保护。"

她额头皱着，又睁开眼睛，根据她的天赋，她判断面前的这个人是一个情感的黑洞，但如果他能骗过拉维娜……

她眯起眼睛，"跟我撒一个谎。"

"什么？"

"跟我撒一个谎，不必多大的谎。"

他沉默了很久，她能想象他在所有的谎言和真实中评估，终于说道："如果你真正认识拉维娜，会发现她没那么糟糕。"

橙色的光在她的视觉接收器一角闪呀闪的。

杰新嘴边现出一个嘲讽的笑容，欣黛开始笑了，紧绷从肩膀卸下，就像热浪从沙漠退去。至少她的机械程序仍然可以判断出他有没有对她撒谎。这意味着，当他说他要效忠他的公主、只有他的公主时，并没有说谎。

店主人回来了，把一大捧各种不同的药倒在柜台上，看了一下掌上屏幕，吹了声口哨，又离开了。

"现在你知道所有关于我的一切，"杰新说道，像是他把自己彻底交代过似的，"我要问你一个问题。"

"说吧。"她把桌上的瓶子排整齐，"我的秘密这些日子以来全都被公开了。"

"我也许能够在女王面前隐藏自己的情绪，但没办法掩盖我是一个月族的事实，我可以被她控制，但当你刚来到那个舞会时，你的天赋似乎还不存在，老实说，起初我还以为你是地球人，我知道这就是为什么女王和米拉法师嘲弄你……把你当成一个贝壳，你曾经一度是完全没有能量的。"

他盯着欣黛，仿佛想看穿她脑袋里那一团电线和芯片。

"但，突然，你充满能量，你的天赋如此强大，惊为天人，甚至超越拉维娜。"

"哎呀呀，太谢谢你了。"欣黛低语。

"你是怎么做到的？你怎么能隐藏这么大的能量？拉维娜应该马上就会有所感知的……我们都应该感觉得出来。现在，我看到你，我便感受得到。"

欣黛咬着嘴唇，瞥了店里小水槽上面的镜子一眼，她看到了自己，果然，下巴有一处脏污，它在那里多久了？几缕发丝从她的马尾辫上掉落。很真实的影像，镜子里的她，就是平日里的她。平凡，脏兮兮的。一个生化机器人。

她试图想象众人看到的自己像她看到的拉维娜：令人震惊的美丽和强大。但在镜子里是不可能出现这种假象的。这就是为什么拉维娜这么痛恨镜子，但欣黛看着镜中的自己，感到十分欣慰。店主人说她勇敢而美丽，杰新说她惊为天人，她知道他们都错了。

她只是欣黛。

她把一缕发丝拨到耳后，尽最大努力向杰新解释所谓的"生物电安全系统阻断"，是她的养父发明的，把它安装在她的脊髓里，多年来，阻止她使用天赋，这就是为什么一直到最近，她才知道自己是一个月族。

这个装置的目的除了阻止她使用天赋，不让地球人发现她的真实身份外，也是保护她，让她不会像大多数月族一样，因为长时间没有使用天赋而产生后遗症：妄想、抑郁和疯狂。

"所以，有时候你会听到厄兰博士自言自语，"她说，"来到地球后，他好长一段时间没有使用天赋，现在他的神智——"

"等等。"

她闭嘴，不仅是因为杰新的话，也由于他身边的某种磁场或能量改变了，突然间的情绪，让欣黛猝不及防。

"这个装置让你的心智保持稳定？即使你……好多年没有使用天赋？"

"嗯，它先是阻止我使用天赋，又让我免于有后遗症，保护我。"

他别开脸，花了一分钟时间让自己又是一副面无表情的样子，但太迟了，他的眸光中有一种新的紧绷，久久不去。

一种装置，可以夺走一个人的天赋，让所有人都变得平等。

"反正，"欣黛说道，揉着脖子后面安装生物电阻断器的地方，虽然现在已经坏了，"厄兰博士破坏了它。舞会前的几个星期，我的天赋来来去去，时有时无，终于所有的能量压制了我的系统，还有装置，成了我现在这个样子，完完全全的一个月族，彻彻底底。"她的脸揪起来，回想起一把枪抵住她太阳穴的感觉。

"这个装置现在还有吗？"他说，眼睛怪得明亮。

"应该没有了，还没有完整测试过，我的养父便去世了，据我所知，他没有制造其他的。也许他留下了一些解释原理的设计或地图什么的。"

"这似乎并不可能。这样的发明……可以改变一切。"他摇摇头，茫然地凝视着。

店主人回来了，放下一个装满药品的篮子。她抓起刚刚拿来的瓶子，扔在上头，还有欣黛的掌上屏幕。

"太好了。"欣黛说道，拉过篮子。"谢谢你。博士说你会记在他的账上。"

"林欣黛要的东西不用付钱。"女人说道，挥挥手，从围裙口袋里拿出一个掌上屏幕。"可是，我可以给你拍张照片，放进我个人的档案里吗？我的第一个名人照！"

欣黛后退，"呃……对不起，最近我不拍照。"

女人十分失望，她把屏幕放回口袋里。

"对不起，真的，我会让博士付钱的，好吗？"她提起篮子，逃也似的走了。

"最近不拍照片了？"杰新嘀咕着，他们匆匆离开药店。"你听起来是很典型的月族了。"

欣黛瞪着突然而来的炽热阳光，"也是很典型的通缉犯。"

第二十六章

　　尽管斯嘉丽的脑袋像一团烂泥，但手指却灵活而迅速，熟练地操作小飞船的断电动作，就像送完货的那些夜晚，回到农场，她几乎可以闻到奶奶机棚的霉味，混合着从田野里吹来的、清新有着泥土气息的微风。

　　她放下起落架，刹住宇宙飞船，船只停妥，嗡嗡地响了一会儿，她才关上引擎，飞船陷入沉默。

　　她身后有一个东西砰的一声响，一个女人开始嚷嚷，她的愤怒让斯嘉丽乱糟糟的脑子更加迷惑。她的头开始痛了，先是前额，然后是整个脑袋。斯嘉丽的脸揪着，靠在驾驶员座位的椅背上，手掌遮住眼睛，挡住痛苦和迷惑，突然间刺眼的光线照着她。

　　她呻吟了一声，往前瘫倒，没有预期的安全带绑住她，很快地，她伏在自己的膝盖上，大口大口喘气，好像差一点溺毙似的。她的嘴巴干涩，下巴疼痛，好像咬着牙好几个小时。她一动不动，不断深呼吸，她的头痛缓解了。她的思绪变得清晰，模糊的吼叫尖锐刺耳。

斯嘉丽睁开眼睛，觉得一阵恶心，但她把它咽下去，让它过去。

一下子她便知道这不是她的送货船，她不在奶奶的机棚里，气味不对，地板太干净……

"……让汉斯拉中尉立即下来，带上一整队侦察和辨识的……"

女人的声音像电流似的穿过斯嘉丽的神经，她想起来了。宇宙飞船、打斗，她手上的枪，子弹击中野狼的胸膛，法师控制了她大脑。一种空虚感夺走她的意志、思虑和所有感知。

"……利用小飞船的记录追踪最后一个位置，看看能不能和母船联系。他们可能去了地球，查出来，找到她。"

斯嘉丽稍稍抬起头，她可以从小飞船的侧窗往外窥视。月球，她在月球，停靠在一个封闭空间，不像她所认识的机棚，不像风铃草的小飞船甲板。这里大到足以容纳十几艘宇宙飞船。

她身旁已经停了几艘，有着流线造型，以及月族皇室徽记。墙壁呈锯齿状，黑色的，有一些闪烁的灯光，模仿一个不存在的天空。地面上散发微弱的光线，使小飞船的阴影拉伸，看起来就像沿着墙壁站立的猛禽。

一排宇宙飞船后是一个巨大的拱门，门上嵌着光亮的石头，排成新月从地球升起的图案。

"……把这个直接通信芯片从背叛我们的程序员那里拿来，看看有没有哪一个软件技术人员可以用它来追踪它的对应芯片……"

她身后，小飞船的门还开着，法师刚刚走到船外，对聚在她身边的人大呼小叫。两名穿着红灰色制服的侍卫，和一个中年男子，穿着一件简单的束带长袍，很快地把信息输入掌上屏幕里。法师白色的长外套上沾了血，大腿的部分被血浸湿了。她稍稍弓着身子，手压在伤口上。

拱门慢慢打开，向两边移动，闪闪发光的地球裂出一道缝。斯嘉丽低头，她听到细微的点击声以及悬浮的嗡嗡声，还有脚步声。

"终于回来了。"法师一边说话，一边发出嘶嘶声，"制服是毁了，把布割开，快点。子弹没穿过去，伤口没有……"她没有再说下去，只是"啧"了一声。

斯嘉丽壮着胆子抬头，看到三个新来的人，穿着白色实验室外套。他们带了悬浮轮床，上头摆着全套具实验室价值的医疗用品，三个人围着法师，一个人解开她的外套，另一个试图割开她的裤子，布似乎已经粘在伤口上。

法师恢复平静，调整自己的表情，掩饰自己的痛苦，她橄榄色的皮肤透着一种惨黄及苍白。一位医生设法清理伤口。

"让塞拉利昂送一套新制服来，联系帕克法师，通知他我们对地球领导者情报搜集的程序很快就要有所改变。"

"是的，米拉法师。"刚刚那个中年男子说道，"提到帕克，应该让你知道，他已经和凯铎皇帝开过会，我们的舰队似乎不能隐形了。"

她低声咒骂："我忘了宇宙飞船。我希望他足够聪明，在我们发表任何正式说明之前，什么也不要告诉他们。"她停顿一下，颤抖地吸口气。"此外，向陛下报告我回来了。"

斯嘉丽溜下座位，她的眼睛望向小飞船另一侧的门。她考虑发动引擎，但在风铃草的小飞船里，她没有机会逃脱。他们一定在地下，出入境的出口可能需要特别的授权才能打开。

但是，如果她能跑到其他的飞船上……

试着调匀自己的呼吸，她慢慢移到中央控制台，到副驾驶的座位上。

她支撑自己，心脏在锁骨下方拼命跳着。她在脑袋里倒数计时，解锁，飞快地打开门，身后的月族没有注意到她的动静。她溜出来，穿着运动鞋的脚落在地板上。现在，她可以看出那些奇特的光线来自何处。整个地板上铺着发光的白色地砖，感觉起来好像是走在……嗯，月亮上。

她停下来倾听。医生们在讨论伤口，助手在列出和女王召开会议的时间。法师终于不发一语。

呼吸，呼吸……

斯嘉丽离开小飞船，她的头发粘在湿湿的脖子上，吓得浑身发抖，肾上腺素涌升，心里很清楚自己不会成功的。她不可能进到月族的宇宙飞船里的，他们随时可以从背后射杀她。或者，她上了船，但不知道如何驾驶。或者出口没有打开。

但月族依然在她的身后，没有察觉，她快接近了，可能会成功，一定要成功……

伏在月族闪闪发光的白色宇宙飞船旁，她舔湿自己的嘴唇，手指一寸一寸移向门板——

她的手停止动作，心沉到谷底。

周围的空气静止，一股能量让斯嘉丽手臂上的汗毛竖起。这一次她的心智还是敏锐的，很清楚自己差一点就上船了，差一点就可以安全了。但同时，她也意识到，她根本不可能有机会。

啪地，她的手又可以动了，垂到身体的一侧。斯嘉丽强迫自己抬起下巴，扶着小飞船，站起来，转身面对法师。希碧尔·米拉坐在悬浮轮床上，已经换上一件轻薄的短衫，侧向一边，让医生替她处理伤口。脸颊和额头血迹斑斑，头发纠结散乱，粘着更多的血，但她还是维持一副令人生畏的样子，那双灰色的眸子把斯嘉丽定在宇宙飞船边。

医生们蹲在她的大腿旁专心工作，好像怕她会发现他们在那里清洗、检查和缝合伤口似的。两名侍卫拿着枪，虽然听令的时候站姿是放松的。

而那个平凡至极的中年助手，样子却发生了变化。虽然仍然穿着束带长袍，但看起来却超凡脱俗、十分帅气。他二十出头，坚毅的下巴，乌黑的头发整齐地梳好，额头上有一个风流尖。

斯嘉丽缩着下巴，强迫自己的大脑记得之前他长什么样子，抗拒他的法力。这只是一个很小的顽抗，但她用自己仅余的精神力量来抵挡。

"这应该是从生化机器人船上带来的人质，"助手说道，"我该怎么处置她？"

法师眯着眼看着斯嘉丽，那种仇恨简直可以熔化骨头上的皮肤。这种感觉是相互的，斯嘉丽瞪回去。

"我需要时间向陛下介绍她，"希碧尔说道，"我猜质询女孩的时候，女王会在场。"她抽搐一下，痛苦的神色在她脸上一闪，斯嘉丽看出法师不再对自己感兴趣，她肩膀垮下，整个人伏在轮床上。"我不在乎你怎么处置她，把她随便交给任何一个家庭吧。"

助手点点头，示意两个侍卫。不一会儿，他们上前，架着斯嘉丽离开小飞船，把她的手缚在身后，用的不知是绳子还是什么的，陷进她的手臂里。他们走向那个巨大拱门，医生和法师都走了。

第二十七章

时间迷迷糊糊过去了，梦境与现实交织在一起。她从睡眠中被拉起来，被迫坐着，喝一些水，断断续续地梦呓、颤抖、发热和出汗，踢掉薄薄的被子。

索恩在她身边，头上绑了一个眼罩，拿着一碗水对着她的嘴唇说道："喝水，喝水，喝水，喝掉这碗，多喝一些。"

不熟悉的笑声让她畏惧，身体蜷缩成一个球，躲在毯子里。索恩的身影在月光下，揉着自己的眼睛，低声咒骂。吸着温热的空气，她认为自己要窒息了，所有的氧气都被吸进黑暗的夜空。她想喝水，衣服和头发里的沙子让她发痒。

光明、黑暗，又光明。终于月牙儿醒过来，昏昏沉沉的，但醒了。很多口水黏在她的嘴里，她躺在一个小帐篷里面的垫子上，独自一人，薄薄的布幕下，一片幽暗，月光洒在脚边的一堆衣服上。她摸了一下自己的头发，以为会缠在手腕上，但发现头发短了，只在齐耳位置。

她想起来了，虽然一开始还有些迟钝：索恩来到卫星，希碧尔和她的护卫，她摔下来，那把刀子，以及延伸到地球尽头的残酷沙漠。

她听到外面的声音，不知道夜晚才刚刚开始或者已经结束，不知道自己睡了多长时间。她似乎记得有一双手臂环着她，轻轻地拨掉她脸上的沙子。那是一个梦境吗？

帐篷的布门打开，一个女人拿着一个托盘进来，是篝火旁边那个年纪大一点的妇人。她笑笑，放下食物：某种汤和一瓶水。

"终于。"她用一种浓重的陌生口音说道，爬到那一摞乱七八糟的毯子上，"你感觉怎么样？"她的手掌按在月牙儿的额头上，"好多了，不错。"

"我睡了多久……"

"两天。我们的行程比预定落后，但无所谓，真高兴看到你醒了。"

她坐在月牙儿身旁，这是一个很拥挤的帐篷，但不会不舒服。

"我们出发后，会给你一匹骆驼骑，得保持你伤口的清洁。你很幸运，感染前遇到了我们。"

"伤口？"妇人指着她的脚，月牙儿弯身，太黑了看不到，但她能感觉到上头绑着绷带。即使过了两天，稍稍碰一下还是会痛，她的腿酸得很。

"他在……"她犹豫了一下，记不得索恩给自己编的假名。"我的丈夫呢？"

"在篝火边。他在讲你们的恋爱史，幸运的女孩。"她给了月牙儿一个狡黠的眼神，然后拍了拍月牙儿的膝盖，把那碗汤递给她。"先吃点东西。如果有力气了，再出来吧。"然后，她轻快地回到门口。

"等等。我想要……嗯。"她脸红了，那个女人给她一个理解的目光。

"我想你也需要。来吧，我告诉你去哪里解决。"

帐篷外有一双太大的靴子，妇人帮月牙儿塞了一些布，穿起来舒服一点，虽然脚底还有些刺痛。接着她把月牙儿带离帐篷，走到绿洲边缘他们在沙地上挖出来的一个洞。挂了两条床单，形成隐私的空间，有一棵小棕榈树，可以让月牙儿扶一下。

解决完了，妇人把她带回去，让她一个人享受那碗汤。她的胃口是到达绿洲后第一餐的十倍，五脏六腑都空荡荡的，但喝过肉汤，好了许多。她听到陌生人的闲聊，不过一直没有听到索恩说话。

月牙儿又爬出帐篷，看到八个人围着火堆坐着。吉娜搅拌一半埋在沙堆中的锅子，索恩放松地盘腿坐在垫子上。他的眼睛围着一条很大的手帕。

"她起来了！"叫坤德的猎人大叫。

索恩抬起头，十分惊喜，咧嘴而笑。"我的妻子吗？"他的嗓门不太必要的响亮。

发现这么多陌生人盯着她，月牙儿有点紧张。她的呼吸变得不稳定，她想假装头晕，躲回帐篷里。但是索恩站起来了，或者说试图站起来，一个膝盖摇摇晃晃的，好像要跌进火堆似的。"哦，嗯。"

月牙儿很快跑到他身边，有她扶着，他站了起来，抓住她的手，一直摇晃着。

"月牙儿？"

"是的，船……嗯……"

"你醒了，终于！你感觉怎么样？"他摸索她的额头，手掌先是按到她的鼻子，再向上移到她的前额。"哦，很好，你退烧了。我很担心。"他把她拉近，拥在怀里。

月牙儿"嘤"的一声，发出尖叫，但声音被他的棉质上衣覆住，变得模糊。他放开她，用双手捧着她的脸。"我亲爱的史密斯太太，永远不要再这样吓我。"

虽然他的表现有些过火，听到他这样说，感觉到他的手那么温柔地捧着她的脸颊，月牙儿胸口一跳。

"我很抱歉，"她低声说道，"我现在感觉好多了。"

"你像是恢复了。"他的嘴唇向上一弯，"至少，我认为你好多了。"索恩的脚趾拗进沙子，钩起一根长长棍子，轻松地抓住它。"来吧，我们去散散步，蜜月期间总要有一点真正独处的时候。"他扭着脸，使了一个眼色，即使缚着手帕，也是很明显的。

围着火堆的人群鼓噪了几句，索恩牵着月牙儿的手。她领着他离开说笑的众人，幸好黑夜藏住了她燃烧的脸颊。

"你似乎适应得很好。"离开火堆一段距离后她说道，很高兴索恩没有放掉她的手。

"我一直在练习使用这根新拐杖走路，他们当中的一个人替我做的，比那根金属棒子要好很多。虽然那个营地的设置仍然让我很迷惑，我发誓，每次我觉得熟悉一些了，他们总会移动一些东西。"

"我应该帮你的。"她说，他们接近小湖，"很抱歉我睡了这么久。"

他耸耸肩，"我很高兴你没事，这两天真的担心死了。"

她注意到他们的手指交缠在一起，每回紧握，每次心跳，每个步伐，都像一盏灯似的照亮她整个身子。不久前，她还想象他们一起躺在温暖的沙地上，他的手指抚摸她的头发，他的嘴唇亲吻她的下巴。

"听着，"索恩说道，打断她的幻想，"我告诉他们，一旦我们到了镇上，就会和我在美国的叔叔联系，让他派交通工具来，我们不必再和他们待在一起。"

月牙儿卷着耳后的头发，依旧心猿意马，夜晚的空气拂过她的脖子，让她觉得很舒服。"你认为我们能够联系上你的船员？"

"我希望。那艘船没有任何追踪装备，但你还是找得到我们。我猜，也许你可以想出办法，至少传一个信息给他们。"

他们绕着驼队走了一圈，他们对两人一点也不感兴趣。月牙儿的脑袋不断思索着，的确有十几种不同的方法可以联系上一艘没有追踪设备的飞船，还有，她需要什么工具。她不能在卫星上完成工作，但只要有适当的网络……

终于他们回到自己的小帐篷，虽然只走了很短的路，那双过大的靴子已经开始弄痛她的脚。她一屁股坐在垫子上，脱掉一只靴子，在黑暗中检查脚上的绷带。索恩坐在她身旁。

"没事吧？"

"希望到了镇上，我们能够找到一双鞋子，"她如梦似幻地叹了口气，"我第一双真正的鞋子。"

他嘻嘻一笑，"现在，你的口气听起来像一个真正的地球人太太了。"

　　她望向火堆，确定没有人偷听他们说话，"我能问一下，为什么你要蒙住眼睛？"

　　他的手指摸了摸那块布，"我觉得人们会觉得不自在，因为我一直茫然地盯着半空中，或望向他们却没有焦点。"

　　她点点头，脱下第二只靴子，"我不会不舒服，我觉得你的眼睛……做梦似的。"

　　他的嘴角向上扬，"所以你还是注意到了。"他解下那条花手帕，放进口袋里，伸直双腿。

　　参差不齐的发尾让月牙儿烦躁不安，看着他的侧面，有一种强烈的渴望令她整个身子发疼。折腾了一分钟，终于，她鼓起勇气，靠向他，头倚在他的肩膀上。

　　"好点子。"他手臂环绕着她的腰，"他们绝对会认为我们在恋爱。"

　　"怎么不会？"她喃喃地说道，闭上眼睛，试图记住他给她的感觉。

　　"月牙儿？"

　　"嗯？"

　　"我们是很好的，对不对？"

　　她睁开眼睛。一棵棕榈树在她面前，橙色的火光映照着它，她听到火花一阵噼里啪啦，但这个声音似乎很遥远。

　　"你是什么意思？"

　　"我只是想到，你知道的，你在沙漠说的话。我明白那应该是发烧的呓语，虽然如此，我还是相信人们不假思索说出来的话，以及你没有真正和人往来过……"他拉长语音，手臂紧搂着她的腰。"你很可爱，月牙儿。我不想伤害你。"

她深吸一口气，突然感觉口干舌燥。她没有想过这样的客气话竟会让人觉得伤痛，她不能不感觉到他的恭维并不是她想要的那个意思。

她的头离开他的肩膀，"你认为我很天真。"

"是的，有一点。"他就事论事，比起可爱二字，听着没那么侮辱。"但大多数时候，我觉得我不是那么纯洁和善良。我希望你察觉这一点时，不会太失望。"

月牙儿的手指放在腿上，"我比你想象的要了解你，索恩船长，我知道你很聪明，以及勇敢，也是周到和亲切的……"

"有魅力。"

"有魅力，而且……"

"吸引人。"

"吸引人，而且……"

"英俊。"

她闭上嘴巴，瞪了他一眼，但他脸上嘲讽的笑容显示他并非一本正经。

"对不起，"他说，"请继续。"

"也许比我想象的更自负。"

他的头向后仰，笑了。然后，令她意外地，他握住她的一只手，另一只手臂依然搂着她的腰。"你没有什么社交经验，亲爱的，但很善于观察人的性格。"

"我不需要经验。你也许声名狼藉，罪恶昭彰，但我知道事实。"

他笑嘻嘻的，用肩膀轻轻撞了她一下，"其实我的内心只是一个浪漫的傻瓜？"

她的脚趾挖进沙里，"不……你是一个英雄。"

"英雄？那更好了。"

"是真的。"

他捉着月牙儿的手一起捂住自己的脸，她想这整场对话对他而言，不过是说笑。但，他怎么会不明白呢？

"你要把我笑死了，月牙儿，你见过我做什么事配称作英雄？把你从卫星里救出来是欣黛的主意，也是你让我们没有摔死，穿越沙漠……"

"我说的不是这些事。"她把自己的手抽出来，"你打算筹集资金，帮助老人支付机器人的费用这件事呢？那便是英雄，当时你只有十一岁！"

他的笑容隐去，"你怎么知道的？"

"我做过研究。"她说，双手交叉在胸前。

索恩抓了抓下巴，他的信心瞬间消失。"好吧，"他慢吞吞说道，"我偷了我妈的项链，想把它卖了，但被逮着了，我知道如果他们以为我的动机是好的，是因为想做善事，便不会惩罚我，况且我也把钱给还了，所以没有太大关系，于是我编了一个故事，说要把钱给慈善机构。"

她皱着眉头，"可是……如果实际情况如你所说，原来你打算拿那个钱做什么呢？"

他悠悠地叹了口气，"买部悬浮赛车，霓虹星火八千，天啊，我真想要一部。"

月牙儿眨了眨眼睛。一部悬浮赛车？一个玩具？"好吧。"她说，忍住失望，"你为什么把老虎从动物园放了？"

"是吗？你觉得这是英雄作为？"

"那是一只可怜的动物，被关了一辈子！你一定替它难过。"

"也不尽然。我从小和机器猫一起长大，没有什么真正的宠物，所以我以为，如果我把它放了，它会听我命令，我可以带它上学，我会因为有一只宠物老虎而大受欢迎。"他在空中挥着手，像是这样更能说明他的故事，"当然，它一跑出来，每个人立即往外逃命，我便意识到自己有多么愚蠢。"他的手肘放在膝盖上，捧住自己的下巴，"这只是为了好玩。你还知道什么？"

月牙儿感觉到她的世界摇摇欲坠。她花了这么多时间搜寻他的事迹，合理化他犯的错误，她以为只有她了解卡斯威尔·索恩……

"凯特·法罗的事怎么说？"她说，几乎害怕听到他的回答。

他歪着头，"凯特·法罗……凯特·法罗？"

"当时你十三岁。同学偷了她的掌上屏幕，你想帮她夺回来。"

"哦，那个凯特·法罗！哇，你真的花很多工夫，真的做了研究，是不是？"

她咬着嘴唇，看着他的反应，希望他说至少在这一件事上她是对的，他帮了那个可怜的女孩，他曾经是她的英雄。

"其实，我的确有一点暗恋那个凯特·法罗，"他心不在焉地说道，"不知道她后来怎么样了。"

她的心脏怦怦乱跳，抱着一点渺茫的希望。"她在上学，想成为一名建筑师。"

"啊，这很合理，她的数学真的很好。"

"所以呢？你不觉得这很英勇？很无私，很侠义？"他的嘴角抽搐了一下，但不是很认真的，那个表情很快就消失了。他把脸别开，想张嘴说话，但犹豫了一下。终于，他又握住她的手。

"是啊，我猜你是对的，"他捏了捏她，说："也许我的内心有一点点英雄气概，但……真的，月牙儿，只有一点点。"

第二十八章

　　他们决定在营地多待一晚，确定月牙儿完全康复。但隔天一大早便出发，所以天还未大亮，他们便开始收拾帐篷和垫子。

　　吉娜告诉月牙儿，他们应该在傍晚抵达库夫拉，所以出发得早，以便能在沙漠太热前赶上一大段路。他们很快吃了肉干果腹，又从树上采了一些野生的浆果，便离开绿洲。

　　他们给了月牙儿一匹骆驼骑，虽然因此货物和设备需要小心地再打包。她十分感谢；一想到要再走路，她便有哭的冲动。然而，很快地，她便发现坐在这大块头身上也并不舒适。几小时内，她的双手便因为紧握缰绳而疼痛，小腿红肿不适。车队商人借给她斗篷，让她不要直接受到太阳曝晒，但随着日升中天，也简直热得没法喘息。

　　他们往东走，和山脉保持平行。索恩走在她身边，一只手稳稳地放在鞍袋上，新拐杖的杖尖插进沙地，他依然罩住眼睛，假装走得很轻松。

　　月牙儿无数次让他骑上骆驼，但他始终拒绝，她感觉到那是因为骄傲，他要向自己证明，他可以走，可以独立。当他走路的

223

时候，脸上始终保持自信的微笑。他们在沉默中度过几乎一整个上午，月牙儿一直胡思乱想着，没办法忘怀他的指尖摸索着她手腕内侧的感觉。

到中午，他们受到无情酷热的攻击，飞沙鞭笞着他们，渗进他们衣服的褶皱里，但骄阳不再晒着他们的脸，沙丘慢慢退去，变成坚硬的岩石高地。太阳最厉害的时候，他们跨越一个干涸的河床，停下来休息，找到一处巨岩底下的阴影处。

两个男人离开，回来时袋里装满了水，吉娜解释，附近的一个乱石堆里有一个出水孔，和他们即将前往的贸易城市库夫拉，是同一个水源。

休息过后，再坐上骆驼，简直是酷刑，但月牙儿提醒自己，总比走路要好。

午后，走过几个小时的沙丘，接着是更多的岩石低地，他们看到一条蛇，月牙儿发现只有自己会害怕，尽管坤德确认它是有毒的。

但蛇蜷缩着，懒洋洋地看他们走过，甚至没有像网络上的连续剧演的那样，发出嘶嘶声，或者露出剧毒的蛇牙。因为月牙儿的位置较高，她仔细注意着索恩的脚步，心跳一直到完全看不见蛇才慢下来。

月牙儿很肯定自己的大腿内侧一定磨伤了。索恩伸手四处摸索，手掌落在她的膝盖上。

"你听到了吗？"

她听着，但她只听到骆驼熟悉的蹄声。"什么？"

"市声。"她拉扯骆驼的缰绳，但一直到他们越过另一座沙丘，她才真正听到在沙漠寂静后的声音，然后她看见了。

一个城市矗立在他们面前，岩石峭壁的掩护下，展现在沙漠中。建筑物十分拥挤，但即使从这个距离，月牙儿都可以看到一丛丛绿树，几乎是不可能的。一个城市可以在这样严峻无情的沙漠下生存，没有任何过渡地带：这一步是沙漠，下一步是天堂。

"你说得对，"月牙儿低语，眼睛睁得大大的，"我们快到了，我们成功了。"

"看起来是什么样子？"

"我不知道该从哪里说起，看起来很拥挤，有人，有房子，有街道，有树……"

索恩笑了，"这个星球里的每一个城镇都是你形容的那个样子。"

她跟他一起笑了，突然间觉得兴高采烈，"我很抱歉，让我想想。大多数建筑物是石头造的，或者水泥，是那种棕褐、桃子一样的颜色，整个城市被一堵高大的石墙围住，所有街道都有很多棕榈树。有一个湖，看起来像横跨整个城市，几乎从一头到另一头，湖里有小船，湖边都是树木和植物。我认为，北边，在建筑后面，栽种了某种作物。哦！"

"怎么了？哦什么？"

"动物，至少有几十头……也许是山羊？还有，那里有羚羊！看起来和网络上的一样。"

"形容一下人。"

她把注意力从那些懒洋洋躲在阴影底下的动物身上转移，望向街头上的行人。虽然快傍晚了，但大街上还有露天市集，帆布墙上绘着充满活力的图案，在微风中飘扬。

"有很多人，大多像我们一样身着长袍，只是颜色更加丰富。"

"这个城市有多大？"

"几百栋建筑！"

索恩傻笑。"克制一下你的热情，城市女孩。我还告诉大家，我们是在洛杉矶相遇的呢。"

"好的，对不起，只是……我们成功了，船长。"

他的手从她的腿上滑了下来，松松地圈住她的脚踝。"我很高兴可以摆脱沙漠，但这里会比沙漠更容易引起麻烦。尽量别走太远，好吗？"

她低头看着他的侧面，注意到他紧张的神情，他的嘴唇撇向一侧，眉间有一道深纹。

自从他们遇上商队，她便没有见过他这个样子，她以为他习惯失明了。但也许他只是在别人面前掩饰自己的软弱。

"我不会离开你。"她说。

一进到城里，他们一下子便看出这支商队是众所周知的，全城的人都在等着他们，他们比预定的日子晚了。很快地，他们在商店与商店中间设站卸除货物。

月牙儿贪婪地看着眼前景观，欣赏美丽的建筑细节。虽然远望整个城市被晒得褪色、覆着沙尘，但近距离看，却可以发现房子两侧有充满生气的橙色和粉红图案，门和台阶贴着钴蓝色瓷砖，几乎每一面墙都有不同的装饰，从金色镶边到繁复的雕花门洞。主广场的中间，有一个巨大的喷泉，走过时，月牙儿凝视汩汩流水，喷泉基座上的星星图案把她迷住了。

"你在想什么？"吉娜问道。

月牙儿笑笑，"真令人叹为观止。"

吉娜扫视周围的市集摊贩，以及建筑，好像从来没有真正观察过似的，"这里是我们贸易路线中我最喜欢的一站，但和几十年前大相径庭。当我开始从事贸易时，库夫拉是撒哈拉大沙漠最美丽的城市之一……但后来，瘟疫袭击。仅仅数年，近三分之二的人口死亡，更多的老百姓逃亡到其他城镇，或者干脆离开非洲。家庭和生意都被抛弃，作物被太阳烤干。最近他们试图恢复。"

月牙儿眨了眨眼，又仔细地看了看这些美丽鲜动的彩绘墙壁，再对照吉娜描述的情景，她无法想象。"这里似乎并不荒凉。"

"不是这儿，这里是市中心。但如果往北或往东的住宅区，实际上是空城了，很令人伤心。"

"当时这里非常富裕？"索恩歪着他的头，"在传染病之前？"

"哦，是的。库夫拉是地中海和中非铀矿产地之间很多贸易路线的所在，铀是地球上一个最宝贵的资源，我们几乎垄断了，除了澳大利亚外，许多地方都很需要。"

"铀，"索恩说道，"用来核能发电。"

"今天大多数飞船引擎动力的来源。"

索恩吹了声口哨，一副很钦佩的样子，虽然月牙儿以为他可能早就知道了。

"跟我来，"吉娜说道，"转角有一个旅店。"

吉娜带领他们穿过市集，摊位上卖着一箱箱的深色甜枣，摆着一排排的山羊奶酪，甚至有医疗机器人诊所提供免费的血液扫描。

走过市场背后的小巷子，经过一道破旧的门，进入一座庭院花园，花园里种了更多的棕榈树，有一棵树上垂着黄色水果，月牙儿认出来了，急于想告诉索恩那是柠檬，但她压抑住自己的兴奋。

他们走进一个小小的前厅，拱形门口通向用餐区，许多人挤在一张桌子上打牌，整个房间闻起来甜蜜芬芳，几乎令人陶醉。

吉娜走近一个坐在办公桌后面的女孩，两人用自己的语言说话，然后她转头看索恩和月牙儿，"他们会给你们留一个房间，记在我们的账上。这里有一个小厨房，可以叫餐，想吃什么就点。我还有其他工作，但我会替你们问一下鞋子的事，有机会的话。"

月牙儿一直感谢她，直到吉娜跑开去忙她的生意。

"八室，楼上。"接待员说着，递给月牙儿一个小吊牌，上头嵌入了传感器钥匙。"请你们参加我们每晚的纸牌游戏，就在左手边的大堂餐厅，前三手免费送给客人。"索恩歪着头朝向用餐区，"听也知道。"

月牙儿看着围在桌边的玩家，"你想去看看吗？"

"现在不用，先去房间。"

二楼，月牙儿找到门上用黑漆写了个"八"字的房间。她刷了卡，打开门，首先注意到靠墙有一张床，四根床柱垂下奶油色的纱幔，枕头和毯子有金色刺绣和流苏，那种精致远远超过她在卫星上的床单，十分吸引人。

"描述一下。"索恩说，关上了门。

她吸了一口气，"呃……好吧……有……一张床。"索恩倒抽一口气，夸张地说道："什么？旅店的客房竟然有床！"

她皱起了眉头，"我的意思是只有一张。"

"我们都结婚了，亲爱的。"他径自走进房间，直到手杖敲到一张桌子。

"这是一张小桌子，"她说，"放了一个网络屏幕，上面是一扇窗子。"她拉开窗帘，阳光照进地板上。"我们可以看到整条大街。"

她听到砰的一声，转身。索恩已经踢开自己的鞋，四仰八叉躺在床上。她笑了，很想爬到他身旁，把头倚在他的肩上，长长地睡一觉。但她更想做一件事。房间里有一个门，她看到门后有一个小小的搪瓷水槽和一个老式的爪足浴盆。"我要去洗个澡。"

"好主意，我也来洗。"她的眼睛睁得大大的，但索恩已经笑了。他撑起身子，用手肘支着下巴。"我意思是，"他弹了个响指，"等你洗完，我再洗。"

"好的。"她低声说道，溜进浴室。

月牙儿也许没有进过地球上的任何一个浴室，但她也知道这不是最先进的。

小顶灯的实际开关在墙壁上，不是通过计算机操作，水槽的水龙头上有两个出水手柄：一个热水，一个冷水。淋浴的出水口是一个大金属圆盘，位在一个独立浴缸上，白瓷年久已经斑驳，露出黑色的铸铁。一根杆子上挂满白色毛巾，比月牙儿在卫星上用的毛巾要新得多。

她心满意足地叹了口气，脱掉衣服，内衣裤上粘着一层汗水和泥沙。脚上的绷带也都是沙子以及干涸的血迹，但水泡已经少了许多，露出粉红色的皮肤。

她把所有衣物堆在地上，打开了水龙头。水量很大、很冷。她很快地习惯了，水打在晒伤的脸和腿上，感觉好舒服。

水一下子变热了，蒸汽环在她的身边，她找到一块肥皂，包着一张蜡纸。月牙儿忘我地呻吟了一声，在水中坐下来，用肥皂抹在头发上，十分惊讶它又短又轻，一下子就洗干净了。

当她浑身湿透，她开始哼着音乐，想象她最爱的歌剧曲子通过卫星的高音音箱传出，包围她，簇拥她。

她低低的哼吟变成歌唱，那些字句是她所不懂的，一首她很喜欢的意大利慢歌，当她忘了歌词时，她会哼着旋律。唱到歌曲的结尾，她在水下绽放出笑容。

月牙儿睁开眼睛，索恩靠在浴室门口。

她退到浴缸后面，用手臂遮住自己的胸前。水溅到地板上。

"船长！"

他的笑容灿烂，"你从哪儿学会这样唱歌的？"

她的脸像火烧起来了，"我……我没有……我没有穿衣服。"

他扬起一边眉毛，"是的，我知道。"他指着自己的眼睛，"但不必遮住吧。"

月牙儿弯起自己的脚趾抵住浴缸，"你不应该……你不应该……"

他举起手，"好吧，好吧，我很抱歉，但真的很动听，月牙儿。真的。这是什么语言？"

她颤抖着，尽管身旁都是蒸汽。"古意大利语，我不知道歌词是什么意思。"

"嗯。"他转身走向水槽，"嗯……我很喜欢。"

她不再觉得不好意思，看着他摸索水龙头。

"你有看到浴巾吗？"

她告诉他浴巾摆在哪里。他把第二个杆子上的肥皂打到地板上，找到一块干净的布，把它浸泡到水槽里。

"我想到大厅去一下。"他说着，用布把脸一抹，在污垢中露出一丝白净。

"为什么？"

"打听一下这个地方，看看我们是不是可以找到邻近一个没人的地方，好让欣黛和其他人来帮我们……在我们联系上他们以后。"

"如果你给我一分钟，我可以……"她拖长语音，呆呆地看着索恩，他脱下上衣。

她的心卡在喉咙口，看着他拧干布，擦洗自己的手臂和脖颈、胸膛和肋下，然后把布放在一边，手捧在水龙头下方，用手梳他的头发。

她的手指因为突然抑制不住想碰他的欲望而抽动。

"没关系。"他说，好像她不只是失去说出连贯句子的能力，"我会带点吃的回来。"

月牙儿用水泼自己，希望她的大脑能专注点。"但你说这里会有东西绊倒你，我不应该离你太远……你不要我跟你去吗？"

他的手摸索四边的墙，然后发现挂毛巾的杆子，他拉下一条，很快地擦了擦脸，擦了擦头发，头发一根根站起来，"不需要，不会很长时间的。"

"但你怎么……"

"真的，月牙儿，我没事。也许你可以查一下那个网络屏幕，看看能不能想出办法来联系船员。"他抓起他的上衣，甩了一下，弄得尘土飞扬的，套到头上，又用手帕捂着眼睛。"说实话，我这样还像那个著名的通缉犯吗？"

他摆了一个姿势，露出一个迷人的微笑。凌乱的头发，肮脏的衣服、手帕，她不得不承认，他和那张监狱的照片几乎完全不一样了。然而，还是那样令人心动，那样可爱。

她叹了口气，"不，不像。"

"很好，我下去也会给我们找一些干净的衣物。"

"你确定你不需要我？"

"我刚刚有点反应过度了，现在我们在文明的世界。我会适应的。"

他充满魅力地给她一个亲吻，就离开了。

第二十九章

欣黛从风铃草飞船边后退几步，一只手臂遮在眼睛上头，盯着他们一早上草率的工作。杰新还站在乡民给他们带来的吱吱作响的金属梯子上，用漆覆盖住留在上面如签名般的那幅玉体横陈美女画作。

那是索恩遇见欣黛前，他给自己画的吉祥物，欣黛看到的第一眼便十分讨厌，但现在它被掩盖了，她却很伤心，就像她把索恩的一部分、把属于他的记忆抹掉似的。

但媒体已经不断播出，那艘被通缉的飞船有一个非常特殊的标记，这太危险了。

欣黛把眉间的汗水从额头抹掉，再看一次他们剩余的工作，他们没有足够的漆可以覆盖整艘船，所以选择把重点放在主要舷梯那片巨大的侧面金属板，至少可以漆成完整的一面，这也算常见，不像在掩盖什么东西似的那般明显。

不幸的是，很多黑漆流到地上，因为老百姓成群结队来帮他们，一个个爬上飞船。欣黛把漆涂在自己的锁骨、太阳穴，还粘在头发和她的金属关节上，但比起这些帮倒忙的人要好些。尤其是孩子，他们是最先来帮忙的，但很快便玩起游戏来了，在彼此身上涂抹，看谁看起来最像生化机器人。

这是一种奇怪的荣耀。自从欣黛到来，她看到越来越多人模仿自己。在T恤背上画金属脊椎，鞋子用金属装饰，项链挂着垫圈和老式的带耳螺母。

一个女孩甚至自豪地向欣黛展示她的新文身：左脚上的电线和机器人关节。欣黛笨拙地笑笑，压抑住冲动，没有告诉她，文身是很不机器人的行为。

这样受到关注让欣黛很不自在，虽然也受宠若惊，但是很不习惯。她不习惯被陌生人接受，甚至赞赏，她不习惯这样被推崇。

"嘿，小笨蛋，漆在线上！"

欣黛抬起头来。杰新挥着油漆刷，黑色油漆溅在他身下的三个孩子身上。他们尖叫，大声笑闹，躲在船只底下。

欣黛的手在工作裤上擦了擦，走过去看孩子在舷梯另一侧的涂鸦。简单的笔画绘了一个家庭，两个大人，三个不同高度的孩子，最后是欣黛。她认出来是因为一条马尾从脑袋的另一侧伸出来，一条腿是另一条的两倍粗。她摇摇头，不懂。

杰新爬下来，梯子摇晃了一下。"你应该把它擦掉。"他从腰带上拿下一块湿抹布。

"没什么关系吧。"

杰新嘲弄地笑笑，把抹布搭在她的肩膀，"做这件事的目的就是要抹掉明显的标记。"

"但它这么小……"

"从什么时候开始你这么优柔寡断？"

她吹开脸上的一缕头发。"好吧。"她把抹布从肩膀拉下来，在涂鸦干掉之前擦掉，"我还以为我才是发号施令的那个人呢。"

"我希望你不要以为我留在这里，是要让人对我吆喝的。"杰新把刷子丢在梯子旁的水桶里。"我这一生受够了吆喝。"

欣黛折好抹布，找一个还没有沾着漆的地方，"你表示忠诚的方法很奇怪。"

他对自己咯咯一笑，虽然欣黛不知道到底有什么好笑的。杰新后退几步，看着船只舷梯上的这块巨大黑色，"可以了。"

擦掉最后一点她自己歪七扭八的肖像涂鸦，欣黛退后一步站在他身边，宇宙飞船已经不像原来那艘她一直当成家的风铃草，不再像卡斯威尔·索恩船长偷来的船。

她吞下喉咙的堵块。

在她身边，许多陌生人正在帮她收拾刷子和油漆，还擦掉彼此脸上的漆，有时候停下来喝很多水，然后笑，一直笑。因为他们一个早上，在一起做了一点事。

欣黛知道自己是这一切的中心，但她在心里断开这种和这份感情友谊、假装自己是团体一分子的感觉。很快，她会离开，也许有一天，甚至会回到月球。

"什么时候可以教你开船？"

欣黛吓了一跳，"什么？"

"宇宙飞船需要一个驾驶员。"杰新说道，朝船头歪歪脑袋，驾驶舱的窗户在太阳底下显得明亮刺眼。"你得学会自己驾驶。"

"难道……你不是我新的飞行员？"

他嘻嘻一笑，"你没注意到，你身边的人很容易被杀掉，我想这种状况一下子还不会改变。"

一个比欣黛小几岁的男孩，给了她一瓶水，但杰新在欣黛之前把它夺过来，猛地喝了几口。若不是他方才说的那番话这么现实又这么真实，欣黛是应该生气的。

"吃完东西后，我教你一点基本知识。"他把水瓶交给她，欣黛呆呆地拿了过来。"别担心，没看起来这么难。"

"好吧。"欣黛喝完水，"反正，我也没有忙着要去阻止全面战争什么的。"

"原来你要做这件事？"他狐疑地看着她，"我还以为我们就是漆一下船呢。"

欣黛的视觉接收器显示有一则消息。厄兰博士找她。她很紧张，但消息里只有三个字，她的整个世界开始旋转。"他醒了。"她几乎是自言自语，"野狼醒了。"

转身离开宇宙飞船和那群逗留的乡民，欣黛把水瓶塞进杰新怀里，往旅店飞奔而去。

当欣黛回到旅店，野狼已经坐起来，赤着脚，身上还绑着绷带。看到欣黛，他仿佛不那么吃惊，但也许他早就听到她冲上旧木楼梯的脚步声，可能也闻到了她的气味。

"野狼！谢天谢地。我们担心死了，你觉得怎么样？"

他的眼神比平常呆滞一些，目光从她身上移到走廊。他皱着眉头，好像很困惑。

一秒钟以后，欣黛听到脚步声，转身看到厄兰博士走到她身边，拿着药箱。

"他吃了很多止痛药，"博士说道，"尽量别问太多复杂的问题。"

吞了口口水，欣黛跟着博士走到野狼身边。

"发生了什么事？"野狼说道，有些口齿不清，满面疲惫。

"我们被一个法师攻击。"欣黛说道，有点想握住野狼的手，但之前她和他最亲近的举动，也就是偶尔给他的下颚一拳，这样做会不自然的。所以她只是站得远远的，双手放进口袋里。"你中枪了，我们不知道……但现在没事了，他没事了，对吧，博士？"

厄兰用手电筒在野狼的眼睛上一照，野狼有些退缩。

"他恢复得比我预期的好。"他说，"应该能完全恢复，只要这段时间能避免让伤口再撕裂。"

"我们在地球上。"欣黛说，不知道野狼能不能看得出来。"非洲，此刻，我们在这里很安全。"

但野狼似乎心烦意乱，恼怒地歪着头，闻了闻，眉头紧锁。"斯嘉丽在哪里？"

欣黛的脸揪成一团。她知道他会问这个，她知道自己没办法回答。

他的表情阴沉，"我没有闻到她的气味，像是她没来过这里……像是她不在这里。"

厄兰博士把一个温度计压在野狼的额头上，但野狼在测量到体温前把它甩开。"她在哪里？"博士恼火的双手叉在腰间，"现在这个动作就是你应该绝对避免的。"野狼咆哮，露出锋利的牙齿。

"她不在这儿。"欣黛说道，当他的目光恶狠狠盯着她时，她强迫自己不要畏缩。她挣扎着想给他一个解释，"法师把她带走了，在打斗的时候，她还活着，我甚至不认为她受伤了，但法师把她带进小飞船，杰新认为她需要斯嘉丽开船。"

野狼张口结舌，因为恐惧，因为拒绝相信。他猛地抬起头。"不。"

"野狼……"

"多久？多久以前……"她扭着肩膀，"五天前。"

他的五官扭曲，转头，他的痛苦不是因为伤口。

欣黛上前半步，但又停下来。什么话对他都没有意义了，不用解释，不用道歉。

于是，她等着野狼发怒，她预期他会吼叫和破坏。他的瞳孔缩小，双手握拳。虽然来到法拉法拉以后，欣黛曾经在杰新和博士身上练习过她的心智能力几次，但如果野狼失去控制，这对她才是真正的考验。

她能感觉到他充满能量，恐惧和不安在燃烧着，胸膛快因为惊慌而炸开，这个男人的内心有一股动物的紧张。

但野狼的气息缓和了，所有的愤怒在一阵颤抖过后消失，就像有人出手在他心上致命一击，他瘫倒在膝盖上，那只没有受伤的手臂盖住他的脑袋，像要将这个世界挡在外头。

欣黛站着，紧紧地盯住他，她所有的感官都配合着野狼，专注于笼罩他的能量和情绪，就像看一根蜡烛熄灭，就像看着他死去。

欣黛叹了口气，在他面前蹲下。她想伸出手，放在他的胳膊上，但没办法，这太像一种侵犯，尤其是当她的天赋正在控制和转移他。她看着他在她面前崩溃、软倒，她渴望让他振作起来，赶走这种不适合他的软弱，但是悲哀是他的权利，他有权利为斯嘉丽痛苦。

"我很抱歉，"她低声说道，"但我们会找到她，我们正努力想办法登上月球，我们会找到她，把她救回来。"

他的头忽然抬起来，如此之快，欣黛几乎因为惊讶而摔倒，他的眼睛又变得明亮。

"救她？"他炸开来，指关节变白，"你根本不知道他们会怎么对待她，他们会对她做什么！"

一切发生得太快。上一刻，他是一个伤重的人，脸埋在自己的膝盖中；下一刻，他站起来，抓起床架，立在墙边，医药箱摔在地板上。房间在摇晃，欣黛大叫着后退。

突然间，混乱平息，野狼僵住，摇摇欲坠，然后整个人砰的倒在地上，旅店地板晃动得很厉害。厄兰博士站在他俯卧的身子上面，手上是空的注射器，细边框眼镜后的目光盯着欣黛。

她倒抽一口气。

"当他开始要滔滔不绝时，"博士说道，"我们能有人很快地控制他，真的很方便，不是吗？"

欣黛的手在颤抖，把乱七八糟的头发从脸上拨开，"我正在……利用我的天赋侵入他。"

"好吧，下次动作快一点，如果要我给你一个建议。"叹了口气，他把注射器扔到房间的小桌子上，瞪着这个昏迷的男子，血又从野狼的肩胛骨下渗出，"也许暂时让他镇定一点好些。"

"也许吧。"

博士的嘴唇抿起，脸颊的皱纹加深，"我给你的麻醉飞镖还有吗？"

"拜托，"欣黛强迫自己站起来，她的腿还在发抖，"你给了我那些东西以后，知道我有多少次九死一生吗？早就用光了。"厄兰博士叹了口气，"我会多给你一些，我有预感，你会需要他们。"

第三十章

月牙儿一边哼着歌，一边用毛巾擦干头发，惊讶地发现头发是那么轻盈。她容光焕发地离开浴室，皮肤因为搓揉而变得明亮粉红，指甲底下所有的泥沙几乎都清理掉了。

她的脚底和双腿内侧仍然红肿，但所有不舒服和现在的自在快意相较，简直不算什么。一条柔软的毛巾，短而干净的头发。一年也喝不完的水。至少，是可以爱洗多久便洗多久的澡。

月牙儿看着那一堆脏衣服，实在没办法再穿回去。索恩还没有回来，她拉起床上的毯子把自己裹起来，踢高床单的一角，笨拙地走向墙壁上的网络屏幕。

"屏幕，打开。"

出现一个卡通画面，一条橙黄色的八爪鱼，蓝色的孩子在打架。月牙儿将频道转换到当地新闻节目，然后打开角落里一个新盒子，查看他们的卫星定位坐标。

库夫拉，撒哈拉沙漠边缘，东方的一个贸易城市。她缩小地图，试图查出卫星坠毁的地点。

当然他们不可能走多远，可能还没有感觉的一半远。在广袤开阔的沙漠北边和西边，没有，什么都没有。

她打了一个寒战，意识到他们俩多么有可能成为秃鹰的口中肉。

她关掉地图，开始想办法联系风铃草。虽然没有直接通信芯片了，不意味着完全没办法和风铃草联络。不管是不是移除了追踪设备，它还是有通信能力以及网址。她可以侵入军方数据库，追查这艘船原始的网络访问点，但这很可能白浪费时间。如果这么容易的话，东方联邦一确定要追捕这艘船，早就联系上风铃草了。

这意味着网址变了，可能在索恩逃跑不久之后。最有可能的是自动控制系统被更换。希望索恩知道这个新系统在哪里或者是什么时候购买的，或者换了什么样的程序。

如果他什么都不知道，嗯……她得发挥创意。

这没什么好担心的，还不用担心。她有一个首要任务——必须确定船上有人，她才有必要联系。

她开始查看新闻，很快地搜索一遍，地球的媒体仍然和五天前一样，不知道林欣黛的下落。

"……月球卫星……"

她注意到一个新闻主播，说着一口陌生语言，很像是商队猎人第一次跟她和索恩说话所使用的。月牙儿皱了皱眉头，只听到叽里呱啦的。但当她注意这个人的唇型时，她认为他提到撒哈拉大沙漠，还有月族。

"设定通用语配音。"

语言转换，新闻主播的影像换成一片广袤的沙漠，那片熟悉而骇人的沙漠。有一具残骸,她和索恩就是从那里下来的。她的卫星,还连接着月族的小飞船,拖着一个降落伞。中间被割了一大块方形。

她倒抽一口气。不用多久,故事就会被拼凑出来,很多名目击者发现天空掉了东西下来,甚至北到地中海都可以看到一团火焰。两天后,卫星被发现了,毫无疑问,是月族造的;也毫无疑问,有人幸存,离开卫星,把许多用品带走了。

有关当局还在沙漠中找寻,他们不知道有多少名幸存者,但可以肯定的是他们找寻的对象是月族,在月族与地球人关系如此紧张之际,他们不愿意因为找不到这些逃犯而惹恼女王。

月牙儿的手伸进湿答答、乱蓬蓬的头发里。很快地串联起后续可能会发生什么事。

如果商队的人知道了卫星坠落的事件,他们绝对会怀疑月牙儿和索恩便是幸存者,他们会举报她和索恩,只要有人看到索恩,会立即认出他来。

不只是商队,现在这里的老百姓都会特别留意可疑的陌生人。

然而,在恐慌中,一盏明灯亮起。如果林欣黛知道这件事,那么她同样也会猜出到底发生了什么事,她会知道索恩和月牙儿还活着。

船员们会来找他们,问题是,谁先找到他们。

月牙儿从椅子上站起来,套上她的脏衣服,顾不了它们会不会弄得她皮肤发痒。

她得告诉索恩。

她小心翼翼地到走廊,试着表现得自然一点,但不知道自然应该是什么样子。她现在才知道自己的头发参差不齐得有多厉害，光是这一点便够引人注目的，她不想引人注目。

旅店大堂的喧闹声传到楼梯。笑声、吼声和玻璃杯哐啷的声音。月牙儿从扶手往外偷看，他们离开大堂后，现在涌进好多人，这个时间客人都上门了。男人和女人围在吧台和牌桌上，吃着零食。

角落里的一张桌子围着一群人，高兴地大叫，月牙儿发现索恩在人堆里，松了一口气。他依然蒙着眼睛，手上拿着牌。她悄悄穿过人群走向他，一种陌生而辛香的食物气味让她流口水。

人群稍稍散开，她呆住了。

有一个女人坐在索恩的腿上。她就像网络连续剧的演员那么美丽，有着温暖的棕色皮肤和丰满嘴唇，头发扎成几十条长长细细的辫子，染成各种深深浅浅的蓝。她穿着简单的卡其色短裤和宽松上衣，不知道为什么，穿在她身上变得很优雅。

她有着月牙儿从来没有见过的最修长的腿。

女人俯身向前，把一堆塑料筹码推向另一个玩家。索恩歪着头在笑，面前剩下一点点筹码，他拿起其中一个，在指节间翻转几下，塞到女人手掌里。然后，她的指甲在他的脖子上划了一下。

月牙儿身边的空气在燃烧，贴住她的皮肤，挤压她，让她的喉咙收紧，直到她不能呼吸。她要窒息了，转身跑离开吧台。

她的膝盖在颤抖。她大步跑向楼梯，找到了写着八号的大门，用力扭着门把，眼前闪过女人指甲划过他皮肤的画面，一遍又一遍，她才意识到门是锁着的。钥匙在里面，浴室的水槽旁。

她抽泣着，呆呆地靠在墙上，前额撞在门框上。"愚蠢，愚蠢，愚蠢。"

"月牙儿？"

她转过身，擦掉滚滚热泪。吉娜从她自己房里出来，站到走廊上。

"怎么了？"

月牙儿转开脑袋。"我被锁在外面，而卡斯……卡斯威尔……"她说不上话来，脸埋进手掌中哭泣。

吉娜冲上前去拥抱她。"哦，好了，好了，没什么大不了的。"

这种话只让月牙儿哭得更凶。他们的故事变得如何扭曲呀，索恩不是她的丈夫，尽管他们编了一段恋爱史，尽管她在他的怀里度过了一个晚上。他有充分的权利和任何女人调情，然而……

然而……她怎么会错得这么厉害？多么愚蠢。

"你现在安全了，"吉娜揉着她的背，"一切都会好起来。看，我给你带了双鞋子来。"

月牙儿吸了吸鼻子，低头看着吉娜手上那双简单的帆布鞋，她用颤抖的双手接了过来，想道谢，但支支吾吾地说不出完整的话来。

"听着，我刚好要去和尼尔斯吃饭，当然，已经过了吃饭时间。你要一起来吗？"

月牙儿摇摇头，"我不想下去。"

吉娜拍了拍月牙儿的头发，"没有钥匙，你总不能一直待在这里。我们很快穿过大堂，街角有一家餐厅。好吗？"

月牙儿试图让自己平静，她只想要进到自己的房间，躲到床底下，但她需要和办公桌后那个女孩说一下，拿到另一把钥匙。

她会引起更多人注意，特别是现在她的眼睛和脸都红彤彤的，人们会议论。她突然发觉人们的议论有多可怕。

但她也不想在索恩回来时，发现她可怜兮兮站在走廊上哭泣。如果能有一段时间让她冷静一下，她可以和他理性地说话，她可以假装自己没有心碎。

"好吧，"她说，"我去，谢谢你。"

吉娜紧紧搂住她，两人很快下楼，穿过大堂，她领着月牙儿上了人行道。街上人不多了，商店渐渐关门。

"我不可以让这样一个漂亮的女孩哭成这样，尤其你刚刚经历过这样的事。"

月牙儿又哽咽了。

"别告诉我你和卡斯威尔吵架了，不久前，你们才一起逃出撒哈拉呢，不是吗？"

"他不是……"她别开脑袋，看着水泥路面裂缝里的沙子。

吉娜握住她的手肘，"他不是什么？"

月牙儿用袖子捂住鼻子，"没什么，没事。"

停顿了一会儿，吉娜才慢吞吞地说话："你们没有结婚，对吧？"

月牙儿咬着牙，摇摇头。

吉娜轻轻地抚摸着她的手臂，"我们都有自己的秘密，我可以大胆推测出你的理由，我不怪你说谎，如我猜得没错，"她凑近，额头碰到月牙儿翘起来的发丝，"你是月族，对不对？"

她的脚下一个趔趄，呆住了。她挣脱吉娜，直觉告诉她要跑，要躲开。她见吉娜的脸上充满同情，这样她没那么恐慌了。

"我听到卫星坠毁的消息，心想一定是你们。没关系，"她把月牙儿拉到身边，"这里很多月族的。有些地球人甚至很高兴你们来到这里。"

月牙儿愣愣地跟在她身旁，"真的吗？"

女人歪着头，眯着眼睛，盯住月牙儿。"主要是我们发现你们其实只是想隐姓埋名，藏好自己。花了这么大的工夫到这里来，当然不会冒险被逮回去，对吧？"

月牙儿依在女人身上听着，惊讶于吉娜述说这一切时，语气如此平和。然而，所有地球媒体都告诉她，地球人痛恨月族，她永远不会被接受。但也许事情并非如此？

"希望你不介意我这样问，"吉娜继续说道，"你是……没有法力的？"

她默默点了点头。吉娜脸上一个得意的笑容，像她猜对了似的，让月牙儿十分惊讶。"尼尔斯在那里。"

月牙儿的思绪翻腾，她在想，也许她和索恩可以一开始便告诉他们真相……但，不，他还是一个通缉要犯，她得编一个新的故事，解释为什么她会和索恩在一起。他们认为他也是月族吗？

尼尔斯和坤德站在一辆脏兮兮的车子外面，车子有巨大的牵引轮，引擎盖打开来，一条电线接到房子里的发电机，车子的后门也是打开的，他们在装……月牙儿认得出许多是从骆驼背上卸下来的。

"腾一点空间出来，装新的东西？"吉娜说道，走上前去。如果尼尔斯看到月牙儿没有和她的丈夫一起很惊讶，那么他并没有表现出来。"差不多好了，"他拍掉手上的灰，"引擎也充好电。一路开到法拉法拉应该没有问题，不需要再加油。"

"法拉……"月牙儿瞥了吉娜一眼，"你们不留下来？"

吉娜"啧"了一声。"哦，贾马尔和其他几个人都会留下来，但我们接到一个新订单，所以要特别跑一趟。有很多事情要处理。"

"但你们才刚到，骆驼怎么办？"

尼尔斯笑了，"它们会留在镇上的马厩里，可以休息一下。在这个地界，有时，它们可以满足我们的需要；有时，我们需要快一点的交通工具。"他一掌打在卡车的侧面。"你哭过了？"

"没什么。"她低头说道。

"吉娜？"

吉娜的手握紧月牙儿的手臂，他们用自己的方言说话。月牙儿脸红了，希望自己听懂吉娜在说什么。

然后，他神秘地笑了笑，点了点头。

有人从月牙儿身后抓住她，一只手捂住她的嘴，掩盖她惊讶的叫声，她被拉走，离开吉娜以及尼尔斯身边，小腿撞上保险杆，脑袋被压低推进车里。车门砰地关上，周围一片漆黑。

尼尔斯吼着她听不懂的字句，然后引擎轰隆隆发动，她听到车头的两个门也关上了。

"不！"她扑向车门，拳头大力敲着。她不断尖叫，直到她的喉咙沙哑，直到车辆摇摇晃晃，把她摔到一堆布上。

她的脑子还在发晕，不一会儿，她觉得车子震动的方式改变了。他们离开了库夫拉。

Book Three

第三部

猫捉住了鸟儿，它也会挖
出你的眼珠子，你再也看
不到长发公主。

第三十一章

女孩从吧台走回来，把一杯饮料放在索恩的手腕边，这样他就知道它放在哪儿。

他歪着头，拿起纸牌，“你觉得呢？”

她的辫子刷过他的肩膀，“我想……”她在他的手中点了两张牌，“出这两张。”

“我也觉得出这两张，”他握住两张牌，“我们的运气正在改变，应该……现在。”

“瞎子两张。”庄家说道，索恩听到纸牌在桌上一甩，他拿起来放进手中的牌里。

女人“啧”了一声。“这不是我们想要的。”她说，他能听到她在噘嘴。

“嗯，好吧，”索恩说道，“我们赢不了他们所有人，或者，显然，赢不了任何一个人。”他等到下好注，弯身向前。

那个在他身后的女孩碰了一下他的脖子，“下一手牌是你的。”

索恩笑了，“我感觉幸运要降临了。”

他听到筹码移动，赢家出示小丑和一张七。从这个人粗哑的嗓音，索恩想象他留着杂乱的胡子，大腹便便。他心里已经把餐桌上所有赌客的样子都猜测过了。

庄家是一个又高又瘦的男人，留着精致的小胡子。他旁边的女士年纪大一点，拿牌的时候老是发出叮叮的响声，所以索恩认为她戴着俗气的珠宝。索恩自己右手边的男子则骨瘦如柴，皮肤一定很差，但这可能是因为他赢得最多，索恩才这么想象。

当然，那个一直贴在索恩身边的女人，一定火辣得很。但不太能给他带来幸运。

庄家出了另一手，索恩拿起牌。他身后的女孩吹了一声悲哀的口哨。"对不起，亲爱的。"

她低声说道。

他抿着嘴，"没有希望了吗？真可惜。"

底牌掀开，绕着桌子移动。检查，下注，拿起。

索恩点了点手中的牌，叹了口气。从女人的唉声叹气听来，没用了。

他的手掌把剩下的筹码推向桌子中央，听着它们哗啦哗啦和其他筹码混在一起。当然，他所剩不多。"全下。"他说。

他身后的女人不发一语，那双放在他肩膀上的手甚至没动一下。不用说，他没听她的建议。

她面无表情。

"你是个傻瓜。"骨瘦如柴的那个人说道，但他没跟。

然后，大胡子男人"哼"了一声，那声音让索恩心一动。不是因为担心，而是因为他的动作在预料之中。这个人完了。

"我跟了，想看看你还有什么好输的。"他说，哗啦啦推出他的筹码。

最后两个赌客没跟。庄家发牌，换掉第一手，两张给索恩的对手。

他拿起自己所有的牌，看看他身后女郎是不是不同意，但她的手一动不动，没有暗示什么。

他们没有准备玩第二轮，知道索恩完蛋了。索恩把自己的牌打开，放在桌子上。庄家大叫，他的手指敲在对手的手上。

"葫芦。"然后是……"铁枝赢！"

索恩扬起一边眉毛，戴珠宝的老太太高兴地"咯咯"一笑。"是瞎子！"

"我想铁枝是我的牌吧？"

"的确，这一把很棒。"庄家说道，把筹码推给索恩。

他听到一把椅子砰地倒在地上。"你这个蠢丫头！你应该告诉他别出这一把。"

"我说了。"索恩背后的女孩说道，口气平静，好像没感觉受到侮辱。"他没听我的。"

索恩的椅子向后倾斜。"是你的错，她太会玩了。如果让我赢几把，我不会起疑，因为我的运气不会这么背。"他的手指在空中虚晃一下，享受解释的乐趣，"我只好一直等到这一把，她说没救了，但我知道我要赢了。"

他笑嘻嘻的，俯身向前，把所有筹码捞到自己面前，也享受那种满怀的感觉。他听到几个掉到地上，但不理会，他可不愿四处瞎摸，太没尊严了。

"但是，"他开始把赢来的筹码一个个叠高，只是不知道它们的颜色以及钱数，"我愿意和你打个交道，如果你的牌品好一点。"

"什么交道？我几乎全输了。"

"这是你自己的错，谁要你作弊。"

男子嘴里嘟嘟哝哝的。

"好了，我是做生意的，我想买下你的护卫机器人。"他的手指划过筹码，"你说她值不值……这么多？"

男子支支吾吾，"你怎么……你根本看不见她，不是吗？"

索恩狡猾地笑笑，伸手拍了拍那双还搁在他肩膀上的手。"她几可乱真，但我是一个具备敏锐观察力的人。怎么说呢？她没有脉搏。"他指了指筹码，"公平吧？"

他听到椅脚划过瓷砖，男人的靴子用力踩在地板上，绕过桌子，"嘿，嘿。"

索恩抓住倚在桌旁的拐杖，男人抓住他的上衣前襟。

"哎，我们绅士点。"他的脑袋往后一仰，脑门一阵痛，他摔倒在地上，颧骨抽痛，舌头有铁的气味。他的下巴还能动，他用一双手挡住自己的脸，知道这一拳下去会给他留下记号。"这，"他眼冒金星了，"你太不上道了。"

一个男人大吼，接着更多的椅子被推开，桌子台子摔下来，盘碟齐飞，很多人叫叫嚷嚷，有些人趴到地上，吧台打成一团。

索恩蜷缩着身子，拿起手杖，在混乱中可怜兮兮地护卫自己，尽可能不惹人注意。一个人的膝盖撞到他的屁股，掉落的椅子击中他的手臂。不一会儿，两只手撑住他的腋下，把他拖开。索恩的脚在地上踢着，尽可能从这些盲目的拳打脚踢中脱身。

"你没事吧？"一个男人说道。

索恩用他的手杖让自己站起来，背贴着一面墙，庆幸有了支持和保护。"啊，谢啦。如果说这世上有什么事是我最痛恨的，那便是一个人被抓到作弊时发疯。你可以这么做，但必须像个男人一样接受后果。"

"说得好，但我觉得他更生气你侮辱他的女人。"

索恩皱着眉头，抹掉嘴边的血，幸好自己的牙齿都在。"不要告诉我她不是一个护卫机器人。我可以发誓……"

"哦，她是机器人，挺可爱的。只是很多男人不愿意承认他们的女伴是买来的，脑子里写了程序。"

索恩调整一下自己的大手帕，摇摇头。"同样，如果你要这么做，也要表现得像个男人。我不想没礼貌，但我认得你吗？"

"贾马尔，商队的人。"

"贾马尔，是了。谢谢你的救援。"

"我很荣幸，你的眼睛要敷点冰块。来吧，我们离开这儿，免得再招惹上这帮家伙。"

第三十二章

"哇哇！"索恩呻吟着，把一个冰敷袋放在抽痛的颧骨上。"他打这么用力干什么？"

"你很幸运，他没有打断你的鼻子或打落任何一颗牙。"贾马尔说道。索恩听到他在自己身边走动，然后是玻璃杯叮咚响的声音。

"那倒是真的，我希望保住我的鼻子。"

"你身后有一把椅子。"

索恩用手杖在地板上试了一下，感觉碰到一个硬物，慢慢坐到椅子上，将拐杖倚在旁边，挪了挪颧骨上敷的冰袋。

"给你。"

他伸出另一只手，很高兴手上多了一个冰凉的玻璃杯，他先闻了一下，有淡淡的柠檬味，喝了一口，发觉凉凉的，有一点泡沫，酸甜沁人，入口没有辣味，表示没有酒精。

"鞑靼印地，"贾马尔说道，"罗望子汁。贸易城里我的最爱。"

"谢谢。"索恩喝了一大口，饮料让他两颊发酸。

"你本来就是这样的赌徒？"贾马尔问道。

"你可以说我喜欢挑战。你的意思是问我有没有生存技能？你看，我们还在沙漠中度蜜月呢，不是吗？给我玩纸牌，我会赢的，如果那家伙不要这么没风度。"

他以为自己听到有人在笑，但后来只听到贾马尔咕噜咕噜地喝东西。

"你一直在那里？看着那个护卫机器人把我榨干，不出一点声？"

"我在想如果一个瞎子昏了头要玩什么鬼纸牌，我为什么要阻止他？"

索恩放松自己，靠在椅背上，"好吧，你说得也对。"

"我有点好奇，为什么你不带你的女孩儿。我还以为你很宝贝她呢。"

"我让她休息一下，"索恩调整脸上的冰敷袋，"而且，我猜她也不会打这种皇家纸牌，还要跟她解释一大堆规则。"

"知道你想要一个护卫机器人，她大概不会太高兴吧？"

索恩大笑，"哦，不，不，我不想要，我只是认为那会是一个很好的礼物。"一阵沉默，他很肯定贾马尔脸上露出怀疑的神情，尽管他不知道贾马尔长什么样。"我是要给一个机器人……给我的飞船……我的朋友。哎呀，很复杂。"

"的确是，"贾马尔和他碰了一下杯，"但可以理解。你和一个护卫机器人调情，将所有人的注意力从楼上那个真正有价值的小人儿身上转移，你有一套。"

索恩本能地感觉到贾马尔的语气不对，"嗯，我是个幸运的男人。"

"是的，你是，像这样的女人不会每时每刻都会从天上掉下来。"

索恩保持一秒钟的笑容，然后喝掉剩下的饮料，他的鼻子皱了起来。"说到史密斯太太，我应该回去看看她了，我答应给她带一点吃的东西，但一下来就有点昏头了……你知道是怎么回事。"

"不用着急，"贾马尔说道，"几个小时前，我看到她和吉娜在一起，女士们外出去吃东西了。"

索恩脸上的笑容僵住，他很肯定事情不对劲了。月牙儿不会不告诉他一声就离开旅店的。不大可能。

但是，为什么贾马尔要说谎呢？

"嗯，好吧。"他隐藏不安，把空玻璃杯放在地板上，推到椅子底下，这样就不会踢倒。

"月牙儿可以和……女伴……消磨一点时间。她们有碰巧说要去哪儿吗？"

"没有，这条街上有很多餐馆。怎么？怕她跑了？"

索恩哼了一声，但听起来像勉强自己镇定，"不是，这很好呀，交交朋友……吃点东西。"

"看看地球有没有什么新鲜玩意儿？"他的表情一定变了，因为贾马尔的笑声响亮而突兀。

"我就知道你不会感到惊讶，"他说，"坤德还以为你不知道她是月族，但我想你知道，我感觉你是一个对有价值的事物很敏锐的人，尤其是看到你在楼下和人为护卫机器人讨价还价，即使失明，你对女伴的品位似乎也无可挑剔。"

"这是真的。"索恩喃喃说道，试图把对话的内容拉回。价值？无可挑剔的品位？他在说什么？

"那么告诉我你是怎么遇见她的，那是一个月球卫星，我只知道这样，但你怎么会和她搞在一起了呢？你在太空中找到她，或者在这里的沙漠遇上她的？一定是在太空中，我猜。卫星残骸中有一艘小飞船。"

"嗯，那是一个很长的故事。"

"无所谓了。反正我短时间也不会上太空去，但提到坠毁，这不可能是你原来的计划之一吧。"冰块噼啪作响，"告诉我，你原来就打算把她带到非洲，或是其他联盟有更丰厚利润的市场里？"

"嗯，我想到……非洲……"索恩挠了挠下巴，"你说她们已经走了几个小时？"

"差不多吧。"椅子腿划在地板的声音。"所以你找到她的时候，一定知道她是一个贝壳，是吧？市场上根本没有这种货，更不要谈她的价值了。"

索恩没有拿拐杖的那只手放在膝盖上，压制突如其来的恐慌。所以他们知道坠毁的卫星，知道月牙儿是一个贝壳，他们还似乎知道有一个买卖市场，他们以为索恩想干什么？卖了她？像赃物一样把她交换出去？这里竟然有一个他不知道的买卖月族贝壳的怪异黑市？

"说实话，我害怕月族，"他试图掩饰自己的无知，"但月牙儿没什么好害怕的。"

"没有什么好害怕的，长得也很不坏，虽然太矮了。"有脚步声。贾马尔走到房间的另一头，倒了什么东西。"再来一杯？"

索恩放松自己的指关节，"不用了，谢谢。"

玻璃杯放在木头上的声音。

"所以，你确定要带她上哪儿去了吗？或者你还在比价？我猜你很可能也想把她带到法拉法拉那个老医生那儿。我告诉你吧，吉娜很感兴趣，你可以不用麻烦了。"

索恩强忍自己的不安，试图设想他们谈的不是月牙儿。他们是商业伙伴，讨论的是商品。他只是要弄清楚贾马尔知道而他不知道的事。

他用手把眼罩取下，它太紧了，两颊从来没有这么痛过。"很有趣的提议，"他慢慢地说道，"但如果我可以直接找到买家，为什么要通过中间人？"

"因为方便，我们从你手上把她带走，你可以再去寻下一个宝。另外，我们非常了解这个市场，会把她交到一个好地方，如果你在乎的话。"他停了一会儿说道，"你希望从她身上得到多少利润？"

货物，商业交易，他试图保持一种不在意的样子，却浑身起着鸡皮疙瘩，他发现很难把月牙儿手放在他身上的记忆抛开。

"给我报个价。"他说。

一段长时间的犹豫。"我不能代表吉娜。"

"那我们讨论这个干什么？我认为你在浪费我的时间。"索恩伸手拿起他的拐杖。

"她是给了我一个数目。"贾马尔说道。索恩顿了顿，一段时间的沉默，贾马尔继续说道，"但我没办法做决定。"

"至少我可以明白，我们玩的是不是同一个游戏。"

咕噜噜喝东西的声音，然后长叹一声。

"我们可以出两万。"

这一次，他掩藏不了惊讶。索恩感觉贾马尔刚刚朝他的胸口踢了一脚。"两万国际币？"

一个尖锐的笑声在四壁回荡。"太低？你必须和吉娜谈了。但是，如果你不介意我问的话，你要多少？"

索恩闭紧嘴巴。如果他们第一次报价是两万国际币，那么他们到底认为她值多少？他觉得自己像个傻瓜。这是什么荒唐事？拐卖月族？某种怪异的拜物教？

她是个女孩，活生生的女孩，聪明、温柔、害羞，非比寻常，她的价值远远超过他们所了解的。

"不要不好意思，史密斯先生，你心里一定有一个数的。"他的思绪开始清晰，很多事联结起来了，他设想自己就像这些人，一个急功近利的商人，非常幸运碰到一个天真、过于容易信任的月族贝壳。

只是，他有一个坏习惯，把想要的东西拿走。

他的指甲掐进大腿。如果她真值那么多，为什么他们不直接把她带走？

他的内心涌起极大的恐慌，就像晴天霹雳，打中他的躯干和四肢。这不是一个谈判，这是让他分心，他以前也这么做过。贾马尔在浪费他的时间，故意的。

索恩放下冰敷袋，站了起来，抓起手杖。他离门口两大步，手摸索着门把，猛地拉开门。

"月牙儿！"他大叫，拼命回想他们经过几道门来到贾马尔的房间。他转身，想不起来他和月牙儿的房间到底在走廊的哪一侧。

"月牙儿？"他在走廊上横冲直撞，不断地乱敲他所经过的墙壁和房门。

"我能帮你吗，主人？"

他朝那个女性的声音转身，乐观地以为是她，但不是。这个声音太轻快，太虚假，月牙儿叫他船长。谁会叫他主人？

"你是谁？"

"我前一个主人叫我亲爱的，"那个声音说道，"我是你的新护卫机器人。旅店规定我的前主人把你赌纸牌的获利还给你，或者接受你提供的交易。他选择了你提出的交易，这意味着我现在是你的个人财产。你似乎很紧张，要我唱一支轻松的歌曲，还是替你按摩肩膀？"

意识到自己拿着的手杖像是一个兵器，索恩摇了摇头。"八号房在哪里？"

他听到走廊上几道房门打门。

"月牙儿？"

"吵什么吵？"一个男人说道。

其他人开始用索恩不懂的语言说话。

"这里是八号房，"护卫机器人说道，"要不要我敲门？"

"要！"听到敲门声，他试了一下门把，锁着的。他低声诅咒。"月牙儿！"

"我们能把门锁给弄坏吗？"

"我的程序不允许我破坏财物，所以我没办法替你破坏这扇门，主人。要我去前台拿钥匙吗？"

索恩又敲门。

"她不在里面。"贾马尔从走廊上说道。

然后是另外一种语言，又快又令人厌烦。

"要我翻译吗，主人？"

索恩咆哮一声，走回贾马尔面前，他的拐杖打在走廊墙上，听到惊呼声，人们躲回自己的房间，以避免被打伤。"她在哪里？不要告诉我她正在镇上愉快地用餐。"

"我不告诉你，你能怎么样？瞪我？"

他很气自己流露出惊恐，但对方的每一个字都逼他失控，他快沸腾了。几个小时前，他随便地和月牙儿说了再见，当时她还在洗澡，她的歌声依然回荡在他的耳边，他便离开了她，他离开她。为什么？去炫耀他的赌技？为了证明他可以一个人独立行事？证明他不需要任何人，即使是她？

时间每过去一秒钟都令他痛苦更甚，他们可以把她带到任何地方，对她做任何事，她又孤独又害怕，不知道他为什么不来找她，不知道他为什么抛弃她。

他忽然欺身上前，一只手接近贾马尔耳边，贾马尔吓了一跳，试图闪避，但索恩已经捉住他的上衣前襟，把他拽近，"她在哪里？"

"你不用再管她了，如果你真的那么在乎，便应该好好看住她，不要跑出去和第一个经过你身边的钢筋铁骨机器人调情。"他的一只手放在索恩的手上，"她看到了，你不知道吧？看到机器人和你在楼下纠缠，她很震惊，当吉娜说要带她走时，她甚至没有犹豫。"

索恩咬了咬牙，脸涨得通红。他判断不出贾马尔是不是在说谎，但想到月牙儿看见他和机器人赌博，不知道他在做什么……

"好了，都是出来做生意的人，"贾马尔继续说道，"你失去了她，我们带走她。至少你还得到这么一个漂亮的新玩具，所以不要太难过。"

索恩的脸揪成一团，抓牢拐杖，尽可能举高，用力朝贾马尔的腿间敲去。

贾马尔大叫。索恩后退一步，抡起拐杖朝对方的脑袋又狠狠来了一下，手杖飞出，贾马尔大声诅咒。

索恩从腰间拔出和月牙儿离开卫星以后便忘记的手枪，瞄准。走廊上的其他人大声尖叫，然后门砰砰砰关上，有人冲下楼。

"从这个距离，"他说，"我很肯定我可以对准你开几枪，但不知道要第几枪才会让你丧命，"他歪着脑袋，"我猜我可以拿走你的掌上屏幕，里面应该有你们生意的数据。你提到一个什么医生……在法拉法拉什么的？我想我们可以先去找他。"

他拉开保险。

"等一下，你猜对了，他们带她去法拉法拉，一个小小的绿洲，离这里东北边三百公里处，有个医生要月族贝壳。"

索恩退了一步，手上还举着枪。"机器人，你还在吗？"

"是的，主人。我可以帮忙吗？"

"给我法拉法拉这个镇的坐标，以及到那里的最快方式。"

"你是个白痴才会去找她，"贾马尔说道，"她已经被卖掉了，那老头子不会为她付两次钱的。你应该减少你的损失，继续做你的事。她只是一个月族贝壳，她不值得的。"

"如果你真的这么想，"索恩收起枪，说道，"那么你并不知道所谓宝贵的东西是什么。"

第三十三章

　　月牙儿蹲在面包车的角落里，将膝盖抱在胸前。她浑身颤抖，尽管车里十分闷热。她渴了，饿了，当他们把她拖进面包车时，她的小腿撞伤了。虽然她坐在一团布里，但不平的地面让车子摇摇晃晃的，让她背痛。

　　夜是那么黑，伸手不见五指，但她睡不着。她东想西想，不知道这些人要她做什么。她一直回忆自己被绑架前那些人的面孔，吉娜的表情，毫无疑问地，她早就起了疑心。

　　她是一个贝壳，没有用的贝壳。为什么吉娜会觉得她有价值？她不断地设想，但想不出有什么道理。

　　她尽最大的努力保持冷静，也试着保持乐观，尝试告诉自己，索恩会来找她，但内心不能不有一丝怀疑，让她瞬间失去希望。

　　他看不到。他不知道她去哪儿了，他可能还不知道她失踪了。等到他发现了……万一他以为她抛弃他了呢？万一他根本就不在乎呢？

　　她没办法忘记索恩坐在牌桌前，一个陌生的女孩贴着他，他一点也没有想着月牙儿。

也许索恩不会来找她。也许她一直错看他了。也许他根本不是一个英雄，而只是一个自私、自大、风流——

她哽咽了，脑袋里满是恐惧、愤怒、嫉妒、忧虑和混乱，这一切交织着，翻腾着，她再也压抑不了内心的沮丧。

她一边哀哀地哭着，一边扯着自己的头发，直到头皮生疼。

但她很快地平息下来，咬紧牙关，要求自己镇定，她的手指揉了揉手腕，好像她的长发还缠住它们似的。她用力吞了口口水，大口大口呼吸，不让恐慌把她淹没。

索恩会来找她。他是一个英雄，她是一个落难的女子，故事都是这样写的，他们就是这样开始的。

一声呻吟，她缩在自己角落里，忍不住又哭了起来，哭到没有眼泪。

突然，她惊觉。盐在她的脸颊上，弯着身子让她背疼，她的屁股因为面包车颠簸而疼痛，但她注意到，他们停下来了。

她心生警觉，新的一波恐惧压倒她那种迷迷糊糊的哀伤，门缝透进一丝光线，这意味着他们开了一晚上的车，天亮了。门一摔，她听出吉娜在说话，口气不再友好和善。面包车晃了一下，驾驶员下车。

"你可舒服了，"月牙儿听到一个人说话，"有人可以来帮个忙？"

另一个男人笑了起来，"你搞不定那个小流浪儿？"

吉娜的声音打断他们俩的吹嘘，"尽量不要伤着她，我这次会要一个高价，你们知道的，他很会协商，每一件小事都吹毛求疵的。"

靴子声走近，月牙儿深吸一口气，她会强悍起来，她会冲出去，会反击，她会很凶，有必要的话，又咬又抓又踢，她会令他大吃一惊。

然后她会跑，快如猎豹，婀娜如瞪羚。

时间还早，没有穿鞋的脚，会踩着凉凉的沙子，她的水泡几乎都痊愈了，虽然腿还是很酸软，她可以忽略，希望他们会认为她并不值得拼命来追。

或者，他们会对她开枪。

她抛开这个想法，得铤而走险。

门锁叮当作响，她深呼吸，等待门打开，然后她和身扑上，尖声高叫，把所有的愤怒和脆弱全都在这一刻爆发出来，她爪子一样的手指抓向他的眼睛。

那个男人抓住了她，两只手钳住她苍白的手腕，她的冲力让她跌出车外，如果不是他抱住了她，她会摔在沙地上，她的叫喊被硬生生切断。

男子开始笑。笑她，和她的可怜的反击。

"她是一只小老虎，我说过了。"他对刚刚出言嘲笑的人说道，把月牙儿的身子一扭，他可以用一只手握住她的两个手腕。他捉住她，离开面包车，走向沙丘，她还在挣扎着。

"放开我！"她尖叫，开始踢他，但他丝毫不介意。"你要把我带到哪里去？放开我。"

"冷静下来，小女孩，我不会伤害你，别挣扎了。"他"哼"了一声，在沙丘的另一面把她放下来。

她跌跌撞撞，在沙地里滚了好几圈，才停下来，伏在地上，把头发和沙子从脸上拂去，她抬眼看那个人，正用枪指着她。她的心一跳。

"敢跑，我就开枪，我不会杀人，但你是个聪明人，不是吗？你也没地方可以跑，对吧？"

月牙儿倒抽一口气，她仍然能听到沙丘另一头的人声，她一直不知道商队究竟来了多少人。

"你到底想做什么？"

"我想你需要解决一下吧。"她站起来，脚下不稳，朝下滑了几步，脚下的沙地不平。那人没有动，枪身朝她的脚。"好了，还要几个小时才会到，所以最好现在就解决。你在面包车后面没尿尿吧。我们可不想拿不回押金，吉娜会生气的。"

她的下唇颤抖着，望向四周的沙漠一眼，这片开阔而贫瘠的景观。她摇摇头，"不，我不能。没有……"

"啊，我不会看的。"为了证明他的说法，他转身，用枪搔了搔自己的耳朵。"快点啊。"

她发现另一个男子在沙丘的另一头，背对着她，她怀疑他在小解。月牙儿转身，羞愧而尴尬。她想哭，想求这个男人把她留下，让她一个人，但她知道他不会答应的。她也不想求这个男人什么事。

索恩会来找她。

她走到沙丘下找到一个隐蔽的地方。

索恩一定得来找她。

第三十四章

"法婷小姐？"

女孩转过身，长长的黑辫子在白长袍上一甩。"陛下？"

凯铎的脸上浮着一个隐约的笑，"你有时间帮我们一下吗？"

"当然。"法婷把掌上屏幕放到外衣口袋里。

凯铎靠着走廊的白墙，让研究人员和技术人员过去。

"我们要看一个病人的病历。我知道这可能是保密的，但是……"凯铎拉长语音，没有什么"但是"，只是对自己的头衔有一点模糊的希望，但缺乏信心。法婷的目光闪烁，看着他和托林。"病人的病历？"

"几个星期前，"凯铎说道，"我来询问厄兰博士的进展，林欣黛也在这里。一个月族生化机器人。"

"我知道林欣黛是谁。"她说，生硬的口气忽然而来，忽然而去。

"是的，当然。"他清了清嗓子，"当时，博士告诉我，她来这里修理机器人，但我想了一下，也许她实际上是……"

"一个受试对象？"

"是的。"法婷耸耸肩，"其实，她是一名志愿者。来吧，应该还有一个空置的实验室，您可以使用。我很荣幸可以替您调出林欣黛的记录。"

他和托林跟着她，凯铎不知道她对其他人是不是也这么客气。欣黛自从被捕后，就成为公众关注的话题，因此她的私人记录便不是那么私人了。

"她是一名志愿者？真的吗？"

"是的。她到的那天，我也在，他们关闭了她的系统才把她带到这里。我猜她反抗了好一阵子。"

凯铎皱起眉头，"为什么志愿者会反抗？"

"我用志愿者这个词，不过是官方记载，我相信是她的法律监护人要她来进行测试的。"她的手腕在身份扫描仪下一扫，让他们进入实验室。

房间闻得到漂白水和过氧化物的气味，所有设施都明净闪亮，对面墙壁有一个台子，一个窗子可以望向检疫室。

凯铎的眉头皱着，他想起父亲的最后一段日子，在一个差不多的房间里，只不过他有毯子和枕头，有他喜欢的音乐，一个安静的喷泉，其他来到实验室的病人没有这样高级的待遇。

法婷走到另一面墙前面。

"屏幕，打开。"她说，在自己的掌上屏幕点了点。"我相信这些记录在她越狱后已经受到调查，陛下，你是认为警探可能错过什么吗？"

他的手指拨了一下头发，"不，只是我自己有些疑问。"

实验室的登录画面退去，取而代之的是病人的档案，她的档案。

林欣黛，持牌技师。

身份证字号 #0097917305。

生于第三纪一〇九年十一月二十九日。

东方联邦新京居民。

受林爱瑞监护。

机器比例：百分之三十六点二八。

"你有特别想找的资料吗？"法婷问道。

她的手指沿着屏幕滑动，档案往下，显示血型（A），过敏（无），以及药物（未知）。

然后是传染病测试。

凯铎走近，"这是什么？"

"博士从我们替她注入蓝热病微生物病原开始记录，我们给了她多少，多久以后她的身体彻底摆脱病原。"

记录的最后只有一行简单的字。

结论：确认蓝热病免疫。

"她是免疫的。"托林说道，站到他们身旁。"有人向我们报告过这件事吗？"

"也许警探不认为这和调查有关吧？但实验室的人都知道。我们大多数人认为是因为她的月族免疫系统造成的。长期以来，有一个理论，蓝热病是移居到这里的月族带来的，他们只是带原，不会发病。"

衬衫的衣领让凯铎不舒服。得有多少月族来到地球，才会引起这样一场流行病的爆发？如果这个说法是正确的，这个星球的逃犯恐怕要比他想象的多。他叹了口气，光是想到要处理这么多的月族，就让他想去撞墙。

"这话是什么意思？"托林问道，指着文件最底下的一行字。

注记：我终于找到她了。

这句话让凯铎打了一个寒战，但他不知道为什么。

法婷摇摇头，"没有人知道。厄兰博士加进去的，不过，他没有说明是什么意思。也许指的是她的免疫力。她被带进来了，他终于找到一个免疫的受试者吧。"她的语气有点苦涩，"一切才刚刚有点转机，但两人却都失踪了。"

法婷的掌上屏幕叮的一声，她低头看了看。"对不起，陛下。看来今天的受试对象到了。"

凯铎的注意力从那句令人悚然的话转移。

"这个案子还在执行？"

"当然。"法婷笑着说道。

凯铎意识到自己的问题实在愚蠢，他在这里，身为皇帝，他不知道自己的国家是怎么回事，自己的研究实验室是怎么回事。

"厄兰博士走了，我以为一切也就结束了。"他解释道。

"厄兰博士也许是一个叛徒，但仍有不少人相信我们工作的价值，我们不会放弃，直到找到治愈疾病的解药。"

"你们做得很好，"托林说道，"皇室十分感谢实验室的贡献。"

法婷把她的掌上屏幕放进口袋里，"我们都有亲人死在这个疾病上。"

凯铎的舌头变得沉重，"法婷小姐，厄兰博士提到过拉维娜女王研制出解药吗？"

她眨着眼睛看着他，十分困惑，"拉维娜女王？"

他看了欣黛的档案一眼，她的免疫力以及她的月族证明。"我们的联姻条件里包括这种解药的生产和分配。"

托林插嘴，语调简洁，"陛下要求这些信息保密，直到皇室发表官方说明。"

"我明白，"她慢吞吞说道，眼睛依然看着凯铎，"这个消息影响太大。"

"是的。"

她又接到一条消息，摆脱了惊讶的神情，法婷向凯铎鞠躬，"很抱歉，陛下，我得走了，可以吗？"

"当然。"托林指了指走廊，"谢谢你的帮忙。"

"我的荣幸，你们慢慢来。"

她又鞠了个躬，辫子一甩，离开实验室。门一关上，托林对皇帝皱眉。"为什么你要把这件事告诉她？在解药还没有确认是否有效、无害，以及可以大量制造前，没有必要让谣言满天飞。"

"我知道。"凯铎说道，"我以为她早就听说了。她提到那个案子，我明白还有许多人正在死去，不只是死于疾病，也因为我们试着要找出解药，而我们明明有解药，就在……"他的眼睛睁大，看着那个确认免疫的批注，"天啊，女王的解药！"

"怎么了？"

"我把解药给厄兰博士的时候，欣黛也在，他一定给她了，她直奔隔离病院，知道自己是免疫的，她要把它带给她的妹妹，想救她，但她肯定是来不及了，所以她把解药给了那个男孩，常桑多。"他摇了摇头，发现他的心头轻松许多，他注意到自己在笑。

"她的监护人弄错了，欣黛拿走她妹妹的身份芯片，不是因为她嫉妒或者想偷身份之类的，是因为欣黛爱她。"

"你认为取走一个亲人的身份芯片，是一种健康正当的反应？"

"也许她发觉机器人拿走它们是为了给月族，或者，只是太震惊，但我不认为是出于恶意。"

他靠在墙上，感觉自己刚刚发现了林欣黛之谜的一个重要线索。"我们应该让法婷和其他人知道常桑多的恢复不是奇迹，这证实女王的解药是真的，也许对他们的研究有帮助。这可能是有用的，或者……"

他的手肘碰到网络屏幕，一道光闪现。当全息影像跃出屏幕，在不远处转动时，凯铎跳开来。

这是一个女孩，真人大小，有着不同层次，彼此折叠。皮肤和瘢痕组织融进金属四肢，电线连接神经系统，蓝色的血液通过硅造的心脏腔室，所有的无机组织都有微弱光芒，全息影像把所有人工的部分标示出来，即使未经训练的眼睛也能看出来。

生化机器人。

凯铎后退一步，盯着她，感觉有些迷茫，就连她的眼睛也有着微弱的光，伴随着视神经延伸到她的大脑，那里有一个金属面板配置电线和网络线，可以从后脑勺头骨打开。

他记得欣黛的监护人说过，她没办法哭，但他从来没有想过……没有预期是这个样子，她的眼睛，她的大脑……

他扭过头去，手掌捂着自己的脸。这是一种侵入，一种可怕的窥视。突然涌生的内疚令他希望自己可以将这个影像从脑海中永远抹去。

"屏幕，关闭。"

两人不发一语，他不知道托林是不是也和他一样有罪恶感，或者有着同样病态的好奇心。

"你没事吧，陛下？"

"没事。"他叹了一口气，"我们知道她是生化机器人，不应该惊讶，我只是没想到是这样的情况。"

托林把手放进口袋，"我很抱歉，我知道我对林欣黛的看法并不公平，自从发现你跟她在舞会上谈话，我便担心她会让你分心，你要应付的事已经太多，但是显然，你对她确实有着不一般的感情，从那时起到现在所发生的事情，也让我难过。"

凯铎不安地耸耸肩，"问题是，我甚至不知道自己对她是不是有不一样的感情，或者这只是月族的法力造成的。"

"陛下，月族的天赋是有局限性的，如果你的感情是林欣黛强加上去的，不会一直持续到现在。"

凯铎吓了一跳，他看着托林，"我没有……"他叹了口气，觉得浑身燥热，"我表现得有这么明显吗？"

"嗯，就像拉维娜女王一直说的，你还年轻，并不像我们其他人那么善于掩饰自己的情绪。"托林笑了，眼角皱起来，一个戏弄的表情，"坦白说，我觉得这是你最好的品性之一。"

凯铎翻了个白眼，"真讽刺，我以为我一开始喜欢欣黛，便是因为这个原因。"

"她没办法掩饰自己的感情？"

"她没有尝试，至少，看起来是这个样子。"凯铎背靠着检查台，感觉台子上无菌的纸张被他的手指弄皱了。

"有时候我觉得身边的人都在假装，月族是最严重的，拉维娜和她的亲信……他们的一切都是那么虚假。我的意思是，我和拉维娜订婚了，但仍然没有看过她真正的样子。不只是他们，其他国家领导人，甚至我自己的内阁成员，每个人都想引起别人的注目，试图让自己表现得更聪明或更自信。"

他的手拨了一下头发，"然后欣黛出现了，一个普通的女孩，做着很普通的工作，身上老是沾了污垢或油渍，但她在修东西的时候，看起来是那么光彩照人，她和我开玩笑，就好像我是一个普通人，不是一个皇子。她身上的每一处都显得那么真实，至少，我是这么想的。但后来事实证明，她和其他人一样。"

托林走到窗边看着检疫室，"只是，你仍然试图找理由相信她。"

这是真的，他的脱序行为已经受到托林的指责，他认为凯铎不了解欣黛，即使是现在，他知道她是生化机器人，知道她是月族，他仍然愿意相信她的一切并非全是复杂的欺骗。

来到这里，他又知道了一些事情。

他知道她对蓝热病免疫，也许所有月族都是。

他知道那双褐色的眼睛，经常出现在他的魂梦中，原来是人工的，或至少受到篡改。

他还知道她的监护人出卖她的身体，强迫她来测试，她不恨她的妹妹，还有生化机器人的案子还在执行，每天仍然有生化机器人到实验室来，牺牲他们，以便找到拉维娜女王已经有的解药。

"为什么用生化机器人？"他喃喃道，"为什么我们只用生化机器人进行测试？"

托林叹了口气，"恕我直言，陛下，你真的认为这是你现在最应该关心的事？婚礼，联盟，战争……"

"是的，我认为，这是一个实际的问题，我们的社会怎么判定他们的生命是比较没有价值的？我对这个政府所执行的一切负责，一切，当有事影响了老百姓……"

这个想法像子弹一样击中他。

他们不是老百姓，或者他们是，但自从他的祖父几十年前通过生化机器人保护草案后，情况却要复杂得多。

草案的设置是因为东方联邦每一个主要城市都有太多生化机器人犯了重大罪行，引起社会极大的动乱及仇恨，生化机器人原本的抗议演变成暴力行为，那是几代人敌视后形成的结果。很长一段时间，人们一直在抱怨生化机器人的人数上升，纳税人支付了他们的手术费用。

人们抱怨道，生化机器人太聪明，他们的竞争压低了一般人的工资。

生化机器人太富于技能，他们从勤劳的普通老百姓手里夺走工作。

生化机器人太强大，他们不应该和普通民众一起参加体育赛事，他们有不公平的优势。

然后一小群生化机器人开始有暴力行为，他们盗窃和破坏，证明他们有多么危险。

如果医生和科学家们还要继续进行这些手术，人们认为就必须有所限制，必须有所控制。

凯铎十四岁的时候做过研究，他同意这些法律，他和他的祖父一样相信，一般老百姓有这个权利，生化机器人需要专门的法律和规定，为了大家的安全。

难道不是吗？

直到这一刻，对这个议题，过去他从来没有别的想法。

他发现自己的手指压住前额，眼睛盯着空无一物的实验台，他转身，站得直一些。托林用永远理性、却经常要把他逼疯的表情看着他，耐心等待凯铎形成自己的想法。

"我们的法律有可能错了吗？"他语气非常紧绷地说，好像他说的话会亵渎自己的家人和国家行之多年的古老传统，"关于生化机器人？"

托林凝视他很长一段时间，对于凯铎的问题，没有任何对错的暗示，直到最后，他叹了口气，"生化机器人保护草案是依照一个良好的愿望设置的，人们认为日渐增长的生化机器人需要控制，并且，从法案成立以后，暴力事件渐渐平息。"

凯铎的肩膀垮下，托林也许是对的，他的祖父也许是对的，然而……

"但是，"托林说道，"我相信一个伟大领袖的特质之一是质疑过去的决定，也许，当我们解决了眼前一些更直接的难题，我们可以重新讨论这一个议题。"

更直接的难题。

"我不同意这个说法，托林。在这个研究翼楼里，此刻，正在进行受试者草案，我相信，这对他……或她便是目前最直接的难题。"

"陛下，你不可能在一个星期内解决所有的问题，你需要给自己时间——"

"你同意，这是一个问题？"

托林皱着眉头，"成千上万的老百姓死于这种疾病，你打算终止这个案子和研究，等待月族给的解药？"

"不，当然不是，但使用生化机器人，而且只有生化机器人……是不对的，难道不是吗？"

"因为林欣黛的关系？"

"不，因为每个生化机器人，不管科学家在他们身上做了什么，他们曾经是人类。我不相信，我不能相信他们都是怪物。是谁提出这个方案的？它是从哪里来的？"

托林瞥了网络屏幕一眼，很矛盾似的。

"如果我记得没错，那是米特里·厄兰的主意。我们开了很多次会，你的父亲一开始并不赞成，但厄兰博士说服我们，这样做对联邦最好。生化机器人很容易登记，容易追踪，有法律的限制——"

"容易乘虚而入。"

"不，陛下，容易说服他们和老百姓，他们是测试的最佳人选。"

"因为他们不是人类？"

他看得出来托林越来越生气了。

"因为他们的身体已经得益于科学，因为现在轮到他们回馈，为了大家好。"

"他们应该有选择的余地。"

　　"他们在接受手术的时候便做了选择，每个人都清楚关于生化机器人的法律和规定。"

　　凯铎指向黑色的网络屏幕，"欣黛成为生化机器人的时候才十一岁，在一个可怕的悬浮车子意外之后。你觉得一个十一岁的孩子有什么选择呢？"

　　"她的父母……"托林闭嘴。

　　根据资料，欣黛的父母同时死于意外。他们不知道是谁批准她的生化机器人手术。托林的嘴抿成一条直线，很不高兴，"她是一个特例。"

　　"也许，但还是不对。"凯铎踱步到检疫室的窗口，揉了揉他的脖子，"我要改变它，今天。"

　　"你确定你要对老百姓发布这样的消息？我们要放弃研究解药？"

　　"我们不会放弃，我没有要放弃，但我们不能强迫人们这么做，我们要提高补偿金额给志愿者，加强我们的宣传，鼓励人们志愿，让他们自己选择，但是从现在开始，这个方案结束了。"

第三十五章

欣黛爬上舷梯，拉开她的上衣，想透一点风进来。

比起新京令人窒息的潮湿，沙漠中的干热像是好一些，但也是挺难忍受的。还有沙子，那恼人可恨的沙子。

她花了好几个小时，试图把它们从她的机器关节清出来，却发现手上脚上的缝隙里有更多。

"艾蔻，关上舷梯。"她说道，坐在一个箱子上，她累死了，所有的力气都花在担心野狼以及和那些村民的周旋上，他们给她这么多礼物，甜枣、面包和咖喱，她不知道他们是想感谢她，或是把她养肥。

最难缠的是厄兰博士，他一直希望她能专心找到一个方式回到月球，不要被逮捕。

虽然她承认她最终是要这么做的，但一直坚持要先制止皇室婚礼，如果拉维娜成了东方联邦的皇后，就算把她拉下月族的王位又有什么意义？一定有一个方法可以两者兼顾。但离皇室婚礼只有一个星期，艾蔻的时钟似乎一个小时比一个小时走得更快一些。

"他怎么样了？"艾蔻问道。

可怜的艾蔻，当欣黛待在旅店时，她被独自困在飞船系统好几个小时。

"博士今天早晨就没再给他打麻醉了。"欣黛说道，"他担心，如果野狼醒来时，没有人在那里，会精神崩溃，伤害他自己。但我告诉博士，我们不能让他一直昏迷。"

飞船叹了口气，氧气嘶嘶地从维生系统喷出来。

欣黛弯身，脱下她的靴子，把沙子倒到金属地板上。"有没有什么消息？"

"是的，其实有两个有趣的进展。"

墙上的网络屏幕亮了。一边是一个静态的订单，顶端有"机密"字样。尽管十分好奇，欣黛的注意力还是立即被另一个东西吸引，上头有凯铎的照片。

皇帝要求立即终止生化机器人测试方案。

心奔到喉咙口，欣黛跳下箱子，想看清楚一点。提到这个方案，回忆涌进她的脑海。当时她被机器人带走，在无菌的检疫房间醒来，绑在一张桌子上，一个比例探测器强迫进到她的脑袋里，一个针头刺进她的静脉。

档案开启，是一段凯铎召开记者会的影像，他站在讲台后面。

"播放图像文件。"

"这个政策的改变不意味着绝望，"屏幕上的凯铎说道，"我们没有放弃寻找蓝热病的解药，请注意，过去几个月我们的团队已经有了惊人的进步，我有信心，研究已经在突破的边缘。我希望那些正在为这个疾病受苦的人，或者亲人正在和病魔斗争的老百姓明白，这不是失败的标志。我们永远不会放弃，直到蓝热病从我们的社会根除。"

他停顿一下，他的沉默被身后张开的联邦国旗打断。

"不过，最近我注意到，用生化机器人方案进一步推动我们的研究，是一种过时的做法，既无必要，也不公平。我们是一个珍视人命的社会，所有人类的生命。我们研究的宗旨在结束生命的损失，尽可能快、尽可能人道。

而这个方案违背这样的价值，我相信，也违背我们国家成立一百二十六年来所成就的一切，我们的国家是建立在平等和团结的基础上，没有偏见和仇恨。"

欣黛看着他，觉得自己的四肢无力，她渴望进到屏幕，用手臂搂住他，说谢谢，谢谢你。可是，他远在千里之外，她发现她只能拥抱自己。

"我预测这个决定会遭到批评和反弹，"凯铎继续说道，"我完全明白蓝热病影响了我们每一个人，而我决定结束生化机器人方案未经内阁和省代表会议，的确出人意料，又不符传统。不过，我无法忍受我们的老百姓被迫牺牲性命，因为他们误以为自己的性命比他们的同胞不值钱。

蓝热病研究团队会制定新策略，继续他们的研究，我们乐观地认为这种变化不会妨碍我们持续寻找解药。我们将继续接受测试对象，在自愿的基础上。底下有一个通信链接可以对志愿者提供更多信息。谢谢大家。我今天不会接受提问。"

凯铎离开讲台，由新闻发言人取代他，试图平息骚动的人群。

欣黛坐在地上，她简直不敢相信她所听到的。

凯铎的发言不仅是针对蓝热病、科学研究以及医疗程序，他的谈话是关于平等、权利，消弭过去的仇恨的。通过一次谈话，而不只是站在讲台后三分钟，凯铎要去除社会几十年来对生化机器人的偏见。

他是为了她？她闭上眼睛，不知道这是不是她的自以为是，不管如何，这个宣布救了无数生化机器人的性命，这会是生化机器人权利和公平对待的里程碑。

当然，这不能解决所有问题，生化机器人保护法案还在，里面宣称生化机器人为监护人的财产，限制了他们的自由，但这是一个开始。

这个问题一遍又一遍在她的脑海里盘桓，他做这一切是为了她？

"我知道，"艾蔻用一种梦幻的口气说道，虽然欣黛没有说什么，"他真的很了不起。"

欣黛终于又能集中精神，看了档案中剩余的部分，发现凯铎是对的。敌意已经产生，一个记者写了一篇刻薄的批评文字替生化机器人方案辩护，指责凯铎的优惠待遇不公正。

虽然他没有直接提到欣黛，迟早也会有人提的。凯铎邀请了一个生化机器人到年度舞会，他们会用这件事来反对他，他会因为这个决定受到恶毒的攻击，但他还是这么做。

"欣黛？"艾蔻说道，"你看了那个护卫机器人的东西没有？"

她眨了眨眼睛，"对不起，你说什么？"

屏幕变化，把第一个文件置顶。

欣黛摇摇脑袋，让自己清醒，她已经忘记艾蔻要告诉她的第二件事：一个标示着"机密"字样的订单。

"哦，对了。"她站起来，以后她再思索凯铎和他的决定，等她想出方法阻止他娶拉维娜再说。"这是什么？"

"这是两天前宫殿下的订单，当时我正在搜索他们订花的状况，无意中发现的，原来女王希望她的婚宴上布置百合和玉簪叶，无聊，要是我就会放兰花。"

"你从宫殿里发现了一个秘密订单？"

"是的，谢谢你注意到我已经变成一个相当了不起的黑客。当然，我也没什么事可以做。"

欣黛看了一下订单，那是一个全世界最大的护卫机器人制造商的租用协议，总部就在新京城郊，宫殿希望婚礼的那一天能有六十个机器人协助各种事宜，但只要那些设计富于"现实"路线的，他们希望模块有一般眼睛的颜色和体型，当时的想法是，有一点缺陷（公司这样称呼它们），会让你和你的机器人有更真实的体验。

她花了大约四秒钟掌握订单的目的。

"他们要用机器人在婚礼上服务，"她说，"因为这样一来，月族就没办法操纵它们。聪明。"

"我想也是。"艾蔻说道，"这项协议说明婚礼当天早上，它们会在花店和外烩公司间奔走，它们会混在人类员工中进到宫殿。当然，它没有用'混'这个字眼。"

欣黛并没有因为这样感觉好一点，但她很高兴宫殿采取一些预防措施对付客人。

然后，她读了订单细则和交货说明，倒抽一口冷气。

"怎么回事？"艾蔻说道。

"我刚刚有了一个主意，"她向后退一步，仔细地想了一想，一开始的想法是粗糙杂乱的，所以无法确定，但表面上……"艾蔻，就是这样，我们就是利用这个方法进到月球。"

灯光闪烁，"我不懂。"

"如果我们躲在一艘本来就要进到月球的宇宙飞船里呢？我们可以混进去，就像这些机器人偷偷地混进宫殿。"

"但所有进到月球的船都是月族的宇宙飞船，你怎么上得了船？"

"现在都是月族的宇宙飞船，但我也许知道我们要怎么改变这种状况。"

网络屏幕的画面换上新的，变成嘀嗒作响的时钟。"我们还要阻止婚礼吗？"

"是的，算是。"欣黛举起一根手指，"如果我们可以推迟婚礼，说服拉维娜女王在月球举办仪式，那么所有的地球宾客便要到那里去，就像现在所有的月族贵族都来到这里一样。"

"然后你会溜到他们的船上？"

"如果这个计划行得通的话。"她开始在货舱中来回踱步，脑子里不断形成一个新计划。"但我必须先让凯铎相信我，如果他能说服拉维娜改变地点。"她咬了咬下唇，扫一眼新闻会的影像，标题确认他真的结束了草案。"我们还是得进入皇宫，只是没必要再引人注意，让人分心，或劫持媒体。我们需要悄悄地，偷偷摸摸地。"

"哦！哦！你应该扮成客人，这样一来，就有借口可以买一件漂亮的礼服。"欣黛试图抗议，但犹豫了一下，这个想法是有可取之处的，如果她能让她的法力保持足够长的时间，就没有人会认出她。

"我必须提防那些护卫机器人，另外，我们需要邀请函。"

"我来。"订单从屏幕上消失，取而代之的是一串名单，"一个八卦新闻几天前发布了观礼的客人名单，你知道他们真的寄发了纸版请柬？非常古典。"

"非常浪费。"欣黛喃喃说道。

"也许是，"艾蔻说道，"但也容易偷出来，我们需要多少份？两份？三份？"

欣黛用手指算，她要一份，野狼要一份……希望他会康复，如果不能，也许她单独去或者带上博士？甚至杰新？拉维娜和她的随从会认出他们，她不认为他们有足够强大的法力可以伪装自己。她只能希望野狼好起来。

"两份，"她说，"希望。"

姓名和头衔从屏幕拉下，外交官和政治代表，名人和媒体评论员，非常非常富有的企业家。她忍不住认为那将会是一个非常沉闷的派对。

然后艾蔻尖叫。震耳欲聋的，金属和金属摩擦，过热的处理器和电线着火的那种尖叫声。

欣黛捂住耳朵，"怎么了？怎么了？"

名单停下来，艾蔻在上面画了一条线。

地球东方联邦新京的林爱瑞和女儿林珍珠。

欣黛目瞪口呆，放下捂住耳朵的手。

林爱瑞？珍珠？

她听到船员宿舍传来脚步声，杰新出现在货舱，眼睛睁得大大的。"发生了什么事？为什么飞船在尖叫？"

"没事，没发生什么事。"欣黛结结巴巴地说道。

"什么没事？"艾蔻说道，"她们怎么可以被邀请？我这一辈子没见过这么不公平的事，相信我，我见过很多不公平。"

杰新对欣黛扬起一边眉毛。

"我们刚刚得知，我的前监护人收到婚礼的请柬。"她打开养母名字旁边的选项，心想也许这是一个错误。不过，当然不是。

林爱瑞得到八万国际币和一份参加皇室婚礼的请柬，感谢她协助追捕她形同陌路的养女林欣黛。

"因为她出卖了我，"她冷笑说道，"明白了。"

"看到了吗？不公平，我们在这里，冒着生命危险解救凯铎和这整个星球，爱瑞和珍珠却要去参加皇家婚礼，我太生气了，我希望她们把酱油洒在漂亮的礼服上。"

杰新的关注转向恼怒。"你的飞船搞不清楚事情的轻重缓急，你知道吗？"

"艾蔻，我的名字叫艾蔻。如果你再叫我'飞船'，我会让你没热水澡可以洗，听懂了吗？"

"是啊，等我拔了你的声音系统，你再这样说吧。"

"什么？你不能让我说不出话，欣黛！"

欣黛举起她的手，"没有人可以把什么拔掉。"她瞪着杰新，但他只是耸耸肩，翻了个白眼。"你们俩让我头疼，让我静静。"

杰新靠在墙上，双臂交叉在胸前。"你知道联邦舞会那天晚上我在？"

　　她的眼皮抽搐了一下，"我怎么会忘记？"自从他投向自己，她很少想起这件事，但有时当她看着他，她就会记得当时他是怎么一把抓住她，拉维娜嘲笑凯铎，用欣黛的性命和他讨价还价。

　　"受宠若惊。问题是，那个晚上你也令人难忘，当众受到羞辱，几乎被射中脑袋，最终还是被捕。最令我奇怪的是，你还要不顾一切地回去。"

　　她的手在空中一挥，"你不知道我想到婚礼现场的理由？"

　　"在你的玩物变成拉维娜的财产前，做最后一次挣扎？你对他也太迷恋了吧。"

　　欣黛揍了他一拳。

　　杰新撞在墙上，手抚着颧骨，"咯咯"一笑。"我是触动了你的敏感神经，还是电线？两者都有，对吧？"

　　"他不是一个玩物，也不是她的财产，"她说，"下次你再侮辱我们任何一个，就尝尝我的金属拳头。"

　　"给他一点教训，欣黛！"艾蔻欢呼道。

　　杰新放下手，脸上一个红色的记号。"你为什么要在乎？这个婚礼不是你的问题。"

　　"当然是我的问题！你可能没注意到，你的女王是一个暴君，也许东方联邦不会再接受我，但这并不意味着我会任由拉维娜到那里去，伸出她的爪子毁了我的国家，像毁了你们的那样。"

　　"我们的。"他提醒她。

　　"我们的。"

　　他把一缕头发从脸上摇开，"是这个原因？因为某种狂热的爱国主义，让你昏头了？你确实有一些电线烧坏了。你也许还没有意识到这一点，一踩进联邦，你就死定了。"

"谢谢你给我投信任票。"

"你看起来不像是那种为了什么夸张或者错觉的真爱牺牲的女孩吧，你到底有什么是没有说出来的？"

欣黛转身走开。

"哦，拜托，不要告诉我你一直执着这场婚礼，是因为你真的爱上了他？"

"我是，"艾蔻说道，"很疯狂的。"

欣黛按摩她的太阳穴。

经过一阵尴尬的沉默，艾蔻说道，"我们还在谈论凯铎，对不对？"

"你在哪里找到她的？"杰新说道，指了指头顶上的扬声器。

"我做这件事，不只是为了凯铎。"欣黛垂下她的手，"我这么做是因为我是唯一一个可以这么做的人，我要推翻拉维娜。我要确定让她不能再伤害任何人。"

杰新目瞪口呆地看着她，就像一只机器人手臂刚刚从她的头顶伸出来。"你以为你能够推翻拉维娜？"欣黛尖叫，手臂在空中一挥。"这就是我们的目的！但不是你的吗？这不是你之所以帮我们的理由？"

"天啊，不是，我没有发疯，我到你这里，是因为我知道我有机会摆脱那个法师，还能够活下去，而且——"他戛然而止。

"什么？"

他的下巴扬起。

"而且什么？"

"而且公主殿下希望我这么做，虽然现在她可能就要因此而死去。"

欣黛额头紧锁，"你在说什么？"

"我现在困在你和你莫名其妙的计划中，这会让我们所有人回到原点：重新落到拉维娜女王的手上。"

"什么？但是，公主殿下？你究竟是在说谁？"

"温特公主，要不然你以为是谁？"

"温特公主……"欣黛后退一步，"你的意思是，女王的继女？"

"嗯……"杰新拉长声音。"是啊，你不知道吗？她是我们唯一的公主，否则你以为我在说谁？"

欣黛倒抽一口气，目光向网络屏幕一闪，他们原来的计划就隐藏在新闻以及那个倒数的时钟底下，他们没有告诉杰新他们打算中断婚礼，向世人宣布她的身份。

"嗯，没有，没有。"她结结巴巴地说道，挠着自己的手腕，"所以……嗯……当你说你效忠于你的公主……你指的是她，对吗？"

杰新盯着她的样子，就好像他没办法弄清楚为什么他要浪费时间应付这样一个白痴。

欣黛清了清嗓子，"好吧。"

"我应该让希碧尔捉走你，"他咕哝道，摇摇头，"我只是在想，公主如果听到我反抗希碧尔，也许会感到骄傲，她会支持我的决定。但我只是在痴心妄想吧？她永远也不会知道。"

"你······你爱她吗？"

他厌恶地瞪着她，"不要把你那种神魂颠倒的故事加在我身上，我发誓要保护她，但我在这里就做不到了，不是吗？"

"为什么要保护她？拉维娜会伤害她吗？"

"还有其他的事。"欣黛坐倒在一个储存箱子上，感觉自己像刚刚穿越沙漠。她的身体瘫痪了，大脑疲惫不堪。

杰新根本不在乎她，他忠于女王的继女，她甚至不知道女王的继女也有人效忠。

"帮帮我。"她说，没有隐瞒恳求的语气，望着杰新，"我向你发誓，我可以阻止拉维娜，我可以把你带回到月球，在那里，你可以保护你的公主，或者做任何你要做的事。但我需要帮助。"

"这是很明显的。你打算让我参与你这个需要奇迹的计划吗？"

她叹了口气，"也许，最终还是需要。"

他摇摇头，看起来想笑，他指向法拉法拉的街道，"你只是太绝望，因为此刻你最强的盟友打了麻醉而昏迷不醒。"

"野狼会好起来的。"欣黛说道，口气中有试图说服自己的意思，她又叹气，"我绝望是因为我需要尽可能得到盟友。"

第三十六章

当天晚上他们又停了一次车，给了月牙儿一些面包、干果和水。她听着面包车外营地的动静，试着入睡，但只是迷迷糊糊的，一阵一阵。

第二天一早他们又出发。

她越来越不相信索恩会来找她，她一直想起他拥抱其他的女人，心想也许他很高兴不用再理会一个软弱天真的月族贝壳。

即使是多年来在卫星曾经带给她安慰和寄托的幻想，也不管用了，她不是一个勇敢坚强、做好准备要捍卫正义的战士。她不是这块土地最漂亮的女孩，能够唤起最铁石心肠的小人同情和尊重。她甚至不是一个落难的姑娘，知道总有一天会有一个英雄来解救她。

她只是痛苦地想着自己会不会变成一个奴隶、一个女仆、一块刀俎上的鱼肉、一个牺牲的祭品。也许她会被送回到拉维娜那里，因为背叛而受到惩罚。

终于，在她被捉后的第二天下午，车停下来，门打开，亮晃晃的阳光让月牙儿畏缩往后，想要躲起来，但有人把她拉出来往外拖。她跪着，一路磨着膝盖让她十分疼痛，但绑架她的人不理会她的呜咽，握住她的手腕，让她站起来。

肾上腺素和好奇很快地让她忘了痛苦，他们来到一个新的城镇，即使是她也看得出这个地方没有库夫拉那么富裕，人口也没那么众多，典型的沙漠建筑在一条布满沙子的道路两侧。

红色黏土的墙壁涂着靛蓝和粉红漆，早已被阳光晒得极淡，屋顶是破碎瓦片，一个立着栏杆的围场里面关了五六只骆驼，有几部有轮子的脏兮兮车子停在路边，以及……

她眨了眨眼睛，适应阳光和沙子。

一艘宇宙飞船在镇中央，一艘风铃草。

疯狂的希望让她的心脏狂跳，但它很快地就破灭，即使从这个距离，她也可以看到风铃草的主舱门被漆成黑色，索恩的宇宙飞船降落在法国时，记载上说上面画了一个裸女。

她呜咽着，移开她的目光，绑架者把她带到最近的一栋建筑。他们进到一条黑暗的走廊，前面只有一个小窗子透进一点光线，上头粘着多年积出来的飞沙。有一个小桌子放在角落，墙上挂了一排老式钥匙。月牙儿被推往前，走到走廊尽头。

墙壁散发一种刺鼻的气味。不臭，但太强烈，也让人不舒服，月牙儿的鼻子很痒。

她被人推上楼梯，很窄，她只能跟在吉娜身后，尼尔斯走在她后面，一种可怕的寂静环绕在沙色墙壁间。这里的气味更强了，她打了个哆嗦，手臂上尽是鸡皮疙瘩，恐惧占据了她所有的神经。

当他们走到最后一道门，吉娜举起拳头敲门。月牙儿颤抖得很厉害，几乎站不起来。她没想到自己竟然希望躲回安全的面包车。

吉娜敲了两次门，才听到脚步声，门上有了动静。尼尔斯捉住吉娜身后的月牙儿，她只看到一个男人棕色长裤裤管以及穿旧的白色鞋子。

"吉娜，"一个男人说道，听起来像刚刚从午睡醒来，"我听到库夫拉的传闻，说你们出来了。"

"我给你带了另一个目标，她在沙漠徘徊。"

停了一会儿，那人毫无疑义地说道："一个贝壳？"

他的那种确定，让月牙儿不安，好像他不用问，就可以感觉到她似的。或者，应该说感觉不到她。她记得希碧尔就抱怨过自己感觉不到月牙儿的思虑，要训练和命令像她这样一个人困难得多，好像这都是月牙儿的错。

这个男人是月族。

她后退，想像一粒沙子一样躲起来，散入沙漠消失。但她没办法消失。吉娜退到一边，她发现自己和这个上了年纪的男人面对面。

她有些惊讶。他们是真的面对面，他只比她高一点。

在一副薄薄的有边眼镜后，他的蓝眼睛瞪得大大的，虽然眼角都是皱纹，却显得十分生动有活力。他秃顶，乱七八糟的头发从耳后伸出。她有一种时空错置的感觉，好像她见过他，但那是不可能的。

他脱下眼镜，揉了揉眼睛。当他又重新戴上去时，嘴唇抿起来，看着月牙儿像看一个解剖学上的错误，她的背靠在墙上，直到尼尔斯抓住她的手肘，把她拉向前。

"绝对是一个贝壳，"老人喃喃地说道，"看来像一个幻影。"

月牙儿的心脏在肋骨底下不规则地怦怦直跳。

"我要求三万两千国际币。"男子对吉娜眨眨眼睛，好像忘了她还在那里。他挺直身子，胡乱地拿下眼镜，这一次是擦了擦。

月牙儿的指甲陷进手掌中，不让自己那么心慌意乱。她望向男人身后，有一个窗子，百叶窗放下，一束阳光从缝隙中透进，灰尘在里头飘荡，有一扇关上的门，想必是衣柜。一张桌子，一张床，一摞摞在角落里皱巴巴的毛毯，毯子上有干涸的血迹。

她的皮肤起了一阵疙瘩。

然后，她注意到网络屏幕。

一个网络屏幕，她便可以发出通信求助。她可以联系库夫拉的旅店，她可以告诉索恩。

"我会给你两万五千。"男人的语气有下定论的意思，擦了擦眼镜，好像他现在只想做这件事。

吉娜"哼"了一声，"我会毫不犹豫把这个女孩交给警察，将她驱逐出境。我可以因此得到公民奖励。"

"就为了区区一千三百国际币？你会为了骄傲牺牲这么一大笔钱，吉娜？"

"除了我的骄傲，还会少一个月族在我的星球四处闲逛。"她冷冷地说道，第一次月牙儿认为吉娜可能真的恨她，就因为她的祖先，没有其他理由。"我拿三万，就把她给你，我知道最近这些日子你愿意为一个贝壳付这么多钱，医生。"

医生？月牙儿倒抽一口气，这个人一点也不像网络连续剧里那种光鲜亮丽的男男女女，穿着洁白的外衣，拥有先进的技术，但这个头衔让她更加警惕，手术刀和注射器在她的脑海里一闪而过。

他叹了口气，"嗯，两万七千吧。"

吉娜扬起脑袋，鼻尖朝人，"成交。"

医生拉着她的手，但内心似乎忽然间退缩了。他不能直视月牙儿，好像让她看见了这场交易，他觉得很羞愧。

月牙儿心生抗拒。

他应该感到羞耻，他们都应该感到羞愧。

她不会让自己变成一场单纯的交易。女主人希碧尔已经对她予取予求太长的时间，她不会让历史重演。

但在除了燃烧愤怒什么都想不起来之前，她便被塞进房间。吉娜关上门，所有人置身在一个闷热多灰尘的地方，四周是化学品的气味。

"转账吧，"她弯曲她的手臂，"我在库夫拉还有事。"

医生"哼"一声，打开衣柜。里面没有衣服，而是一个小型的科学实验室，放了神秘的机器和扫描仪，以及一个金属抽屉，当他打开来时叮叮作响，他掏出一个针头和注射器，很快把包装拆掉。

月牙儿退后，想挣脱束缚，但尼尔斯阻止她。

"是的，是的，我先取得她的血液样本，然后我就转账。"

"为什么？"吉娜说道，站在两人中间。"好让你找出什么问题，再跟我讨价还价？"

医生很生气，"我没有要讨价还价，吉娜，我只是觉得你们在，她会合作一点，我能够在安全的状况下取一个样本。"

月牙儿的目光扫视屋子，找一个武器，一条逃生的路。或绑架者眼中一丝怜悯的眼神。

没有，什么都没有。

"好吧，"吉娜说道，"尼尔斯，把她抓牢，好让医生做他的工作。"

"不！"月牙儿踉跄退开，大声说道，她的肩膀撞上尼尔斯，但他握住她的手肘，将她定在身前。她的双腿没有一丝力气了，"不，求求你，放了我！"她向医生哀求，他满布皱纹的脸上有着复杂的情绪，她闭嘴。

他的眉毛拧在一起，嘴巴抿成一条线，眼镜后面的眼睛不停地眨着，像是要眨掉睫毛上的什么东西。他的目光别开，内心有着怜悯。她知道，她知道他试图掩饰他的同情。

"拜托，"她抽泣地说道，"请放了我，我只是一个贝壳，滞留在地球，我没有对任何人做过任何不好的事，我是一个无名小卒，我微不足道。求求你，让我走吧。"

他走上前去，没有再看她的眼睛。她十分紧张，想后退，但尼尔斯抓牢她。医生的手细瘦，但有力，他握住她的手腕。

"尽量放松。"他喃喃地说道。

针刺进她的肉里，她闭上眼睛，希碧尔在同一个地方抽过几百次了。她用力地咬着嘴唇，不让自己呜咽。

"就这样，不那么可怕，不是吗？"他的语气出奇的柔和，像是试图安慰她。

她觉得自己像翅膀被夹住的鸟，被扔进笼子里，另一个肮脏、腐朽的笼子。

她一生都在笼子里生活，却从来没有想过会有一个像地球这么糟的。

地球。医生跨过吱吱作响的地板，她提醒自己，她在地球上，不是被困在太空中的卫星里，总有办法可以离开这里。窗外或者楼下便是自由，她不会再次变成一个囚犯。

医生将装满她血液的注射器放进机器里，打开掌上屏幕。

"好了，我可以转账了，你们走吧。"

"你使用的是安全的联机？"吉娜上前一步，问道。医生按进一些密码。月牙儿眯起眼睛，看着他的手指，万一以后她有需要，可以不必花时间黑进去。

"相信我，吉娜，我比你有更充分的理由在众目睽睽下隐藏我的交易。"他盯着屏幕的什么东西，然后才郑重地说道，"谢谢你把她带来。"

吉娜怒视他的秃头，"我希望你用完这些月族以后，把他们都杀了，传染病给我们添够麻烦了。我们也不需要他们。"

他的蓝眼睛一闪，月牙儿察觉到他对吉娜的一丝不屑，但他很快转变成温和的表情，"转账成功了，走前把女孩放开吧。"

月牙儿一动不动，手腕上的绑缚被拆开。她很快地甩了甩自己的手，跑到最近的墙边，背贴着站立。

"跟你做生意太爽快了。"吉娜说道。医生只是"嗯"了一声，他的眼角望向月牙儿，但试图不引起任何人的注意。

然后门关上，吉娜和尼尔斯都不见了。月牙儿听到他们的脚步在走廊远去，那是整栋楼唯一的声音。

医生的手掌在前襟上擦了擦，好像要把吉娜他们抹掉似的。

月牙儿没想到他和她一样觉得污秽，但她依旧贴着墙，怒目而视。

"嗯，好吧，"他说，"和贝壳相处很尴尬，你知道的，很难解释。"

她忽然咆哮道："你的意思是不容易洗脑，对吧？"

他歪着头，脸上又有那种奇怪的表情，让她觉得自己像一个显微镜下的科学实验。"你知道我是月族。"

她没有回答。"我明白你是吓坏了，我想象不出吉娜和她的小流氓把你带来时，让你吃了什么苦头，我不会伤害你，事实上，我在这里做一些很了不起的工作，将会改变世界，你可以帮我。"他停顿了一下，"你叫什么名字，孩子？"她没有回答。

当他走近，伸出一只善意的手时，月牙儿压抑下她的恐惧，扑向他。

她大吼一声，挥动手肘，结结实实给了他的下巴一拳，听见他的上下牙齿相撞，感受到她自己的骨头振动，然后他摔在木头地板上，整个屋子都在摇晃。

她没有查看他昏过去了没有，或者，她有没有让他心脏病发作，他有没有爬起来追她。她猛地夺门而出。

第三十七章

厄兰博士在高温多尘的一个房间地板上醒来，好一会儿他想不起自己在哪里。

这不是新京宫殿旁的实验室，在那里，他曾经看到一个又一个生化机器人生出红紫色的疹块，在那里他看到生命的光芒从一双双眼睛中逝去，暗自诅咒另一条性命又被牺牲。他一直在计划下一步如何追踪对他而言唯一一个重要的生化机器人。

这不是月球的实验室，在那里，他有着重大且了不起的突破。在那里他看到在他的外科手术工具下，一个又一个怪物出生。在那里，他看到年轻男孩的脑波被野蛮的动物模式打乱。

他不是米特里·厄兰博士，因为这个人在新京。

他不是萨吉·丹奈尔博士，因为这个人在月球。

或许他是……他想不起来，记不起来，也不在乎。

他的思绪不停地翻转，想抛开他两个可恨的身份，回到他妻子的脸，以及蜜色的头发，当生态部把新的湿气注入月球的控制大气层时，便会变得卷曲。

他听到一个婴儿的尖叫，才四天大，被确认是一个贝壳，他的妻子把孩子交给米拉法师，像看到老鼠似的冷漠和厌恶。

那是他最后一次看到他的小月牙儿。

他注视着天花板上旋转的吊扇，一点也没有消除沙漠的酷热。不知道为什么，这么多年后，他的幻觉选择在这个时候折磨他。

这个贝壳女孩真的没有他妻子的雀斑及一头金发。这个贝壳女孩没有他不幸的身高以及蔚蓝的眼睛。这个贝壳女孩不是他的女儿，从阴间回来纠缠他。这一切都是脑海里的幻觉。

如果是，也许这也是应当的，他做了这么多可怕的事情，近来这场对地球发动的杀戮，是多年前他努力的成果。从珊娜蕊女王开始，他的研究替她发展出这一支与狼杂交的军队。通过他的实验，拉维娜见证到这个血腥的结局。

还有为了找到赛琳、结束拉维娜的统治，他所造成的伤害。他是找到了林欣黛，但他也杀害了那么多人。

他一直过于乐观，认为现在他终于能偿还这些债务，他很努力尝试复制拉维娜给凯铎皇帝的解药，他必须尝试，为了解决他的痛苦。于是有更多的牺牲，要更多的血液样本，更多的实验，现在，当人贩子不能给他带来新的血液时，他被迫必须找真正的志愿者。

在新京研究拉维娜女王带来的解药时，他便发现，月族贝壳是秘密的关键，他们身上的基因突变让他们免于月族的生物控制，同样这个突变也可以用来创造击退疾病的抗体。

于是他开始收集贝壳和他们的血液及 DNA，利用他们，就像利用年轻男孩成为没有意志的女王士兵，就像他利用那些多数都心不甘情不愿的生化机器人，来做蓝热病的实验。

当然，他的大脑会作弄他，当然他会失去理性到达一个极深的程度，他一生中最在乎的一件事会形成幻觉来影响他，它们会扭曲现实，所以她只是他的另一个牺牲者，只是另一个被带来、被抛下的人，只是另一个血液样本，只是另一个痛恨他的实验室老鼠。

他的小月牙儿。

他的头顶上，实验室架子上的掌上屏幕叮叮响起。他花了比想象中更多的力气，呻吟一声，拉着被时间磨光的床柱，才让自己站起来。他慢慢来，不愿去思索真相，一部分原因是因为他不知道自己希望真相是什么，他可以应付幻觉，他可以把它抹去，继续工作。

但如果是她……他不能再失去她一次。

他走过那个打开的衣柜，推开百叶窗，向街头望去，他能看到两条街外那艘宇宙飞船的曲线，在黄昏的时刻映着阳光，他应该快点结束，在欣黛回来看望她的野狼朋友之前。

在她来以后，没有人把测试对象卖给他过，他不认为她会理解，她一直没有办法接受要成就大事就必须做出牺牲，虽然她应该比任何人都要有更深刻的认知。

叹了口气，他踱步回到小型实验室，那个女孩的血液样本在那里，他拿起掌上屏幕，点击测试报告，查看她的 DNA 数据，觉得头晕目眩。

月族。

贝壳。

　　高度，完全成长：一百五十三点四八厘米。

　　马汀舒尔茨级数虹色素沉着：三。

　　黑色素生成：百分之二十八，脸上局部浓缩黑色素／

雀斑。

　　她的身体统计数据后方，是一个潜在疾病和遗传弱点的名单，与治疗建议和预防措施。

　　这组数据没有告诉他，他需要知道的事，然后他逼自己将她的数据和他的对照，这组数据是他早就了然于胸的，他用自己的血液样本做过太多次实验。

　　他在床边坐下来，计算机正在分析这些数据，比对超过四万个基因。

　　他发现自己希望他脑中的幻象是真的，她不是他的女儿，他的女儿已经被希碧尔·米拉杀害，多年以前他一直这样相信。

　　因为如果是她，她会鄙视他，而他会认同她的鄙视。

　　她已经走了，他很肯定，他不知道自己昏迷了多久，但他怀疑她不会待在附近，他已经失去了那个小幽灵，两次。

　　掌上屏幕比对完成。

　　结果匹配。

　　亲子鉴定证实。

　　他摘下眼镜，放在办公桌上，颤抖地吐了一口气。

　　他的月牙儿还活着。

第三十八章

　　月牙儿屏住呼吸，仔细倾听。她听得这么努力，头都疼了，但她只听到静默。蜷缩在一种奇怪的姿势下，她的左腿开始抽筋，但她不敢动，生怕会碰到什么东西，让那个老头发现她。

　　她还没有从旅店跑开，虽然她很想。她知道吉娜和其他人可能仍然在那里，若落到他们手里，她等于回到原点。

　　于是她躲进那条窄窄走道上的第三个房间，惊讶地发现门没锁，房间里没人，和医生的房间有相同的摆置：床，衣柜，书桌。但令她懊恼的是没有网络屏幕，如果她不是这么急于找到一个藏身地点，她会哭起来。

　　她躲进衣柜里，里面空空的，一个架子下有一个杆子可以挂衣服，月牙儿用了所有力气爬上那个架子，双脚抵住衣柜侧壁，整个人缩在里面，她用指尖把柜门关上。

　　有一度她很高兴自己这么瘦小，如果他发现她了，至少她还躲在一个比较高的位置，她希望自己可以想办法拿到一个武器什么的。

但她还是情愿用不上。她猜，当他醒来的时候，他会以为她跑掉了，会到镇上去找她，那么她就有足够的时间，用那个网络屏幕联系她和索恩投宿的旅店。

她躺在那里几个小时，等待和倾听。虽然不舒服，但让她想起自己住在卫星的日子，她总是会在月亮从窗边出现的几个小时里，睡到床底下。她会觉得很安全，而这个回忆给她一种莫名的保护感，即使是现在。

过了一会儿，她开始怀疑自己是不是杀了那个人。心中涌升的罪恶感让她生气。她没什么可内疚的，她只是自卫，而他是买卖月族的怪物。但没过多久，她就听到动静了，很小声，像是墙里的老鼠，然后是咚咚的声音和呻吟。她又想伸展一下了，右肩因为这种躺姿隐隐作痛。

她错了，有机会时她应该跑掉的。或者她应该利用他昏迷的时候，点进他的网络屏幕。现在回想起来，她其实有足够的时间。但此刻为时已晚，他已经醒了，他会找到她，而且——

她闭紧眼睛，直到黑暗中出现白色光点。

她的计划还没有失败，他仍然可能出去外面找她，他仍然可能离开这栋楼。

她等待着，吸气，呼气，感觉自己浑身都笼罩着闷热，空气令人窒息。每一个响声都让她脉搏一跳，模糊的剐声，木头的嘎声，她会在脑海里想象走道尽头的房间到底发生了什么事。

他一直没有离开他的房间，他不去找她了。

她在黑暗中皱着眉头，一滴汗水从她的鼻翼流下。衣柜黑漆漆一片，尽管肌肉僵硬酸痛，月牙儿发现自己还是打瞌睡了，她忽然间醒来，心想她已经躲得够久，老人没有找她，这似乎有点荒谬，他算是为她付出了高昂的代价，他应该多关注一点才是吧？

或者，他其实要的只是她的血液样本。这真是一个奇特的巧合，女主人希碧尔救了这么多没有天赋的婴儿，也是因为她发现他们的血液有价值、有用处。

她试着不让她的猜疑和偏执更加深入。不管老人怎么想，她不能永远待在这个衣柜里。

她伸出一只脚，轻轻推开衣橱的门。它发出吱声，简直像打鼓那么响亮，她半抬着那条腿，不敢动了。等待，倾听。

什么都没有发生，她又把门推开一点，人移到架子边缘。她慢慢地、轻轻地爬出来，跳下去。地板嘎的一声。她又不动了，心跳如雷。等待，倾听。

头晕目眩，口干舌燥，月牙儿进到走廊。没有人，她蹑手蹑脚走到另一个房间的门口，门没锁，她打开来，但这个房间看起来和刚刚离开的那个一样，没有人。

她的皮肤起了鸡皮疙瘩，神经越加紧绷，她关上门，走到下一个房间。

第三个房间，百叶窗拉上，走道的光线透进来，黑暗中可以看到一个网络屏幕挂在那。她忍住一声惊呼，身子因期待而颤抖着，她关上门。然后她的注意力转移到床上，手捂住自己的嘴。

一个人躺在那里，她想是在睡觉。她不敢动，等待自己的心没有跳得那么凶了，她才能肯定，这个人胸膛的起伏很平稳，呼吸很深沉。她没有吵醒他。

她又瞄了一眼网络屏幕，权衡风险。她可以回到走廊上，继续找。这层楼还有两扇门她没有打开过，但它们都对着老人的房间。或者，她可以去楼下，碰碰运气。

但这个陈旧的地板，每走一步都可能让人发现她的存在，她也不能确定其他房间的门没有锁，或者有没有网络屏幕。

她站在那里，一只手放在门把上，另一只手捂住嘴，时间一分一秒过去，她优柔寡断得不知所措。那个男人没有翻身，甚至没有动一下。

终于，她勉强自己一步步走向网络屏幕，不断张望那个睡着的人，确定他的呼吸依旧深沉。

"网络屏幕，"她低声说道，"开启。"

屏幕一闪，她开始重复，"网络屏幕，静音，网络屏幕，静音，网络屏——"

但她的指令是没有必要的，当屏幕亮起，她发现自己眼前出现一张地球的地图，不是连续剧或者新闻。地图上有四个位置做了标记：新京，巴黎，法国里厄，非洲联盟尼罗省西北角一个小小的绿洲城市。

她觉得太巧了，但她的脑子里有太多事，一下子无法厘清。不一会儿，她关上地图，建立通信联机。她迟疑了，她唯一一次通信是和欣黛，利用一个无法被追踪或监控的联机。她知道拉维娜女王如何密切地关注地球的网络，地球人还以为自己的通信是隐秘且私人的。

但不管它了，北非两个小镇的通信会引起拉维娜女王多高的兴趣呢？毫无疑问，她正忙于她争夺星际霸主地位的计划。

"网络屏幕，"她低声说道，"连接库夫拉的旅店。"

月牙儿奇特的口音出现七个可能的结果，她选择了和即时位置距离最短的结果，接着是十几个住宿的选择，他们的广告和联系方式在侧边字段闪动。她皱着眉头，仔细阅读每一家旅店，没有一个名字听起来是熟悉的。

"显示在地图上。"库夫拉市呈现在屏幕上，一个卫星拍摄的照片。她看了那些棕色道路好一会儿，慢慢想起来了。然后，她注意到一家旅店外面的庭院，放大照片后，月牙儿认出墙边的一棵柠檬树。她露出一个微笑，点进旅店的联系信息。

"建立通信联机。"

几秒钟内，屏幕上出现在吉娜的陪同下接待她和索恩的工作人员。如释重负的她几乎崩溃了。

"感谢您联机——"

"嘘！"月牙儿挥挥手，要女人安静，瞟了床上的男人一眼。他动了动，但只有一下下。

"对不起。"她低声说道，女人俯身向屏幕仔细听她说话。"我的朋友在睡觉。我需要和你店里的一个客人说话，他的名字是卡斯威尔·索……史密斯，我相信他在八号房间。"

她很高兴女人压低了声音，"稍待一会儿。"她在屏幕上一点。

听到一个叮声，月牙儿吓了一跳，但那个男人还在睡。网络屏幕的一角出现一个提示。

"九十七"林欣黛搜索结果。

她眨了眨眼，林欣黛？

"对不起。"接待员说道，月牙儿的注意力转向她，"史密斯先生昨天晚上造成我们一些客人的骚动后，离开了旅店。"她的眼神充满怀疑，注意屏幕上那个黑黑的房间，越加好奇。"事实上，我们目前正在进行调查，有些目击者认为他可能是一个通缉——"

月牙儿取消联机。她的神经紧绷，觉得有些喘不过气来。索恩不在了，他必须逃亡，现在她更不知道要怎么找到他了。他被人追捕，也许被俘获了，她再也看不到他了。

屏幕又叮一声，关于林欣黛的提示多了两条。

林欣黛。新京，巴黎，法国里厄。

序列开始点击。

月牙儿不明白，点开信息。和几个星期前她在卫星搜出的新闻是一样的故事，一样的批评、猜测和阴谋论，几乎没什么证据，也没有确实的下落。没有提到索恩船长，尽管旅店接待员那么说。然后她的注意力被一个标题吸引，她的腿几乎瘫软，张开手指压在办公桌上，让自己站稳。

月族共犯米特里·厄兰依然在逃。

米特里·厄兰——主持蓝热病研究团队的月族医生，帮助欣黛从监狱逃跑的医生。也许是地球第二号通缉要犯的医生，他的罪行甚至比索恩重大。

在她点开他的照片以前，她便知道是他，所以她才会觉得那个老人那么面熟，她见过他。

但是……他不是应该是站在他们这一边的吗？

她是那么全神贯注，没有听到床发出一点吱吱的响声，直到有一只手抓住她。

第三十九章

月牙儿转过身来，发出一声尖叫，她发现面前是一张帅气又凶恶的脸，他的眼睛映着网络屏幕闪闪发光。

"你是谁？"

她本能地想再尖叫，但她压抑住，让它变成一个呜咽。"对、对不起，打扰了，"她说，"我需要网络屏幕，我、我的朋友陷入危险，我需要发送一通信息。我很抱歉，我发誓我没有偷东西。请不要叫医生来，求求你。"

他似乎已经没有在听她说话，凌厉的目光扫视着房间。他松开她的手臂，但整个人依旧紧绷和防卫。他没有穿上衣，身上缚着大片大片的绷带，"这是哪里？发生了什么事？"他的话含糊不清。

他皱着眉头，闭上眼睛，当他再度睁开眼睛时，仿佛没有办法聚焦。

然后，月牙儿看到他身上比那些伤疤和吓人的肌肉更可怕的东西。

他的手臂上有一个刺青，虽然四周那么暗，月牙儿一下子便知道那是什么东西，她在无数的图像文件、照片和记录中看到过太多次。这是月族的特种部队，女王手下的变种士兵。

她看过这些人将自己的手爪剜向受害者的胸前，他们的嘴巴咬住裸露的喉咙，对着月亮长嚎。她吓坏了。

这一次，她无法压抑自己的本能，高声尖叫。

他抓住她，用他的大手握住她的下巴。她抽泣着，颤抖着。她就要死了，在他面前，她就像一根树枝般，不费吹灰之力便能折断。

他咆哮着，她看到他的尖牙。

"你有机会时，便应该杀了我。"他的呼吸热乎乎地吹在她的脸上。"你把我变成这样，我要在你送我到另一个实验之前杀了你。你明白了吗？"

泪水开始从她的睫毛下涌出，她的下巴被他握得生疼，但她更怕他放手后会发生的事。难道他以为她在替医生工作吗？或者他是另一个受害者，被卖给老人？他是月族，他们有那么多共同点，如果她能说服他，他们是盟友，也许她可以争取到足够长的时间逃跑。但这些怪物可以说理吗？

"你听懂了吗？"

她的睫毛闪动，身后的门打开了。

他的动作快速而流畅，月牙儿的头一歪，男子转过身来，拉着她挡在他的面前。当她贴在他的胸膛上时，他脚下有一点踉跄，好像突然的动作让他头晕目眩，但光线照入房间的同时，他站稳了，一个人影站在门口。

不是老人，是一个侍卫。一个月族侍卫。月牙儿的眼睛瞪得大大的，她认出来了，是希碧尔的侍卫。希碧尔小飞船的飞行员，原来可以救她、却始终没有的那个人。

野狼特种士兵发出嘘声，如果不是他把她捉得那么牢，月牙儿就摔下来了。

希碧尔找到她了，希碧尔在这里。

她的眼泪开始流下来，她被困住，她要死了。

"再上前一步，我就扭断她的脖子！"

侍卫没有说话，月牙儿不能肯定他听到野狼的威胁没有。看到眼前的景象，他的眉毛扬起，似乎认出了她。没有扬扬得意，似乎就只是目瞪口呆。

"斯嘉丽在哪……"在吼声中，几乎听不清楚这些字句，"斯嘉丽在哪里？"

"你不是那个黑客吗？"侍卫说道，他还在盯着月牙儿。

野狼的手加重力道，"你有五秒钟的时间告诉我她在哪儿，或者等这个女孩死了，你就是下一个。"

"我跟他们不是一伙的，"月牙儿哽咽，"他、他不在乎我的死活。"

侍卫用一种安抚的姿态举起双手："月牙儿不知道女主人希碧尔在哪里。"

野狼的手没有放松，她想起这两个人都替月族女王工作，为什么会威胁彼此呢？

"放松一些，"侍卫说道，"我去找欣黛或医生，他们可以向你解释。"

野狼退后一步，"欣黛？"

"她去宇宙飞船上了。"他又望向月牙儿，"你从哪里来的？"

她吞了口口水，脑袋里想的是和士兵同样的问题。

欣黛？

"这是怎么回事？"

听到医生的声音，她打了一个寒战，比起和吉娜在一起时，颤得更厉害。然后是脚步声。侍卫退到一边，医生进入房间。除了走道灯，还是很暗，月牙儿不由得感到一点自豪，看到自己在他的下巴留下了印记。

这让她又鼓起了勇气。

医生看到眼前这一幕愣住了。"哦，天啊，"他喃喃道，"这时机也太糟……"

看到他，再次点燃了月牙儿的仇恨，但她也想到他不只是买卖月族的残忍老头，也是帮助欣黛逃跑的人。

她头昏脑涨的。

"放开她，"医生轻声说道，"我们不是你的敌人，那个女孩不是你的敌人，请让我解释。"野狼一只手臂放开她，抹了自己的脸一把。他摇晃了一下才恢复平衡。"我来过这里，"他喃喃地说道，"欣黛……非洲？"

楼梯传来砰砰的脚步声，有人大喊大叫，月牙儿听到自己的名字，那个声音……

"月牙儿？"

她大叫，几乎忘记那只抓住她、如老虎钳般的手，如果不是他将她往后一拉的话。

"船长！"

"月牙儿！"

医生和侍卫两人转身，脚步声已经来到走廊，他们望着这个索恩船长，他蒙住眼睛，差点就跑过头了。

"船长，我在这里！"

脚步停了下来，扭头，他往回跑，直到他的手杖打在门框上。他一愣，气喘吁吁，一手撑在门框上，一边脸上有一个很严重的瘀青，虽然很大一部分被藏在手帕底下。

"月牙儿？你没事吧？"

她的一颗心并没有放下。"船长！你的左边有一个月族侍卫，右手边是利用月族作测试的医生，我被拉维娜的野狼士兵捉住了，你小心一点！"

索恩退后一步，从腰间拔出枪来，他拿着枪身，不断朝每个人瞄准，没有人上前攻击他。

月牙儿有些惊讶，握住她的手放松了。

"呃……"索恩皱着眉头，枪瞄准靠近窗口某处，"请你把这些威胁你的人再说一遍，我觉得我好像漏听了什么。"

"索恩？"

他的枪口朝向野狼，月牙儿在他们中间。"是谁在说话？你是谁？你有没有伤害她，我发誓如果你伤害她——"

月族侍卫上前，夺下他的枪。

"嘿！"索恩生气地举起手杖，但侍卫轻松地拦住，然后也夺走拐杖，索恩举起拳头。

"够了！"医生喊道，"没有人受伤，也没有人会受伤！"

索恩转身面对他咆哮，"那是你说的，野狼士兵、医生……等等，月牙儿，这个人是谁？"

"我是米特里·厄兰博士，是林欣黛的朋友，你可能知道就是我帮助她逃离新京监狱。"

索恩哼了一声，"很棒的故事，但我很确定是我帮欣黛越狱的。"

"随你。你刚刚问话的人也是欣黛的盟友，野狼士兵，受了重伤，打了很高剂量的止痛药，可能还神志不清，如果不马上躺下，缝线可能会断裂。"

"索恩，"野狼又说话了，无视医生的警告，"这是怎么回事？我们在哪里？你的眼睛怎么了？"

索恩歪着头，"等等……是野狼？"

"是的。"

停顿了挺长一段时间，索恩终于明白了，他笑笑，"天啊，月牙儿，你说什么野狼士兵，把我吓出心脏病了，你为什么不告诉我就是他呢？欣黛在哪里？"索恩问道。

"我不知道，"野狼说道，"我们……我记得欣黛说斯嘉丽怎么了？之前？"一只手臂仍然松松地扣着月牙儿的脖子，另一只手抹了一下脸，"我做了一个噩梦……"

"欣黛在这里，她很安全。"医生说道。

索恩笑了，是离开卫星以后，月牙儿看到的最灿烂、最神秘的笑容。

月牙儿目瞪口呆，这个世界颠倒了，她简直快要歇斯底里了。

希碧尔的侍卫。最后一次见到他时，他正要登上风铃草。现在他竟然背叛希碧尔，加入他们了？

帮助欣黛从监狱逃跑的医生。

野狼士兵。经过索恩的确认，她才明白这个人是她和风铃草第一次联系上时，在镜头那一边的另一个男人。

欣黛……在什么地方。

安全。他们是安全的。

索恩伸出手，侍卫把拐杖交回去。

"月牙儿，你没事吧？"他走进房间，弯身，好像要仔细看看她或亲吻她，虽然他没有。

"你受伤了？"

"不，我……我没事。"这话是如此怪异，如此不可思议，如此欣慰。"你是怎么找到我的？"

"吉娜的一个手下告诉我这个地方的名字，我问了一下外头的老百姓有没有一个'疯医生'，他们都知道我说的是谁。"

她的膝盖忽然站不直了，她伸手扶住他，让自己站稳。"你来找我了。"

他微笑，看起来像一个无私的、大胆的英雄。

"不要那么惊讶。"他丢下拐杖，把她从野狼身边拉过来，抱得老高。"原来你在黑市值那么多钱。"

第四十章

欣黛站着，双手把头发拢到脑后，她面前的网络屏幕有宫殿地图。她盯着它一整天了，头昏脑涨的。

"好吧，如果……如果博士和我可以得到请柬，以宾客的身份溜进去……杰新可以做点什么，转移大家的注意力，或者，你可以做点什么，转移大家的注意力。杰新化身为一名员工……但每个人都认得博士，也许杰新和我可以用嘉宾身份进去，博士……但我们怎么……唉。"

她的头往后仰，瞪着船上的金属天花板，那里交叉着电线和空气管路。

"我把这件事弄得太复杂了，也许我应该一个人去。"

"是哦，大家都认不出你来。"艾蔻说道，为反驳欣黛的计划，在地图的一角拉出一张监狱照片。

欣黛呻吟着，"不会成功的。"

"哦，欣黛！"

她吓了一跳，"怎么了？"

"有一则地方新闻，"艾蔻关掉地图，放上一张撒哈拉沙漠的地图，一个新闻主播正在报道，附近几座城市被圈起来，用线条和箭头连接，字幕上显示：全球通缉要犯卡斯威尔·索恩现身撒哈拉沙漠贸易城市，逃避捕捉。

主播急急说话的同时，索恩狱中的照片出现在屏幕上，接着出现一行字幕，明亮而凸显：携带武器，十分危险，民众发现任何进一步的线索，立即联络有关当局。

欣黛的五脏六腑都翻过来了，先是感到悔恨，然后是恐慌。

这是错误的信息。索恩……索恩已经死了，只是有人长得很像，消息就传开了。这种错误的报道不是第一次了。如果要信媒体的话，欣黛已经在地球上的每个国家被发现很多次了，有时还同时出现在不同的地点。

但是，这并不重要。如果人们相信自己看到了，那么他们就会看到。执法部门，军队，赏金猎人。沙漠会涌进许多人来找他们，风铃草还待在这里，明显而巨大，在一个小小的绿洲城市中央。

"我们不能再待在这里，"她套上靴子，"我去找其他人。艾蔻，进行系统诊断程序，确保我们可以做太空旅行。"

艾蔻还没响应，她便走下舷梯，朝旅店慢跑过去，她希望博士不用花太长时间收拾他的东西，还有野狼——她希望他的伤口已经愈合，至少可以移动他。博士已经减少了他的止痛药剂量，叫醒他安全吗？

当她转过拐角到了旅店，她看到一个女孩靠在一部电动车上。这部车子十分老旧，年久失修，但也还没老到可以叫古董。女孩才十几岁，长得十分漂亮，有浅棕色的皮肤，一条辫子染成蓝色。

欣黛放慢脚步，心生警戒。女孩不是村民，她觉得有些不对劲，虽然说不出来是为什么。她是一个赏金猎人？一个卧底侦探？

女孩面无表情，十分无聊，欣黛走近她。

她没认出欣黛。很好。

但随后她微笑，用一根手指卷着她柔滑的辫子。"欣黛，真有趣。我的主人一天到晚提起你。"

欣黛愣住了，又看了她一眼。"你是谁？"

"我叫达拉，索恩船长的情人。"

欣黛眨了眨眼睛，"你说什么？"

"他让我留下来，看着车子。"她说，"他到里面去英雄救美了，我相信他会很高兴看到你在这里，他以为你在太空。"

欣黛看看女孩，又看看旅店。女孩似乎没有要拿武器，或用手铐把她铐在车后的意思。欣黛推开旅店的门，冲上楼，脑海里转着女孩的话。这是一句玩笑，或者一个陷阱，一个诡计。她不可能是……索恩是……

她的脚很大力地撞在楼梯过道上，她惊讶自己没有摔倒，走在走廊上，看到杰新站在野狼的房间外，双臂交叉在胸前。

"杰新，有一个女孩在那儿，她说……她……"他耸耸肩，指了指房间。"自己看。"

欣黛扶住墙，站在门口。厄兰博士在那里，下巴上有一块很厉害的青紫。野狼已经醒了。还有……天啊。

他浑身脏兮兮的，衣服撕开，上头都是沙子，头发长长了，就像她第一天在牢房里看到他的那样，他的脸上也有瘀伤，下巴上都是胡碴，眼睛包着一条红色的手帕。

他笑嘻嘻的，搂着一个娇小金发女孩的腰，但的确是他。

几秒钟后，欣黛才能够开口说话，她得扶着门框，才站得稳。

"索恩？"

他的头一扭，"欣黛？"

"什……怎么你……你怎么……你去哪里了？这是怎么回事？你为什么要包那条愚蠢的大手帕？"

他哈哈一笑，拿着一根木头手杖，跌跌撞撞地走向她，一只手摸索着，放在她的肩上。然后他抱住她，把她紧贴在胸口。"我也想念你。"

"你这个浑蛋，"她发出嘘声，但回应他的拥抱，"我们以为你死了。"

"拜托，卫星掉到地球来，就会把我弄死？当然，不可否认，是月牙儿救了我们。"

欣黛推开他，"你的眼睛怎么了？"

"瞎了，说来话长。"

她想问的事太多，终于她问道："你什么时候有时间找了个情人？"

他的笑容隐去，"不要这样叫月牙儿。"

"什么？"

"哦，等等，你的意思是指达拉，我玩纸牌赢来的！"

欣黛愣愣的。"我拿来要送给艾蔻的。"

"你……说什么？"

"她不是缺一个身体？"

"嗯。"

"达拉是一个护卫机器人。"这就合理了，一个护卫机器人。这就解释了女孩完美的对称性和两排那样长的睫毛，还有她身上缺乏……感觉不到她的生物电。

"说实话，欣黛，听听你的用词，别人会以为我是一个不可救药的调情高手呢。"索恩后退一步，指了指金发女孩。"对了，你还记得月牙儿吧？"

女孩不安地笑了笑，这时欣黛才认出她来。晒伤脱皮的脸颊，剪短参差不齐的头发。

"你好。"欣黛说道，女孩很快躲到索恩身后，她的眼睛紧张地看着房间里身边所有人。

欣黛清了清嗓子，"野狼，你醒了，这是……我……呃，听着，索恩，你在附近的城市被人发现了，他们已经组织了搜寻队伍，这整个地区马上会被找我们的人淹没。"她看着博士，"我们必须赶快离开这里。"

"欣黛？"

她紧张了。野狼的声音沙哑而绝望，她几乎不敢迎视他的眼睛，他的眉头汗湿，瞳孔涣散。

"我做了一个梦，你说……你告诉我，斯嘉丽……"

欣黛叹了口气，希望她能避免这个必然的追问。

"野狼……"

他脸色苍白，看到她脸上的表情，他明白了。

"这不是一个梦，"她低声说道，"她被捉走了。"

"等等，什么？"索恩抬头，"发生了什么事？"

"我们被攻击后，斯嘉丽被法师带走了。"

索恩低声咒骂。野狼颓然地靠在墙上，他的表情空洞，房间里一片沉默，欣黛强迫自己站得更直，要乐观，不要失去希望。

"我们相信，她被带到月球了，"她说，"我想到一个主意，怎么悄悄溜进月球，怎么找到她、解救她。现在，我们又在一起了，我相信我们会成功的，你一定要相信我。不过，此刻，我们不能留在这儿，我们必须离开。"

"她死了，"野狼低声说道，"我辜负了她。"

"野狼，她没有死，你并不知道真正的情况。"

"你也不知道。"他躬身，把脸埋在手里。他的肩膀开始颤抖，就跟上次一样。他所有的精力蓄积、集中，他变得空洞、迷失。

欣黛上前一步，"她没有死，他们会把她当……诱饵，从她嘴里问出信息，他们不会随便杀她，所以还有时间，还有时间去——"

他的愤怒炸开来。有那么一刻，什么都没有，然后，一个火花倏地，他燃烧起来，如熊熊烈火。

他的手伸向欣黛，一把将她拉过来，定在墙上，力道之大，网络屏幕摇晃得要掉下来。欣黛倒吸一口冷气，双手握住野狼的手腕。他钳住她的喉咙，让她两脚悬空，她的视网膜显示器瞬间出现警告：脉搏、肾上腺素和体温上升，呼吸不规则——

"你以为我希望那样？"他咆哮着，"我希望他们让她活着？你不知道他们会对她做什么，但我知道。"下一个瞬间，他愤怒消失，深陷在恐惧和痛苦之中，"斯嘉丽……"

他放开手，欣黛倒在地上，揉着她的脖子，思绪翻腾，听到野狼转身跑掉，脚步在地板上咚咚响着，跑到走廊，进到厄兰博士的房间。

当脚步声停下来，整个旅店有一阵短暂的沉默，然后一声嚎叫。

可怕的、痛苦的、疯狂的吼叫，侵入欣黛的骨骼，让她的胃翻转。"太好了，"厄兰博士懒洋洋地说道，"我真高兴你这次真是准备好了。"

嘶嘶地吸几口气，欣黛扶着墙站起来，看了看四周，她的朋友，她的盟友。月牙儿仍然躲在索恩身后，眼睛因为惊吓而睁大；杰新的手指在刀柄上点着；厄兰博士一头凌乱花白的头发，眼镜架在鼻尖上，无法不令人印象深刻。

"你们准备准备吧，"她感到喉咙一阵刺痛，"把东西放到宇宙飞船上，看看艾蔻好了没有。"

又是一声长长的、令人心碎的号叫，让旅店摇晃，欣黛尽可能镇定，"我去找野狼。"

第四十一章

　　月牙儿跟着侍卫下了旅店楼梯。索恩跟在她身后，一只手放在她的肩膀上，另一只手拿着他的手杖，她提醒他最后一个台阶了，转向黑暗的走廊。厄兰博士殿后，携带他珍贵的实验室设备下楼。

　　月牙儿很难集中精神，她甚至不知道他们要去哪里。去宇宙飞船那儿吗？欣黛这样说了吗？刚刚，月牙儿看到月族士兵，充满惊恐，他的号叫声还在她的耳膜响着。

　　侍卫打开旅店门口，所有人都跑上被沙子覆盖的粗糙道路，两步之后，他呆住，张开双臂拦住月牙儿、索恩和医生，他们撞到他身上。

　　月牙儿"嘤"了一声，贴着索恩，望向马路。

　　几十个男男女女身穿东方联邦军服包围了他们，手举着枪，在马路上、在房子与房子之间的空地、从屋顶以及覆着风沙的小飞船看着他们。

　　"月牙儿？"索恩低声说道，令人窒息的空气中充满紧张。

　　"军人。"她低声说道，"好多。"她的目光落在蓝发女孩身上，一时间内心充满仇恨，"她来干什么？"

"什么？谁？"

"那、那个从上一个城镇来的女孩。"

索恩歪着头，"达拉，那个护卫机器人？为什么你和欣黛都看不出来呢？"

她的眼睛瞪大，她是一个护卫机器人？

女孩看着他们，不带感情，两名士兵夹住她的双手，"对不起，主人，"她的声音打破沉默，"我本来想警告你，但这是违法的，我的程序阻止我违反人类的法律。"

"是啊，那是我们要改变的第一件事。"索恩说道，然后低声对月牙儿说道，"我必须找到一个黑客，改变她的回路，才能让她帮我偷车。"

一个洪亮的声音，片刻后月牙儿发现一个男子拿着掌上屏幕和喇叭，对着他的嘴，"你们全都被拘捕了，罪名为窝藏和协助通缉犯。趴下来，把手放在头上，这样就没有人会受到伤害。"

月牙儿颤抖着，等着看侍卫会怎么做。他从索恩那儿夺来的枪还塞在他的腰间，但他双手捧着医生的东西。

"我们已经包围你们了。"没有动作，那人继续说道，"你们无处可逃，现在，趴下。"

侍卫第一个动作是跪下来，把手上装医疗用品的袋子和奇怪的机器放好，人趴在地上。

叹了口气，月牙儿也跟着做，伏在坚硬的地上，索恩趴在她身边。

"天啊，"她听到医生咕哝着，他和他们一起趴下来，"我太老了，禁不起这样了。"

月牙儿的手掌放在头顶上，粗糙的鹅卵石压着她的肚子，又热又不舒服。

军官等到他们全趴到地上，又开始说话："林欣黛，我们包围你们了。赶快到前门来，把你的手放在头顶上，没有人会受到伤害。"

欣黛吐出一连串她能想到的最有创意的咒骂，男人的声音停了。她把野狼留在走廊，她一直提醒他若是崩溃就救不了斯嘉丽，但他没有响应，只是蜷缩着坐在那里，把头埋在膝盖间，一言不发。

欣黛跑到医生的房间窗边，从百叶窗缝里往外张望。对面巷子的屋顶上有两个武装军官，用枪指着她的右手边。她放开百叶窗，再次咒骂，人贴在墙壁上。

艾蔻发出一条信息，出现在她的视觉接收器上。她读取了一下，很担心。

雷达侦测到东方联邦军用宇宙飞船。我认为，我们被发现了。

"你认为？"她喃喃地说道，闭上眼睛，很快地回了信息，当她在发送的时候，文字在她的眼皮下滚动。

我在旅店，被军队包围。准备立即起飞，我们不会耽误太久的……我希望。

她慢慢吐出一口气，再度睁开眼睛。她怎么可能把一个几近崩溃的野狼士兵、一个盲人和一个老医生安全地从那些军人的眼皮底下带走？

她猜那个女孩帮不了自己。欣黛不认为月牙儿是那种大胆或冒险的人，欣黛也不认为她有多少作战经验，可以让自己脱困。

她可以放弃朋友，自己跑掉。她可以设法控制野狼，把他当成武器，但他不可能一次对付得了那么多人，敌方会毫不犹豫杀了他。她可以试着给这些士兵洗脑，让他们放过自己，但这么一来，如果他不肯甘心情愿跟着她，她得放弃野狼。

外头，那个军官像一个机器人般，重复他的命令。

她挺起肩膀，回到走廊野狼的身边。

"野狼！求求你，"她弯下腰来，"我希望你能帮我。"

他转头从手臂上看着她，绿色的眼睛呆滞无光。

"野狼，求求你，我们得到宇宙飞船上，外头好多人拿着枪在那里。来吧，斯嘉丽会希望你怎么做？"

他的手指弯曲，指甲陷进他的大腿。不过，他什么都没有说，没有要起来的意思。

军官再次发话："你被捕了，出来，双手放在头顶上。我们把你包围了。"

"好吧，你让我别无选择。"站起来，她强迫自己肩膀放松，恐慌和绝望让她觉得天旋地转，她利用意志力伸向野狼。

但这次没有任何抵抗，和往常不一样。这一次，像控制一具尸体。

他们一起走到门口。她看到至少六十把枪指着他们。毫无疑问，有更多人躲在建筑物和车辆里。杰新、索恩和厄兰博士以及月牙儿都趴在地上。宇宙飞船在两条街外。

她不停地给野狼喂谎言，就像从点滴给他药物一样：斯嘉丽不会有事的，我们会找到她，我会把她救出来。但，首先我们得离开这里，我们得上宇宙飞船。

她的眼角看到他的手指抽搐，但她不知道他是认为还有希望，或者他只是照着她的意志行事。她把他变成一个傀儡，就像法师把他变成一个怪物。

站在旅店的台阶，六十把枪瞄准她，欣黛意识到自己没有比法师好到哪里去，这是一场真正的战争，她置身其中。

如果她必须做出牺牲，她会的。然后她会变成什么？一个真正的罪犯？一个真正的威胁？一个真正的月族？

"把你的手放在头顶，离开那栋房子。不要做任何突然的动作，我们得到授权，有必要的话可以杀人。"

欣黛强迫野狼留在她身边，他们一起走过去。尘沙飞扬的空气笼罩在他们身边，粘在她的皮肤上。她的脑袋里有一种隐隐的疼痛，但野狼一点也不像过去那样难以控制，事实上，是太容易了，容易得令她难受。他甚至没有试图反抗她。

"该是时候了。"索恩在她走过时喃喃说道。"欣黛，救你自己。"厄兰博士压低声音说道。

她拼命地不要动嘴唇说话，"你可以用法力吗？"

"停在那儿！"

她照办了。

"跪下，现在，举起双手。"

"只能几个。"厄兰博士说道，"也许我们一起……"

她摇摇头，"我得控制野狼，但问题是……我只能控制一个地球人，也许两个。"

她咬紧牙关，尽管博士这么说，但她不能自己逃走，不仅仅是因为忠诚和友谊，她身体的每一根纤维都在反对她抛弃这些人。

事实上，她内心很清楚，没有他们，她什么事也没办法完成，她需要他们阻止婚礼，解救凯铎，她需要他们把她带上月球，她需要他们来帮助她拯救世界。

"杰新呢？你可以控制一个吗？"

"是啊，真可以。"她几乎可以听到他翻了个白眼的声音，"我们唯一的路便是反抗。"

索恩"哼"了一声，"好吧，有没有人看到我的枪？"

"在我这儿。"杰新说道，"可以还给我吗？"

"不可以。"

"我命令你们闭嘴，"那个男子喝道，"哪一张嘴巴再动，哪一颗脑袋就挨子弹，听到了没有？趴下！"

欣黛瞪了男子一眼，她又上前一步。像多米诺骨牌推倒似的，她听到六十把枪的保险打开。

月牙儿惊呼一声。索恩的手四处摸索，握住她的手。

"我有六支麻醉剂，"欣黛说道，"希望够。"

"不够的。"杰新喃喃道。"这是最后的警告。"

欣黛扬起下巴，盯着这个男人。在欣黛的控制下，她身旁的野狼伏低，成战斗姿势，他的手指弯曲，准备就绪。第一次，她感受到他身上有一股新的情感。仇恨。她想，是因为她。

她不理会。

"这是你第一次警告。"她说。

控制好野狼，她选中前排的一个地球士兵，伸出她的意志力。一个年轻的女子转身，她的枪对着负责的男子。女子的眼睛因为震惊而睁得大大的，望着自己不听话的手。

她的周围，六名士兵改变目标，瞄准自己的同志，欣黛知道这是厄兰的杰作。

这就是他们所拥有的。七个地球士兵改变目标，还有杰新的枪，野狼的愤怒。

这是一场大屠杀。

"别动，让我们过去。"欣黛说道，"没有人会受伤。"

男人眯起眼睛看着她，尽可能不去看同事指着自己的枪尖。"你赢不了。"

"我没说我们可以，"欣黛说道，"但我们可以造成极大的伤害。"

她打开她的指尖，从小盒拿出一根麻醉飞镖放在手掌心，忽然一阵头晕。她的力量逐渐在减弱，她无法再好好地控制野狼了。如果她放弃，他又发疯……她不知道他会怎么做。再次昏迷，或者横冲直撞，将他的愤怒发泄在她和其余的朋友身上？

在她身旁，野狼咆哮着。

"其实，我们可以赢。"一个女性的声音说道。

欣黛神经紧绷。空气中有一股骚动，一种不安，拿着掌上屏幕的男人转身，许多人影开始从周围的建筑物出现，埋伏在小巷，从窗户和门口冒出。男人和女人，年轻人和老年人，身着破烂的牛仔裤和宽松的棉质衬衫，他们的头围着布，戴着棉帽子，脚上是运动鞋或靴子。欣黛倒抽一口气，认出这些都是她在法拉法拉短暂停留时所遇见的老百姓。那些人给她带来了食物，帮助她漆宇宙飞船，那些人在自己的身体上画了生化机器人。

她的心提到喉咙口一会儿，然后又沉下去。

这不会有好结局。

"这是国际安全事务，"男人说道，"我命令所有人都回家，任何人违抗命令都将视为蔑视地球联盟的司法。"

"那就把我们都关起来，等你让他们都过去以后。"

欣黛眯起眼睛抵挡太阳的强光，看看声音的来源。她发现是那个药店的女人，那个儿子宁可自杀也不加入拉维娜侍卫队的月族。

一些士兵的枪离开欣黛一行人，瞄准老百姓，但那个拿着喇叭的男人却举起一只手臂。"这些人是通缉犯！我们不希望使用致命武力逮捕他们，但如果有必要，我们也会。我劝你们都退下，都回家。"

他威胁的结果是大家都不动，虽然欣黛看到几个老百姓脸上并没有惊恐的表情，只有决心。

"这些人是我们的朋友，"店主人说道，"他们来到这里寻求庇护，我们不会让你们随便跑来把他们捉走。"

他们在想什么？他们能做什么？也许人数比士兵众多，但他们手无寸铁，未经训练。如果他们一定要拦路，会被杀害的。

"你们没有给我选择的机会。"男人说道，他拿着掌上屏幕的指关节绷紧，汗珠从他脸颊的一侧流下。

店主的语气变得凶狠，"你不知道什么叫没有选择。"

她的手指动了动，比了个几乎看不出来的手势，人们身上像有一道电流通过似的。欣黛退后一步，环顾四周，她看到许多村民突然变得紧张，眉头紧锁，他们的四肢颤抖。

而他们身边所有士兵们则开始转身，改变他们的目标，就像欣黛和厄兰博士所做的，每一个士兵都瞄准隔壁的同伴，每一个士兵都把枪瞄准自己的脑袋。

他们惊诧的眼神第一次充满了怀疑，然后是恐惧。

只有负责人站在中央，目瞪口呆地看着他自己的队伍。

"这是什么感觉？"女人说道，"你自己的身体违抗你，你的大脑变成叛徒。我们来到地球就是为了摆脱这个，但如果拉维娜持续她的野心，我们什么都会失去。我不知道这位小姐能不能阻止她，但她似乎是目前唯一一个让我们有一点信心的人，所以我们打算帮她。"欣黛突然大叫，她的头骨疼痛欲裂，已经承受不了同时控制野狼和女士兵。她的膝盖弯曲，一双手臂突然搂着她的腰，扶住她。她的心智太劳累，她气喘吁吁，凝视着野狼的脸，他的眼睛又变成很亮的绿色。正常的绿色。

"野狼……"

他的目光游离，一把枪掉在地上发出哐啷声。欣黛吓了一跳，那个一直被她控制的女士兵，看着身边的伙伴，浑身颤抖。她不知道该看哪里，不知道该做什么，她紧张地举起手做投降状。

拿着掌上屏幕和喇叭的男人，脸因为愤怒而涨得通红，他再次面对欣黛，目光里充满了恨，然后他把掌上屏幕扔在地上。

索恩的头从一边转到另一边，"嗯，谁跟我解释解释。"

"等会儿。"欣黛说道，倚在野狼身上，"都站起来，我们该走了。"

"太好了。"索恩说道，他和其他人站起来，"谁去带上我的机器人吧？我花了好大力气才得到她。"

"索恩。"

欣黛觉得头重脚轻，十分虚弱，他们走过僵持的两队人马，感觉就像走过石头雕塑的迷宫，这些雕塑拿着枪，眼睛盯着他们，充满愤怒和不信任。欣黛望着村民们，但许多人眼睛紧闭，因为专注而颤抖着，他们不能无止境地控制士兵。

只有地球人看着她，害怕地点点头，脸上闪过一个笑容。她想，他们怕的不是月族邻居，而是拉维娜控制了地球，怕如果拉维娜统治了这个世界，究竟会发生什么事，如果欣黛失败，究竟会怎么样。

杰新抓住机器人的手腕，跟上他们。"那个女人是对的。"野狼说道，一行人突破群众，走向风铃草，走向他们的自由，就在面前的街道。"没有比身体反抗你更糟糕的事了。"

欣黛跌跌撞撞的，野狼抓住她，拖了她几步，然后平衡自己。

"很抱歉，野狼，但我必须这么做，我不能把你留在那里。"

"我知道，我明白。"他伸出手，从博士的手上接过一个袋子，减轻他的负担，他们可以走得快点。"但不会改变一个事实，任何人都不应该有那种权力。"

第四十二章

　　那个月族男孩不超过八岁，但斯嘉丽肯定，如果有机会，她会像一只鸡一样拧断他的脖子。毫无疑问，他是这世上最可怕的孩子。她忍不住想，如果所有的月族孩子都这样，他们的整个社会将会自取灭亡，欣黛最好让他们毁了自己。

　　斯嘉丽不知道自己是怎么来到这个家的，维纳·安那泰尔和他的妻子以及他们养出的那个小野兽的家。也许他们是皇室最喜爱的一家人，或者他们把她买下来，像一个地球家庭买一个新的机器人一样。

　　无论是什么情况，七天来，她一直是一个新玩具、新宠物、新的测试对象。

　　因为八岁大的小主人查里森正在学习如何控制自己的月族天赋，而拿地球人练习绝对是很有趣的，而且查里森主人有一种很病态的幽默感。

　　她的脖子上有一条链子，绑在地板上。斯嘉丽一直被关在她认为是男孩的游戏房里，一个很大的网络屏幕占据一面墙，还有许多虚拟现实的设备和运动设施被丢在角落里，但她够不到。

他的练习都是令人感到痛苦的。自从她来到安那泰尔的家，长脚蜘蛛爬上斯嘉丽的鼻尖，蛇从她的手臂爬到肚脐眼，绕到她的背脊，蜈蚣钻入她耳道，钻进她的头颅，然后再从舌头爬出来。

斯嘉丽尖叫过，崩溃过。她曾用自己的指甲抓胃，用自己的鼻子吐气，直到流血，把里面的东西喷出来。

而在这个房间，查里森小主人一直笑，一直笑。

当然，这是她脑袋里所想到的一切，她知道。她甚至知道当她把脑袋敲在地板上的蜘蛛和蜈蚣时，也是大脑在作祟。但是，这并不重要。她的身体被说服了，她的脑子信服了，她的理性克服了。

她恨那个小男孩，她也恨自己开始怕他。

"查里森。"

他的母亲出现在门口，可以短暂地解救斯嘉丽从他最近着迷的恶作剧脱身：眯着眼睛的鼹鼠，有着肥大的身躯和巨大爬行动物的爪子，一边在啃她的脚趾，爪子撕碎她的脚心。

幻觉和疼痛消失，但恐惧还在，她的喉咙干涩。潮湿的盐在她的脸上，斯嘉丽翻过身子，在游戏室地板中间抽泣，幸好男孩分心的时候没办法洗脑。

斯嘉丽并没有理会谈话，直到查里森开始叫喊，她睁开肿起来的眼睛，男孩在发脾气，他的母亲用一种舒缓的语气试图安抚他、保证着什么。查里森似乎没有平息，几分钟后，他跺着脚走出房间，斯嘉丽听到关门声。

她颤颤巍巍吐出一口气，松懈下来，在恐惧中一直紧绷的肌肉也放松了。

　　她拉开红色连帽衣以及纠结的发丝，他的母亲厌恶地看了她一眼，仿佛斯嘉丽是一只虫子那么讨人厌，是厨房柜台的蛆那样需要立即消灭。

　　没有说一句话，她转身离开房间。

　　不久，一个人影出现在门口，英俊的男子穿着黑色长袖外套。

　　那是一个法师，斯嘉丽看出他似乎有点高兴。

　　"我与林欣黛打斗期间，抓住了她。这个女孩是她的帮凶之一。"

　　"就是你没有生擒或杀死生化机器人的那场打斗？"

　　希碧尔的鼻孔张大，她在斯嘉丽和雕刻华丽的大理石宝座之间踱步。她穿着亮丽的新外衣，动作僵硬，毫无疑问是因为枪伤的关系。"是的，我的女王。"

　　"我想也是，继续吧。"

　　希碧尔在背后紧握她的手，指节泛白。"不幸的是，我们的软件技术人员并没有能够使用小飞船或者我没收回来的直接通信芯片，成功地追踪到风铃草，因此，这次审讯主要的目的是确定我们的囚犯可能知道哪些信息，对我们追查生化机器人有用，不是吗？"

　　拉维娜女王点了点头。

　　斯嘉丽跪在石头和玻璃打造的王座大厅中央，可以清楚地看到女王，虽然她有些想把头转开，但很困难。月族女王像传说中那么美丽，甚至更美。斯嘉丽认为过去一定有男人为了拥有如此美丽的女人而发动战争。

但这些天来，凯铎皇帝却为了阻止一场战争被迫跟她结婚。

处于又饿、又神志不清、又疲惫的状态，斯嘉丽几乎想讽刺地笑笑，但她勉强自己忍住。

女王注意到她的嘴唇抽搐，皱起眉头。

斯嘉丽脉搏加快，目光环视整个王座大厅。虽然她被迫跪下，但他们没有把她绑起来什么的。女王本人在，一堆侍卫，十个法师，有希碧尔·米拉，再加上三个红衣、六个黑衣法师，他们不认为她会试图逃跑。

还有，王座两侧的天鹅绒椅子上坐了至少五十个……嗯，斯嘉丽不知道他们是谁。陪审团？月族媒体？贵族？

她只知道，他们显得滑稽可笑，衣服金光闪闪，脸上画着太阳系、彩虹棱镜和野生动物，颜色鲜艳的头发卷曲，一卷一卷的，装饰复杂得不得了。有些人的假发甚至放着一个装小鸟的笼子，虽然它们非常安静。

斯嘉丽猜测自己看到的这些，可能都是法术造成的幻象，这些月族可能只穿着装马铃薯的麻袋。

希碧尔·米拉的高跟鞋在地板上敲着，引起斯嘉丽的注意。

"在你被捕前，成为林欣黛叛乱组织分子多久了？"

她盯着法师，喉咙因为几天的尖叫而疼痛。她什么都不想说，目光瞟向女王。

"多久？"希碧尔问道，她的语气已经越来越不耐烦。

但是，斯嘉丽不在乎地保持沉默，显然他们一定会杀了她，她没有那么天真，以为自己还有活命的机会。毕竟，王座大厅的地板上有血迹，一直延伸到女王宝座对面那面墙上，或者说那应该是一面墙，但现在是一扇打开的巨窗，窗台往外伸出，不知道通向什么地方。

他们应该在很高的地方，三层楼吧，至少。斯嘉丽不知道窗台外面是什么，但猜到摔下去总归是没命的。

希碧尔握住她的下巴，"我建议你好好回答问题。"

斯嘉丽咬紧牙关。是的，她会回答。什么时候她有这种观众群了？

希碧尔放开她，她把注意力转回女王身上。

"我在你的特种部队对地球发动攻击那天晚上加入欣黛，"她的声音沙哑，但有力，"那天晚上，你杀了我的奶奶。"

拉维娜女王没有反应。"你可能不知道我的奶奶是谁。"

"这和我的问话相关吗？"希碧尔问道，很恼火斯嘉丽主导了她的审问。

"哦，是的。非常相关。"

拉维娜的手指支住自己的脸颊，看起来很无聊。

"她的名字叫米歇尔·伯努瓦。"

没有人有反应。

"她在欧盟军队服役二十八年。身为一个驾驶员，她获得了一枚奖章，因为到月球来执行任务，一个外交访问。"

女王眼睛眯了起来。

"很多年后，她在月球遇到的男人出现在她家门口，带着一个非常有趣的东西，一个小女孩……差点死了，但没有死。"

女王的嘴唇周围有一点褶皱。

"多年来，我的奶奶藏住了小女孩，让她活下来，最终奶奶为她付出性命。那天晚上，我加入了林欣黛，那天晚上我加入真正的女王那一边——"

她的舌头僵住，下巴和喉咙像结冰了似的。

但她的嘴唇仍然得意地一笑。她的话绝对已经超过拉维娜的忍受范围，女王目光中的狂暴让她觉得值得。

旁边的人有着轻微的骚动，没有人敢说话，他们迷茫的眼神望向彼此。

希碧尔·米拉的目光从斯嘉丽身上移到女王，脸色变得苍白，"我对囚犯的胡言乱语向您致歉，我的女王，请问您要我私下继续质问她吗？"

"没必要了。"拉维娜女王的声音很平和，仿佛斯嘉丽的话并没有让她生气，但斯嘉丽知道她是装出来的，她看到女王的眼睛中出现了杀意。"你可以继续问下去，希碧尔，但，我们预计今晚出发前往地球，我不想耽误，也许用一点方法让你的囚犯专注于回答我们感兴趣的问题。"

"我同意，陛下。"希碧尔向站在门边的一个皇家卫士点了点头。

过了一会儿，一个台子被推进王座大厅，观众似乎振奋起来。

斯嘉丽倒抽一口冷气。平台上是一块很大的黑檀木，四边错综复杂地刻着许多百姓向一个穿着飘逸长袍的男人叩头，男人头上一弯新月，像是一顶王冠。木头上面，几百个刀痕中间，是一柄银色的小斧。斯嘉丽被两名侍卫拖上平台。她慢慢地吐出一口气，抬起下巴，试图压制自己的恐惧。

"告诉我，"希碧尔说道，走到她的身后，"林欣黛在哪里？"

斯嘉丽望向女王。"我不知道。"

她的手背叛了自己，伸向那个银色斧柄。她的喉咙收紧。

"她在哪里？"

斯嘉丽咬紧牙关，"我不知道。"

她的手拿起斧头。

"你一定知道有需要的时候，哪个地方可以紧急登陆，可以安全地躲起来。告诉我，推测一下也可以，她会在哪里，她已经去了吗？"

"我不知道。"

斯嘉丽的另一只手贴在黑色木头上，手指张开，她被自己突然的动作吓一跳。终于她的目光离开女王，望着自己背叛的手。

"也许问一个更简单的问题。"

斯嘉丽一跳，希碧尔就在她的身后，朝她的耳朵低语。

"哪根手指对你最没有用？"

斯嘉丽闭上眼睛，她试图澄清自己的脑袋，让自己理性一些，她试图不要害怕。

"我是他们唯一的飞行员，"她说，"其他人不会驾驶宇宙飞船，就算他们打算回地球，也会坠毁的。"

希碧尔走开，但斯嘉丽的手还在木板上，银斧还停在半空中。

"我的侍卫很会飞行，我们离开宇宙飞船的时候，他还活蹦乱跳的。假设林欣黛把他洗脑，要他替她开船，"希碧尔又站到斯嘉丽面前，"她会要他到哪里去？"

"我不知道，也许你应该去问他。"

一个缓慢的、愉悦的笑容浮上法师的脸。

"我们先从最小的手指开始，如何？"

斯嘉丽的手臂抽动，她往后退缩，头转过去，仿佛这样就不会发生似的。她膝盖瘫软无力，摔在木块旁边，但她的手臂还很有力、很僵直，那是她身上唯一没有颤抖的地方。

她手上的握力加大，准备挥动。

"女王？"

整个房间似乎把这话吸进去了似的，那么轻的字句，斯嘉丽不敢肯定自己是不是真的听到了。过了很久很久，女王不耐烦地喊道，"做什么？"

"可以把她给我吗？"这个话细微而缓慢，仿佛这个问句是一个迷宫，得仔细地走，"她会是很可爱的宠物。"

斯嘉丽心跳如雷鸣，不敢睁开眼睛，斧头在她的眼角一闪。

"我们办完事再给你吧。"女王说道，好像很不高兴一场好戏被打扰。

"但这样她就支离破碎了，那会变得一点都不好玩。"

房间里开始窃笑。

汗水掉进斯嘉丽的眼睛，她感觉刺痛。

"如果她是我的宠物，"那个细巧的声音继续说道，"我可以在她身上练习。她一定很容易控制，也许有这么好的一个地球人当作对象，我很快就会进步。"

窃笑停止。

微弱的声音变成低语，却仍然像枪响一样在房间里延续。

"父亲会把她给我的。"

斯嘉丽试图把眼睛里的盐眨掉。她的呼吸不稳，想把自己的手夺回来，但失败了。

"我说把她给你，就会给你。"女王严厉地说道，仿佛在应付一个恼人的孩子。"但，你好像不懂当一个女王若威胁那些反抗者，她就必须彻底执行。如果没有，便是等着统治溃散的结局。你希望我的统治失败吗，公主？"

因为恐惧、恶心和饥饿而头晕目眩的斯嘉丽勉强抬起头，女王看着坐在她身旁的一个人，但天旋地转地，斯嘉丽看不清楚是谁。

但斯嘉丽听到了她的声音，可爱的声音，穿过她。

"不，我的女王。"

"那就是了。"

拉维娜转身朝希碧尔点了点头。

斯嘉丽来不及做任何准备，斧头落下。

第四部

当长发公主看到王子，她
伏在他身上，开始哭泣，
她的泪水滴进他的眼里。

第四十三章

月牙儿站在实验台旁边，手里抓着一个掌上屏幕。厄兰博士拿着一个奇特的工具靠近索恩的脸，一道细细的光束照进他的瞳孔。

博士"嗯"了一声，理解地点了点头。"嗯，嗯。"他拉长声音说道，调整工具的设置，底部发出一道绿光。"嗯，嗯。"他又嘟嘟哝哝地，换一只眼睛检查。

月牙儿靠得更近些，但她听不出这个嘟哝到底表示什么意思。

博士手上的工具发出点击的声音，从月牙儿的手上接过掌上屏幕。他点点头，然后交还给她。她低头看着屏幕，奇特的工具转出一长串难以理解的诊断。

"嗯，嗯。"

"你不要再'嗯，嗯'了，告诉我出了什么问题，好吧？"索恩说道。

"耐心一点，"博士说道，"视觉系统是很细致的，错误的诊断会造成重大的失误。"

索恩双臂交叉在胸前。

博士又改变工具的设定，再次扫描索恩的眼睛。"没错了，"他说，"视神经严重损伤，可能是头部创伤造成的。我推断当你撞到脑袋时，颅内出血对颅骨造成突然的压力，压迫到视神经和——"

索恩挥了挥手，推开博士的工具。"你可以处理吗？"

厄兰博士有点生气，把工具放在风铃草医疗舱的长台上。"当然可以。"他好像觉得受到了侮辱。"首先是从你骨盆中收集一些骨髓，采集造血干细胞，我们可以从外部先修复你的视神经系统。过一段时间，这些干细胞将取代你受伤的视网膜神经节细胞，在断开的细胞间搭桥——"

"好啦好啦，够了，"索恩捂住他的耳朵，说道，"拜托，不要再说那个字了。"

厄兰博士扬起一边眉毛，"再说什么，细胞？造血？神经节？"

"最后一个，"索恩做了个鬼脸，"啧。"

博士皱着眉头，"你这么娇气，索恩先生？"

"眼睛这个东西够呛了，什么手术会跟骨髓有关呀，到时候我会昏迷，对吧？"他躺回检查台，"快点做吧。"

"局部麻醉就够了。"厄兰博士说道，"我的手术箱里碰巧有可以用的工具，不管如何，我们今天可以取一点骨髓，但我没有分离干细胞或造出注射液的设备。"

索恩慢慢坐起来，"所以……你医不好我，是吗？"

"得有合适的实验室。"

索恩抓了抓下巴，"好吧，如果我们跳过什么干细胞、注射液之类的，就只是把我的眼珠子换成人造的呢？我一直在想，有一个 X 射线透视力真的太方便了，我得承认，这个主意对我越来越有吸引力。"

"嗯，你说得真对。"厄兰博士说道，通过镜架盯着索恩。"这要简单得多。"

"真的吗？"

"不。"

索恩的嘴撇了撇。

"至少现在我们知道出了什么错，"月牙儿说道，"知道是治得好的。我们会想出办法来。"

博士瞥了她一眼，然后转身离开，把他们从旅店带回来的设备放在医疗舱的各个柜子里，除了专业的好奇心，他似乎企图隐瞒自己的情绪，但月牙儿依然感觉到，他不在乎索恩。

另一方面，他对她的感觉则是一个谜，从他们离开旅店后，他便没有再看她一眼，她以为他是对买卖月族贝壳获得血液样本的事感到惭愧，他的确该感到羞耻。虽然他们现在是友非敌，但她还没有原谅他这么对待她、对待无数其他人，像对待拍卖会上的牛一样。

当然她没有见过牛被拍卖。

她不能确定自己对风铃草大部分船员有什么看法。看到野狼在旅店里这样失控，月牙儿尽可能避开他。知道他的脾气、他有什么样的能耐，每回那双生动的绿色眼睛望着她时，都令她汗毛直竖。

自从他们离开非洲，野狼没有说过一句话。他们一直在讨论，在月牙儿恢复风铃草隐形功能前，停留在轨道上是十分危险的事，但野狼总是独自一人蹲在驾驶舱的一个角落里，空洞的眼神瞪着飞行员的座位。

欣黛建议他们到新京附近，再做下一阶段的计划。野狼在厨房里踱步，拿着一罐西红柿。

当他们终于降落在联邦北侧荒凉的西伯利亚地区，野狼已经侧身躺在船员宿舍里双层床的下铺，脸埋在枕头里。月牙儿以为那是他的床，索恩告诉她那是斯嘉丽的。

她当然觉得他很可怜。任何人都看得出来，失去斯嘉丽让他悲痛万分。但她更多的是害怕。野狼的存在就像一颗定时炸弹，任何时刻都可能爆炸。

再来是杰新·克雷，希碧尔的前侍卫，大部分时候都是若有所思而沉默着，偶尔开口便是说一些粗鲁或讽刺的话。虽然此刻他加盟了他们，月牙儿忍不住想到每次都是他把女主人希碧尔带到她的卫星来，多少年了，他一直知道她被囚禁，却从来没有帮过她。

再来就是护卫机器人，主人这个，主人那个，你要我帮你洗脚、替你做一次脚底按摩吗，主人？

"船长！"少女的尖叫声让月牙儿起鸡皮疙瘩，一个蓝色的身影冲进医疗舱，扑在索恩身上，几乎让他从实验台上摔下来。

他哼了一声，"怎么——"

"我好喜欢！"机器人喊道，"我太喜欢了！这是我所收过最好的礼物，你是整个银河系里最好的船长！谢谢你谢谢你谢谢你！"机器人上前给了索恩连续几个亲吻，对他挣扎着在实验台上后退完全无视。

月牙儿的手指压住掌上屏幕，直到手臂开始颤抖。

"艾蔻，够了，他呼吸不过来了。"欣黛说道，出现在门口。

"好的，对不起！"机器人捧住索恩的脸颊，又重重地在他嘴巴上亲了一下才放手。

月牙儿的下巴因为咬紧牙关而生疼。

"艾蔻？"索恩说道。

"全新的，活生生的！看起来怎样？"她朝索恩摆了一个姿势，"咯咯"笑了起来。"哦，我的意思是……嗯，你真的把我的话放在心上，我好漂亮。而且我查了一下制造商的产品目录，眼睛能升级成四十种不同的颜色！我喜欢那种金属的金色，但看看吧，流行改变得很快，不是吗？"

索恩松了口气，笑着："很高兴你喜欢。但如果你在这里，现在是谁在开船？"

"我只是换了个性芯片，"欣黛说道，"达拉似乎不在乎自己的样子，一天到晚说'只要我的主人高兴就好'。"欣黛模仿机器人的口气，"我也解除了她的某几个程序，希望以后她不会太在意违法这种事。"

"这才像我的船。"索恩说道，"达拉，你在吗？"

"随时为你服务，索恩船长。"头顶的扬声器出现一个新的声音，比起艾蔻那种有点歇斯底里的口气，这绝对是机器人的语调。"很乐意担任你的新自动监控系统，我将努力确保船员的安全性和舒适性。"

索恩笑笑，"哦，我会喜欢她的。"

"检查完了，"欣黛说道，头朝门歪了歪，"到货舱来，我们有很多事需要讨论。"

几分钟内，风铃草的船员在货舱集合，艾蔻盘腿坐在地板上，如醉如痴地看着自己裸露的脚趾。博士从医疗舱推出一张小椅子，坐在上面，月牙儿认为这是因为他年纪太大又太矮，没人帮忙的话，无法跳上储存箱子上。野狼靠在驾驶舱门口，弓着肩，手塞进口袋里，眼睛底下有黑眼圈。杰新站在他对面通向船员宿舍和厨房的走廊墙前，侧身，仿佛只有一半的注意力给欣黛。

月牙儿带索恩走到一个很大的板条箱前。她尽可能和野狼保持距离，希望自己做得不是很明显。

欣黛清清喉咙，站在他们面前，身后是嵌在货舱墙壁上的网络屏幕。

"皇室婚礼再四天就要举行了，"她开口，"我想，我希望，我们都一致认为，不能让拉维娜成为东方联邦的皇后。加冕典礼有着一定的法律约束力，她的地位不会轻易撤销，还会给她权力……嗯，你们知道的。"

她的靴子在金属地板上磨着，"我们之前的计划是打断婚礼，趁机……趁她在月球上，公开废黜拉维娜。但厄兰博士告诉我，这是行不通的，我也许可以让她当不成皇后，但只要月族的人仍然叫她女王，她就可以继续骚扰地球，所以，我相信要真正摆脱拉维娜，唯一的办法就是到月球去，说服人民反抗她，另立新君。"

她似乎犹豫了，眼睛瞟向杰新，然后继续说道："我想……

如果我们可以延迟……我知道有一个方法可以登上月球，不被人发现。"

索恩用手杖打了打塑料箱子。"好吧，机器人小姐，有什么新计划呢？"

睃巡房间一眼，欣黛扬起下巴。"就从绑架新郎开始。"

索恩停止拍打他的手杖，四下安静。月牙儿咬着嘴唇，看了一下其余部船员的面孔，但每个人都茫然不知所措。

艾蔻的手伸到半空中。

"是的，艾蔻？"

"这是有史以来最好的主意，算我一份。"

紧张的气氛开始消散，欣黛甚至哈哈一笑。"我希望大家都能有同样的想法，因为我需要你们的帮忙才能完成这个工作，我们需要后援，结婚请柬，和……服装。"摇摇头，她清除眼中的茫然，"但现在，我认为我们最大的问题便是进去以后找到凯铎，我还不知道怎么追踪他的身份芯片，皇室警卫似乎一直能保持他的行踪隐秘，不被任何刺客或坏人跟踪。"

月牙儿俯身向前，"为什么不使用谭高卢密码？"

他们的注意力都转向她，月牙儿向后退缩。

"那是什么？"欣黛问道。

"是，嗯，凯铎皇帝追踪密码。0089175004。网络的档案显示是一个叫谭高卢的皇家侍卫，但他只是障眼角色，这是皇家卫队用来追踪陛下身份芯片的代号，我已经用这个来证实他的确切位置好长一段时间。"

"真的吗？你是怎么知道的？"

月牙儿脸上热辣辣的，张嘴欲言，但意识到这将是一个很长、很乏味的解释，又闭嘴了。

"没关系，"欣黛说道，揉揉太阳穴，"只要你很确定就可以了。"

"我很确定。"

"那个……太棒了。008 什么的……艾蔻，你记住了吗？"

"记住了。"

"谢谢，月牙儿。"她吐出一口气。

欣黛搓了搓双手。"所以，我是这么打算的，月牙儿，你负责瘫痪宫殿的安保系统。野狼，你掩护她。"

月牙儿一下子抬起头来，望向野狼。

她躲在索恩身边，她最不愿意的就是和野狼一组。当然，欣黛和索恩似乎都信任他，但他们怎么能真正了解一个几乎在旅店勒死欣黛的人，他像一个野生动物那样怒吼，曾经用一种最可怕、最残忍的方法杀人，不是吗？

但似乎没有人注意到她的恐惧，或者他们注意到了，只是没有理会。

"同时，"欣黛继续说道，"艾蔻和我会追踪凯铎，把他带回来。我们在天台上碰面，杰新把我们接走，在所有人意识到这是怎么回事之前，我们就离开。至少，这是个主意。"她把一缕头发挽到耳后。"现在只有一个最重要的问题，我不能这样溜进去，不管是扮一个嘉宾还是一个工作人员，一下子就会被认出来。所以，我要怎么溜进宫殿而不被发现？"

"我可以自己去？"艾蔻建议。

欣黛摇了摇头，"凯铎不认识你，如果我们打算要他信任我们，我想……我认为我得去。"

杰新"哼"了一声，这是他第一次发声，但欣黛不理会。

月牙儿咬了咬嘴唇，其他人开始提出建议：假装自己是媒体的一员？翻后墙进去？躲在巨大的花束背后？

因为害羞而脸红的月牙儿强迫自己张嘴。"你觉得……"她拉长语音，每个人都转头看她，"嗯。"

"觉得什么？"欣黛说道。

"利用那条……逃生通道呢？"

"逃生通道？"

她揪着自己的头发，希望有更长的头发可以摆弄一下，扭着缠着，安抚她的紧张感。但现在头发短短的。又短，又轻，一下子便松开了。每个人都还在盯着她，她的手臂起着鸡皮疙瘩。

"造在宫殿底下，战争结束后造的，建了几条隧道连接几处避难所和藏身处，以防遇到另一次攻击。"

欣黛扫了网络屏幕一眼，"没有一个地图提到刚才所说的逃生道。"

"如果每个人都知道，就不安全了。"

"但是你怎么会……"欣黛停顿了一会儿，"没关系，你确定它们还在？"

"当然还在。"

"你不会记得它们通到哪里去吧？"

"当然记得。"她冷湿的手掌在屁股后擦了擦。

"太好了。"欣黛一副解决了大事的神情，"所以，在我们讨论细节之前……有任何问题……"

"我们多久会到月球？"野狼说道，他的声音因为很久没开口了变得粗哑。

月牙儿倒抽一口气。他的眼睛布满血丝，看起来像可以毫不考虑把所有人都撕裂。

然后她明白他问题后的潜台词，大概所有人都能立刻体会。他想知道多久能去找斯嘉丽。

"几个星期，至少，"欣黛说道，她的声音压低，充满内疚，"也许三个星期……"

野狼咬紧牙关，转过头去，一动不动，成为角落里一个沉思的影子。

索恩举起一根手指，欣黛又紧张了。"怎么了？"

"新京的宫殿是不是有自己的医学实验室？里面可能有什么治疗瞎眼的神奇机器？"

欣黛眯起眼睛，"你不能去，这太冒险了，你一下子就会被逮到了。"

索恩笑着，毫不沮丧。"想想看，欣黛，月牙儿对付了安保系统，每一个侍卫都需要照看一到两个地方，安保控制中心得全面监看到底怎么回事，或他们的宝贝皇帝到底去哪儿了，确定他是安全的、没有受到伤害，除非另外有一个地方发生更大的骚动，"他握住自己的下巴，"一个极大的骚动，离你们这些家伙很远，比如说，医学实验室？"

月牙儿扭着手放在腿上，注意力放在索恩和欣黛身上，不知道他所谓的骚动指的是什么。欣黛却左右为难，不停地张开嘴又闭上，不愿意接受索恩的想法。

"我有一个问题。"

月牙儿吓了一跳，转身看着杰新，他一副超级无聊的样子，一只手肘靠在墙上，一只手埋在头发里，好像他站着站着就要睡着了，但他蓝色的眼睛十分锐利，盯着欣黛。

"如果说你闯关成功了，虽然我真的不看好。"

欣黛双手抱在胸前。

"你很清楚，一旦拉维娜意识到你干了什么，她不会坐视让你继续阻挠她的，对不对？暂时的停火也就结束了。"

"我当然明白。"欣黛说道，她的语气沉重，目光离开杰新，轮流看着每个人。"如果我们成功了，将会引发一场战争。"

第四十四章

婚礼那天上午。欣黛思绪纷乱，精神紧绷而疲惫不堪，但内心深处却有一股诡异的平静。太阳落下以前，她就会知道他们所有的计划和准备的结果。要么他们今天会成功，要么他们会全部成为拉维娜女王的阶下囚。

或者，他们会死去。

她洗完澡，换了衣服，试着不再胡思乱想，吃了一顿过期饼干涂上杏仁奶油的简单早餐，她沉甸甸的胃只消化得了这个。

太阳刚刚升上西伯利亚被霜覆盖的冻原，他们挤进最后的一艘小飞船，七个人塞在只能坐五个人的空间里，开始进行四十分钟低海拔的飞行，前往新京。没有人抱怨。风铃草太大了，很难隐藏起来。至少小飞船能够隐入一个突然间涌进许多陌生宇宙飞船的城市里。

这趟旅程是静默而折磨人的，只有艾蔻和索恩偶尔会说上几句话，欣黛一直在关注皇室婚礼及法拉法拉持续动乱的报道。

援军一到，镇上的居民已经不能再控制军队。东方联邦并不打算逮捕和关押几百个老百姓，他们得到非洲政府的许可，把整个城市封锁，直到他们全都被彻底地盘问和判罪。

老百姓们被视为地球叛徒，因为帮助林欣黛、米特里·厄兰和卡斯威尔·索恩，虽然新闻不断报道，只要有人肯透露逃犯、他们的盟友及船只的信息，政府愿意网开一面。到目前为止，没有任何一个法拉法拉的居民合作。

欣黛不知道月族居民的下场和地球人是不是一样，或者他们只是在等待被遣送回月球接受真正的审判。迄今为止，还没有记者提及很多叛军都是月族，欣黛怀疑政府打算掩盖这一事实，避免邻近城镇甚至世界各地群众的恐慌，否则地球人肯定会意识到月族是多么容易渗透融入他们。

欣黛还记得原来她认为地球上根本没有任何月族的，当厄兰博士告诉她事实并非如此时，她简直吓坏了。现在想想，她的反应似乎天真得可笑。

新京映入眼帘，欣黛关掉新闻。市中心的建筑气势恢宏，就像细长的铬和玻璃雕塑刺入天空，欣黛被心里一股猝不及防的思乡疼痛所袭击。她太忙了，直到此刻她才知道自己对这里有多怀念。

宫殿庄严地立在清晨的阳光下，外围是高耸的悬崖，但是他们改变方向远离，杰新按照欣黛的指示朝市中心飞去，到处是悬浮车子，她很庆幸有非常多小飞船。欣黛的第一站是两个街区外的凤凰城公寓。

她深呼吸，下了船。虽然再过几周，时序便要进入秋季，夏天的尾巴仍然在新京发挥威力。这一天的开始，万里无云，天气炎热，温度要比所谓的舒适稍高，已经没有了欣黛离开时那种惊人的湿度。

"如果十分钟后你在约定的地点没看到我，"她说，"盘旋几圈，再绕回来。"杰新没有看她，但点点头。

"如果你有机会，"艾蔻说道，"用你的金属脚朝爱瑞的屁股，替我好好地踢几下。"

欣黛笑了，虽然声音有些尴尬。然后，他们走了，留下她一个人在这条走过一千次的街上。

她已经使用法术，但很难专注，所以她低下头，走向她一度叫作家的公寓。

几周以来被朋友和盟友包围，此刻是一段奇怪的独处，但她很高兴，没有其他人和她一起参与这个阶段的计划。把自己和那个一直住在这个公寓的女孩拉开距离对她而言似乎很重要，让她的新朋友去她过去的抚养家庭让她畏缩。

她的上衣贴在背上，接近公寓的正门，一直等到另一位居民来了，用他们嵌入式的芯片打开门锁，她才偷偷跟在他们身后溜了进去。

一个熟悉的恐惧升起，往日走进小小的门厅，她都会有这种感觉，但是这一次进入电梯时，她觉得自己有某种目的待完成，她不再是那个人们告诉她的没人要的生化机器人孤儿，得天天溜到地下室工作间，避开爱瑞恼怒的瞪视。

她是自由的，她可以控制自己，她不属于爱瑞了。

也许这是第一次，她扬起脑袋走出电梯。走廊里空无一人，除了一只癞皮灰猫正舔着自己。

欣黛来到一八二〇号公寓，挺直肩膀，敲了敲门。门后传来啪嗒啪嗒的脚步声，她专注于自己的法力。欣黛选择了凯铎最后一次新闻发布会上站在他身后一个官员的样子，中年，微胖，几近灰发，在那张脸上显得略小的鼻子。欣黛很准确地模仿她，甚至是蓝灰色西装和合理的棕黄色皮鞋。

门开了，一阵带着霉味的热风吹进走廊。爱瑞站在她面前，正在绑她丝绸浴袍的腰带，在家时，她几乎总是穿着浴袍，但这件欣黛并不熟悉。她的头发往后梳，还没有化妆，汗水在她的脸上发出光泽。

欣黛以为在养母的目光下，她会畏缩，但没有，相反地，她看着爱瑞，带着一种超然的寒光。

这只是一个女人，得到一份皇室的结婚请柬，这只是清单中一项该完成的任务。

"有什么事吗？"爱瑞说道，用怀疑的目光看着她。

欣黛正式鞠了一个躬。"早安，林爱瑞女士在家吗？"

"我是林爱瑞。"

"很高兴见到你，抱歉这么早就来打扰。"欣黛说道，这番话她早早练习过了，"我是皇室婚礼策划委员会的成员，我知道你答应参加凯铎皇帝以及月族拉维娜女王陛下的婚礼邀请，由于你是我们尊敬的平民来宾之一，我很荣幸能亲自把今晚仪式的请柬送到府上。"

她拿出两张纸。事实上，是两张餐巾纸，但在爱瑞眼里，是两份精美的手工压纸信封。

至少，她希望这是爱瑞看到的。欣黛唯一利用法力改变过的无生命东西，只有她的假手，她不确定自己能不能成功。

爱瑞对着餐巾纸皱眉，但很快脸上便浮现一个耐心的笑容，毫无疑问，她相信自己正在和宫殿官员说话。

"一定出了什么错，"她说，"我们上周收到了请柬。"

欣黛假装惊讶，收回餐巾，"太奇怪了，你介意我看一看请柬吗？我可以确定是不是出错了。"

爱瑞的笑容有些僵，但她退到一边去，将欣黛迎进公寓。"当然，请进。喝杯茶好吗？"

"谢谢，不用了。我们只需要澄清一下这个误会什么的，就不再打扰了。"她跟着爱瑞进到起居室。

"我必须道歉，屋里太热了。"爱瑞说道，从一个小茶几上拿起一个风扇，对着她吹。"空调坏一个星期了，这公寓的维护人员完全不称职，我曾经有过一个仆人可以做这些事，我丈夫收留的一个生化机器人，但是……好吧，不要紧了，现在，谢天谢地。"

欣黛觉得刺耳。仆人？但她不理会这个说法，扫视整个房间，并没有太大的改变，只有全息壁炉上放的东西不一样了。原来放在最突出位置的是林嘉兰的奖章和奖牌，以及珍珠和牡丹的照片，如今它们挤在一角，中心放着的是一个美丽的瓷瓮，画着粉红色和白色的牡丹，放在一个红木底座上。

欣黛吸了口气。那不是一个罐子，是一个骨灰盒，火化后装骨灰用的。

她的喉头干涩，听到爱瑞走过客厅，但她的注意力放在骨灰盒上，以及谁在里面。

她不由自主地走向牡丹的骨灰。举行葬礼时，欣黛已经不在。爱瑞和珍珠为她哭泣，无疑邀请了牡丹班上的每个同学、这公寓里的每个人、每一个认识她的远房亲戚，他们可能会抱怨着送慰问卡和鲜花。但欣黛没有参加。

"我的女儿。"爱瑞说道。

欣黛倒抽一口冷气，后退一步。她没有意识到自己的手指划过上头绘的花朵，直到爱瑞开口说话。

"最近才发生的，因为蓝热病。"爱瑞继续说道，好像欣黛问了似的。"她只有十四岁。"声音里头有着悲伤，真正的悲痛。这也许是她们唯一的共通点。

"对不起。"欣黛低声说道，庆幸自己虽然分心了，但本能还是保持着她的法力。她强迫自己专注，不要让她的眼睛一副要掉泪的样子，虽然不会有眼泪，她是不会掉泪的，但这种掉泪的渴望会让她头痛，几个小时不会消失。现在不是哀悼的时机，她得阻止一场婚礼。

"你有孩子吗？"爱瑞问道。

"呃……没有。"欣黛说道，她不知道她冒充的那个官员有没有。

"我有另外一个女儿，十七岁，不久之前，我一心只想替她找一个有钱的好丈夫。养女儿是很贵的，你知道，一个母亲想把一切都给她们，但现在，我没办法忍受她离开了。"她叹了口气，目光从骨灰盒上转移，"我太多话了，你办事吧，我相信你今天要去很多地方，这是我们收到的请柬。"

欣黛小心地接过来，很高兴岔开话题。现在她看到一张真正的请柬，她用法力改变餐巾纸，真正的请柬纸张要硬一点，接近象牙色一点，烫金，一边是花体拼音字母，另一边是传统的第二纪汉字。

"有趣。"欣黛说道，打开来，她假装笑笑，希望听起来没那么可怕。"啊，这是给林强和他妻子的请柬，我们的数据库一定把你们的地址弄错了，真愚蠢。"

爱瑞歪着脑袋，"你确定吗？请柬送来时，我很确定——"

"你自己看。"欣黛把请柬的一角给爱瑞看，那是欣黛要她看到的，是欣黛要她相信的。

"天啊，真的是。"爱瑞说道。

欣黛把餐巾纸递给爱瑞，看着她的继母宝贝地拿着，好像它们是世上最珍贵的东西。

"好吧。"她的声音几乎要发颤了，"我走了，请留步。希望你喜欢典礼。"

爱瑞把餐巾纸放到浴袍的口袋里，"谢谢你抽空亲自送来请柬，皇帝陛下真是太周到了。"

"拥有他，我们很幸运。"欣黛走向大门，当她的手放在门把上时，她忽然想起，也许这是今生最后一次见到养母了。

最后一次，她希望。

她想压抑住内心的某种渴望，但她发现自己回头看爱瑞。

"我——"

……没有什么要说的，没什么要对你说的。

但她的理智压抑不了她想说这些话的冲动。

"我没有要揭人隐私的意思，"她又开口，清了她的喉咙，"之前你提到的一个生化机器人，你不会碰巧是林欣黛的监护人吧？"

爱瑞和气的样子不见了，"不幸的是，我曾经是，但感谢老天，这一切都过去了。"

欣黛违背自己的理智，一步踩进公寓里，挡住门口。"她在这里长大，你从来不觉得她可能会成为你的家人？你没有一分钟把她当成女儿看待？"

爱瑞"哼"了一声，用手替自己扇凉，"你不知道那个女孩，永远不知好歹，永远认为自己高人一等，因为她……特别。生化机器人都是这个德行，你知道的，很自我中心。和她一起生活真的太糟了，一个生化机器人，也是一个月族，虽然我们一直不知道，直至她现身舞会。"她系了系腰带，"现在她辱没了我们家族的名声，我必须请求你们不要因为她而批评我们家族，我尽了最大的力气帮她，但她一开始就难以调教。"

欣黛的手指动了动，一种熟悉的反叛感觉。她很想解除掉自己的法力，大骂叫喊，强迫爱瑞看清楚她，真正的她，即使只有一次。不是那个爱瑞以为的忘恩负义、妄自尊大的小女孩，而是一个只是想要一个家、想要有归属感的孤儿。

但是，就在她这样想的同时，一个黑暗的渴望爬上她的脊椎。她要让爱瑞后悔自己的所作所为：像一件财产一样对待欣黛，拿走欣黛的义肢，强迫她像一个断了脚的洋娃娃一样走着；一次又一次嘲弄欣黛不能哭泣，不能爱，永远不会是人类。

她发现自己的意志力蠢蠢欲动，检测爱瑞身上的生物电。欣黛还没来得及抑制她覆盖内疚、自责和羞耻的愤怒，便用意志力进到她养母的头骨里，狠狠扭转她的心智。

爱瑞倒抽一口气，跌跌撞撞地，屁股撞在墙上。

"你从来没想过她有多辛苦？"欣黛咬牙切齿说道，她一下子头痛了，眼睛干涩。"你这样对待她，都没有罪恶感？难道你没想过，若你愿意花时间和她说话、理解她，也许你会爱她？"

爱瑞呻吟着，一只手压着自己的胃，仿佛多年的负罪感蚕食了她，让她想吐。

欣黛的脸揪成一团，放开这种情绪攻击，当爱瑞再次迎视她的目光，泪水模糊了女人的眼睛，她的呼吸急促。

"有时候……"爱瑞说道，她的语气软弱，"有时候我的确也会以为我误会她，我们收养她的时候，她还这么小，她一定很害怕，我的小宝贝牡丹很喜欢她，有时我想，如果嘉兰，我们的经济状况……也许事情会有点不同……也许她会属于这里，你明白的……只要她是正常的。"

最后几个字击中欣黛的肋骨，她往后退缩，那一点内疚不见了。

爱瑞打了一个寒战，用长袍的袖子遮住眼睛。

不会改变了，爱瑞也许会对这个世界感到内疚，但她的内心永远会责怪欣黛，因为欣黛不正常。

"我……我很抱歉。"爱瑞说道，捏了捏她的鼻子，她的脸色不再苍白，眼泪止住了，"我不知道自己怎么回事，自从失去我的女儿，我的脑海有时……"她的焦点回到欣黛身上，"拜托，不要误解我，林欣黛她是一个说谎家，一个会操控别人的女孩。我希望他们抓住她，我会尽最大的力量，确保她不能再伤害别人，就像她伤害我和我的家人那样。"

欣黛点头，"我明白，林女士，"她低声说道，"完全明白。"

手指牢牢抓着此行目的的请柬，欣黛离开公寓，头痛欲裂，除了专注于脚下，她什么都管不了，只能勉强维持着自己的法力，不知道爱瑞是不是还在看着她，直到她踏进走廊尽头的电梯。

她一愣。

电梯后面的墙壁是一面镜子。她盯着自己的身影，电梯门关闭。她的心脏怦怦跳着，庆幸的是没有人在电梯里，她突然无法再维持自己的法力，棕色眼睛看到自己镜中的影像，第一次感到震惊。

她刚刚对爱瑞所做的一切，扭转她的情绪，迫使她感到内疚和羞耻，没有别的理由，只因为自己可怕的好奇心，强烈的报复欲望……

而拉维娜就是这样的人。

第四十五章

艾蔻抛出一个飞吻，挥挥手，一个华丽夸张、伸出五根指头地挥手，小飞船离开马路，加入早晨的车潮。

到仓库只要再走一小段路，但一路上她能感觉到自己内部处理器兴奋地嗡嗡运转。

根据她的计算，她将在七点二十五分抵达仓库。运送宫殿预订的六十个护卫机器人的悬浮车子会在七点三十二分从仓库出发，一半的机器人七点五十八分将在外烩办公室下车，其余的八点四十三分被送到花店，和人类员工一起进宫殿。

艾蔻预计最迟不超过九点五十分，自己会在宫殿里面。

工业区是最冷清的。城市的大部分，也许整个世界，都把此刻当作假期，为了观看皇室婚礼。

没有人注意到艾蔻，她大摇大摆走在小巷里，朝仓库走去，快活地越过篱笆，进到院子里，仓库卸货栈有五艘运货飞船停在那里。

她穿着简单的黑色休闲裤和一件白色衬衫。还是有点遗憾，她不能穿花哨的舞会礼服，但她依然觉得自己令人惊艳。她等不及让凯铎皇帝见到她。这个想法让她步伐更加飞跃，她绕到第一艘飞船，奔上阶梯，进到装卸栈里。

面前的景象让她停下脚步，差点撞坏她完美的鼻子。

仓库里到处都是护卫机器人，大多数是女孩，不同的肤色及头发的颜色。大多数没有穿衣服，坐在地上，手臂包住膝盖，头低下来。

超过两百个机器人整齐地排着队，有些还捆着胶带，有纸张包裹他们的四肢，可以在运输过程中多一层保护。一些已经上了栈板，放进塑料箱子里，泡泡包装和纸板散落在地上。

艾蔻左边的墙壁上有三层的金属架子，放满包装用的板条箱，全都标示着护卫机器人的各种品牌、型号和特殊功能。

"全都在这里了？"一个男人说道。

艾蔻躲在仓库的一堵墙后，然后慢慢上前，探头张望。

她发现六十个机器人，包括四十五名女性和十五名男性，排列整齐，都穿着一模一样的黑色裤子和青石色丝质上衣，男性都是简单的中式立领衫，女性腰间绑上优雅的包袱，手臂上是和服式样的皱褶。每个女孩把头发绑成一个牢靠的发髻，别着一朵兰花。

"检查订单。"一个女人说道，走在一排排机器人中间，并且在掌上屏幕上做记号，"订单指定要六一八模块小号，不要中号。"

"我知道，但我们最后一批小号上星期交货了。周四我向宫殿报告过这件事。"

女人把什么东西打进屏幕里。"五十九，六十。都在这里了。"

"很好。上货吧，这是皇家任务，可不能迟到。"男人拉高大型的卷帘门，开启一架运输船的舱口。

女人再次通过一排排机器人，打开他们脖子上的面板，他们的姿势变得柔和。

"排成一排，"男人下令，"贴近一点，缩短距离。"

机器人一个个上船。

艾蔻没有办法悄悄混进去，她的服装不同，说明她不是其中一员。

他们可能会误以为她是一个故障的机器人，把她重新编程，一念及此，她的电线就开始颤动。

伏低身子，她沿着墙壁，悄悄往后走，离开两名员工，身子贴在第一排工业搁板上，再从一个个塑料箱子后面溜到那一排排等着打包的护卫机器人那里，蹲在一个机器人身后，摸索她脖子上的锁。艾蔻抬眼，看见被租用的机器人一半已经上船。

她低声哼着，打开机器人。中央处理器启动，机器人的头抬起来，有着淡金色头发，长及腰，发梢是荧光绿。艾蔻将她的头发从肩上拨开，低声说道："我命令你站起来，尖叫，跑向出口。"

艾蔻话几乎还没说完，机器人女孩站了起来，她开始尖叫，发出吓死人的声音。艾蔻趴到地上，一整排机器人都还坐着没有醒来，她打算调整机器人女孩的声音处理器，但为时已晚。机器人已经停止尖叫，全速跑向出口，跑开时，撞倒她雕像般一动不动的手足。

艾蔻听到两名员工惊讶的叫喊，然后是他们追赶机器人的脚步声。两人一跑进卸货栈的院子，艾蔻便弹了起来，穿过一排排机器人。租用的护卫机器人没有发话，只是眨了眨眼睛，愣愣地看着她跑进他们中间。

"对不起，对不起，不要管我，让我过去，哦，嗨。"有一个特别帅的、像凯铎的机器人，但他没有反应。"算了。"她喃喃道，钻过去，"原谅我，给一点空间，拜托，拜托。"

两名员工回来了，啰啰唆唆、骂骂咧咧，抱怨故障的个性芯片，和写程序的蠢蛋，艾蔻已经在宇宙飞船上舒舒服服地坐着。躲在两个远房亲戚中间，发现要自己别像个疯子般嘻嘻笑很难。

事实证明，拥有人类的外表，和她想象的一样有趣。

一百二十六年前，政府为什么选择这个地方作为皇室避难所，理由是显而易见的。这里离新京城不到十英里，但又被锯齿状悬崖分隔，看起来好像完全进入另一个国家。房子本身建在一处杂草丛生的梯田低谷中央，虽然欣黛怀疑已经有好几个世代没有种过稻米，房子本身看起来像被遗弃了。

杰新把小飞船停在农舍旁，他们走到一处因为夏天的豪雨而湿湿答答的土地上。周遭寂静无声，秋天的青草和野花让空气显得如此清新。

"我希望女孩的话是正确的。"杰新说，走向房子。尽管窗子被封死了，但屋况还是好的。欣黛猜测有一组人一年负责来检查几次，修补屋顶瓦片，确保发电机没有故障，如果真的发生重大危难，这里仍然是让皇帝得以撤退的一个安全庇护所。

这个地方可能被监控了，但是她希望今天，国家的安保团队忙得无暇他顾。

"有一个办法可以知道。"她绕过房子侧面，铁门拦在一个地窖入口。如果月牙儿说得没错，这些门不会通向一个阴湿的酒窖，而是连接到一条隧道，穿过悬崖下方，直入皇宫地下室。

欣黛撬开门，用她内置的手电筒照着楼梯、蜘蛛网、水泥墙，一个旧式的开关，可以打开隧道里的灯，至少可以照明一段距离。

"似乎就是这里了。"她回头望向伙伴。蒙住眼睛的索恩，手肘正倚在皱眉的厄兰博士身上。

这将是一段漫长的徒步行程。

"好吧，"她说，"杰新，回去把风铃草开来，在城市上空盘旋，直到你接到我的信息。"

"我知道。"

"留心一切可疑的事物。如果你发现什么不对劲，继续飞行，等待我们再度和你联系。"

"我知道。"

"如果一切按计划进行，我们晚上六点会到宫殿的登机坪，但如果有问题，我们可能必须回到这里，或者通过逃生通道到另一个庇护所。"

"欣黛，"索恩说道，"他知道。"

她瞪了他一眼，想反驳，但一再重复他们的逃生计划，没有什么用处，只是提醒她每一个环节都可能出错。

杰新的确知道，他们讨论过太多次，每个人都很清楚，若缺少他、缺少任何一个人，这个计划一下子便土崩瓦解。

"好吧，我们走。"

第四十六章

月牙儿盯着更衣室全身镜中的自己，几乎要喊喊起来。

从某一个角度来说，她成了一个歌剧的角色。

晒伤的皮肤已经痊愈，只余一点点痕迹。艾蔻替她修了修头发，衬着她的脸，形成漂亮的金色波浪。飞船上没有化妆品，艾蔻教她捏捏脸颊、咬咬嘴唇，显得更有血色。

月牙儿对艾蔻的看法不一样了，觉得她很亲切，至少她不像达拉那么糟。

虽然月牙儿黑进一个账户里，在一家设计师精品店里狂刷狂买，但直到此刻，她都不能相信自己即将要做的事。

她要去参加一个皇室婚礼，穿着一件真丝及雪纺纱缝制的礼服，宝蓝色的，配合她的眼睛（艾蔻的建议）。紧身上衣非常舒适，裙子很长，她不确定自己能不能走好，不被绊倒。一双简单的平底鞋，虽然她和艾蔻讨论过是不是要买时髦的高跟鞋，但欣黛提醒她们，到时候也许月牙儿要逃命。现实战胜了理想。

"布里斯托尔小姐，您觉得怎么样？"专柜小姐问道，她把月牙儿背上的最后一颗扣子扣上。

"太棒了，谢谢你。"

女孩打扮得很漂亮，"我们很高兴您选择我们的店为您搭配皇室婚礼礼服，不胜荣幸。"她把月牙儿的头发从耳后放出来。"您带了珠宝吧，要不要戴上看看整体的样子？"

月牙儿笨拙地拉着自己的耳垂，"哦，不，没关系。到宫殿的路上我再戴。"

尽管女孩的脸上闪过一丝迷惑，但她只是鞠了一个躬，步出更衣室。"您准备好请先生来看看了吗？"

月牙儿皱着眉头，"应该好了。"

她跟着服务的小姐走出试衣间，进到一个装饰豪华的休息区，看到自己的新"丈夫"。

野狼瞪着镜子，想把一头乱发压平，他穿着一件无可挑剔的燕尾服，典雅的白色领结和压领。

他在镜中盯着月牙儿，她下意识站得挺直一点儿，他的目光掠过她，却没有什么反应。

月牙儿泄气了，双手交握。"你看起来棒极了……甜心。"

他的确棒极了，事实上，简直像一个浪漫的英雄，肌肉紧绷，骨骼结构轮廓分明，但看上去却一副悲惨的样子。

月牙儿突然很紧张，转了一个圈，展示她的礼服。

野狼只简单地点了点头，"悬浮车子在等。"

她的手放到身体的两侧，叹了口气。野狼只是穿着他所分配到的角色衣服，但没有真正在扮演。"对了，你拿了邀请函？"

他拍了拍上衣口袋，"我们快点结束吧。"

艾蔻待在从仓库到餐饮供商那儿的货运船上，路上她很容易便要另一个机器人把衣服换给她，她可以混进其他机器人员工里，只要没有人注意到她盘成髻的辫子是蓝色的。

她和第一组机器人一起下了飞船，到外烩办公室里，所以当她的替身到了花店，被发现穿错衣服时，艾蔻早就跑了。

然而，谁又会怀疑她呢？她只是另一个没有脑子又听话的机器人。

但，这是最难的部分。

她和别的机器人和谐地站在一起，一分钟眨十次眼睛，保持安静，人类的餐饮工作人员兴奋地谈着也许此行可以看到皇帝本人，又担心万一拉维娜女王对食物不满意。

艾蔻强迫自己咬住舌头，她的程序本能让她保持面无表情。哎，这一生当中，每每她得学人类的幽默、讽刺和感情时，这个本能会将她这部分掩藏。

从那里，他们被带进一部很大的悬浮车子。虽然直线距离不远，但车子得绕到宫殿后面，靠近研究和实验室大楼——当然，也就是工作人员入口。

当悬浮车子慢下来时，艾蔻感觉到外烩员工的闲聊变得更加紧张了。

她听到门打开，然后悬浮车子逐渐停下，工作人员排队进到卸货栈，这不是艾蔻想象中进到皇宫的那种排场，但她试图不让自己透露出失望的样子，走在僵硬的同伴间。

两个女人站在交货站门口。一个穿着镶宝石的纱丽，用掌上屏幕记下什么；另一个扫描身份芯片，确定这个重大典礼所有的工作人员都是事先被核准的，当她检查完人类员工，下令机器人排成两排。艾蔻溜到队伍的最后头。

他们穿过单调的服务大厅，鞋子发出同步的声响，艾蔻小心地配合脚步，计算着每一道门的距离，并且和下载到她内存的地图相对照，厨房和她预期的一模一样，亲眼看见觉得要比网上看的更大些，有八个工业大小的烤箱，数不清的炉子，三个横跨整间屋子的橱台，几十个厨师在切洗炒炸，准备一千两百位星系嘉宾的宴席。

一身纱丽的女人把一个厨师拉到一边，"机器人到了。"她的大叫压过厨房的喧嚣，指了指艾蔻和其他机器人，"你希望他们到哪里去？"

他看了一下队伍，注意力很快地停在艾蔻的蓝色头巾上。但他的目光掠过她，显然他认为这不是他该管的。"先把他们留在那里。上第一道菜时，我们会派他们和普通员工一起。他们要做的便是捧着一个托盘和微笑。做得到吗？"

"我们很确定他们的程序是没有缺失的，最好让他们负责月族客人。我希望宴会厅尽量可以保持平静，以防有……任何意外发生。"

他耸耸肩，"我的员工不会惹事的。"

男人回去工作，在每个工作站安排一叠叠的黄金托盘。女人没有再看机器人一眼便离开了。

艾蔻站着，纹风不动，非常、非常守规矩。她等待着，等待着。想想其他人，欣黛、月牙儿和其他人的状况。没有任何一个厨房工作人员注意他们，只不过偶尔有人会因为他们挡在那里碍事而瞪几眼，厨房已经挺拥挤了。

艾蔻确信没人在看，手伸在身边的一个机器人背后，摸索到她脖子上的面板，打开来，机器人甚至没有动一动，她按下一个开关。

"现在接受输入的命令。"机器人的声音既不完全像人，也不完全像机器人。

艾蔻手放下，望向附近的厨师。

厨房太大声，没有人听到机器人说话。

"跟我走。"

她又确定没有人在看，躲进最近的走廊。

机器人跟着她，就像一个训练有素的宠物。艾蔻经过两条走廊，听听看有没有人说话或脚步声，但发现这些较少被使用的地方根本没人。一如预期，所有可用的人员都投入准备仪式和招待会，恐怕在测量盘子和汤匙间的距离。

当她们走到一个工具间，艾蔻把机器人带进去。

"我得让你知道，不是针对你个人。"她用一种闲聊的语气，"我明白，你的程序员没有一点想象力，并不是你的错。"

机器人的目光空洞。

"如果在另一种情况下，我们会是姐妹，我觉得认知这点是很重要的。"

两眼发直，每六秒钟眨一次眼。

"但是，此刻，我有一个重要的任务，我不能分心去同情一个比我落后的机器人。"

没有反应。

"好吧，"艾蔻伸出她的手，"我需要你的衣服。"

第四十七章

月牙儿的手指陷进悬浮车子的座位里，倚着窗子，直到她的呼吸让玻璃充满雾气，她恨不得眼睛再睁大一些，有这么多东西可以看，她简直看不尽。

新京是如此无止无尽，东方有一大片摩天大楼从平地立起，在午后的阳光下，白银和玻璃闪着橙光，市中心后是仓库和表演场、公园和郊区，一个接着一个，月牙儿很高兴这些景观、建筑物和人可以让她分心……否则，她就要吐了。

当悬崖上的宫殿映入眼帘，她倒抽一口气，无数的照片和影像让她认出来了，不过亲眼看见还是完全不同，气势更加宏伟，她张开手指贴在窗上，将她的视野框住，她看到一排车辆，许多人在铁门外，人群蜿蜒到悬崖底下，伸进城市里。

野狼恶狠狠的目光也盯着逐渐接近的宫殿。但他没有一丝敬畏，只有不耐烦。他的膝盖不停抖着，手指一会儿弯起，一会儿伸直，看着他让她紧张。在风铃草时，他也这么焦躁，这么厌烦。

她不知道，这份突然而来的能量是不是表示他身体里炸弹的定时器已经开始嘀嗒响起。

　　或者，也许他只是着急，就像她一样。也许，他在脑海一遍遍想着他们的计划。或者，他在想那个女孩，斯嘉丽。

　　月牙儿很难受，她没有见过那女孩。就像风铃草的这块拼图缺了重要的一块，月牙儿不知道自己能不能填补。她试图回忆她所了解的斯嘉丽·伯努瓦。当欣黛和索恩把飞船降落在她奶奶的农场时，月牙儿搜索过她，但没有太多资料。当时，她不知道斯嘉丽加入了他们。

　　月牙儿只和她说过一次话，当时船员们联系她，请她帮忙。女孩好像很和气，但月牙儿只注意到索恩。除了那一头红色的鬈发，她几乎不记得其他什么了。

　　礼服的肩带让她不安，她又瞟了野狼一眼，他试图松开他的领结。

　　"我可以问你一个问题吗？"

　　他的目光扫过她，"和黑进安保系统无关吧？"

　　她眨了眨眼，"当然。"

　　"好吧。"

　　她抚平膝盖上的裙子，"这位斯嘉丽……你爱上了她，是吗？"

　　他愣住了，像石头一样一动不动，悬浮车子爬上通往宫殿的山坡，他的肩膀一沉，目光移回窗口，"她是我的阿尔法。"他喃喃地说道，声音有一股令人难以忘怀的忧伤。

　　阿尔法。

　　月牙儿倾身向前，手肘支在膝盖上。

　　"像星星一样？"

"什么星星？"

她身子一僵，很尴尬，拉开和他的距离。"哦，嗯，一个星座里最亮的恒星叫作阿尔法。我想，也许你的意思是，她就……就像……你一生中最耀眼的星星。"

别开目光，她的手在腿上扭着，知道自己现在双颊绯红，这个野兽般的男子会察觉她是一个过分浪漫的傻子。

但是，野狼没有嘲讽或大笑，他叹了口气。

"是的。"他的目光移到笼罩城市上空的满月上。"的确是。"

她的心一跳，月牙儿对他的恐惧开始消退。她像又回到那个时装精品店里，感觉他就是浪漫故事里的英雄，他试图拯救他的爱人，他的阿尔法。

月牙儿咬咬下唇，继续她的想象，只不过这不是一个无聊的故事，斯嘉丽·伯努瓦是月球上的一个囚犯，很有可能她已经死了。

悬浮车子停在宫殿大门前面，月牙儿的心十分沉重。

一个迎宾的使者打开门，周围一阵轰然的嗡声，月牙儿打了个哆嗦，把自己的手递给使者，就像在网络连续剧里看到的那样，她的脚落在铺着砖的车道上，突然间被包围了，记者和群众，有的平和，有的愤怒，蜂拥到皇宫大院里，拍照、提问，有人举着标语，呼吁皇帝不要这么做。

月牙儿低头，很想爬回悬浮车子，躲开灯光和人声。

世界开始旋转。

哦，天啊，她快晕倒了。

"小姐？小姐，你还好吧？"

她的喉咙发干，血液冲进她的耳朵，她快淹死了，她觉得窒息。

然后有一只手牢牢握住她的胳膊肘，把她从人群中带开。

她迷迷糊糊的，但野狼如铁般坚实的手搂着她的腰，让她紧紧贴在身旁，迫使她配合他的步伐。在他身边，她觉得自己像一只脆弱的小鸟，但也有被保护的感觉。她专注在这一点上，瞬间，一个安慰她的幻想出现在她的脑海里。

她是一位著名的网络连续剧女主角，正要做第一次亮相，野狼是她的保镖。他不会让她发生任何事情。

她只要扬起她的脑袋，勇敢、优雅而有自信。她精致的礼服成了戏服，媒体变成崇拜她的影迷，她的脊背挺直，一点点摆脱颤抖，眼前不再一片黑暗。

"没事吧？"野狼喃喃道。

"我是一个著名的女演员。"她低声回答。

她不敢抬头看他，怕会毁了想象的咒语。

过了片刻，他松开手。

身后人群的噪声消失，取而代之的是小河潺潺的吟唱和皇宫花园里竹子平静的低语。月牙儿望着前方若隐若现的入口，两侧是深红色的棚架，另外两个迎宾使者守在台阶上。

野狼拿出两张精致的请柬，月牙儿一动不动，让扫描仪扫过嵌在纸张里的微小芯片。她和野狼是不可能扮演林爱瑞以及她的女儿，但两个芯片上的档案已经被改变。

根据掌上屏幕，野狼现在是萨温·布里斯托尔，英国联邦加拿大东部多伦多的议会代表，而她是他年轻的妻子。

事实上，据月牙儿了解，布里斯托尔先生还待在家里，没有意识到有一个替身已经替他协商，改变了他不出席皇室婚礼的政治观点。

月牙儿希望这一切不要被揭穿。

使者毫不犹豫地把请柬还给野狼，她吐出一口大气，"我们很高兴您来参加盛宴，布里斯托尔先生，"他说，"请前往跳舞厅，两位将被引领到座位上。"说罢，他已经伸手去拿后面两位来宾的请柬。

野狼带着她向前，如果他有一点焦虑，也完全没有表现出来。

主要走廊上站着一身大红外套配着流苏肩章的宫廷侍卫，月牙儿认出墙上的一面画屏：大山隐在云雾缥缈间，一座湖里满是仙鹤。她的目光本能地掠过走廊两旁一盏华丽的吊灯，虽然它很小，但她知道女王的摄影机就藏在那里，即使是现在也正照着他们。

当然她不认为女王、希碧尔或任何人现在会有空看监视影像，然后认出月牙儿，但她仍然转过头，开始大笑，仿佛野狼说了一个笑话。

他皱着眉头看着她。

"这些吊灯真美，不是吗？"她说，语气尽可能轻快。

野狼的表情没有改变，空白了一段时间，他摇了摇头，恢复稳健步伐走向跳舞厅。

他们发现自己站在一个楼道上，连接着一座宏伟的楼梯，底下是一个巨大豪华的房间，令她联想到沙漠的壮阔，她又有了那种敬畏和眩晕的感觉。

她很庆幸他们是唯一站在楼梯顶端的来宾，观看底下的人来人往，在绒布座椅间被领到自己的位置坐下。至少还有一个小时，仪式才会正式开始，许多客人彼此寒暄，欣赏它的美丽。

整个房间有许多柱子刻着金龙，墙边摆满鲜花，有的像月牙儿那么高大，像是一个室内花园，六个鸟笼立在落地大窗旁边，关着鸽子、知更和麻雀，和谐动人的鸟鸣媲美乐团。

月牙儿转身面对野狼，任何看到他们的人都会以为他们谈得很投入。

他低头配合她，虽然他的注意力放在最近的侍卫身上。

"你不认为我们应该下去打声招呼？"

他吸了一下鼻子，"最好不要。"他四处张望一会儿，手肘朝她比了比，"也许我们可以对这些笼中的鸟儿表示一下同情。"

第四十八章

通过阴暗的地窖后,欣黛很高兴地发现这条逃生通道很……嗯,很适合一个皇帝。地板上铺着砖,墙壁是光滑的水泥,每二十步设置一盏昏暗的灯泡,他们不用担心索恩被绊倒。

虽然,他们行进的速度很慢,不止一次欣黛有先走的念头,但索恩确实很努力跟上。不过,厄兰博士年龄太大,腿又那么短,他走起路来像爬行似的,如果不是不愿得罪他,她很想背他算了。

她不断提醒自己,这在他们的计划中,他们在正确的时程上,不会有事的。

终于她注意到一些特征,他们快接近宫殿了。库房里是不易腐败的东西,一罐罐的水和好酒,许多没有用过的发电机放在那儿,几个很大的房间空荡荡的,有一些大圆桌和看起来不大舒服的椅子。

还有黑色的网络屏幕和控制面板及处理器,不是国家最先进的,但也够新,显然有必要的话,这些逃生隧道随时可以利用,如果皇室需要躲藏,他们能够在这里待很长一段时间。

不只是皇室,欣黛一路往前走,经过越来越多通往各个方向的储藏室和走廊，明白这是一个迷宫，似乎有足够的空间让整个政府或至少在宫中任职的人搬迁到这里来。

"我们快到了。"她说，通过卫星导航和在她视网膜显示的地图追踪到他们目前的位置。

"等等，再说一次，我们要去哪儿？离开飞船这么久，我记不起来了。"

"非常好笑，索恩。"她回头一看，索恩一个手掌贴在墙上走着，厄兰博士用他的手杖。她不知道什么时候索恩把它给了他，什么时候博士开始气喘吁吁，她几乎没有留意，脑子里一直都是那个困难重重的计划。

看到博士眉间的汗水从帽檐滴下，她停下脚步，"你没事吧？"

"恍恍惚惚的，"他喃喃道，头垂得低低的，"觉得好像抱着……彗星的尾巴。星辰和沙丘……怎么会这么热？"

欣黛揉了揉脖子，"好吧，嗯，我们来得及，"她说，"也许休息一会儿？"

博士摇摇头，"不，我的新月在上头，我们依计划行事。"

索恩走过来，一副很困惑的样子，"今天不是满月吗？"

"博士，你该不会是有幻觉吧？"

厄兰博士眯起蓝色的眼睛看着她。"走吧，我会跟上的。我……我好多了。"

她想反对，但心里明白他们没有太多时间可以浪费，即使他想休息。"好吧。索恩，你呢？"

他耸耸肩，一只手向她一挥。"带路。"

欣黛查看地图，继续往前，看到一条走道的分岔和月牙儿给她的指示重叠时，她发现一个楼梯间隐在一个看不大见的方向，她放慢脚步，用宫殿地图查看他们的位置。"我想是这里了。索恩，留神脚下。博士？"

"我很好，谢谢。"他说，扶住他的腰际。

她开始往上爬，楼梯一直向上，下面的灯光褪为阴影，终于变成一片黑暗，她再度打开手电筒，墙壁很平滑，没有装饰，只有一个金属扶手。

欣黛估计她爬了三层楼，看到一扇门，够四个人并肩走进去，用厚重的钢筋造的。一如预期，没有门枢，门的这边没有把手，否则只要有人发现隧道便可以潜入皇宫，这便是一个安全漏洞。

握住栏杆，欣黛举起另一个拳头，敲出一段节奏。然后，她等待着，不知道是不是够响亮，不知道他们是不是来得太快，或者太慢，整个计划已经失败。

但随后她听到一个声音，一个插销拔起，锁链转动，很久没用的门枢嘎声。

艾蔻站在她的面前，得意扬扬，抱着一堆叠得很整齐的衣服，"欢迎来到新京宫殿。"

索恩虽然不愿意明说，但他对要离开欣黛、独自跟着这个脾气暴躁又气喘吁吁的博士感到伤心。一直到目前为止，他没有感觉到这个老头有一丝和气，似乎一点也不认为应该把治疗索恩的失明摆在第一位，更不要说还在隧道里疯言疯语的。

然而，他们在这里了，在宫殿里，朝实验室过去，在那里他们会找到需要的设备，以进行博士口中什么古怪的视觉神经系统修复手术。

他们被留下来了。只有他们两个。

"从这边走。"博士说道。

索恩调整他的方向，一只手扶着墙壁。他怀念拐杖，但听到它在他前面发出响声，他认为博士似乎更需要它。

索恩真的、真的希望博士不要倒下来，这会毁了今天的一切。

"看到人了吗？"索恩问道。

"不要问愚蠢的问题。"

索恩皱起眉头，但闭上嘴巴。一切如他们所希望的，没有人料到会有人从宫殿最机密的逃生隧道闯进来，而所有侍卫都守在宫殿门口和宴会厅周围，只有他和博士来到实验室大楼。

最后，得有人将注意力从欣黛和月牙儿身上转移。

他的手指感觉到墙壁的表面改变了，从原来的温暖略带粗糙，变得冰冷而平滑。他听到一扇门打开。

"走这里，"博士说道，"还有楼梯。"

"为什么不搭电梯？"

"电梯由机器人操作，需要身份芯片授权。"索恩抓住扶手，跟着博士往上，往上。博士不得不停下来两次调匀呼吸，索恩等待着，要自己有耐心，这时他想起月牙儿，不知道她在做什么，等时机到来，她会不会准备好。

他没有太担心。她和野狼在一起，不会有事的。

终于，博士推开另一扇门。在坚硬平滑的地板走了一小段路，头顶的灯光发出嗯嗯的响声。

"温馨的实验室，这就是我遇见公主的地方，你知道的。"

"实验室。是的，我在自己的实验室里和公主有一次成功的会面。"他的鼻子皱起来，房间闻起来像医院，无菌冰冷，很强的药水味。

"在你前面大约四步远有一个实验台，躺下。"

"真的吗？你不想休息一下，喘口气什么的？"

"我们没有时间。"

倒抽一口气，索恩往前摸索，手碰到一个垫了东西的台子。他的手伸向边缘，身子往上一提，坐了上去。纸张在他的身子底下变皱。"但，你不是要把什么尖尖的东西刺进我的骨髓？也许不用这么着急。"

"你紧张吗？"

"是的，紧张得要命。"

博士哼了一声，"真是你的本色，终于在傲慢的底下流露出人性。当然，你只是担心自己，我不惊讶。"

"这个情况下，你可不可以也有点担心？担心我的眼睛，我的骨髓。"

"我担心我的国家，我的公主，我的女儿。"

"女儿？你在说什么？"

博士气呼呼的，索恩听到他开关抽屉的声音。"我猜测你的眼睛是因为要去卫星救新月才瞎的，我算欠你一份。"

索恩抓了抓脸颊，"你算欠我一份？"

"问 下，她有没有告诉你，她被囚禁了多长时间？"

"月牙儿？七年，在卫星里。"

"七年？"

"是啊。在此之前，我猜她和其他贝壳被关在一个火山宿舍之类的地方。我不记得了。法师要收集他们的血液样本，但月牙儿似乎不知道为什么。"

一个橱柜门砰地关上，接着是沉默。

"博士？"

"采集血液样本？从贝壳身上？"

"很奇怪，对吧？但至少她没有像野狼一样接受离奇的遗传篡改。"索恩摇摇头，"我不了解这些月族科学家，他们似乎有点疯狂。"

又是一阵沉默，接着是更多的沙沙声。索恩听到一张椅子或桌子被推到他这里来。

"他们一定是利用贝壳的血液研发解药，"博士若有所思地说道，"但是时间不对呀，她在蓝热病在地球爆发前就被捉走了，当时甚至不知道有这种疾病存在。"

索恩歪着耳朵对着博士，他不再吊儿郎当。"怎么了？"

"除非……除非。"

"除非……怎么了？"

"哦，天啊，这就是为什么要捉走他们。可怜的孩子，我可怜的月牙儿……"

索恩的掌心支着下巴。"没关系，你可以继续你那些无厘头的话，什么时候准备好，让我知道。"

轮子在坚硬的地板上发出隆隆声。"你配不上她，你知道的。"博士说道，口气里有一种新的紧绷。

"我肯定我……等等，你在说什么？"

"我希望她只是一时的感觉，因为我知道她怎么看待你。我根本不在乎，一点也不。"

"我们到底在说谁？"

博士把什么东西放下去，发出哐啷声，索恩认为是手术用的工具放在一个金属盘子上。"现在无所谓了，躺下。"

"等一秒钟，老实说，"索恩举起一根手指，"你现在精神有没有崩溃？"

博士大喊："卡斯威尔·索恩，我刚刚有一个重大发现，要立刻和凯铎皇帝以及其他地球领导人分享，但得先把这整个谜底解开才成。现在，我估计，我们只有不到五分钟要把干细胞取出，将它们分离变成再生液。我也许不喜欢你，但我很清楚我们站在同一边，都希望月牙儿和欣黛今天能活着离开宫殿。好了，你到底要不要信任我？"

索恩想了比博士所预计更长的时间，才叹了口气，躺在台子上。"准备好了，但首先，不要忘了——"

"我没有忘。启动蓝热病暴发警铃，快。"

索恩听到指尖轻轻点在网络屏幕上的声音，高音的警笛穿过走廊。

第四十九章

　　月牙儿越来越不安。皇家婚礼预计再过二十七分钟便要开始，但她发觉所有警卫和安全人员仍然在他们的岗位。最重要的是，她和野狼想不出有什么办法可以离开座位而不令人起疑。

　　到目前为止，他们都吃了侍应生送来的大虾冷盘（月牙儿：一只。野狼：六只），轮流假装去洗手间，事实上是想看看有没有守卫发现宫殿的安保系统出了问题。

　　月牙儿三次嘻嘻傻笑，握住野狼的手，为了吸引一些女性仰慕者流连在他们身旁。这是她最难的一次演出，因为碰触野狼让她不自在，也很难想象他说笑。

　　"也许我们应该开始想一个Ｂ计划。"月牙儿喃喃道，注意到交响乐团开始就座调音了。

　　"我想好了。"野狼说道。

　　她看着他，"真的？什么计划？"

　　"我们仍然依计行事，只是我要多打昏几个侍卫。"

　　她咬了咬嘴唇，觉得这个什么Ｂ计划并不高明。

然后……"来了，你看。"

她顺着他手指的方向。两名侍卫低头讲话，一个人身上的徽章显示他的阶级较高。他指着一条走廊，是研究翼楼的方向。

嗯，其实他指的几乎可能是任何一个方向，但月牙儿希望他说的是研究翼楼出了问题。这意味着里面有人打开了警报。

一秒钟后，这两名守卫离开舞厅。

"你认为他们搞定了？"月牙儿说道。

"去看看。"

野狼伸出他的手肘，她挽着他，一起进到走廊。剩下的守卫没有留意他们，因为他们转到相连的另一条走廊去，月牙儿不停复述这次行动的指示：到右手边第四条走廊，经过有乌龟喷泉的庭院，然后在第二条走廊左转。她的心脏开始狂跳。

宫殿的工作人员两度把他们拦下，他们假装是有点喝醉了迷路，回头找个地方藏起来，直到野狼确定没有问题才又行动。

没有人发出警报，没有守卫追捕他们，月牙儿知道他们早就被宫殿里无数摄影机拍到，但她和野狼不会像欣黛、索恩或厄兰博士那样一下子就被认出来，即使他们引起怀疑，她也希望大家会因为研究实验室的警铃大作而无暇他顾。不过，他们离开舞厅越远，就越不会有人相信他们是一般宾客。

幸好野狼的脚步加快。欣黛和艾蔻现在应该在等他们，没有时间了。

他们走到一处人行天桥，连接宫殿的两座塔楼。从玻璃地板可以看到底下一条平静小河，隐在一片茂密的青草和菊花丛中。

天桥过后，来到一座圆形大厅，空无一人的座椅是深色木头雕刻而成的，四周是神话中的动物雕像，一盆盆竹子和兰花让这个房间给人一种陶醉的气息。

月牙儿认出这里来了，她走到三英尺高的一尊龙雕像前，移动基座，让它面对墙壁。"左眼有月族摄影机。"她解释道，然后匆匆走向电梯。

一个白色机器人站在一排电梯中央，两只手放在腹部前，传感器有道蓝光照向他们。

"很抱歉造成不便。"它说，呆板的语调不流露一丝情感，"现在处于一级安全警戒，所有电梯暂时关闭，等待警报解除期间，请用一杯热茶。"它的一根叉指指着一处凹室，有一部机器举着精美的白瓷茶壶，壶嘴热气腾腾，有着茶叶和香料的香气。

"你有覆盖安保设置的能力？"月牙儿问机器人。

"有，但需要官方密码或——"

月牙儿蹲下来，转动机器人。"你不会恰巧有一把螺丝刀什么的，我们可以打开控制面板？"

"——宫廷官员足够的等级——"

野狼弯腰，指甲伸向沟槽，把整个面板扯下来。

"——可以覆盖一级安全警戒。很抱歉造成持续的不便，但我必须要求你们——"

野狼把博士给他的掌上屏幕从口袋里拿出来，交给月牙儿。她拉出一条电线接头，插进机器人身躯里，停止自动二维扫描，开始手动搜索安保覆盖设置。

"——停止篡改官方财产，篡改皇室机器人可能导致罚款高达五千国际币及六个月拘禁——身份确认：皇家顾问孔托林，安全覆盖完成。等待指示。"

"电梯到一楼。"月牙儿说道。

"进到一号电梯。"

月牙儿拉掉接头。野狼将她扶起来，最近的电梯门打开，他把她拉到里面。

她的心脏怦怦跳着，电梯下楼，她一直想象门打开时，会有一队守卫的军队拿枪指着他们，她明白，毫无疑问现在他们被监视了，索恩的行动只能作用一段时间，宫殿里每个电梯都有两部摄影机，唯一的问题只不过是弄清楚他们去哪儿了，要多长时间守卫才能捉到他们。

电梯停了下来，门太久才开，她的脉搏怦怦乱跳，终于门开了，看到空荡荡的走廊，她大大地松了口气。

宫殿的这层楼是办公用、外交会议、各个办事处等，她从桌子牌匾、墙上的画中认出来的。月牙儿又回想起她的卫星，即使她和野狼正跑过铺有地毯的走廊，她注意到野狼和自己通过天花板的一排排摄影机。她还在想象从那上面看她会是什么样子：老是分神、心不在焉、东张西望。

他们转了个弯，她想象自己换到另一个画面：通过一个摄影机，影像中的她从正面切换到背影。

没有遇到阻碍，他们到下一排电梯，这里没有机器人站岗。

她拍了拍电梯按键，但还是空白。屏幕上出现红字：电梯因为一级警戒暂时关闭。

月牙儿皱眉，用指甲挖它的边框。倘若有足够重要的人需要搭乘的话，一定有方法可以解除这种设限，但没有机器人——

她感到有人在扯她的胳膊，她尖叫，以为是守卫来捉她了，但只是野狼把她拉向一个凹室。

"楼梯。"他说，打开一扇门。门关上，月牙儿听到靴子声从远处响起。

她的心脏跃到喉咙，她瞥了野狼一眼，看看他听到了没有，但她还没来得及说话，他把她扛到肩上，跃下楼梯，一步就跳到楼道上。她尖叫一声，但后来用手紧紧捂住自己的嘴，简直吓坏了。

终于，他们经过一个牌匾，上面写着"地下室D：维护/安全"。

这时，野狼把她放下来，推开门，感觉好像已经不在宫殿里了。墙壁是纯白色的，地板是沉闷的土灰色水泥。楼梯间后有一个小门厅，左边电梯门关着，他们面前有一张杂乱的桌子。

桌子后面的房间全用茶色玻璃封闭住，一张空椅子前面放着三十余个屏幕，监控宫殿及周围建筑的安全。四个屏幕闪动，显示安保出了问题。

有一个侍卫，拿枪瞄准他们。

"别动！把你们的手放在我可以看到的地方。"

月牙儿颤抖着，按着他的指示去做，但在她的指尖碰到头发之前，野狼已经一把将她推开。她大叫，倒在地上，衣裳某一处撕开了，水泥墙壁间回荡一声枪响。她尖叫着，捂住脑袋。

"月牙儿，站起来。快。"

放开手，她看到守卫晕倒在桌上。野狼弯身，把枪踢开，然后拖着守卫走向玻璃门，举起他的手腕对准身份芯片扫描仪，绿光一闪。

"快点，一会儿会有更多人来搜捕我们。"

月牙儿浑身哆嗦着跑过去，跟着野狼进到安保控制室。

第五十章

"我穿得对吧？"欣黛皱着眉头说道，这件束带上衣总共有三种不同的带子，必须用奇特的方式打结。

"是的，很好，"艾蔻说道，"你的脑袋别动，好吗？"她的手在欣黛的耳朵上一拍，固定住她的头。

欣黛身体的重心从一只脚移到另一只脚，试图平静纷乱的思绪。

艾蔻用力把她的头发盘成一个包髻，让她的头皮生疼，索恩和厄兰博士离开她们似乎已经几个小时了，虽然她脑袋里的时钟告诉她才只有十七分钟而已。

视觉接收器的一角是一个新闻主播正在倒数计时，皇室婚礼即将开始。

欣黛闭上眼睛，试图平复另一波恶心的感觉，她一生中从来没有这么紧张过，不只是因为等待或者知道很多事可能出错，也不是害怕随时可能被逮到，回到监狱里。

最让她紧张的是，她就要见到凯铎了。自从在宫殿花园摔下后，这是第一次她要和他面对面、看着他的眼睛。

当时，他的表情是如此震惊，觉得受到背叛，让她的心脏裂为两半，特别是一小时前，她还湿淋淋地站在舞厅楼梯的顶端，凯铎抬头看着她，微笑。

两种表情大相径庭，但都是因为她。她不知道如今他再看到她会是什么样子，这种不确定令她害怕。

"欣黛，你在看新闻吗？"

她重新把注意力放到新闻上，主播正在报告典礼将稍稍延迟，就在一切都就绪、典礼即将开始的前一刻，但安保团队正在采取措施——

"好了，我们走吧。"

她们望向服务区走廊的两个方向，确认没有人在附近，而且天花板最近的那个摄影机灯也灭了。

欣黛开始佩服自己了，她是全球首要通缉犯，此刻返回她的犯罪现场。但她不会改变主意。

她关掉新闻，调出宫殿地图在她的视觉接收器上，"现在定位。"她说道，用她的内键定位系统，找出她和艾蔻所在位置，再输入月牙儿给她的凯铎皇帝的追踪代码。

她屏住呼吸，它在搜索。然后，他在那里。北楼一个绿点，第十四层楼，连接到他私人住处的客厅，他在踱步。

她颤抖着。隔了一个星系之远，现在她是如此接近他。

"找到他了。"

她们沿着她认为不会有人的走廊移动，她发现自己不断望向天花板的摄影机，但没有一个在动、闪烁或显示是打开的。

慢慢地，欣黛没那么歇斯底里了。

月牙儿成功了，她关闭了安保系统，然后，她们转了一个弯，来到北楼的一排电梯前，欣黛撞在一个女人怀里。

她脚步踉跄，"哦，对不起！"

女人看着欣黛，她是一名工作人员，穿着和她们相同的红色上衣和黑色裤子。

欣黛调用她的法力，让她的机器手臂变成人类的手，让自己有和机器人一样完美的肤色。她露出笑容，希望隐藏自己的惊讶，然后鞠躬。

好一会儿她才知道她为什么吓了一大跳，不是因为她们在走廊里碰上人，而是因为她没有感觉到这个女人。

这是一种很细微的感觉，她甚至没有发现自己在做什么之前便做了，用心智的力量感知每个人类的生物电，她已经习惯感觉索恩、野狼、杰新和厄兰博士，当他们在附近时，他们的存在就像一个影子在她的潜意识里，这是本能，像呼吸一样容易。

但这个女人是一张白纸，像月牙儿，一个贝壳，像艾蔻。

"我很抱歉，"女人说道，向欣黛回礼，"宫殿的这一翼禁止任何没有皇家通行证的人进去。我必须请你们离开。"

"我们有通行证，"艾蔻灿烂地一笑，说道，"我们被派来请问皇帝陛下，在等待典礼开始之前是不是需要吃点点心。"她上前一步，绕过女人，一个手掌拍在她的胸骨上。

女人的目光是宁静的，但一直留在欣黛身上。

"你是林欣黛，"她说，"你是一名被通缉的逃犯。我必须报告当局。"

"呃，抱歉，但我现在有点忙，你这么做会妨碍我。"后退一步，欣黛伸出她的假肢，把一支麻醉飞镖射向女人的大腿。叮的一声，镖尖钉进她的裤子，然后掉在地上。

她只是要确认这个。

欣黛咬着牙，移到女人的侧边，但女人躲开，伸起一条腿，踢中欣黛的屁股。

她"哼"了一声，跌跌撞撞后退，背撞在墙上。

那个女人表情冷漠地欺身上前，手肘挥向欣黛的鼻子。欣黛勉强格挡，利用那股冲力一个旋转，手肘锁住女人的脖子。

女人臀部一抬，给欣黛一个过肩摔。她仰躺在地上，头昏脑涨。

"艾蔻，她是一个——"

她听到一个点击声，打斗中止。

欣黛呻吟，"一个机器人。"

"我注意到了。"艾蔻说道，举起一个控制面板，上面还连着一根扯断的电线，"你没事吧？"艾蔻蹲在欣黛旁边，脸上一个完美的关心表情。

虽然还在喘气，欣黛已经笑了。

"你是我所见过最有人情味的机器人。"

"我知道。"艾蔻伸手把欣黛扶起来坐直，"顺便说一下，你的头发乱了。老实说，欣黛，你能不能保持整齐五分钟？"

欣黛倚着艾蔻站起来，"我是一名机械师。"她下意识地回答，瞟了女人一眼，她的手臂垂在两侧，眼睛空洞地朝电梯望着。

欣黛摇摇头，让自己镇定，按了电梯按钮，屏幕上显示两次安保系统在一级警戒中，然后才变成绿色，最近的电梯门打开。

在宫殿的地下室，月牙儿正在解除限制。

她和艾蔻把机器人拖进电梯，放在一个角落里，欣黛的手因为肾上腺素分泌，颤抖得那么厉害，她几乎按错楼层。

门关上，她取下几根发夹，随便绑了一个马尾，五分钟像样已经足够了。

她一直专注脑袋里两个分开的点，越来越近。她自己一层楼、一层楼往上，接近凯铎。

出状况了。希碧尔·米拉法师看到地球人守卫的动作，知道不对劲了。他们窃窃私语，双手放在枪套上。

希碧尔跟在拉维娜女王身后，发现自己也越来越紧张。

如果有什么地方出错，她的女王不会高兴的。

她斜睨了爱米瑞法师一眼，四目相对。他也注意到了。

她看着前面的女王，一身红色和金色，东方联邦传统的结婚礼服，头上披着一条垂直的面纱，长长的拖曳礼服绣着华丽的龙凤，配合婚礼的主题，一走路像船帆一样飘动，她的姿态表现出一种绝对的优雅和自信，一如既往。

她注意到什么动静了吗？就算有，她也许会归因于她的存在，以及软弱的地球人在她面前如何谄媚和畏缩。但希碧尔知道不止于此。

她脖子后的汗毛直竖。

他们几乎到了主要走廊，一名守卫上前站在他们的陪同人员面前。女王停下，裙子垂在脚边。爱米瑞也停下来，但希碧尔继续走到女王陛下的身边，小心不要显出自己的伤势。

她可能被迫得向女王报告她捉拿林欣黛失败，但至今她仍然不愿意透露出一个尴尬的事实，她在打斗期间被枪所伤。还是被她自己的侍卫打伤的。

"我表示最诚挚的歉意，陛下。"地球人侍卫很快地鞠了一个躬。

希碧尔怒目而视，手指抽动。侍卫忽然单膝跪下，"嗯"了一声。

"向我的女王报告时，要表现足够的尊敬。"希碧尔说道，手伸进袖子里。

好一会儿，卫兵才从震惊中恢复过来。她并没有让他站起来，甚至不允许他抬头。终于，他清了清嗓子，声音比刚刚更紧绷。

"陛下，我们的安保系统出现始料不及的故障。此刻已经确定为了您和凯铎皇帝的安全，我们必须延迟仪式。"他停顿一下，吸气。

"我们很乐观地认为，这个延迟会很短暂，但是，恐怕要请您回到您的住所。我们将在事故排除后立即向您报告，进行仪式。"一滴汗水从他的脖子上滴下，"您的陪同人员会很乐意请您——"

"什么样的故障？"女王问道。

"恐怕我不能透露任何细节，但我们努力在——"

"对于女王的合理问题，这不是一个可以接受的答案。"希碧尔说道，"你在暗示我的女王可能处于危险之中，我要求知道这个事件的细节，我会亲自保护她的安全。我们在这些事项上不能一无所知。现在，说，究竟是什么样的故障？"

她看到他下巴的肌肉收缩，眼睛盯着女王脚前的地面，希碧尔怀疑他的阶级是否够高，足以回答这个问题，但他的恐惧在抵制着他的决心。两个在一旁阶级较低的卫兵没有移动或畏缩，但从僵直的姿态可以看出他们的不安。或许她应该让他们跪倒。

"有人手动操作，"守卫终于说道，"我们的安全系统被关闭，这只能在中央控制室里进行。"

"控制室在宫里？"

"是的，米拉法师。"

"你是在告诉我，你们的故障是因为安保系统被突破。"

"这是一种可能。我们的首要任务是宾客的安全，我必须再次请您返回住所，陛下。"

希碧尔笑了。"宫殿可能遭到渗透。你们竟然没办法让宵小远离安保系统的主机，你认为我们待在住所会安全吗？"

"够了，希碧尔。"

希碧尔一愣，瞥了女王一眼。

她长长的、苍白的手指抚着她的裙子，但希碧尔猜测面纱底下的目光锐利如针。

"女王？"

"我相信这些人都深知这个婚礼的重要性，以及如果有什么事阻拦了这个婚事，会对全球造成什么影响，是不是，先生们？"

卫兵们什么也没说，跪着的男子开始颤抖。希碧尔猜测他的脖子弯成这样一个尴尬的角度，一定很痛。

女王陛下的另一侧有人走上前来。"我的女王在问你话。"爱米瑞说道，他的声音平静又洪亮，像雷声在远处滚动。

侍卫清了清嗓子，"我们并不想拖延或阻止这场婚礼，陛下。我们只希望尽快解决问题，让仪式继续。"

"看你们怎么做吧。"女王说道，"希碧尔、爱米瑞，回到我们屋里，让这些人去尽他们的责任，别再花时间应付我们。"她转身，又暂停，面纱拂过她的手肘。"麻烦你，替我向我的新郎问安。若我知道他很安好，会比较放心。"

"是的，陛下。"侍卫说道，"我们将在您的住所外加强警戒，陛下的也是，直到问题解决。"

希碧尔等到他们以及跟在后面的陪同人员和守卫离开，才放开对这个人的控制，不知道这些侍卫清不清楚如果问题不解决，要承担怎样可怕的后果。

延迟也许不是一件让希碧尔着急的事，但到底是因为什么或者是谁造成这样的延迟，则令她担忧。

虽然拉维娜矢口不谈那个逃脱的生化机器人，也没有责怪地球防范措施不足，但希碧尔敢断定女王只是没有说出口，她在压抑自己的烦躁。

希碧尔的人质在审讯过程中一下子便透露实情。红发女孩没有说谎，林欣黛便是真正的赛琳公主。

希碧尔看过那个女孩在舞会中施用法术，应该说，她看到女王对此的反应。她失踪的外甥女是银河系中唯一可以引起这种骚动的人，想到赛琳公主在外面反抗她、嘲弄她，会让女王疯狂的。

到目前为止，这个女孩证明自己是有本事的，从新京逃走，在巴黎和非洲那个小村子躲过当局的追捕，甚至也从她手底下逃生。

今天的事是她在背后主导？她有这么胆大妄为想阻止女王的婚事？

如果是这样，那么希碧尔便小看她了。闯入宫殿，让安保系统故障。破坏——

她几乎失足跌跤。她不是一个动作笨拙的人。爱米瑞注意到了，她没有理会他的眼光。她心烦意乱。这是不可能的，她过早下结论。

她把手伸进袖子里，拿起放在一个小口袋里的微型掌上屏幕，调出新京宫殿的监视图像文件。苦心安装在整个宫殿的摄影机和追踪器，监测过无数的沉闷外交会议和讨论。

无法建立联机。

她咬紧牙关。

不仅皇宫的安保措施被篡改，他们自己的监控系统也遭到破坏了。整个系统。这似乎不可能，她知道新月的能耐。

她收起屏幕，"女王。"

一行人停下。

"我想请求你允许我自己去调查这个系统突破事件。"

一个卫兵十分不安,"请见谅,但我们得到命令让各位都回到——"

希碧尔控制他的生物电,侍卫一声惊呼,然后闭嘴。"我不是在征求你的同意。"

过了片刻,拉维娜对她点了一下头,面纱几乎没有动一动,"好吧。"

她鞠了一个躬。

"还有,希碧尔,找到这些滋事者,立即将他们处死。在我大喜的日子,我不想劳神去逮捕、审判。"

"当然,我的女王。"

第五十一章

凯铎笑了，粗野得近乎歇斯底里，他无法判断这个意想不到的转折是糟糕，还是非常非常有趣。

"宫殿安保系统被侵入了？那是什么意思？"

"皇家卫队还没有来得及做好正式的报告，陛下，"托林说道，"但我们知道，所有的摄影机和扫描仪，包括武器扫描仪，全都故障了。或者说，你的卫士没办法看到影像。"

"这种情况持续多久了？"

"快十一分钟。"

凯铎走到窗口，他看见一个新郎的反影：白色丝绸衬衫，披着红色肩带。每次看见它，都让他联想到血。他已经在自己的房里踱步一个小时，避免看到镜中的自己。

"你觉得这件事和拉维娜有关吗？"

"以她的性格，应该不会做什么事来妨碍今天的婚礼。"

凯铎的手指拢了一下头发，帕莱雅看见他应该会满意的，专业造型师花了四十分钟让他头上每一根发丝都在最恰当的位置。

"陛下，我想请你远离窗口。"

他转过身，托林声音里的忧虑让他感到惊讶。"为什么？"

"我们必须考虑这次突破安保的事件会威胁你的安全，虽然我们无法推测这个威胁可能来自哪一方面。"

"你认为会有人从窗口暗杀我？十四楼？"

"什么都很难说，但我不希望冒不必要的风险，除非我们有更多的信息。侍卫长很快会到这里来，我相信这种情况，他有应变的计划。我们可能被迫疏散，或进入高度戒备模式。"

凯铎离开窗边。高度戒备模式？他没听过这种事。

"难道我们要取消婚礼？"他问，不敢抱持希望。

托林叹了口气，"没有正式决定，还没有，非到不得已不会采取这个做法，拉维娜女王和她整个宫廷的人都被限制在他们的住所，如果有必要，会被护送到一个比较远的地方，仪式暂时推迟，直到我们可以保证你和女王的安全。"

凯铎坐在一张木雕椅子的边缘，他太焦虑，无法安心坐下，不一会儿又跳起来，继续踱步。"她会大发雷霆，你得警告去向她报告这个消息的人。"

"我认为每个人都已经很清楚了。"凯铎摇头，十分迷惑，这几周来，他的脑子一团迷雾，陷入痛苦和忧虑、恐惧和紧绷之中，间或抱着一点渺茫的希望，希望能有一条出路，希望婚礼这天永远不要到来，希望找到赛琳公主，然后，她会改变这一切。

现在，发生这样的事。这不可能是一个巧合。有人故意黑进皇宫的安保系统，谁有这种本事？他们想要做的，就只是阻止婚礼？这世上有太多人不希望这场婚礼举行。或者他们的动机更危险，更阴暗？

他望着托林，"我知道你不喜欢我提到阴谋论，不过你想想吧。"

托林长长地吐出一口气，很沉重的样子。"陛下，这次，我们可能会同意。"

有人敲门，两人都十分吃惊，通常墙上的扬声器会宣布来人是谁，一定是因为系统失效的缘故。

凯铎心生疑问。难道没有备用系统？或者有，也受到了损害？

托林首先走向门口，"是谁？"

"塔须敏·帕莱雅，请求和陛下说话。"

凯铎揉了揉他的脖子。托林打开门，帕莱雅笔直地站在他们面前，她戴着翡翠，一袭银色刺绣纱丽，装饰得比平日更加美丽。

"有什么消息？"凯铎问道。

帕莱雅表情茫然，几近恐惧。凯铎做好心理准备，接受最坏的情况，虽然他不知道什么是最坏的。

帕莱雅没有说话，她闭上眼睛，倒在地毯上。

凯铎惊呼，伏在她的身边，托林在她的另一边，举起她的手腕，检查脉搏。

"她怎么了？"凯铎问道，然后他看到一支小小的飞镖插在帕莱雅的背上。

"这是——"

"她没事。"

凯铎一愣，抬眼，看到一身丝质上衣，黑色裤子，还有——

他的心跳到喉咙口。

她穿着婚礼员工的制服，头发乱七八糟，一如既往，她没有戴手套，一脸慌乱不安。

另一个女孩跟着她进来，关上门，她要高一点，浅棕色的皮肤，蓝色的头发，虽然凯铎只粗略地看了一眼。

因为欣黛在那里。

凯铎张口结舌，站了起来。托林也站了起来，绕过帕莱雅，试图像一个盾牌，拦在他们之间，但凯铎几乎没有注意到。

欣黛定定地看着他，仿佛在等待着什么。她站得很直，尽管她的金属手臂似乎有点危险，其中一根手指有某种突出物，但她的神情几乎是害羞的。

这种沉默简直难以忍受，但凯铎想不出要说什么。

终于，欣黛叹了口气。"我很抱歉，我不得不——"她指了指失去意识的婚礼协调员，然后挥挥手像把什么抖落。"她不会有事的，我发誓。也许醒来会有点恶心，其他……还有你的机器人……南希，对不对？我必须把她关机，也关掉她的备用处理器，但，任何一个机械师都可以在约六秒钟内还原到她的默认值，所以……"

她焦急地揉着她的手腕，"哦，我们在走廊上碰到你的侍卫长和其他几个守卫，我可能把他吓坏了，他，嗯，也不省人事，但是，真的，他们都会好起来的，我发誓。"她嘴唇一扬，形成一个短暂而紧张的微笑，"嗯……顺便向你问候一下，嗨，你好。"

"唉，"另一个女孩说道，转着她的眼珠子，"还你好哩。"

欣黛瞪了她一眼，但女孩上前一步，站在凯铎面前，优雅地鞠了一个躬，"陛下，真的很高兴再次见到你。"

他不发一语。欣黛也不发一语。托林站在凯铎和欣黛中间，不发一语。

最后，女孩抬起头。"快，欣黛。"

欣黛吓了一跳，"是的，对不起。"

她试探地上前，正要说话，但凯铎终于能开口了。

"你疯了？"

欣黛一呆。

"你、你、拉维娜女王就在宫里，她会杀了你！"

她眨眨眼，"是的，我知道。"

"所以我们不能再浪费时间。"另一个女孩喃喃道。

凯铎皱着眉头看她，"你是谁？"

她一下子开心起来，"哦，我是艾蔻！你可能不记得我，但我们在市集见过，那天你带机器人来修，只是当时我才这么高，"她的手比到臀部的高度，"样子像一颗巨大的梨，白色的。"她眨动睫毛。

凯铎的注意力回到欣黛身上。

"她说得没错，"欣黛说道，"我们得离开了，你得和我们一起走。"

"为什么？"

"他哪里也不会去。"托林说道。他迈步向欣黛，但一只脚悬在半空中，却忽然停下来，转身，跨过帕莱雅，倒着走，直到他的膝盖弯撞到一张高背椅子，一屁股坐了下来。

凯铎目瞪口呆地看着他，开始觉得这一切只是一个焦虑而离奇的梦。

"对不起，"欣黛说道，举起她的机械手臂，"我还有一支麻醉飞镖，如果你试图干预，恐怕我会把它射到你身上。"

托林瞪着她，眼中充满凯铎从未见过的仇恨。

"凯铎，我需要移除你的身份芯片。"

他再次面对她，第一次感觉到一丝恐惧。有一个东西叮的一声，他低头，看到她的手指伸出一把短刀。

她是生化机器人，他已经几乎习惯了。她也是月族，虽然他也是同一时间知道的，但他从来没有见过她表现得像一个月族，没那么光明正大，直到现在。

欣黛向他迈出一步，他则向后退了一步。

她停下来，眼里有一抹受伤的表情。"凯铎？"

"你不应该回到这里。"

她舔了舔嘴唇，"我知道你可能会怎么想，但我希望你相信我。我不能让你跟她结婚。"

他突然大笑。婚礼，他差点忘了，他还穿着新郎礼服。"这不是你可以决定的。"

"但我做了这个决定。"

她又向前，他又后退，凯铎发现自己碰到了一张小桌子。欣黛的目光往下，眼睛睁大。

凯铎跟着她的视线。

她的脚在那张桌子上。一只小孩的脚，本来掉在花园的楼梯上，外头的电镀层凹陷，关节上都是脏污。当安保小组找到拉维娜的监视设备后，他把它从办公室拿出来。

他的耳根子发热，觉得自己好像刚刚被抓到偷藏了什么奇怪的东西，很私人的，而这个东西并不属于他。

"你，呃……"他心虚地指着，"你掉了。"

欣黛的注意力从金属脚转移到他身上，定定地看着他，说不出话来。他猜不出她在想什么，他甚至不知道自己留着它是什么意思。另一个女孩，艾蔻，双手贴着两颊，"这简直比连续剧更精彩。"欣黛垂下目光，镇定自己，一只手伸向他。"求求你，凯铎，我们没有多少时间了。我需要你的手腕。"她的声音很温柔和气，但让他更迟疑。月族，总是这么和气，这么温柔。

摇摇头，他把脆弱的手腕贴在身子的一侧，"欣黛，听着，我不知道你来这里做什么，我愿意相信你的意图是好的，但我不了解你。你每一件事都欺骗我。"

"我从来没有欺骗你。"欣黛又偷偷地看了那只脚，"我也许没有告诉你所有的真相，但这能怪我吗？"

他皱起眉头，"当然怪你，你有足够的机会告诉我真相。"

这句话似乎给了她打击，然后她双手叉腰。"很好，如果我说，嗯，殿下，我想和你一起参加舞会，但首先你得知道我是个生化机器人，然后呢？"

凯铎别开目光。

"你永远不会再和我说话，"她替他回答，"你会觉得羞耻。"

"所以，你打算永远隐瞒下去？"

"永远？"欣黛的手臂向窗口一挥。"你是整个国家的皇帝，我和你之间有永远吗？"

他很惊讶这话深深地刺痛了他，她说得对，没有人会同情他们之间这种荒谬的感情。一个皇帝，一个生化机器人。她的话不应该让他伤痛。

"月族呢？"他说，"那又是怎么回事？"

欣黛"哼"了一声，他可以看出她越来越恼火。"我们没有时间了。"

"你操纵了我多少次？我对你的看法中，有多少是因为洗脑的缘故？"

她呆住了，好像她太惊讶他怎么能说这样的话。然后，她的眼睛燃起两簇熊熊火焰。"怎么？你担心自己对一个卑微的生化机器人产生了感情？"

"我只是想弄清楚什么是真实的，这个人是谁。"他指着她的头到脚。"今天，你在市集里修掌上屏幕，明天，你突破一个高度安保的监狱。现在，你竟然可以侵入我宫里的安保系统，拿着一把刀对着我，威胁如果没有达到目的，你要弄昏我的首席顾问。我应该怎么想？我不知道你是站在哪一边的！"

欣黛握紧拳头，听完他的气话，她的眼睛被他身后的什么东西吸引。一个巨大的落地窗俯瞰东方联邦，她的表情变得遥远，她在评估。

她走向他，凯铎退后。

"我站在我自己这一边。"她说，"如果你要为东方联邦好，为整个地球好，最好也站在我这一边。"她伸出手，掌心向上，"把你的手腕给我。"

他弯起手指。"我的责任在这里，我要保护我的国家，我不会逃避，我不会跟你走。"他试图抬高下巴，虽然在欣黛咄咄逼人的目光下，很难这么做，她让他觉得自己像一粒米那样渺小。

"是吗？"她慢吞吞说道，"你宁愿把机会押在她身上？"

"至少当她操纵我的时候，我会知道。"

"那我就告诉你，我从来没有操纵过你，我希望我永远不必，但你不是唯一一个有责任、有整个国家要担负的人，所以我很抱歉，陛下，但你必须跟我走，那么一来，你就会有足够的时间可以搞清楚你究竟能不能相信我。"

然后，她举起手，向他射出飞镖。

第五十二章

飞镖刺进凯铎的胸口，几秒钟后，他的眼皮眨动，然后闭上，他倒向欣黛。顾问站起来，大叫一声，但艾蔻拦住他，让他坐好。欣黛慢慢把昏迷的凯铎放在地板上。

有那么一会儿，她瘫痪了，头脑晕乎乎的，不知道自己刚刚说了些什么，做了些什么。

"欣黛？你没事吧？"艾蔻说道。

"没事。"她咕哝着，抖抖索索地把凯铎支起来，倚在桌子边，拔出飞镖。"他醒来会恨我的，但我没事。"她忍不住又抬眼看着挂了幅沉重丝绸窗帘的落地窗，她投在玻璃窗上的身影望着自己。一个有金属手臂的女孩，凌乱的头发，穿着仆人的制服。

她慢慢吐出一口气，让自己头脑清楚一点，拉起凯铎的手。

"你打算做什么？"

欣黛停了一会儿，才回头看那个顾问。他的脸因为愤怒而涨得通红。

"我们要把他带到一个安全的地方，"她说，"让拉维娜找不到他。"

"你以为这么做不会引发灾难？不只你，在这个星球上的每个人都会尝到苦果。难道你不明白我们置身战争之中？"

"我们不是置身战争之中，我们正要开始。"她盯着他，"而我要去制止它。"

"她可以阻止它，"艾蔻说道，"我们有计划，而且陛下和我们在一起会很安全。"

艾蔻这样对她有信心，让欣黛很尴尬。欣黛把注意力放在凯铎的手腕上。过去几周她移除过很多人的身份芯片，几乎习惯了，虽然第一刀下去还是会让她想起牡丹软趴趴的手和她蓝色的指尖。每一次都会。

一滴血渗出他的皮肤，欣黛下意识地歪着他的手臂，这样血会顺着他的指尖流下，不会弄脏他的白衬衫。

"他认为你已经找到了失踪的赛琳公主。"

她停下动作，一秒钟后，抬头看着艾蔻，然后看着顾问。"他什么？"

"真的吗？你找到她了？"

倒抽一口气，她重新专注于凯铎的手腕。等到她的手停止颤抖，从他的肉里取出小小的芯片。

"是的。"她的声音里有着警戒，从她的小腿暗袋里拿出干净的绷带，缚在伤口上。"她跟我们在一起。"

"你也相信她可以有所作为。"

她咬着牙，然后强迫自己放松，固定好绷带。"她会有所作为。月球上的人会为她团结，她要收回她的王位。"把小刀收起来，她再次看着顾问，"但如果这个婚礼完成，再怎么做都没有用。月球上的革命夺不走她的头衔，如果你给了她这个权力，我或任何人就不能再改变。我认为你有足够的智慧看到那个后果。"叹了口气，欣黛把裤管放下，站了起来。"我明白，你没有理由相信我，但我还是希望你相信我。我保证，凯铎和我们在一起不会受到任何危害。"

她得到的反应是沉默和夺人的目光。

"你会同意吧。"然后她朝机器人点点头。

"艾蔻？"艾蔻弯下腰，抓住凯铎的手肘。她们一起把他拉起来，一只手臂各放在她们的肩膀上，朝向门口走了四五步。

"他有另一个芯片。"

两人停下。

顾问依然坐在椅子上，依然瞪着她们，脸上一个蔑视的表情，好像在生自己的气。

"你是什么意思？"

"他的右耳嵌入了第二道追踪装置，以防有人绑架他。"

艾蔻承接凯铎全部的体重，欣黛扶起他垂下的脑袋，她拨开他的头发，手指在脊椎和颅骨间摸索，有一块硬硬的东西贴着骨头。

她向顾问点点头，"谢谢你。"她说完，再次弹出刀子。

他哼了一声，"如果他出了什么事，林小姐，我会追捕你，亲手杀了你。"

一滴汗水顺着月牙儿的脊背滑下，但她的双手太忙，没空擦掉。她的手指在屏幕上飞舞，不断扫视列表和密码，再三检查她的工作。闭路监控系统关闭，包括所有摄影、扫描仪、身份编码的软件，以及警报。

两组备份系统关闭，她找不到第三组系统，月牙儿可不希望有所谓的第三组系统，等她一转身便毁了她所有辛勤努力的结果。

月族监视软件的联机切断了。

她得确定已经破坏北楼所有数字锁，以及从这个安保控制中心到研究翼楼间的每一道门锁。此刻还要扰乱嵌入屋顶麒麟雕塑的雷达，这样它们便不会侦测到风铃草。

所有的电梯都处于停摆状态，除了在北楼的那一座，还停在十四楼，等待欣黛和艾蔻，她们随时会逃跑。

但好像等一辈子了。

她的手指稍稍离开主屏幕，抬头一看，身边的几个屏幕都暗了，只有一行重复的灰色字体：系统错误。

"好了，"她往后一坐，"我想好了。"

周围没有人听到她的话，玻璃墙隔开她和野狼，而这个地下室是隔音的，也防弹，可能还防其他什么的，只是她不知道。她离开办公桌。

野狼在走廊里，靠在楼梯间门的墙上，他脱下燕尾服，拔掉领结，解开衣领，卷起袖子，头发不再干净整齐，以一种奇特的角度竖着，他看起来很无聊。

他的脚边，至少有三十个宫廷侍卫倒在走廊上。

他看了一下月牙儿，楼梯间的门忽然打开，一个侍卫拿枪走出来。

月牙儿尖叫，但野狼只是抓住侍卫的手臂，折到后背，在颈边重重一击。

侍卫软倒，野狼让他躺在同僚身边。

然后，他举起手掌向着月牙儿，仿佛在问为什么需要这么长时间。

"需要的。"她低声说道，心脏怦怦直跳，她又看了屏幕上电梯状态的报告一次，只有一部电梯在动，从北楼的十四楼下来。

她微微地扬了一下嘴角，但因为焦虑又克制住了。倚在控制面板上，她连接自己的掌上屏幕和主控制台，设置定时器。

厄兰博士看着机器面板的小屏幕，读上头的数据，记录索恩干细胞的稳定性、每个步骤的自动分析、细胞水平化学反应发生的细节，就在一个固定起来的细小塑料瓶子里。

好像已经过了一个世纪，但他们不急，还不急。他身后的索恩坐在实验室的台子上，脚后跟踢着他的侧面。

数据亮了起来。

注射液完成，回顾以下的参数。

他很快地扫描了一下参数，觉得很高兴。

小瓶弹出，他伸手拿起柜台上的滴管，"好了。"

索恩拉下眼罩，搁在脖子上，"就这样？"

"剩下的就是你的免疫系统工作，我们需要把它滴进你的眼睛，每天四次，一个星期左右，你的视力应该在那之后开始恢复，嗯，六七天，但这是逐渐地，事实上，你的身体在制造一个新的视神经，这不会在一夜之间完成。现在你能表现得成熟点，自己滴进去？"

索恩皱着眉头，"你是说真的？你要我们大老远来这里，就为了要我自己把眼药滴进眼睛里？"

博士叹了口气，把滴管放入小瓶，"好吧，头向后仰，把眼睛睁大，一边三滴。"

他伸手向前，将澄清的溶液吸上滴管，尖端接近索恩睁大的眼睛。

但随后厄兰博士注意到自己手腕上的瘀青，他愣住了，扭过手检查。

瘀青中央是一个暗红色的点，像血一样凝结在皮肤的表面之下。

他的胃一沉。

他打了个哆嗦，稍稍离开索恩，把瓶子和滴管放到柜台上。

索恩垂下头，"怎么了？"

"没什么。"厄兰博士喃喃道，他从一个抽屉里拿出一个口罩，捂住嘴和鼻子。"只是再检查一次。"

他抓起一个消毒液，清洗擦拭小瓶和滴管，然后将它们包裹在一块布里。他感觉虚弱，但毫无疑问这种虚弱只是在他的脑袋里。

即使疾病发生突变，症状出现后，各地的受害者仍然可以存活二十四到四十八个小时，至少。

但他是一个老人，而且他已经心神俱疲一整天，步行在逃生隧道，冲进宫殿。他的免疫系统可能已经受损。

他盯着索恩，这个年轻男人在吹口哨。

"我需要采取血液样本。"

索恩呻吟着，"不要告诉我的东西搞砸了。"

"没有，只是采取预防措施。你的手臂，好吗？"

索恩不太高兴，但他还是挽起袖子。这是一个快速的测试，厄兰博士做过一千次了：抽血，进行诊断，检查蓝热病病原体。

但他发现自己被口罩里温热的呼吸分心。

索恩，还有，如果他回去跟别人在一起，欣黛。

和他的月牙儿。

他抓住柜台一侧，让他的手不要抖，为什么之前他不告诉她真相？他以为他们有时间，在赛琳加冕和拉维娜走了以后，他有好几年的时间来告诉她真相，拥抱她，告诉她他是多么爱她，可以一直道歉，永远不让她离开。

他低头看着瘀青般的疹块，目前只有一个，它并没有蔓延，至少还没有到他的手臂。看过这么多受害者手腕上同样的疹块，他的大脑很清楚，已经听到了定时器的嘀嗒声。

他就要死了。

模块里呜呜响，让他吓了一跳。

蓝热病结果：无。

他闭上眼睛，松了口气。

"怎么样了，博士？"

他清了清嗓子。"我、我觉得最好让干细胞溶液再放几个小时。你可以回到船上后再滴。"他拿起手写笔，把一条信息写进掌上屏幕里。"我会在掌上屏幕里写下说明，以防万一。"

"说明给谁看的？"

一边写，他的胃沉甸甸的，"我不会和你一起回去。"

一阵沉默，只有手写笔的点击声和他自己的呼吸。他突然觉得吃力。

"你在说什么？"

"我太老了，我只会拖累你们。其他人到了以后，我希望你们自己走。"

"别傻了，我们做好了计划，我们会坚持的。"

"不，你们自己走。"

"为什么？这样拉维娜便可以捉到你，折磨你，要你把一切吐露？好主意。"

"她不会有时间来折磨我了，我快死了。"

这些话刺痛了他内心的一根弦，他的眼镜突然起了雾气。没有时间了，坚持了这么多年，从来就没有足够的时间。

"你在说什么？"

他没有响应，直到他完成掌上屏幕中的指示，顺手把手写笔放到耳朵后面，他走向门口，透过小窗口看到实验室的走廊。

外头，数十名侍卫兵已经挤在走廊里，从每个方向举高他们的枪。

"一切都按计划进行。"他喃喃地说道。

一只手落在他的肩膀上，他身子用力一甩，人几乎摔倒。"不要碰我。"

"这是怎么回事？"索恩说道，越来越不耐烦。

厄兰博士躲开他，走到房间的另一头，"这个实验室连接隔离室，我要隔离自己，别担心，没有人会进来质询我。"他摘下眼镜，用上衣擦了擦，"我刚刚确诊自己得了蓝热病。"

索恩跳开，好像被火烧了似的，背贴着墙，这样他们便隔得不能再远了。他低声咒骂，摸过博士的手在裤子上擦了擦。

"别担心，你的结果是没有，最后两分钟感染的机会非常渺茫。"他把眼镜戴回去，"你的干细胞液放在你左手边的柜台上，用布包起来，旁边有一个掌上屏幕，交给月牙儿，她可以帮助你。"他的声音哽咽，摸索键盘，他离开后密码并没有改变。

当他推开门，隔离室的灯光亮了。隔开房间的窗子是单向的，病人进行测试的时候看不到技术人员。

他从来没有待在玻璃的那一侧过。

"卡斯威尔·索恩？"

回头时，他看到索恩仍然贴着墙，但脸上不再那么恐惧，只有决心和同情。"什么事？"

"谢谢你在沙漠中保护她的安全。"他皱着眉，"虽然你还是不配拥有她。"

索恩还没有回答，厄兰博士走进隔离室，把自己关起来。他的囚禁是立即的，令人窒息而绝望的。

第五十三章

月牙儿很庆幸野狼似乎比她更记得住宫殿地图。上楼、下楼、转弯，还有无数的走廊，她完全迷路了。野狼却没有片刻的犹豫，一路跑到无人的走道。

"时间刚刚好。"野狼低声嘀咕着，转了另一个弯。他抓住月牙儿的手肘，把她拉回来，她差点撞上欣黛、艾蔻和她们架着的昏迷男子。

"嘿，你好，陌生人。"艾蔻说道。

野狼点了点头，先是看了看欣黛，然后是失去意识的皇帝。"我注意到你们了，我认为可能是因为他的古龙水，需要帮忙吗？"

欣黛和月牙儿都不反对，他弯下身子，把凯铎放在肩膀上。

如果月牙儿不是这样惊慌失措，急急忙忙地跑着，分泌了八夸脱的肾上腺素，她会对野狼更加敬佩。

"实验室在这个方向。"欣黛说道，带头往前。月牙儿提起她的裙子，跟在她身后。"还顺利吗？"

"到目前为止还可以，"月牙儿回答，"你们呢？"

欣黛摇摇头，一行人跑过天桥，进到研究翼楼。"还好，就是有一点……来了。"

一个宫殿守卫出现在他们面前，牢牢握着他的枪。"别动——"

话戛然而止，他的脸一片空白，手垂在身子的两侧，枪掉在地板上。

月牙儿倒抽一口气，但欣黛拉着她一刻不停地绕过茫然的守卫。

"哇，"月牙儿说道，气喘吁吁的，"真有本事，你一直在练习，对吧？"

"我希望是因为我一直练习才这么容易。"她说完，摇摇头，转弯。

"对付野狼，还比较费力，比较辛苦。但地球人……太容易了。"她叹了口气，"如果她成为皇后，地球就完了。"

他们来到一排电梯面前，月牙儿打上覆盖密码。

"是的，"她挤出一个疲倦的微笑，"幸好，她不会成为皇后。"

挤进电梯，大家似乎都舒了口气，月牙儿的神经像一百万支电焊条那样闪着光，汗水渗进她昂贵的礼服，她因为奔跑、上楼、下楼、恐慌而疲惫不堪，但至少现在他们可以稍稍停下来，调整一下呼吸，做接着该做的事。

月牙儿忍不住偷瞄了拎在野狼肩膀上的男子。皇帝。

她一直想和他见面。监视他和他的父亲多年，从来没有想到他们第一次见面会是在这样的情形下。

电梯开始减速，野狼一僵。"外面很多人。"

"在我们的预料中，"欣黛说道，"索恩和博士最好准备好了。"

月牙儿后退一步，让欣黛和野狼把她挡在中间，不管走廊上是谁在等他们。

艾蔻倾身向前，"那件衣裳穿在你身上真美，"她说，"欣黛，她看起来很漂亮吧？"

欣黛叹了口气，电梯完全停了。"这件事结束了，我们要做些正常的事了。"

门打开，几十个一身红色和黄金制服的宫廷侍卫站在他们面前。

"没有机器人，"欣黛低语，"凯铎和我要和宫殿安保人员好好谈一下。"她进到走廊，"你们，"她命令道，月牙儿看不出她特定指了谁，"现在是我们的个人保镖。挡在前面。"

八个守卫走出来，像机器人般步伐一致，在他们和同僚间形成一道人墙。其他人目光中有着迷惑。

欣黛举起一只手，其中一个守卫把枪给了她，枪柄朝她。

她瞄准了凯铎的头，表情冷酷。"如果有人敢挡路，你们的皇帝就死路一条。现在，走开。"

八个保镖像个保护伞围住他们，月牙儿挤在大伙儿中间走向实验室房间。当他们到达第六道门时，欣黛采用特殊的节奏敲了敲，这是他们约定好的暗号。

不一会儿，门打开，索恩的脸红通通的，皱着眉头，一只手拿着拐杖，另一只手握着一块包着东西的布，他的眼罩还在。

"博士不走了。"他说。

欣黛愣住了，"你是什么意思，他不走了？"

他指了指实验室的后面，他们全都进去，被欣黛洗脑的木偶守在外边，一脸呆滞。一面窗子设置在墙上，窗后是隔离室，博士坐在实验台上，头垂下来，手玩着他的帽子。

欣黛大叫，走向窗口，拳头用力敲着。博士抬头，花白凌乱的头发向外伸出。

欣黛从桌上抓了一个麦克风，按了一个按钮，大吼大叫："我们没有时间了！出来。"

博士只是笑笑，十分悲伤。

"欣黛，"索恩喊道，语气的沉重是月牙儿从来没有听到过的，"他得了传染病。"

月牙儿的胃一沉，欣黛后退一步。

博士顺了顺自己的头发。"每个人都安全到了？"他的声音从墙上的扬声器传出。

好一会儿，欣黛才结结巴巴地说道："是的。大家都到了，但你呢？"

一只手落在月牙儿的头上，她深吸口气，缩到一边。

索恩的手臂揽住她的肩膀，用力搂着她。

"我想知道是不是你。"他低声说道。

她抬眼，看着他的侧面。才分开几个小时，感觉起来像几天了，她意识有可能得病的是他，而不是博士。她整个人紧紧地贴着索恩。

"对不起。"厄兰博士简要地说道，像是他一直在等待着说这句话。坐在那个实验台上，他看起来比以往更加脆弱，脸上满布皱纹。

"林小姐，野狼先生，"他叹了口气，"新月。"

她的眼睛睁大。没有人这样叫她，除了希碧尔。他是怎么知道的？

月球的人喜欢叫这个名字，也许他只是猜到了。

"我伤害了你。至少，我该为你生活中的悲剧负部分责任，对不起。"

月牙儿叹气，她觉得有些遗憾。博士的下巴还有点瘀青，那是她打的。

"我有了一个重要的发现，"博士说道，"你还有多少时间？"

欣黛的手握紧麦克风，"杰新再过六分钟会到。"

"够了。"老人脸上的悲哀更加深刻。"陛下也在？"

"他昏迷了。"欣黛说道。

他的眉毛稍稍抬起，"我明白了。请你把我的信息告诉他，好吗？"在欣黛反应之前，博士戴着帽子，深吸一口气。

"这场传染病不是偶发的悲剧，这是生物战。"

"什么？"欣黛的手压在桌子上，"你是什么意思？"

"月族皇室一直在服用发现的抗体，解药是从没有天赋的贝壳身上取得的，至少有十六年了，或者更长的时间。但十六年前，蓝热病根本不存在，除非它也是在月族的实验室制造出来的。月族希望削弱地球，并且依赖他们开发出来的解毒剂。"

他拍了拍自己的胸前，仿佛在找口袋里的什么东西，但后来似乎意识到它不在了。

"没错。我已经把我的发现记载在索恩先生的掌上屏幕上，陛下醒来请交给他。地球人应该知道，这场战争并不是从最近的袭击开始。这场战争已经在我们的眼皮子底下持续了十多年，我担心地球就要输了。"

随之而来的是令人窒息的沉默。

欣黛俯身对着麦克风，"我们不会输。"

"我相信你，林小姐。"博士哆嗦地叹了口气。"现在，请……月牙儿过来一点，好吗？"

月牙儿一怔。所有人都看着她，她依在索恩的身边，他轻轻地推了她一把，她上前，慢慢走往分开他们和隔离室的那扇窗子。她站在麦克风前面，才意识到这是一个单向的窗子。她能看到博士，但另一头的他只能看到自己的反影。

欣黛清了清嗓子，好奇的目光依旧看着月牙儿。"她在这里。"

博士的嘴边想挤出一个可怜的笑容，但没有成功。

"新月，我的月牙儿。"

"你怎么知道我的全名？"她太迷糊，没有留意到自己口气中的严厉。

但博士好像不在乎，他的嘴唇甚至开始发抖，"因为这个名字是我帮你取的。"

她颤抖着，手抓住裙子的褶皱。"我想让你知道，当我失去你的时候，几乎把我毁了，我天天都想着你。"他的目光徘徊在窗口底端，"我一直想成为一个父亲，即使在年轻时。但我一毕业，便被召入皇家的科学家小组，这是一种荣誉，你知道。我的职业生涯成为我的一切，没有时间考虑到家庭。四十岁以后我才结婚，我的妻子是另一位科学家，我认识她很多年了，没想到自己非常喜欢她，直到她认为她也喜欢我，她不比我年轻多少。这些年过去，我已经放弃了希望……直到有一天，她怀孕了。"

　　一股寒气升上月牙儿的脊背，她感觉像在听一个悲伤的老故事，一个她早就忘了的故事。她觉得她知道结局，但她拒绝相信，她和博士的话不相干。

　　"我们做了所有该做的事，我们装修一间婴儿室，计划庆祝，到了晚上，她会唱一首很老的摇篮曲，一首我已经遗忘多年的曲子，我们决定叫你新月。"

　　他的声音在说到最后一个句子时岔开来，呆呆地抓挠他的帽子。

　　月牙儿倒抽一口气。窗子，隔离室，身上有深蓝色疹块的男人，她的面前变得湿润、模糊。

　　"然后你出生了，但你是一个贝壳。"他的话含糊不清。

　　"希碧尔来了，我恳求，我恳求她不要带你走，但没有办法……她不肯……我以为你死了。我以为你死了，而且你一直……如果我知道，新月，如果我知道，我永远都不会离开，我会想办法去救你。我很抱歉，对这一切我很抱歉。"他捂着脸，不断哽咽。

　　月牙儿抿着嘴，摇摇头，想否认这一切。但她怎么能？他知道她的名字，她遗传了他的眼睛，而且——

　　一滴滚烫的眼泪滑落她的睫毛，顺着她的脸颊而下。

　　她的父亲还活着。

　　她的父亲要死了。

　　她的父亲在这里，在她面前，几乎在触手可及的地方。但他将留在这里死去，她再也看不到他。

　　冰冷的金属蹭着她的手腕，月牙儿吓了一跳。

"我很抱歉，"欣黛说道，缩回手，"但是我们得走了，厄兰博士……"

"我知道，是，是的，我知道。"他急忙抹他的脸。他抬起头，两颊通红，眼睛含泪，看起来像一只支离破碎的鸟儿，"我很抱歉，事情演变，哦，请小心，一定要安全，我的月牙儿，我爱你，我真的爱你。"

她的肺吸不进空气了，越来越多的眼泪从她的下巴滴落，滴在她的丝绸裙子上。她张开嘴，却一句话也说不出来。我爱你，我也爱你。在她的幻想里，这个话是如此简单，而现在似乎不可能说出来。

她相信他，但她不认识他，她不知道自己是不是也一样爱他。

"月牙儿，"欣黛说道，捉住了她，"我很抱歉，但我们得走了。"

她默默地点了点头。

"再……再见。"她说，当她被拖离开窗子时，她只说得出这两个字。

在玻璃的另一边，博士抽泣着，他没有抬头，但他用颤抖的手挥了挥，干瘪的指尖变成蓝色。

第五十四章

　　他们在电梯顶楼丢下保镖，没有人在乎这样一来很容易被追查出去向，希望欣黛不再控制他们的大脑前，他们早已远走高飞。

　　研究翼楼的紧急服务电梯自动关上了，上下按键藏在大楼一个偏僻的凹室里，这是他们最后的障碍。

　　月牙儿采取过措施，确保当他们到达时，它会正常运作。她走在众人面前，输入密码，情绪低落的她，好像大脑里有一团稀泥，她花了一点时间才想起密码。

　　电梯开了，他们挤进里面。

　　没有一个人说话，无论是出于对厄兰博士的尊重，还是心生一丝脆弱的希望。他们是如此接近，非常接近成功。

　　门打开，到了天台，黄昏笼罩着城市，宫殿的窗子闪闪发光，停机坪一层紫色的阴影。

　　风铃草在那里，舷梯放下。

　　月牙儿笑了，一个突然而歇斯底里的笑，像是从她的喉咙里喷出来的。

　　艾蔻发出一声胜利的欢呼，跑向舷梯，大叫："我们成功了！"

索恩握紧月牙儿的手臂，"他来了？"

"他来了。"她低声回答。

野狼一个人放慢脚步，露出牙齿。凯铎还在他的肩膀上。

"杰新，准备起飞，快。"欣黛对着飞船大叫，"我们——"她的话没有说完，放慢脚步，然后停下来。

月牙儿倒抽一口气，紧紧捉住索恩的手臂，让他往后退。

一个身影出现在货舱甲板的顶端。她的白色外衣和长袖子让她看起来像一个幽灵似的纠缠着他们的船，拦住他们的自由之路。

月牙儿的本能要她逃跑、躲藏，尽可能远离女主人希碧尔。

但是，当她扫了身后一眼，她发现法师并非孤身一人。六个月族守卫围在他们身后，挡住他们的去路。反正电梯也不会动了，她修改了程序，一旦他们到达屋顶，就不会有人再跟上来。它不会动，直到她在主机上设置的定时装置让电梯重新启动系统。

这意味着他们没有后路，没有藏身之地，他们离飞船四十步，他们被困住了。

欣黛短暂的胜利感消逝了。她看到了法师，她应该要立刻感觉到她才是，甚至在她走下电梯之前，就感觉到她和守卫。

她成功的感觉让她分心，她变得骄傲自大，现在他们被包围了。

"多么甜蜜的团聚。"希碧尔说道，她的袖子被屋顶的风吹得啪啪作响，"如果我知道你们全都会自投罗网，就不会浪费一半的精力去找你们。"

欣黛试图专注在希碧尔身上，同时也注意到她的盟友。野狼站在她的面前，发出咆哮声，他把凯铎放在地上。虽然野狼没有表现出任何疼痛，但她看到血从他衬衫上渗出。他的缝线断了，伤口裂开。

艾蔻离他不远，唯一没有呼吸浓重的人。

月牙儿和索恩在欣黛的左边。索恩拄着拐杖，她想他身上可能还有枪。他和野狼很可能会变成她的阻碍，成为法师玩弄的武器，不像月牙儿和艾蔻，谁也控制不了她们。

"有多少人？"索恩问道。

"女主人希碧尔在我们面前，"月牙儿说道，"六个月族侍卫在身后。"

犹豫了一会儿，索恩点点头。"胜负还在未定之天。"

"真有意思，"希碧尔歪着头说道，"我的小女孩和生化机器人以及罪犯并肩作战，还有一个真正的机器人，地球社会的败类，和一个没用的贝壳挺搭配的呢。"

欣黛的眼角注意到索恩像个盾牌似的，拦在月牙儿和法师中间，但月牙儿高高地抬起下巴，欣黛从来没有见过她这么有信心的样子。

"你是指那个把所有宫殿监控设备的联机截断的没用贝壳？"

希碧尔"啧"了一声。

"傲慢不适合你，亲爱的。我需要在意联机被截断吗？不久，这个宫殿将会是拉维娜女王的家。"她点点头，"侍卫，留下陛下和那个特种士兵。其他人杀掉。"

欣黛听到靴子的嚓嚓声，制服的沙沙声，枪从枪套中拔出。

她利用意志力控制他们。

六个月族男人。六个皇家侍卫，就像杰新，被训练开放自己的心智，被训练成为傀儡。

她感受到他们的生物电，六名侍卫，步调一致，转身朝向屋顶的边缘，用力把自己的枪扔出去，六把手枪飞出视线，掉到瓷砖屋顶下面某个地方。

希碧尔发出一声尖笑，欣黛从来没听过她这样奔放的笑声。"上次分别后，你倒学了不少东西，不是吗？"希碧尔走下舷梯，"我也不是说控制几个侍卫有多了不起。"她的目光盯着野狼。

欣黛放弃守卫，转而向他，她准备好迎接每次控制野狼时会遭遇到的头痛。

但没有疼痛，野狼的心智已经贴近法师，好像有人把他扭动的能量锁在一个墓穴。

然后，他转身朝向欣黛，脸上因为狂野与饥渴而扭曲。

欣黛咒骂了几句，后退半步，她回忆起货舱内的决斗。

野狼扑向她，她回身躲开，手伸向他的腹部，利用他的冲力让他从她的头顶翻过，他的脚稳稳地落地，然后转身，一个右勾拳朝她的下巴挥去，欣黛用金属拳头格挡，但这个力道让她失去平衡，她跌在停机坪坚硬的沥青上，双手贴在地上。

她的脚跟朝野狼一踢，踢中他的腹部，他受伤的那一面。她恨自己这么做，但他疼痛地"哼"了一声，跌跌撞撞退后一步。

她一跃而起，气喘吁吁，视网膜显示器出现警告。

野狼舔了舔嘴唇，预备做第二次攻击，露出闪闪发光的锋利牙齿。

欣黛压抑她的恐慌，试图再次联结他，只要她能打破希碧尔的精神控制，能先控制他就好。她搜索着野狼，感觉他内心熟悉的愤怒和嗜血、他心智中那非常珍贵的一点在摇摆。

她没办法专心，太想去除希碧尔的控制，她没有注意到那一个回旋踢，直到它踢中她的脑袋，她飞过半个停机坪。

她躺在一侧，头晕目眩，视觉接收器上有白色的火花闪烁，左手臂在地上磨得像要燃烧，肺里连一口气都吸不进去。她抬不起头，程序诊断已经快要崩溃，好一会儿她才想起来怎么把这个东西取消，集中精神。

视线清楚了，她注意到人影晃动，吆喝、争吵、打斗，朦胧的影像，还有疼痛的呼噜声。

侍卫发动攻击，索恩不知道从哪里拿来一把刀子，月牙儿疯狂地挥动他的拐杖，艾蔻尽可能用她的金属和硅的四肢。

她可以保护自己，但索恩看不见，艾蔻的程序里没有包括打斗的技巧。一个侍卫夺走月牙儿的手杖，她跪了下来，瘫软在地，用手护住自己。

欣黛看到一名侍卫抓住索恩的手腕，扭到身后。他大叫，刀子落下。另一个侍卫一拳打在他的肚子上。

然后欣黛听到一声咆哮。野狼蹲下来，预备对她再发动一次攻击。

欣黛抗拒闭上眼睛等待这一次撞击的冲动，她的鼻子慢慢吐出一口气，让自己的肌肉放松。

你的头脑和身体必须合作。

有那么一会儿，自己就像一分为二。她的眼睛盯着野狼，他扑向她，她的身体放松，本能地滚开来，一跃而起。同时，她的月族天赋发现了聚集在她身边的能量，针对六名侍卫，把他们包裹得那么紧，就像有个巨大的金属拳头握住他们。

侍卫大吃一惊，一个跪倒在地，两个侧身躺下，不断抽动。

欣黛躲过另一拳，挡掉一个回旋踢。她下意识地想用手指里的刀子，但她不能。

野狼不是敌人。

她一个勾拳挥向他的下巴，第一次这么结结实实的一拳。

这些话钻进她的大脑：野狼不是敌人。

一团模糊的蓝色映入眼帘。艾蔻大叫一声，跳到野狼的背上，脚圈住他的腰，手环住他的头，试图遮住他的视线，让他窒息或分散他的注意力。

她成功了二点三秒，然后野狼伸手往后，抓住她的脑袋，大力一扭，她喉咙周围的皮肤撕开，连接她脊柱上端的电线断了，擦出火花。

艾蔻滑下来，倒在地上，腿笨拙地扭动。保护着她颈骨结构的外层电镀剥离到另一边，露出断掉的电线和撕裂的肌肉，黄色的硅顺着她的肩膀漏出来。

欣黛跌跌撞撞，双膝跪地，眼睛盯着这个歪扭的形体。

艾蔻的身体砸在地面时残酷的一扭，发出沉重的一声闷响。她内键的音效装置锁住这个可怕的声音，一遍又一遍回放着。

她的胃翻腾一下，但她压制下去，目光从艾蔻身上调离，不是望向野狼，而是希碧尔。

法师站在舷梯底下，美丽的脸庞因为专注而扭曲。

脑海的某一处，欣黛知道侍卫一个个从地上站起来，再度包围她的朋友们。她大声咆哮，不理会所有人，不理会野狼。希碧尔才是敌人。野狼转身面对她，他的脚在地上敲着。

但欣黛太专注于希碧尔的生物电，无暇顾及。希碧尔的能量是扭曲、傲慢和骄矜的，欣黛刚刚侵入她的心智，野狼撞上来，让她倒下，但欣黛几乎没有感觉。

虽然野狼将她按倒在地，欣黛依旧在对付希碧尔的天赋，她仔细地感知法师散发在四肢和手指的能量，和她大脑里同样在翻腾和滚动的有多么不同。

野狼露出他犀利的尖牙，欣黛发现希碧尔的天赋如沸腾般急于控制野狼，她大脑的其余部分如此冰凉而脆弱。

当野狼的獠牙伸向欣黛没有保护的咽喉时，欣黛攫住希碧尔的心智，攻击她。

第五十五章

咔嚓一声。

艾蔻滑下野狼的背，支离破碎地掉在坚硬的地上。月牙儿抬起头，一阵寒战通过她整个人，即使从这个距离，她也能看到撕裂的肉体和冒着火花的电线。

"怎么回事？"

她的注意力回到索恩身上。她仍然跪在他身边，尽可能让他稳住，他的肚子被重重地打了一拳，差点昏过去，但至少他还在呼吸，还在说话。

"我想我们刚刚失去艾蔻，"她说，"你可以站起来吗？"

索恩呻吟着，一边捧住自己的肚子，"可以。"他说，听起来不太有自信。

有东西在动。月牙儿抬眼，大声尖叫，手指陷进索恩的手臂。过去几分钟一直瘫痪茫然的侍卫动了，其中一个呻吟着。

身边的索恩站了起来，"好一点了，"他说，虽然他的脸揪成一团，"你看见我的拐杖或者刀子了吗？"

她看到拐杖在一个侍卫后，眼神充满愤怒，不再是空洞或平和。

"月牙儿？"

"侍卫又站起来了。"她说。

索恩有些畏缩，"六个人都站起来了？"

她望了身后一眼，"欣黛躺在地上，她也许晕倒了，野狼还受到希碧尔的控制……我认为他要……"她用力捏着索恩的手臂。野狼把欣黛钉在地上，她吓坏了，想转开头，但没办法，就像被困在一个噩梦里。

"你好像很害怕。"索恩说道。

她不断发抖，背贴着他，不知道自己会怎么死。头骨被水泥地敲碎？脖子像艾蔻一样被咬断？

"我猜是时候了。"

月牙儿的思绪不断翻腾，这些骇人的事可能发生在她身上，她觉得天旋地转，但一只手臂将她身子一转，她人往后仰，那只手撑着她的背。她大叫，捉住索恩的肩。

然后他亲吻了她。

这场战斗成为飓风，他们在风眼里。他用手臂替她挡着风，她的裙子环住他的腿，他的嘴唇温柔而诱人，好像他们一直都是这样的。月牙儿满心温暖，闭上眼睛。她的手臂想环住他的脖子，但她的整个人在颤抖发晕，她只能勉强用手指攥住他的衣衫。

她刚刚才被融化，突然又被拉直了。世界翻转。索恩一个回身，一只手臂把她抱在胸前，另一只手伸向腰间。月牙儿听到枪响和尖叫，紧紧贴着他，然后她意识到开枪的是索恩。

一个侍卫"哼"了一声，另一个抓住索恩的衣领，他转过身去，用手肘击中侍卫的下巴。

"月牙儿，帮我一个忙。"他又将她转了一个身，让她背对着他。她觉得自己像一个卫星被晃离轨道，但她没有时间去思考，索恩的手臂放在她的肩上。"别让我打错人。"

他又开枪，子弹擦过一个侍卫的二头肌。那个侍卫几乎没有退缩，朝他们扑来。

倒抽一口气，月牙儿的手握住索恩，瞄准，他又开了一枪，这次击中侍卫的胸前，他跌跌撞撞向后摔倒。

月牙儿转身，拉住索恩的手对准下一个侍卫，子弹再次穿过敌人的胸膛。第三枪射中另一个侍卫的肩膀。她瞄准第四个。

当，当。

索恩咒骂："关键时候，真该死。"

侍卫笑了，他身材高大，浑身肌肉，一头橙色的头发，几乎根根竖直，那是月牙儿唯一认得的侍卫。她以前在图像文件里看过，经常和女王的陪同人员在一起，意味着他的阶级很高。

"如果你没意见，"他说，"现在我就杀了你。"

"你不是一个绅士？"索恩说道，把月牙儿拉在身后，举起他的拳头。

一阵尖叫，不只是尖叫，而是痛苦和歇斯底里的尖叫，折磨和悲愤。

月牙儿和索恩低头捂着耳朵，一开始月牙儿吓坏了，以为是欣黛。但是，她看到希碧尔女主人摔倒在地上，浑身抽搐，指甲掐进头皮，尖叫声持续，她不断扭动，脑袋一直摇晃，用力砸在沥青地面上，然后蜷缩着，像一个胎儿，拼命喘息。

欣黛的意识像没有恢复，野狼伏在她身上，但随后，他凶狠地一甩头，就像一条浑身脏兮兮的狗，从欣黛身上窜开，一双野性的眼睛充满懊悔。

欣黛像死去一样躺在地上。

"住手！"红发侍卫喊道，他抓住月牙儿，把她从索恩身边拉开，一只手扣住她的喉咙，她尖叫着，扒开他的手，但他似乎没有注意到。"我说住手，否则我扭断她的喉咙！"

虽然他一直大吼，但几乎压制不住希碧尔的叫声，也许欣黛没有听到，也许她不在乎……或者，她停不下来。

月牙儿试图往身后一踢，但她的腿太短，眼前发黑……

咔嚓一声，侍卫的拳头松开，他往后仰倒，不省人事。月牙儿跌跌撞撞，挣脱了他，揉着自己的脖子。转身，她看到索恩像拿着击棍一样拿着他的拐杖。

"我找到我的拐杖了。"他说，往空中一甩，想抓住另一头，但没抓着。拐杖掉到地上。索恩皱眉，"你没事吧？"

她叹了口气，不理会烧痛的喉咙。"是、是的。"

"太好了。"索恩捡起拐杖，"尖叫成这个样子，怎么回事？"

"我不知道。欣黛用她的天赋……在对女主人希碧尔做什么。"

"嗯，很吓人，我们的时间不多了，来吧。"

他们跑向欣黛时，一个受了枪伤的侍卫伸手去抓月牙儿的脚踝，她踢了他一脚。野狼摇晃着欣黛，但她没有反应。他们身后的希碧尔，惨叫声逐渐变细，成为一种无法控制的啼哭，她趴在地上。

"也许欣黛得重新启动。"月牙儿描述整个情况后，索恩说道，

"她以前也发生过一次。从这里。"他的手伸向欣黛的头下方，月牙儿听到咔嗒一声。

欣黛的眼睛突然睁开，她的手握住索恩的手腕，他大叫着，倒在地上。

希碧尔的啼哭变成呜咽。

"不要打开我的控制面板。"她说，放掉索恩，她关上自己的面板。

"那就别在我面前晕倒！"他站了起来，"我们能不能走了，在整个联邦军队现身之前？"

欣黛坐起来，眨了眨眼睛，"艾蔻……"

"好了，野狼，你能把机器人一起带走吗？还有皇帝，我相信他还在附近。"

皇帝。混乱中，月牙儿把他全然忘了。

"警报响了。"

月牙儿看着野狼，他的头歪向一边。

"朝这个方向。"

"这意味着军队快来了，"欣黛说道，"我猜没有杰新的身影？"

没人回答，打斗开始至今，没人看到他们的飞行员。月牙儿舔舔嘴唇，他背叛了他们？他告诉希碧尔他们的计划？

"知道了。"欣黛说道，"索恩，你和我一起到驾驶舱，我练习过起飞……一次，你可以帮助我回忆。"

他们一起把艾蔻破碎的身体和至今昏迷不醒的凯铎抬进货舱。

然后，他们听到笑声。高亢紧绷的笑声，让月牙儿打了个寒战。

希碧尔挣扎着站起来。她站起来了，摇摇晃晃，然后单膝跪地，她又大笑，手指穿进她长长的乱七八糟的头发里。

月牙儿突然被推开，野狼大步跑下舷梯，扯住希碧尔白色外衣的前襟，把她拉向前，她的眼珠子往上翻。

"她在哪里？"他喊道，"她还活着吗？"

即使从舷梯上方，月牙儿也看得到他眼里燃烧着仇恨，他需要知道答案，他需要一丝希望，知道斯嘉丽还活着，那么他就还有机会救她。

但希碧尔只是将脑袋偏向一侧，"好、好漂亮的鸟呀。"她说，然后又爆出一连串可怕的笑声。

野狼咆哮着，露出牙齿，有那么一瞬间，他浑身颤抖，月牙儿以为他会撕开她的喉咙，但他把希碧尔扔在地上。

她重重地摔下去，哼哼着，滚到一侧。然后，她又笑了，盯着天空。太阳刚刚下山，但满月已经挂在城市的天际线上。

野狼不管她，径自上了舷梯，从月牙儿身边走过，他没有看她一眼。

月牙儿瞪大眼睛，一脸茫然。希碧尔举起双手朝向天空直笑。

舷梯开始上升，希碧尔和倒在天台上的流血侍卫慢慢地看不见了，发动机的轰鸣声很快就淹没疯狂的笑声和宫墙后的警笛。

第五十六章

任何见到拉维娜的人，都会惊叹她一身飘逸的红色结婚礼服。她安详地坐在客人沙发上，黄金面纱垂在手腕上，姿势完美的双手交叉放在膝盖上。

不，没有交叉放在膝盖上，而是握成愤怒的拳头。

两个拳头里各有一枚婚戒。一枚是她已经戴太多年的婚戒，一度她以为它会为她带来爱和幸福，而今只有痛苦。另一枚应该给她的，不是盲目的爱、自私的丈夫，而是整个地球的热情。她现在就应该戴上它的。

一切原本都很顺利，她就快要走向红毯，就快要。

她应该已经结婚了，她应该在念诵婚誓，她要成为皇后。

她如果发现是谁在捣乱，她会把这个人的心智折磨到不成形，变成一个流着口水、惊慌恐惧的可悲白痴。

一个敲门声打断她的思绪，拉维娜抬眼望向门口。

"进来。"

她的一个侍卫先进来，领着孔托林，小皇帝身边那个烦人、永远都在的顾问。金色面纱后的她瞪了他一眼，虽然她知道他看不到。

"英明神武的陛下，"他深深鞠了一个躬，在称谓上加了一个新的形容词，行礼也比平时更加恭敬，让她脖子上的汗毛直竖，"我要为婚礼的延误致上最严肃的歉意，很遗憾要向您报告，我们恐怕要被迫推迟结婚仪式。"

"我不明白你在说什么。"

他直起腰，但目光依然恭敬地垂在地上。

"凯铎皇帝陛下在他的寝宫里被绑架了，歹徒将他带上了一艘无法追踪的飞船。"

她的手指弯曲，陷进婚戒中，"被谁？"

"林欣黛，陛下，出现在舞会的生化机器人逃犯，看来还带着一群帮凶。"

林欣黛。每次听到这个名字，都让她想吐。

"我明白了。"她说，勉强压抑下内心的狂怒令她厌烦。"你要我相信你们对这种攻击的企图没有任何安全措施？"

"我们的安保系统被突破。"

"突破。"

"是的，陛下。"

她站了起来，长衫发出嗖嗖声，一阵微风吹在她的臀部。顾问没有退缩，虽然他应该要。

"你在告诉我，这个少女不仅从监狱逃脱，逃避了你们训练有素的军队追捕，现在还侵入你们的宫殿和皇帝的寝宫，绑架了他，再次逃走？"

"是的，陛下。"

"你们怎么把我的新郎找回来？"

"我们出动全部军警力量。"

"这不够。"

这一次，他退缩了。

拉维娜调匀她的呼吸，"东方联邦在追踪林欣黛这件事失败了太多次，现在开始，我要运用我自己的资源和方法寻找她，我的侍卫要审查过去四十八小时内宫殿里所有的图像文件。"

顾问紧握双手背在身后，"我们很乐意提供影像数据给您，不过，我们丢了大约两小时的影像文件，从今天下午的安保系统故障后开始。"

她冷笑，"好吧，把你们有的带来给我。"

爱米瑞·帕克法师出现在门口，"陛下，我想私下和您说几句话。"

"好的。"她朝孔托林挥挥手，"你走吧，但注意，让你们的安保团队待命。"

没有任何反驳，顾问又鞠了一个躬，离开了。

他一走，拉维娜摘下面纱，扔到沙发上。"小皇帝在他的寝宫被绑架，地球人太可悲了，他们到现在还没有灭绝，实在令人吃惊。"

"我同意，陛下，我相信康先生没有告诉您今晚其他有趣的发展吧？"

"什么样的发展？"

爱米瑞的眼睛放出光芒，"看来，萨吉·丹奈尔博士在这座宫殿里，他被困在研究翼楼的隔离室中。"

"萨吉·丹奈尔？"她停顿了一下，"他帮那个愚蠢的女孩逃走，竟还敢回到这儿来？"

"毫无疑问，他们一直在合作，虽然我不认为，萨吉·丹奈尔博士和女孩已经认识很长时间，他似乎感染了蓝热病，病况严重，恶化得比普通的疫情快。当然，他是月族。"

她的心一跳，这的确开展了一些有趣的可能。

"带我去见他。"她说，把她那枚真的结婚戒指套回手指上，留下即将巩固她和凯铎皇帝关系的另一枚。

"我必须向您报告，"爱米瑞说道，她跟着他进了走廊，"整个宫殿的电梯都故障了，我们将被迫走楼梯。"

"该死的地球人。"她咆哮道，提起裙子的下摆。

像穿越无尽的迷宫似的，他们终于走到研究翼楼。一群官员聚集在实验室外面，拉维娜冷笑，认为他们故意把萨吉·丹奈尔像林欣黛一样，推给她来处理，但她乐意极了。

当她进到实验室房间，她潜入周围男女的心智，要他们离开。

房间的人一下子都走光了，只剩下她和爱米瑞。

这是一个明亮、有着化学气味的房间，照明的灯光让人有冷硬的感觉，房间的一头有一个有色窗子，萨吉·丹奈尔博士躺在一张实验台上，肚子上搁着一顶灰色帽子。

除了看到他帮助林欣黛从监狱逃跑的监视画面，十多年前他失踪以后，拉维娜便没有再见过他。当时，他是她手下一个最有前途的科学家，几乎每个月都让野狼士兵的发展有重大的突破。

但时间没有善待他，他的脸已经变得衰老，充满皱纹，他秃头了，留在他脑袋上的是一簇簇灰色的短毛，加上生病，粗糙的皮肤上覆盖瘀青般的突起，像是水泡那样的疹块，一个叠在另一个上头，他的指尖已经开始变成蓝色。不，他支持不了多少时间。

拉维娜移向窗口，旁边麦克风的灯是亮着的，表示两个房间可以通信。

"我的萨吉·丹奈尔博士，没想到还能再见到你。"

他的眼睛睁开，眼镜后面的那双眼睛依旧如此蔚蓝，他盯着天花板，拉维娜才发现这是单向的窗口。他不用面对她，让她恼怒。

"陛下，"他的语气简要，"我还在想，应该能再听到您的声音的。"

她旁边的爱米瑞查看一下腰间的掌上屏幕，鞠了一个躬后先告退。

"我必须说，这件事真的挺具有讽刺意味的，你离开月球一个荣誉的职位，来到地球，把你生命中的最后一段时间用来研究如何治疗这种疾病。其实我早已经有了这种病的解药，其实……我想起来了，我可能带了一些样本来到宫中，我带在身上，是担心这样的悲剧会发生在我未婚夫，或者哪一个我有需要的人身上。我可以给你解药，但我想我不会。"

"别担心，我的女王，即使你给我，我也不会要的，现在我已经弄清楚多久以前它便在你手头上了。"

"多久以前？直到这一天，这个病还没有影响到我自己的老百姓身上呢，不是吗？我是多么慈善，你说呢？"

他慢慢地、慢慢地坐起来，头垂在胸前，讲这番话让他很累，他试着呼吸。"我想通了，我的女王。当所有的贝壳被带走时，我以为他们全都被杀了，但事实并非如此。有任何人被杀了吗？或者这一切只是一种展示？一种把他们藏起来、不让人来找他们，然后有充分的时间获取他们血液的手段？"

她的睫毛眨动，"你有一个贝壳孩子，不是吗？这倒提醒了我。是一个小男孩或小女孩？也许，当我回家以后，我可以把这个孩子找出来，告诉你的小宝贝，父亲死在我面前时是多么渺小和可怜。"

"最让我感兴趣的是，"博士说道，刮了刮他的耳朵，好像他没有在听她说话似的，"蓝热病第一次出现的记录，是在十二年前，然而，你却在更早之前便收集抗体。事实上，你姐姐的时代便开始这项实验，如果我的算数还可以的话。"

拉维娜张开她的手指，压在柜台上，"你真的让我觉得，失去你是我们团队的一个重大损失，博士。"

他的手在汗湿的额头上一抹，明亮的灯光下，他的皮肤似乎是半透明的。"这个病是你创造出来的。你制造了死亡，为了让地球臣服，当时机成熟，你就带着神奇的解药来拯救他们。你一直把它藏起来。"

"你也太看重我了，这是个团队工作，是我父母创造出来的，我的姐姐找到了解药，我只不过是想出一个方法把他们的研究成果带到地球而已。"

"将它传染给月族，然后让他们到这里来，他们甚至不知道自己是带原者。"

"让他们到地球来？绝对不是。我只不过是要我的保安人员睁一只眼闭一只眼，当他们……逃跑的时候。"最后几个句，她的语气生硬。她不喜欢她的老百姓想离开她给他们创造出来的天堂。

"这是生物战。"丹奈尔博士咳嗽，在自己的手肘上留下暗红色斑点。"地球人完全不知道。"

"他们永远不会知道，因为我会站在这里看着你死去。"

他尖声笑了起来，"你真的以为我会把这个秘密带到坟墓里？"

她的脊椎升起一股恼人的刺痛。

博士的眼睛迷蒙，但他的笑容灿烂，盯着窗子。"我看到一面非常大的镜子。我没办法隐藏自己、我是谁、我的样子。我的女王，你不会喜欢死在这个房间的，我猜倘若你一直盯着这样一面镜子，你会把自己身上的肉一块块割下。"

她的手握成拳头，指甲陷入手掌中。

"陛下。"

她呼出一口气，强迫自己的手打开，手掌刺痛。

爱米瑞和她的卫队队长杰利可一起回来，看来好像刚刚经历了一场可怕的混战。

"可算来了。你和希碧尔去哪儿了？说。"

杰利可鞠了一个躬，"我的女王，米拉法师和我，以及五名神枪手，成功地包围林欣黛和她的同伴，就在屋顶的紧急停机坪里。"

她胸中升起一股希望，"你捉到他们了？他们最后并没有逃脱？"

"不，陛下，我们失败了。我的两个手下死了，其他三个人严重受伤。飞行器带着叛徒逃脱时，我昏迷不醒，凯铎皇帝也上了飞船。"

她的愤怒爬上脊椎，就要炸开来。"米拉法师在哪儿？"

他恭敬地垂下目光，"死了，陛下。林欣黛用她的天赋折磨她的心智，我听到她的尖叫声。我两个还有意识的属下报告，在飞船起飞后，米拉法师从屋顶飞身而下，尸体在花园里被发现。"

扬声器传来咯咯的笑声。拉维娜转头，看到博士弯身，人贴在膝盖上，脚后跟踢着桌子。"她活该，蠢货。把我的小黄金鸟儿关在笼子里这么久。"

"陛下。"

拉维娜再次看着杰利可，"什么事？"

"我们发现林欣黛的一个共犯，打斗前他在飞船上，她的新飞行员，在这里。"杰利可指了指走廊。有脚步声，不一会儿，两名男子进入，另一个是看守的侍卫。

她笑了，"亲爱的克雷先生。"

虽然他的手腕被绑在身后，却站得笔直，似乎没有受任何一点伤。在林欣黛的船上，他显然没有被当作囚犯对待。

"我的女王。"他低下头。

她利用她的月族天赋，检视他有没有脱逃或反叛的迹象，但什么都没有，他空洞洞的，一无反抗如初。

"我听说你在一场大战中，抛弃了你的法师，加入林欣黛一党，帮她争取王位，现在我又知道你也参与了绑架我未婚夫的行动，你是一个叛徒，你还想求饶？"

"我是无辜的，我的女王。"

她笑了，"你的确是，你有什么说辞？"

他定定地看着她，没有一丝恐惧和悔恨，"在飞船的打斗中，米拉法师的精神全都用在控制一个月族的特种士兵上，这个人加入了反政府的行动，我就变成一个可乘之机，林欣黛逼我遵照她的意志，开枪射击我的法师，最后她弃船，我被留下，我意识到这是一个机会，讨好叛乱分子，过去几周我成为一个间谍，了解他们的弱点和策略，希望最后能回到我的女王身边，继续效忠。"

她冷笑，"毫无疑问，你也很渴望回到你心爱的公主身边。"

来了。终于，他的心绪起了最细小的波动，然后又变成玻璃一般平静的湖面，"我活着是为了替所有月族王室成员效忠，我的女王。"

她的手指抚平自己的裙子，"当你站在我面前，身上绑着锁链，从敌人的船里被拖出来，我怎么能相信你效忠于我？"

"我希望可以用我的行动证明我的忠诚，如果我希望林欣黛成功，我就不会送一通信息给米拉法师，通知她我何时何地会驾着飞船到来。"

拉维娜的目光掠过杰新，瞥了杰利可一眼，"是真的吗？"

"我不知道，但当我们去捉拿叛徒的时候，米拉法师的确对飞船落地的地点很有把握，但她没有提到通信，她在驾驶舱找到杰新时，似乎很生气。她下令，让我们把他羁押。"

"是的，"杰新说道，"我们最后一次过招的时候，我的确向她开了一枪。而这则通信是匿名发送，她一开始可能没有意识是我通风报信的。"

拉维娜不耐地挥挥手，"我们以后再调查，克雷先生。但你声称这几周搜罗了一些信息，告诉我，关于我们的敌人，你知道什么。"

"我了解林欣黛有能力控制月族特种士兵。"他说这些事的时候，就像地球的机器人一样，没有太多的情感，"不过，她没有经过训练，不能专注，她看起来没有能力同时做精神控制及身体打斗。"

"有趣的猜测。"拉维娜若有所思地说道，"依你估计，她的精神控制可不可以集中到能够折磨敌人，迫使他们到疯狂边缘的程度？"

"绝对不会，陛下。"

"绝对不会。好吧，你不是比我猜的更愚蠢，就是在撒谎，因为今天林欣黛就这么做了，针对我的首席法师。"

他突然又有了另一波情绪起伏，但隔离室砰一声打断对话。

"他当然在说谎。"博士尖叫，他的声音岔开，下了实验台，用手重重敲着玻璃，留下点点血迹。"她能够杀死你的首席法师、所有的侍卫和整个皇室。她是赛琳公主，真正的王位继承人。她可以杀掉你们所有人，她会杀了你们所有人。她会来找你，我的女王，她会毁了你。"

拉维娜大声咆哮，"闭嘴！闭嘴，你这个老头！为什么你不去死？"

他专心在喘气，没听到她的话，倒在地上，双手放在胸前，他一边喘气，一边咳嗽。

杰新·克雷。她转过身面对他，他正怀疑地盯着窗子。但一下子他明白了，他的嘴唇抽动，好像他听到了一个笑话，正准备要笑，这难得的情绪流露只有更激怒她。

"把他带走，回月球好好调查。"

杰新被押回到走廊，她又看着帕克法师，双手握拳垂在两侧，"你被升职了，准备回去，提醒我们的研究团队这个蓝热病新的演变。还有，开始动员我们的士兵。林欣黛不敢面对我，地球人要为她的怯懦受苦。"

"您知道，失去米拉法师的程序员，我们没办法再悄悄地让飞船接近地球。"

"我为什么要在乎地球人看见我们的飞船？我希望给他们时间求饶，再摧毁他们。"

爱米瑞鞠躬，"我会完成任务的，陛下！"

拉维娜回头，看到萨吉·丹奈尔博士趴在地板上，一直咳嗽。他扭动着，他的话让她的血液依然沸腾。

到目前为止，月族和地球人都以为赛琳十三年前已经死了。

拉维娜要严守这个秘密。

她是月球的合法女王，对地球、对整个星系都是。没有人可以推翻她。

她心绪激动，走近博士，看到他脸上纵横的泪痕。

"亲爱的月牙儿……"他低声说道，嘴唇勉强能形成字句，他开始哆嗦。"在天空……"他在哼一首歌，一首很熟悉的摇篮曲，"你唱你的歌……那么的甜美……阳光过后……"

最后一个字没能说出，他停止颤抖，静静地躺着，蔚蓝的眼睛往上凝视，像透明的弹珠。

第五十七章

"卫星 AR817.3······偏转追踪器······设定交替定时器······完成，就剩下卫星 AR944.1。然后······这样······就······大功告成了。"月牙儿顿了顿，呼吸，慢慢抬起手指，离开驾驶舱主画面。

她花了三小时，确定他们路径上的所有卫星在他们经过时都会转向，只要风铃草的轨道固定，他们便不会被侦测到。

至少，卫星或雷达没办法。

但肉眼还是会看到，东方联邦二十分钟前宣布悬赏巨额奖金，找寻被盗的风铃草，从这里到火星的每艘飞船都会受到注意。

如果有人发现他们，他们必须做好逃跑的准备，但现在他们没有训练有素的技师，至少没有眼睛看得见的，这会增加额外的困难。

在飞船升空的过程中，索恩指导欣黛，但大多数归功于新控制系统的帮忙，颠簸起飞后接着切换到中立轨道上。如果他们在索恩视力恢复前，需要更复杂的驾驶技术，会有麻烦的。

但欣黛认为即使他恢复视力，情况也好不到哪里去。

月牙儿揉着自己的脖子，希望暂停烦扰的思绪。当她在侵入某一个系统时，她的脑子会完全被占满，然后专注于密码和数学，更迅速地完成一个任务，结束后，往往会让她有放空一切的快感。

至少此刻，风铃草是安全的。

她把注意力转向屏幕底下自从她开始工作后便让她心烦的黄光，但她一直在忙，没空处理。一如所料，当她按下插槽时，一个闪闪发光的小型通信芯片从屏幕上弹出。

和希碧尔从她卫星中拿走的芯片一模一样，当初因为没有那个芯片，月牙儿和索恩没有和朋友联络。

朋友。她把芯片拿起来，眯起眼睛看着，不知道这个字眼是不是正确。感觉的确像朋友，尤其是在劫持行动后，他们还幸存着。但，她其实从来没有得到过友谊，所以不知道这算不算是。

有一件事是她肯定的，她不再需要被拯救。

她环顾四周，想找一个什么东西来摧毁芯片，看到驾驶舱窗口的倒影。索恩站在她身后的门口，双手插在口袋里。

她深吸口气，转身看他，长裙卷住椅子的底座，虽然脏了，也有多处撕裂，但她还没时间换掉，也不能完全肯定她想换掉，这件礼服让她觉得自己在一出戏里。可能也是因为它，在经历这一天后，她没有晕倒。

"你吓死我了！"

索恩有点难为情地咧嘴一笑，"对不起。"

"你站在这里多久了？"

他耸耸肩，"我听到你在工作，很放松，我喜欢你一边唱歌。"

她脸红了，没有意识到自己在唱歌。

索恩摸索着往前，坐在副驾驶的座位上，把手杖横放在腿上，踢掉他的靴子。

"别的船看不见我们了吗？"

"雷达侦测不出来。"她把几根头发挽到耳后。"我可以看看你的拐杖吗？"

他挑了挑眉，把拐杖递给她，没有问她为什么。月牙儿扔下直接通信芯片，用拐杖把它敲碎。她有一种获得力量的感觉。

"你在做什么？"索恩问道。

"敲碎你们用来和我联系的直接通信芯片，我们不会再需要它了。"

"那好像是很久以前的事了。"索恩用手指摸了一下眼罩。"我很遗憾，当我们在底下的时候，你没有机会多看看地球，现在你又被困在这里了。"

"我很乐意。"她心不在焉地转动手杖，"这是一艘很好的船，比卫星更宽敞。而且……很多好同伴。"

"没错。"索恩笑嘻嘻地从口袋里拿出一个小瓶子，"我来是想请你帮我，这是博士制造出来的神秘眼药水，每只眼睛滴三或四滴，一天两次……或者是滴两滴，三次？我不记得了。他在掌上屏幕写了指示。"索恩把腰上的屏幕解下，递给她。

月牙儿将手杖倚在工具面板边。"他可能是担心你会忘记，在这么紧张的状况过后……"她拉长语音，眼睛看着掌上屏幕的字。

索恩歪着头，"怎么了？"

屏幕已经打开来，设置在一个画面上，写着眼药水的用法，还写了为什么厄兰博士坚信传染病是为了生物战而制造的一种武器。

但最重要的是……

"一个标签上有我的名字。"不是写着月牙儿，而是新月·丹奈尔。

"哦，这是博士的掌上屏幕。"

月牙儿的手指滑下屏幕，她打开卷标之前，没有细想自己到底愿不愿意知道里面是什么。

"一个 DNA 分析，"她说，"以及……一个亲子鉴定。"站起来，她把屏幕放在控制面板上，"我帮你滴眼药水吧。"

"月牙儿，"他伸手向她，手指碰到她裙子上的褶皱，"你没事吧？"

"我很难过。"她低头看着他。

索恩把蒙着眼睛的布拉下来放在脖子上，露出眼睛周围淡淡的棕色印子，叹了一口气。

月牙儿又坐在飞行员的椅子上，"我应该告诉他我爱他，他就要死了，他就在那里，我知道我再也见不到他了，但我说不出来。我很可怕，是吗？"

"当然不是，他也许是你的亲生父亲，但你几乎不认识他，你怎么能爱他呢？"

"这有什么关系？他说他爱我，他快死了，现在他死了，我永远……"

"月牙儿，哎，别说了。"索恩回转椅子面对她，握住她的手腕，然后两只手滑下来，两人十指交握。"你没做错什么，一切都发生得这么快，你什么也不能做。"

她咬了咬嘴唇，"在法拉法拉，第一天他就取了我的血液样本。"她闭上眼睛,"他一直知道,几乎整整一个星期,他为什么不早点告诉我?"

"他可能要等待合适的时机,他不知道他要死了。"

"他知道我们很有可能都会死。"她哆嗦着叹了一口气,眼泪开始掉下来。

索恩把她拉向自己,让她坐到他腿上,一只手臂放在她的腿下,捞起她的裙子,不让它缠住她。

月牙儿抽泣着,把脸埋在他的胸口,让眼泪流下来。她很用力地哭着,一股脑儿全部释放。几分钟后,眼泪止住了,她几乎有罪恶感。她的悲伤不够,哀凄不够,但她只能这样了。

索恩抱住她,直到他的心跳声变得比她的哭声更响亮,他把她的头发从脸上拨开。虽然这么想很自私,但月牙儿还是很庆幸他看不见她涨红的脸、浮肿的眼睛和一个高雅的小姐所不应该留在他衬衫上的鼻涕。

"听着,月牙儿,"她的呼吸平稳以后,他贴着她的头发低声说道,"我不是任何一方面的什么专家,但我知道你今天没做错什么,你不应该告诉别人你爱他们,除非你是真心的。"

她吸了吸鼻子,"但是我以为你和很多女孩说你爱她们。"

"所以我才说我不是什么专家。事实是,我一个也不爱,我要诚实地承认我不知道什么是真正的爱情,如果……"

她的手背在潮湿的脸颊上摸了一把,"如果什么?"

"没什么,"索恩清了清嗓子,头靠在椅背上,"你没事了吧?"

她又吸了一下鼻子,点点头。"没事,就是还很震惊。"

"我相信大家都是，在今天的事之后。"

月牙儿看着眼药水，就在博士的掌上屏幕旁边。她不想离开索恩的怀抱，但她也不愿意再想着博士，想着他保守的秘密，想着她说不出口的话。

"我们也许应该来点一下眼药水。"

"你不会抖吧？"索恩说道，"我不希望有东西在我眼睛前面抖。"

她虚弱地笑笑，从他的腿上站起来。索恩的手臂收紧了一会儿，然后放她站起来。她压抑自己的内疚，现在不去想了。

她读了博士的指示：一只眼睛三滴，一天四次，连续一周。她拧开盖子，用滴管吸出，走过去站在索恩的椅子后面，皱巴巴的礼服在她身边甩动。

索恩把脚抬高放在控制面板上，人往后仰，脸转向天花板。她好些日子没有看过他的眼睛，它们依然像以往那么蔚蓝。

月牙儿把一只手放在他的额头上，稳住自己，他的脸颊抽搐了一下。"来了。"她低声说道，捏住滴管。

他本能地退缩，眨了眨眼睛，药水像眼泪一样顺着他的太阳穴滑下。月牙儿把它擦掉，忍不住拂去他额头的发丝。她注意到他的嘴唇，但像是突然意识到什么，把手拿开。

"你觉得怎么样？"

他闭紧眼睛好一会儿，"像有水在我的眼睛里。"然后，他调侃地笑笑，又睁开眼睛。"也许这里面不过是水，博士在糊弄我哩。"

"这太可怕了！"她说，把眼药水盖子扭紧，"他不会那样做的。"

"不，你是对的，他不会，毕竟我们经历过这些。"他从椅背上抬起头，拿起脖子上绑眼睛的布，"虽然他对我的评价显然不高。"

"如果真是这样，那是因为他不够了解你。"

"是的，我最终还是会迷住他的。"

她笑了，"当然，你会的，你会展现出身上其他许多优秀的特质。"她说，脸红了，在掌上屏幕的备忘录设置一天四次的提醒，不过当她又看着索恩时，他的表情突然变得严肃，"船长？"

他的喉结上上下下，坐得更直，搓着双手，"我得告诉你一件事。"

"哦？"一股希望升起，她又坐上驾驶员座椅，豪华的礼服环住她。

天台，还有那个吻。

他明白自己爱她了？

"怎么了？"

索恩把脚从控制面板上放下，"记得我们在沙漠中……我说我不想伤害你？因为你对我有错误的评价？"

她扭着自己的手指，"当时你一直否认自己是个英雄，是吗？"她想用开玩笑的口气，但因为太紧张了，她的声音像受到惊吓似的。

"英雄，没错。"索恩的一根手指扯着他遮眼睛的手帕，"有一件事，那个我替她把掌上屏幕从一群浑蛋手上夺回来的女孩？"

"凯特·法罗。"

"对，凯特·法罗，嗯，她很擅长数学，而且，当时，我的功课很糟。"

期待化为坚冰，等等！这是他的告白？和……凯特·法罗有关？

她没有说什么，他清了清嗓子，"我打架打输了，但她还是让我抄了她的功课一个月，这就是为什么我要这么做。不是因为我想成为一个英雄。"

"但是你说你暗恋她。"

"月牙儿，"他微笑着，有点紧张，"我暗恋每一个女孩。相信我，这不是一个很大的动力。"

她的背贴着椅子，膝盖弯到胸前。"你为什么要告诉我这些呢？"

"以前，我没办法说，你是如此坚信我是一个什么样的人，我很乐意看到你对我有不一样的评价，我甚至私心想着，也许你是对的，其他人一直错怪了我，即使我也错估了自己。"他耸耸肩，"但这只是我私心的想法，不是吗？你应该知道真相。"

"你认为我对你的整个观点，就基于发生在十三岁的一个事件？"

他的额头皱着，"我想我还是得把一些事澄清，我不能让你对我产生一种误解。"

她咬了咬嘴唇。

天台，那个吻。他遵守自己的诺言，给了她一个值得等待的亲吻，因为她即将死去。他们都即将死去，她知道这样做会有风险，可能是很傻气的，但他还是做了，就因为不想让她在死时没有感受过那完美的时刻。

她想不出有什么事比这更英雄。

但，为什么他不提这件事？也许更重要的是，她为什么不提？

"不，"她终于低声说道，"我想我对你没有误解。"

他点点头，虽然他的表情带着失望。"所以，知道这些事情以后，你，嗯，大概不会再认为你还爱着我了，是吧？"

她缩到自己的椅子里。当然，如果他现在能看到她，他会知道答案。真相写在她脸上的每一块肌肉上。

她比以往任何时候都爱他。

不是因为她搜罗了他所有的资料、报告和照片；不是因为他是那个梦幻而遥不可及，她想象会在星河盛大的烟花及小提琴演奏的背景音乐下吻她的卡斯威尔·索恩。

现在的他对她而言是如此坚实。他是在沙漠中给了她力量、她被绑架时不顾一切来找她、在生死存亡之际吻了她的卡斯威尔·索恩。

索恩笨拙地抓了抓耳朵，"这就是我想说的，我猜你只是发烧呓语罢了。"

她的心一紧，"船长？"

他一振，"嗯？"

她掀起裙子上的薄纱，"你觉不觉得是命运让我们在一起的？"

他眯起眼睛，想了好一会儿，摇了摇头，"不，是因为欣黛。怎么？"

"我也要向你告白。"她把裙子压平在脚上，脸已经烧起来了，"我……我一直在暗恋你，甚至在我们相遇之前，当时我只是在网络屏幕上看到你，我便相信和我是注定要在一起的，总有一天，我们会产生伟大浪漫的爱情。"

他一边眉毛向上，"哇，我没想到。"

她的身子因为紧绷而微微颤抖着，"我知道，我很抱歉，虽然我认为你也许是对的，没有什么所谓缘分这种东西，也许我们只是有了这个机会，我们经历了这些，我开始认为，也许伟大浪漫的爱情传奇不会从天而降，我们必须自己创造。"

索恩动了动他的脚，"你知道，如果那是一个糟糕的吻，你可以直说。"

她一愣，"我不是这个意思……等等，难道你认为这是一个糟糕的吻？"

"不，"他急急说道，笨拙地笑了，"我认为这是……嗯，"他清了清嗓子，"因为有着那么大的期望和压力，而且……"他在椅子上扭动着，"我们要死了，你知道的。"

"我知道。"她把膝盖贴在胸口。"不，它不是……我不认为这是一个糟糕的吻。"

"哦，谢天谢地。"他仰头靠在椅子上，"因为如果我把你的初吻给毁了，我会觉得自己是一个无赖。"

"嗯，不，它符合我所有的期望。我想我应该谢谢你。"

他脸上的不安消逝，但她的面庞热辣辣的。索恩伸出一只手来，她鼓起最大的勇气，把自己的手放在他手心里。

"相信我，月牙儿，这是我的荣幸。"

第五十八章

　　她梦见自己被一条巨大的白狼追逐，它露出獠牙，眼睛在满月下闪着光芒。

　　她在田里奔跑着，鞋子沾着厚厚的泥，呼吸形成白雾，喉咙刺痛，腿像火烧一样。

　　她尽可能快跑，但身体却越来越沉重，甜菜干瘪的叶子烂了，在她的脚下清脆地响着。她看到远处一栋房子，她的房子。她的奶奶把她养大的农舍，窗子映出温暖的灯光。

　　房子是安全的，房子是家。

　　但每痛苦地跑向它一步，它便越后退，周围涌上一阵浓雾，房子消失，被暗影吞没。

　　她绊倒了，整个人摔在地上，她翻身，滚落。泥土沾在她的衣服和头发上，地面的冰冷渗到她的骨头。

　　狼在附近徘徊，皮毛底下精实的肌肉优雅地移动，它长号一声，眼睛里有饥饿的光芒。

　　她的手指在地上摸索，想找一个武器，然后碰到一个光滑坚硬的东西，她从泥地里抓起来。那是一把斧头，锋利的刀刃像月光一样寒冷。

狼跳了起来，张开下颚。

斯嘉丽举起斧头，镇定自己，挥动。

刀刃利落地刺进野兽的身子，将它分为两半，从头到尾巴。温热的鲜血溅在斯嘉丽的脸上，狼在她眼前裂成两半，她的胃上下翻腾，她要吐了。

她扔下斧头，倒在地上，泥巴渗进她的耳朵里。头顶上，月亮占据了整个天空。

狼的两半开始移动，渐渐立起来，那张柔软外皮裂成两边。斯嘉丽能模糊地辨识出人类的形状，就在她的身前，雪白的毛皮。

雾不见了，野狼和她奶奶站在她面前，伸出他们的手，欢迎她回家。

斯嘉丽倒吸一口冷气，猛地睁开眼睛。

她看见钢筋，蕨类植物和苔藓夹带泥土的气味，以及一千种鸟在叫，有些被困在精致的笼子里，有些在树上，茂密的树枝缠绕在支撑玻璃天花板的巨大横梁上。

狼在哀鸣，听起来伤痛又关切，斯嘉丽强迫自己弯起手肘，看到出口被拦起来的通道，一只白色的狼坐在那里，看着她，它叫了一声，很短，很好奇的样子，不是斯嘉丽梦中听到的鬼魅长号。

她想象它在问她是不是还好，她可能因为噩梦而尖叫或呓语，狼淡黄色的眼睛里有着担忧。斯嘉丽想吞口口水，但她口干舌燥，她一定是疯了，才会和一条狼无言地对话。

"它喜欢你。"

惊呼一声，斯嘉丽翻了个身。

一个陌生人，一个女孩，盘腿坐在她的笼子里，那么近，斯嘉丽几乎可以碰到她。斯嘉丽想躲开，但这个动作让她绑着绷带的手疼痛，她发出嘶声，又躺了回去。

她的手是最疼的，一把斧头截掉了她左小指到第二个指关节。她没有昏过去，虽然她希望自己失去意识。

一个等在旁边的月族医生替她包扎伤口，他的动作精确熟练，斯嘉丽怀疑他经常这么做。

她的脸和肚子也有刮伤，和查里森主人在一起的时候弄的。躺在坚硬的地板上让她疼痛不已。嗯，她数不清躺多少个夜晚了。

对斯嘉丽痛苦的表情，女孩唯一的反应是慢慢地眨了眨眼。

很显然，这个女孩不是另一名囚犯。

或者"宠物"，那些穿着华服的月族经过斯嘉丽的笼子时这样叫她，咯咯地笑，指手画脚，大声讲话，说不知道喂食动物安不安全。

女孩的服饰是她身份的第一个象征，一件淡淡的银白色礼服从她的肩膀披到大腿，就像雪花落在一个沉睡的山坡上。

她温暖的棕色皮肤洁白无瑕，十分健康，指甲有着完美的形状，干干净净。她的眼睛明亮，颜色像融化的焦糖，但瞳孔附近有一点灰色。最令人注目的是，她柔滑的黑色头发卷曲成完美的螺旋，整齐地贴在她高高的颧骨及宝石红的唇边。

她是斯嘉丽有生以来见到最美丽的人。

然而，有一个不寻常的地方，或者说三处。

女孩右侧的脸颊有三道伤疤，从眼角到下巴，像永恒的眼泪。

奇怪的是，皮肤上的瑕疵并没有减少她的美丽。但最奇特的在于，盯着她的时间越长，越无法移开自己的目光。

斯嘉丽认为这是一个法术，这意味着，不过是另一种骗人的伎俩。

她的表情从敬畏和脸红到怨恨，她鄙视自己居然脸红了。

女孩又眨了眨眼，两排不可能再长、不可能再浓密的睫毛引人注目。

"鲁和我有点迷惑，"她说，"这是一场非常可怕的梦吗？还是好梦？"

斯嘉丽皱着眉头，这个梦已经开始褪色，就像一般的梦，但这一问让她想起野狼和奶奶站在她面前。活生生，很安全。

这是个残酷的玩笑，她的奶奶已经死了，而最后一次见到野狼时，他在一个法师的控制下。

"你是谁，谁是鲁？"

女孩笑了，笑容既温暖又有深意，让斯嘉丽打了个哆嗦。

愚蠢的月族和他们愚蠢的法术。

"鲁是那只狼，傻子。四天来一直是你的邻居，你知道的，我很惊讶，它到现在还没有正式介绍自己。"

然后，她俯身向前，压低声音好像要分享一个讳莫如深的秘密，"至于我，我是你新的好朋友，但不要告诉任何人，因为他们都以为现在我是你的主人，你是我的宠物，不知道我的宠物才是我最亲爱的朋友。我们一起骗他们，你和我。"

斯嘉丽斜眼看着她，她认出女孩的声音了，她的每一个字像跳舞似的，就像不得不哄骗了她的舌头才能跑出来。

这是在斯嘉丽受审时说话的女孩。

女孩伸手拂开落在斯嘉丽脸颊一缕肮脏的头发，斯嘉丽很紧张。

"你的头发好像要烧起来似的，闻起来像不像烟？"女孩弯身，将头发对着鼻子闻了闻，"没有，太好了，我不想你着火。"

女孩突然坐直，拉过一个篮子，斯嘉丽之前并没有注意到，它看起来像一个野餐篮，银色内衬和她的衣服是相同的材质。

"今天我想我们可以玩医生和病人的游戏，你来当病人。"她把一个工具从篮子里拿出来，对准斯嘉丽的额头压着，它响了，她检查了一下小小的屏幕，"你没有发烧。来，我检查一下你的喉咙。"她拿着一块薄薄的塑料对着斯嘉丽的嘴。

斯嘉丽用那只没有受伤的手把她甩开，强迫自己坐起来，"你不是医生。"

"不是，所以才要假装，难道你不觉得好玩？"

"好玩？我在精神上和肉体上被折磨了好几天，我还挨饿，也口渴，我被关在动物园的笼子——"

"动物园——"

"——我还受了很多处伤，有些甚至不知道在哪里。现在竟然有一个疯子跑到这里，要和我玩什么游戏，好像我们是好伙伴，要彼此信任。哦，不，对不起，我不觉得好玩，我也不欣赏你在我身上玩的花样！"

女孩的大眼睛茫然，没有因为斯嘉丽的爆发而惊讶或生气，但后来她瞥了笼子和笼子之间的通道一眼，长满异国情调的树看起来像一片郁郁葱葱的丛林。

转角处站着一个侍卫，皱着眉头。斯嘉丽认出了他，他是经常给她送来面包和水的侍卫之一。

他也是抓住她、把她扔进这个笼子的人。

当时她太疲惫，除了蹒跚地闪躲以外，什么都不能做。但如果她有机会，她会折断他每一根手指作为报复。

"我们没事，"女孩微笑着说道，笑得十分开朗，"我们假装我要剪她的头发，粘到我的头上，因为我想成为一个烛台。她不喜欢这样。"

当她说话的时候，守卫一直瞪着斯嘉丽，无声地警告。过了好一会儿，他扬长而去。

他的脚步声消失，女孩把篮子放到腿上，在里面翻来翻去，"你不应该说我是疯子，他们会不高兴。"

斯嘉丽再次面对她，目光盯着她脸颊上的疤痕。

"但你真的是疯子。"

"我知道，"她从野餐篮里拿起一个小盒子，"你明白我为什么会知道吗？"

斯嘉丽没有回答。

"因为宫殿的墙已经渗血很多年了，没有人看到，"她耸耸肩，好像这是一件很正常的事情，"没有人相信我，但有几条走廊里，血已经淹得没有地方下脚，每次经过那些地方，我一整天都会有血腥的足印，我担心女王的士兵会闻到这个气味，在我睡觉时把我吃了，所以有些晚上我睡不好。"

她的声音低到像怕给鬼听到似的，眼睛闪着脆弱的光芒，"但如果真的有血，仆人早就把它清干净了，不是吗？"

斯嘉丽打了个哆嗦，这丫头真的疯了。

"这是给你的。"她说，又开朗起来。"医生的指示，一天两颗，"她朝斯嘉丽弯身，"当然，他们不会给我真正的药，所以这只是糖果。"

然后，她眨眨眼睛，斯嘉丽分不清楚这个眨眼表示盒子里是糖果或者不是。

"我不会吃的。"

女孩的头摆正。"为什么不呢？这是一个礼物，可以巩固我们永远的友谊。"她打开盒盖，露出四颗糖，躺在一团棉花糖上，它们像弹珠那么圆、明亮，富于光泽的红色。"苹果乳酸菌，我个人的最爱，请拿一个。"

"你到底想做什么？"

她的睫毛眨动，"我希望我们成为朋友。"

"你所有的友谊都是建立在谎言上？等等，当然，你是月族。"

这是第一次，女孩泄气了，"我只有过两个朋友。"她说，然后迅速扫了狼一眼。鲁躺下来，脑袋枕在爪子上，看着她们。

"当然，除了动物以外，我的一个朋友变成了灰烬，在我们很小的时候，一堆女孩形状的灰烬，另一个不见了……我不知道他会不会回来。"她打了一个寒战，如此强烈，几乎把盒子掉下去。

她的手臂起了鸡皮疙瘩，将盒子放在地上，心不在焉地扯着衣服，"我希望星星给我一个暗示，告诉我他没事。它们给了我一颗流星，让它划过天空，第二天就是一个审判，像任何审判一样，除了那个站在我面前的地球女孩有着像流星般的头发，而且你见过他。"

"你有没有脑筋清楚的时候？"

女孩的手贴在地上，俯身向前，鼻子几乎碰到斯嘉丽。斯嘉丽没有退开，虽然她们闻到彼此的气息。

"他没事吧？希碧尔说，你最后一次见到他，他还活着，他可能被叫去开飞船了，但她没有说他有没有受伤。你认为他是安全的？"

"我不知道你在讲谁——"

女孩的指尖抵住斯嘉丽的嘴。

"杰新·克雷，"她低声说道，"希碧尔的侍卫，有金发和美丽的眼睛，他的笑容像初升的太阳。求求你告诉我他没事。"

斯嘉丽眨了眨眼睛，女孩的手指仍然在她的嘴唇上，但这不重要。她太迷惑了，不知道该怎么说。她只知道风铃草上的打斗就是一连串的尖叫声和枪声，当时她一心专注于法师。但她依稀记得有另一个人在那里，一位金发侍卫。

他的笑容像初升的太阳？拜托。

她冷笑，"我只记得有两个人想要杀掉我和我的朋友。"

"是的，杰新就是其中一个。"她说，显然没听到斯嘉丽说杀人的那个部分。

"我猜也是，有一个金发侍卫。"

女孩的脸上洋溢着一股喜悦。那个表情有夺人心魂的力量，照亮整个房间。

但感动不了斯嘉丽。

"他怎么样？"

"他想杀我，但我肯定我的朋友会先杀了他。我们就是这么对付替女王工作的人。"

女孩的笑容消失，变得无精打采，手环住自己的腰。"你不是认真的。"

"我是，而且相信我，他罪有应得。"

女孩开始发抖，就像换气过度似的。

斯嘉丽认为不必太过内疚，如果她真的喘不上气了，她不会伸出援手，她不会试图帮助她，不会唤来侍卫。这是陌生人，不是朋友。

隔着过道，狼已经爬起来，爪子扒着地，开始呜咽。

几分钟后，女孩设法控制自己，把糖果盖子盖回去，她把它们放回篮子，站起来，弓着身子。

"我明白了，"她说，"我走了，你好好休息。"她抽泣着说道，转身走开，但没叫守卫之前又停下来，慢慢地、僵硬地回过头。"流血的墙，我没有说谎。不久的将来，我担心整座宫殿会被血吸走，艾草湖会红彤彤，连地球人都看得到。"

"我对你的错觉没兴趣。"

一阵尖锐、意外的疼痛冲上斯嘉丽用来支撑自己的手臂，她瘫倒在地上，等待疼痛褪去。她瞪着这个女孩，愤怒自己是多么的无力和脆弱，愤怒女孩目光中的关心似乎如此真诚。

她对女孩咆哮："我不在乎你假装的同情，或者，你的法术，你的精神控制。你们这些人整个文化都建立在谎言上，我不会和你们有任何瓜葛的。"

女孩盯着她这么久，斯嘉丽开始后悔自己说这些话。但她从来都是不吐不快的人。

终于，女孩的指关节敲敲铁杆，卫兵的脚步在过道响起，她把手伸进篮子里，拿出盒子，放在斯嘉丽身边，塞进她身子底下，侍卫才看不到。

"十二岁以后，我便没有再使用过我的法力。"她低声说道，目光专注，好像让斯嘉丽明白这一点对她很重要。"因为我年长了，懂得控制，所以我才会产生幻觉，所以我才会疯。"

身后，侍卫将笼子打开。

"殿下。"

她转身，低头从笼子里出来。她的头那么低，浓密的头发藏住她的美丽和她的疤痕。

殿下？躺在地上的斯嘉丽惊呆了，张口结舌。据她所知，月球只有一个公主。当然，除了欣黛。

温特公主，女王的继女。

难以言喻的美，根据传言，那疤痕是女王本人的手笔。

当她回头望向狼的笼子，鲁转身走开，走到笼子的背面，它的笼子比斯嘉丽的大许多，也许有四分之一亩的土地和草、树木和倒下的假枯骨，形成一个小休息区。

叹了口气，斯嘉丽望向玻璃天花板，从那里，通过树枝，她可以看到黑色的天空，无数的星星。她的肚子在叫，提醒她几个小时前才吃了一点东西，不像鲁和那只住在另一头的白鹿和走来走去的白化孔雀。斯嘉丽得到明天才有东西可以吃。

她和自己逐渐减弱的意志力作战很长一段时间，感觉到她旁边糖果的分量。

她没有理由相信那个女孩，她不相信那个女孩。但她的肚子空空如也，她的头也因为饥饿昏沉沉的。她放弃了，打开盒子的盖子。

她拿出一颗糖果。糖果在她的牙齿下像玻璃那么光滑，外壳很容易咬碎，流出温热的、化开的内馅，酸酸甜甜的。

她呻吟着，头躺在坚硬的地板上。没有任何东西可以比得上，即使她奶奶珍贵的西红柿都没有那么好吃。

但后来，当她的舌头舔着牙龈、想把糖果屑都舔干净时，一种热辣辣的感觉从她的喉咙向外扩张，到她的胸膛、她的腹部，沿着她的四肢，一路到她失去的手指，她觉得轻松舒服了。

当这股热辣辣的感觉消失，斯嘉丽意识到，她所有的疼痛都不见了。

第五十九章

仿佛淹没在一片宁静的黑暗中，当人们从一个美梦中醒来，他们的潜意识还想多停留一会儿，哪怕只是一小会儿。然后，一个愤怒的情绪炸开，凯铎醒了，他的眼睛睁得大大的，盯着陌生的木板。这里是双层床的下铺。

他揉了揉眼睛，心想自己还没有完全醒来。他的胸膛抽搐，有一种恶心的感觉，头转向一侧，脖子有点疼，手往上摸索，发现一个绷带贴在发际下。

他的注意力转移，四处张望。另一边有一个小桌子，一个实用的衣橱，虽然房间很小，他几乎可以从躺着的地方摸到四壁。一盏昏暗的灯光留在门边，墙壁是金属的，略微粗糙的褐色军毯盖在他身上。

他脉搏加快，伸手握住头顶的一根杆子，以免头撞到。脚落了地，地上没有铺地毯，砰的一声，他发现自己穿着鞋。

正式的鞋、西装裤、婚礼衬衫和肩带，现在已经变得皱巴巴的。

天啊，婚礼。

喉干舌燥，凯铎蹒跚下床，走向小小的窗口，两只手按在窗缘的两侧，他的胃反反复复。

真的在天上。他一生中从来没有见过这么多星星，这么亮的星星。这给了他一种奇怪的眩晕感，像他本来应该仰望夜空，但重力方向错误。哪里才是天边？额头上冒出一滴汗珠，脸颊贴在墙上，他尽可能往下看，往下，然后——

地球。

凯铎离开墙边，几乎跌倒，但抓住上铺的床垫，他的心脏怦怦作响，打了一个寒战。

他糊涂的脑子没办法理解。欣黛、刀子、手腕和脖子上的绷带。他的追踪芯片，他脖子上的芯片应该是最高机密，不是吗？嵌在她手里的是一把枪，还是什么东西？他的胸骨又一阵阵作痛。她向他开枪了吗？

他的手拨了一下头发，转过身来，扭开门，发现自己在一条狭窄的走廊里，比房间明亮，另一头朝向厨房。他听到另一个方向传来说话的声音，他挺起肩膀，走过去。

走道连接一个巨大的金属房间，堆满塑料储存箱。一道门上有光，标示着驾驶舱，玻璃窗外是地球壮丽的景色。

他走近，发现两个人坐在驾驶舱内的椅子里。

"欣黛在哪里？"

他们转身面对他，女孩立刻站起来。"陛下！"

那个男人脸上露出一个巨大的笑容，慢慢地站起来，先抓住靠墙的拐杖。"风铃草欢迎您登船，陛下。卡斯威尔·索恩船长，为您服务。"他鞠了一个躬。

凯铎皱着眉头，"是啊，我认识你。"

"是吗？"男人的笑容更加灿烂，他用手肘碰一碰女孩。"他认出了我。"

"欣黛在哪里？"

女孩紧张地扭着身子，"我相信她在小飞船甲板上，陛下。"

凯铎转身大步走向货舱，大叫着。

另一名男子盘腿坐在一个包装好的板条箱上，没有穿上衣，一只手上拿着一根针，嘴巴咬着线，身旁是血迹斑斑的绷带，他的身上有无数伤口和疤痕，有新有旧，左臂上有一个黑色刺青。

他将针拉过胸前的一个伤口，放掉嘴里的线，点点头，"陛下。"

凯铎的心停止跳动，他发现自己定定地站在地上，等着男人扑向他，把他打死。他还没有真正见过女王的野狼士兵，但他看过很多图像文件，知道他们动作有多快速、有多致命。

但经过一个尴尬沉默的片刻，那个人又回去继续缝他的伤口。

"嗯，陛下？"

他吓了一跳，回头看到金发女孩。

"你希望我带你到小飞船甲板吗？"

他强迫自己的手张开，提醒自己，他是东方联邦的统治者，应该表现得镇定些，即使在一群罪犯和怪物中间。

"谢谢你。"他叹了口气，"我不胜感激。"

欣黛咬着她的下唇，将电线扭在一起，用一个接线器固定，"好了，试试看。"

艾蔻仰躺着，目光朝下，然后她的头歪向左边，眼睛一亮，向右，移动的幅度不敢太大。她笑笑，"成功了。"

欣黛用保险丝钳点了点她的下巴。

"第三椎骨还是有一点弯曲，但现在我没办法再弄了，只能等我们找到替代零件，再试试你的手指。"

艾蔻扭动她的手指，然后她的脚趾。她抬起双腿，往上几乎和地面垂直，然后再继续，脸差不多要碰到膝盖。她发出喜悦的喊叫，人向前立直，用那股冲劲站起来。"成功了，成功了。"

"艾蔻，躺下。"欣黛站在她身边，"我还要——"

还没等她说完，艾蔻把她拉进自己的怀里，抱得很牢，因为喜悦而浑身颤抖。

一个机器人，因为喜悦而颤抖。

"你是一个机器人所能碰见最好的机械师。"

"等我修补好你喉咙上的大洞再赞美吧。"欣黛说道，挣脱她的怀抱。

艾蔻看了一下小飞船窗子上她的倒影，皱着眉头。她喉咙到胸骨的镶板打开来，欣黛才能从内部操作。她的中央处理器、线路和流动机制都看到了。

"哦，可怕。"艾蔻说道，试图用双手遮住。"我讨厌自己的线路暴露在外。"

"我知道那种感觉。"欣黛拿下贴在墙壁磁条上的一把钳子。"到这儿来，我看看能不能弯曲部分外部镶板让它回到原位。你的很多皮肤纤维无法修复，所以它不会那么完美了，但现在我只能做到这样。可能有好一阵儿，你必须穿高领毛衣了。"

叹了口气，艾蔻来到欣黛旁边。"索恩船长把这个美妙的身体带来给我的时候，我早就知道这帮愚蠢的月族会毁了一切。"

欣黛嘻嘻一笑，"先别说话，我把它弄完。"

艾蔻的手指不耐烦地点着自己的臀部，欣黛把扭曲的外部镶板变回锁骨的形状。

在她身后，门吱的一声打开。"就是这儿了，陛下。"

欣黛身子一僵，但继续用钳子夹紧艾蔻的镶板。她听到脚步声，然后艾蔻尖叫，猛地把欣黛和她的工具推开。"不要让他看见我这样！"她吼道，躲到小飞船后面。

叹了口气，欣黛把钳子放到她背后的口袋，慢慢地转过身来。凯铎的目光阴沉，掠过她望向小飞船，望向底下艾蔻的腿，到工具箱和固定在墙上的电源线，然后再次回到欣黛身上。

月牙儿和索恩好奇地逗留在门口。

"你醒了。"她结结巴巴地说道，然后，意识到这话很愚蠢，她试图站直一些，"你感觉怎么样？"

"我被绑架，请问我应该有什么感觉？"

她揉了揉自己的手腕，忍不住调出法力掩盖她的机械手臂。这也是愚蠢的，当然。而且拉维娜也会这么做。

"我只希望你有好好休息。"她说，露出一个无力的笑容。

她没有得到任何反应。没有笑容，没有咯咯一笑。没有一个幽默的表情。

她抿紧双唇。

"我们需要谈谈。"凯铎说道。

索恩吹了一个口哨，"可没有人喜欢听那些话的。"

欣黛瞪了他一眼，"索恩，你带艾蔻去驾驶舱看看控制台吧。"

"好主意。"月牙儿嗯了一声，轻轻推了一下索恩。"来吧，艾蔻。"

艾蔻还躲着，抱住自己。"他在看吗？"

凯铎扬起一边眉毛。

"他没有在看。"欣黛说道。

艾蔻犹豫着，"你确定？"

欣黛向凯铎做了一个夸张的动作，"你没有在看。"

他的眼睛望向天花板。"哦，天啊。"他双臂交叉在胸前，转身背对她们。

欣黛向艾蔻挥手，"好了，我们……等会儿再弄。"

艾蔻辫子一甩，冲向月牙儿和索恩，进到走廊里，"我很高兴见到你没事，陛下。"她回头喊道。

当门关上前，艾蔻向欣黛竖起一个鼓舞的大拇指。然后只剩下他们俩了。

第六十章

"我不敢相信你绑架我！"凯铎大叫，转身面对她，欣黛还没有做好准备。

"我们在一艘飞船上，欣黛，在太空里。"他指着墙壁。这不是一堵外墙，但欣黛觉得没有必要指正他。

"我不能待在一艘飞船上。我有一个国家等待治理，我的人民需要我。我们正处在战争的边缘，你明白吗？战争，有人会死，我不能待在这里，和你以及你的狐群狗党鬼混，你知道其中就有一个她的突变走狗？"

"哦，是的，他是野狼。他不会伤害我们的。"她转着眼珠子，"哦，不是不会伤害……"

他笑了，一个冷酷而歇斯底里的笑，"我不能……你怎么……你到底在想什么？"

"如果这是你表示感谢的方法，那么不用客气。"

她愤愤地说道，挑衅地把两只手臂抱在胸前。

他瞪着她，很不高兴。"带我回地球。"

"我不能这样做。"

"欣黛——"他怒气上冲,仔细思索,口气软化了……只有一点点。这个态度上的改变让欣黛也没那么冲了,她的胸口隐隐作痛,手指陷入手肘。"我理解你为什么这样做,并钦佩你的能力,你确实做到了。我恳求你,欣黛,请你送我回去。"

她深吸一口气,"不。"

温柔瞬间不见了。凯铎仰头,双手插进头发里,那么熟悉的姿势让她简直吃惊。

"你什么时候变得这么令人厌烦的?"

她用脚趾抵着地板。

"好!身为你的皇帝,我命令你把我送回地球。立刻。"

欣黛站得直挺挺的,"凯……陛下,你还记得我是月族。东方联邦禁止月族获得公民身份,因此……你不再是我的皇帝。"

"你在开玩笑。"

她对这番话带给她的刺痛感到惊讶。像不久前在宫殿时一样,她一下子便愤慨了。"开玩笑?你不知道我有多认真。"

"是吗?你知道这么做会造成什么样的后果?"

"是的,我知道,我知道这是一场战争。我知道更多人在这一切结束前就会死去。但是,我们没有选择。"

"你的选择是逃避!你的选择是什么都不做。但这是我的工作,我的责任。我是皇帝,我来处理。"

"让你娶她?这就是你的处理方式?"

"这是我的决定。"

"这是一个愚蠢的决定。"

凯铎转身,双手扯着头发。不管婚礼造型师花多少时间、多少力气，现在都已经一塌糊涂，甚至比平常更乱。但天啊，他看起来真帅气。

欣黛一甩头，恼火自己胡思乱想。

"拜托，"他的声音紧绷，然而再次面对她，"请你告诉我这……和嫉妒无关，请你告诉我这和我邀你参加舞会，或者和那次在电梯里，或——"

"哦，你不是认真的吧？我希望你不会把我看得这么肤浅。"

"你向我开枪，欣黛，你绑架我。老实说，我不知道你在想什么。"

"好吧，不管你信不信，我们这么做不只是为你个人。我们试图拯救整个世界，免得世人牺牲在你疯狂的未婚妻手上。我拒绝让拉维娜成为皇后，我拒绝给她权力收服东方联邦。但我们需要更多的时间。"

"更多的时间要做什么？你所做的一切就是让她生气，所以当她展开报复时，她的愤怒会让她采取更可怕的手段。这也在你完整的计划中，或者你只想随机应变？"

欣黛的血液开始沸腾，她好想好想告诉他，是的，他们有一个一定得成功的伟大计划，可以推翻拉维娜女王和她的暴政。

但她没办法保证。只有那么一丝丝希望，而且她很清楚，失败不是一个选项。

她很用力地吞了口口水，"我有一个计划，可以结束这一切。但我需要你的帮助。"

凯铎捏了捏他的鼻梁，"欣黛，我讨厌拉维娜，就像你一样。但在这个情势下，她是一个主导者。她有一支军队……我从来没有见过。几个星期前的那些小规模冲突，便造成一万六千个人死去，对吧？所以，她有能力造成更大的伤害。再加上她有蓝热病的解药，我们迫切地需要它，你知道我们有多么需要。因此，尽管一想到要娶拉维娜、让她加冕成为皇后，我就想剜出我自己的眼睛，但我别无选择。"

"剜出你自己的眼睛？"她轻声说道，"她可以迫使你这样做，你知道的。"

他的表情变得阴暗，"我听说你也有这种本事。"

她扭过头去，"凯……陛下……"他的手在空中挥舞，"叫我凯铎，我不在乎。"

欣黛抿着嘴唇，感觉就像得到一个胜利，但却是不劳而获的。"你要相信我，我们可以击败她，我知道我们做得到。"

"怎么做？即使……假设你做到了，比方说，你杀了她，还是有无数个法师预备取代她的位置，我看得出来，他们好不到哪里去。"

"我们会选择一个人来代替她。事实上，我们……已经有这个人选。"

他窃笑，"哦，我明白了，你认为月族老百姓会随便接受任何……一个……"他拉长语音，瞪大眼睛，然后，他的愤怒消失。"除非……等等，你的意思是……"

她看着地板。

他上前一步，"你找到她了？赛琳公主？是这样吗？"

欣黛从她的口袋里拿出钳子，她需要什么东西摆弄一会儿，她的神经快要错乱，电线就要走火。她的金属手臂还光秃秃的，但在争辩的过程中，凯铎甚至没有看它一眼。

"欣黛？"

"是，"她低声说道，"是，我找到她了。"

凯铎指着货舱外，"是那个金发的女孩？"

她摇摇头，凯铎皱眉。"那个来自法国的女孩？她叫什么名字……斯嘉丽什么的。"

"不，不是斯嘉丽。"她捏了捏钳子，试图将所有残余的力气投在上面。

"那么她在哪儿？她在这艘船上？我能见见她吗？或者她还在地球的某处？她躲起来了？"

欣黛没有回答，凯铎又皱眉。"怎么回事？她还好吗？"

"我得问你一些事，请你说实话。"

他眯起眼睛，一下子怀疑起来，这令她感到不安，虽然她不愿承认。

她松开钳子，"你真的认为过去我把你洗脑了？当我们见面时？还有舞会前的那一些日子……"

他的肩膀垂下，"现在你打算谈这个？"

"这对我很重要。"她转过身去，开始把她用来修理艾蔻的工具一个个收起来，"如果你这么想，我可以理解，我知道看起来的确像。"

婚礼的肩带让凯铎不安，片刻后，他把它取下，握在拳头里。

"我不知道，我一直不愿相信，但我不得不怀疑。当你摔下来，我看到你的法力……欣黛，你知道在法力的障眼下你有多美吗？"

欣黛畏缩了，她知道这不是一个恭维。

"不知道。"她说，把工具一个个放回磁力墙壁上原来摆放的地方，"我看不见。"

"嗯，那天……那天晚上发生太多事。但随后，拉维娜操纵我很多次，所以我知道那是什么感觉。但你没有给我这种感觉。"

她放下最后一个工具。

"当然，媒体要这样说，这样说方便一点，听起来合理一点。"

"没错，"她回头瞥了他一眼，"一个方便的借口，解释你为什么会邀请一个生化机器人参加舞会。"

他眨眨眼，"邀请一个月族参加舞会。"

几个星期来让她心情沉重的一颗大石头，稍稍减轻重量，"不过，它不影响我要说的话，我……从来没有，我的意思是没有操纵过你，我永远不会。"

她犹豫了一下，这是一个承诺，她不知道自己能否遵守，如果他不愿意帮助他们的话。"我尝试告诉你我是生化机器人，我的意思是，我几乎要这么做，我考虑过至少两次。"

看到凯铎摇头，欣黛屏住呼吸。

"不，你之前的话是正确的，如果你告诉我了，我可能永远不会再和你说话。"他盯着拳头里的肩带，"当然，现在我的态度会不一样。"

他看着她，她注意到他的耳根子红了。然后他像是要笑了。

这是她一直在等待的笑容。

但好景不长。

"欣黛，听着。我很庆幸自己没有结婚，但这仍然是一个重大的错误，我不能冒险激怒拉维娜。不管你有任何打算，都不能把我算在内。"

"不能，我需要你的帮助。"

他叹了口气，但有点颤抖，她看得出他的决心在动摇。

"你认为赛琳可以推翻她？"

咬着下唇，她点点头。"是的。"

"那么我希望她尽快做到。"

欣黛的手垂在两侧，感到紧张，"凯铎，她可能不完全是你希望看到的样子。我不愿意你失望，我知道你花了很多力气找她。"

"为什么？她怎么了？"

她后退一步，金属和皮肤的手指交互扭着。

"嗯，她从火里被救出来，但大火对她造成极大的伤害。她失去一只手和一只脚，皮肤需要移植。而且……她不……那么完整了。"

他皱眉，"你是什么意思？她处于昏迷状态？"

"现在没有了。"她准备好接受他的反应，"她是一个生化机器人。"

他的眼睛瞪大，但随后他四处张望，像是在消化这些信息时，无法看着欣黛。

"我明白了。"他慢慢地说道，然后再望向她，"但……她没事吧？"

这个问题让她惊讶，她忍不住哈哈大笑，"是的，她很好。我的意思是，这世上有一半人要杀了她，另一半人要把她锁在月球的王座上，好像这正是她一直想要的。所以，她太好了。"

他盯着她，以为她疯了。"什么意思？"

欣黛闭上眼睛，试图掩埋心头涌上的恐慌。

睁开眼睛时，她张开手，摆出一个安抚的姿态，犹豫着。

她看着天花板，深吸一口气，再次看他。

"是我，凯铎。我是赛琳公主。"

第六十一章

凯铎一脸迷惑，觉得她在胡言乱语。他的婚礼肩带从手上溜下去，掉在地板上。

沉默已经成为一种尴尬，欣黛清清她的喉咙。

"我想你不知道，这一切对我而言有多讽刺。好了，我的意思是，我知道你有自己的事情要担心，所以你不需要……我不……我没事的，真的。其实也就是这几个星期的事。"她的双手在空中胡乱画了一个圈，"先是牡丹，然后是舞会，拉维娜，婚礼的事情。现在，厄兰博士死了，斯嘉丽不见了，索恩瞎了，野狼……我不知道，这些天他太平静，我真的开始替他担心。但我得让一切在控制之下。我做得到。我——"

"别再说了，请别再说了。"

她闭上嘴巴。

沉默延长。

欣黛又张开了嘴，但凯铎举起他的手。

她闭上了，咬着她的嘴唇。

"你？"他终于说道，"你是赛琳公主。"

她扮了一个怪相，揉着自己的手腕，"很惊讶吗？"

"刚刚才知道？"

她低头，他看她的样子突然让她感到特别不安，"嗯，是的，某种层次上来说，是厄兰博士首先发现的，当时正实施生化机器人草案。他验了我的DNA……是的。但他没有告诉我，直到我被关到监狱里，这让事情变复杂了。"

凯铎大笑，但没有恶意。他抖抖索索地吸一口气，用手掌覆住自己的眼睛。然后，就像他的怀疑来得那么快，他也一下子就明白了。"哦，天啊。拉维娜知道，是吗？所以，她才那么讨厌你，所以她决心要找到你。"

"是的，她知道。"

"是你，这一切全都是因为你。"

"你理解得要比我想象中的快。"

他的双手从脸上放下来，"不，你知道的，所有的事到此刻都有合理的解释了。可以这么说。"他上上下下打量她。"只是……只是，我一直以为公主……我不知道，穿着礼服。"

欣黛笑了起来。

"我一直认为，当我找到她，一切都可迎刃而解。我们会……把她公诸世人，宣布她才是真正的女王，拉维娜便会消失。我从来没有想到，拉维娜可能早就知道了，她会抗争。"

她挑了挑眉毛，"我想你不太解自己的未婚妻。"

他瞪着她，"好了，欣黛，别再藏着秘密了，我不知道自己可不可以承受你还有什么其他没有说出来的事，所以如果还有什么要告诉我的，说出来吧，现在。"

欣黛后退一步，沉吟着。

生化机器人，月族，公主。

再也没有秘密，再也没有谎言……嗯，还有一个。

她想，她可能有一点点爱上他了，但她不能告诉他。

"我不能哭。"她低声说道，弓着她的肩膀。

凯铎眨眨眼，两次，然后抓了抓他的耳朵，扭过头去。"我已经知道了。"

"什么？你怎么知道的？"

"你的监护人说了一些事，而且我……我看过你的医疗记录。"

"我……"她的眼睛瞪大了，"你见过……你知道？"

"你是一个逃犯，我必须多知道你一点，我……很抱歉。"

她闭上眼睛。她看过自己的生化机器人植入影像。每一条电线，每一个合成器官，每一个面板。回忆起这个让她感到恶心，她无法想象别人看到以后会怎么想，凯铎会怎么想。

"不，没关系，"她说，"不会再有更多的秘密。"

他向她上前一步，"你的眼睛……真的……"

"合成的。"她低声说道，他说不出这个字眼。

"所以你没办法哭？"

她点点头，无法抬头看他，即使他站在她面前不到两步的距离。

"我不需要泪腺来润滑，而且也……嗯，"她的一根手指揉了揉太阳穴，"我眼里有视网膜扫描仪，像一个小小的网络屏幕，所以有很多电线。哦，天啊，我不能相信我告诉你这些。"她把脸埋在手里。

"很了不起。"凯铎说道。

她笑起来，几乎呛住了。

凯铎握住她的手腕，"我可以看看吗？"

她呻吟了一声，如果她可以脸红，她的脸此刻会红得像他的婚礼肩带。

她羞愧却顺从地，让他把她的手拿开，挣扎地看着他。他盯着她的眼睛，像能看穿她的控制面板。但不一会儿，他摇了摇头。

"看不出来。"

欣黛要自己别退缩，抬起眼睛望向天花板。她还是有点迟疑，但有什么关系？他永远不会再被愚弄，以为她是人类。

"看着我的左边虹膜底部。"她低声说道，打开视网膜显示器，调出一条新闻，去新京之前她一直在看。

现在是非洲联盟的消息，一个记者在说话，但欣黛没有打开音效。

凯铎低下头，过了好一会儿，他张嘴，"有了……这个是？"

"新闻。"

"好小，只是一个点，真的。"

"我看起来大很多。"他这样盯着她，让她的脊柱一阵刺痛。他几乎是稚气的敬畏，还如此接近她，握住她的手腕。

他似乎同时意识到这一点，表情突然改变。她知道他不是在看视网膜显示器，或者她的合成眼睛，他在看她，她的心脏怦怦跳着。

凯铎舔了舔嘴唇，"我很难过你被捕，但很高兴你没事。"

"真的吗？你不恨我……伤了你？"

他的嘴唇动了动，低头看她，双手握着她的机械手臂，把它举起来，望着金属手指。"我不记得那个医疗影像有提到枪什么的，否则我的安全团队会向我报告这个信息。"

"我喜欢保持一种神秘的气氛。"

"我注意到了。"

她看着他的拇指摸着她的手指，感到难以呼吸，无法动弹。

"这只手是新的。"她低声说道。

"看来是很优秀的工艺品。"他的声音也压低了。

"百分之百的钛。"她不知道自己为什么要这么说，甚至不知道自己会这么说。

凯铎低头，嘴唇亲吻她的指关节。电镀没有神经末梢，但这个触摸却给她的身体带来一股电流。

"欣黛？"

"嗯？"

他抬起目光，"我想弄清楚，现在你有没有在我身上运用心智的力量？"

她眨了眨眼睛，"当然没有。"

"只是要再确定一次。"

然后，他的手滑向她的腰，吻了她。

欣黛倒吸一口冷气，她的手掌贴着他的胸膛，凯铎把她拉近。

几秒钟后，她的大脑开始分析流经她身体的化学物质：多巴胺和脑内啡增加，皮质醇量减少，脉搏加快，血压上升……

欣黛靠在他身上，关掉信息。她的手试着伸向他的肩膀，想绕过他的脖子。

然后，某个地方有一个感觉，欣黛的注意力移到视网膜显示器，就在她的眼皮下。起初，它只是一个朦胧的、恼火的知觉，但后来——

法拉法拉。

月族。

大屠杀。

她猛地睁开眼睛，挣脱他的怀抱。

凯铎吓了一跳，"怎——"

"对不起。"

她开始颤抖，精神仍然集中在新闻上。

她正在看着恐怖的影像。

好一会儿，凯铎才清了清嗓子，他的声音变得沉重，"不，不，我才抱歉，我不应该——"

"不！"在他后退之前，她抓住他的衬衫前襟，"不是，是拉维娜。"

他的表情渐渐变得冷硬。

"她……她在报复，她攻击……"她低声咒骂，手离开凯铎，捂住自己的脸，看着这则消息。

不到两小时前，一群月族士兵袭击绿洲城市，然后消失在沙漠里。他们杀了老百姓以及正在审讯他们的东方联邦士兵。

画面一闪而过。血，那么多血。

"欣黛，哪里？她攻打哪儿？"

"非洲的小镇……"她倒抽一口气，"那群帮助我们的人。"

欣黛的脑袋混乱，她尖叫，伸手到工具墙拿起扳手，把它扔到远处的墙上。它发出匡啷声，掉在地板上。接下来，她抓起一把螺丝刀，但凯铎迅速从她的手上夺走。

"她有没有提出什么要求？"他说，出奇地平静。

她空空的手紧握成拳。"我不知道，我只知道他们全都死了，因为我，因为他们帮助我。"

她蹲下来，抱住自己的脑袋，整个身体因为愤怒而燃烧。

对拉维娜感到愤怒，但大部分是对自己感到愤怒，对她的决定感到愤怒。

她早就知道会发生这种事，还是做了这样的选择。

"欣黛。"

"这是我的错。"

一只手放在她的背上，"不是，杀掉他们的不是你。"

"我是背后的推手。"

"他们帮助你的时候，知道他们冒了风险，对吧？知道性命可能不保，对吧？"

她转过头。"也许他们这样做是因为他们相信你，因为他们认为冒这个风险是值得的。"

"这样就比较有意义吗？"

"欣黛——"

"你想知道我的另一个秘密？最大的秘密？"她坐下来，瘫着腿就像一个碎烂的洋娃娃。"我吓坏了，凯铎，我很害怕。"

她以为说出来会好一些，但她只是感觉到更可悲、更软弱。她的手臂搂住自己的腰。

"我怕她，怕她的军队，怕她疯狂的行事，然而每个人都要我坚强和勇敢，但我不知道自己在做什么，不知道如何推翻她，即使我成功了，我也不知道如何成为一个女王。这么多老百姓依靠我，他们甚至不知道自己依靠我，现在他们死了，就因为一些可笑的幻想，以为我可以帮助他们，我可以拯救他们。但是如果我不能呢？"

她的太阳穴开始抽痛，她知道，她就要哭了，如果她是正常的。

两只手臂搂着她。

欣黛把脸贴在他的丝绸衬衫上，有一点古龙水或者肥皂的味道，很微弱，她刚刚没有闻到。

"我完全了解你的感受。"凯铎说道。

她闭上眼睛，"不会完全的。"

"也八九不离十了。"

她摇摇头，"不，你不明白。我最害怕的是……我越反抗她，就变得越强大，就变得越像她。"

凯铎一屁股坐在脚后跟上，人向后，直到可以不放开她，却看到她的脸。"你不会变成拉维娜。"

"你确定吗？今天我操纵了你的顾问，无数的侍卫。我操纵野狼。我……杀了一名警察，在法国。我会杀死更多的人，如果我别无选择的话。他们属于你的军队，我甚至不知道自己是否觉得内疚，因为总有办法替我的行为合理化。这是为大家好，不是吗？牺牲是必须的，不是吗？还有镜子，这么愚蠢、愚蠢的东西，但它们……我开始明白，为什么她恨他们，然后……"她打了一个寒战，"今天，我折磨她的法师，不只是操纵她，我折磨她，而且几乎觉得享受。"

"欣黛，看着我，"他捧着她的脸，"我知道你吓坏了，你有充分的理由。但你不会变成拉维娜女王。"

"你不知道。"

"我知道。"

"她是我的阿姨。"

他揉着她的头发，"是，我的曾祖父签署了生化机器人保护法。但我们在这里。"

她咬了咬嘴唇。他们在这里。

"现在开始，我们不要再提起你是她的亲人。因为从某个角度来说，我还和她有婚约，这很怪。"

欣黛忍不住笑了，即使疲惫，即使只是为了掩盖内心的尖叫。

他又把她抱在怀里。她的头痛减退，只感觉到他有力的心跳。她觉得这样被他拥着，自己变得脆弱，变得柔软，觉得几乎是安全的，几乎像一个公主。

"你不会告诉任何人，是吧？"她喃喃地说道。

"我不会。"

"如果事实证明我是一个可怕的公主呢？"

他把她稍稍推开，"月族不需要公主，他们需要一场革命。"

欣黛皱着额头，"一场革命。"她重复道。她觉得比公主要好得多。

门打开。欣黛和凯铎分开，凯铎很快地站起来。

月牙儿气喘吁吁，满脸通红，停在门口。

"我很抱歉，"她说，"但新闻……拉维娜……"

"我知道,"欣黛强迫自己站起来,"我知道法拉法拉的事。"

月牙儿摇摇头,瞪大眼睛。

"不只是法拉法拉,他们的飞船涌向地球,每片大陆。几千名士兵入侵城市,她的另一种士兵。"她打了一个寒战,握住门。"他们就像掠食动物一样。"

"地球怎么应对?"凯铎问道,欣黛感觉出他领导者的语调。"我们有防卫吗?"

"他们尝试了。六个国家已经宣布进入战争状态,下令疏散,军队正在集合——"

"六个国家?"

月牙儿拨开前额的头发,"孔托林成为东方联邦暂时的领导人……直到你回去。"

一团重负压在欣黛的胸口,然后凯铎转身面对她,不用看也能感觉到他情绪的沉重。

"我认为该是你告诉我这个计划的时候了。"他说。

欣黛双手交握,他们成功的可能性是如此渺茫,她很难考虑接下来会怎么样。她希望他们有一定的时间,至少一两天,但现在看来,没有喘息的机会。

战争已经开始。

"你自己说的,月族需要一场革命。"她抬起下巴,定定地看着他。"所以我要去月球,我要发动一场革命。"

图书在版编目（CIP）数据

月族.3,星际救援/（美）玛丽莎·梅尔著;崔容
圃译.——北京:北京联合出版公司,2017.12
ISBN 978-7-5596-1213-7

Ⅰ.①月… Ⅱ.①玛…②崔… Ⅲ.①科学幻想小说
－美国－现代 Ⅳ.① I712.45

中国版本图书馆 CIP 数据核字 (2017) 第 261382 号
著作权合同登记 图字:01-2017-6743 号

月族 . 3
星际救援

项目策划　紫图图书 ZITO®
监　制　黄利　万　夏

作　者　［美］玛丽莎·梅尔
译　者　崔容圃
责任编辑　牛炜征
特约编辑　张耀强　高　翔
版权支持　王香平
装帧设计　紫图图书 ZITO®

北京联合出版公司出版
（北京市西城区德外大街 83 号楼 9 层　100088）
北京嘉业印刷厂印刷　新华书店经销
350 千字　880 毫米 ×1230 毫米　1/32　16 印张
2017 年 12 月第 1 版　2017 年 12 月第 1 次印刷
ISBN 978-7-5596-1213-7
定价：59.90 元